CANDACE CAMP

Destinados a
ENCONTRARNOS

Editado por Harlequin Ibérica.
Una división de HarperCollins Ibérica, S.A.
Núñez de Balboa, 56
28001 Madrid

© 2018 Candace Camp
© 2019 Harlequin Ibérica, una división de HarperCollins Ibérica, S.A.
Destinados a encontrarnos, n.º 248 - 6.3.19
Título original: His Sinful Touch
Publicada originalmente por HQN™ Books.
Traducido por Ana Peralta de Andrés

I.S.B.N.: 978-84-1307-416-0
Depósito legal: M-42081-2018
Impresión en CPI (Barcelona)

Distribuidor para España: SGEL

MIXTO
Papel procedente de
fuentes responsables
FSC® C108412

Este libro ha sido impreso con papel procedente de fuentes certificadas según el estándar FSC, para asegurar una gestión responsable de los bosques.

PRÓLOGO

Abrió los ojos lentamente. Reinaban las sombras y la oscuridad. La única luz procedía de una pequeña lámpara de queroseno colocada sobre una cómoda situada en el otro extremo de la habitación. Pero, incluso con aquella pobre iluminación, supo que no estaba en casa. Volvió a cerrar los ojos, le pesaban los párpados. Quería volver a dormir, pero no pudo. A pesar de la somnolencia y el aturdimiento, un miedo afilado, insistente, la empujaba a despertar.

Tenía que marcharse.

Le suponía un gran esfuerzo escapar del sueño que la arrastraba, pero tenía que hacerlo. Estaba ocurriendo algo terrible. Se filtraron en su cerebro unas imágenes vagas, imprecisas... Un carruaje oscuro, un salón extraño, un hombre al que no conocía hablando y hablando en un sonsonete incesante. Había otro hombre al lado de ella, le resultaba más familiar, pero, aun así, sabía que había algo que no encajaba.

Lo único que percibía con nitidez era un miedo glacial que lo envolvía todo. Había sucedido algo horrible. Todavía estaba ocurriendo.

Por eso debía despertar. Huir. Movió una pierna hacia uno de los laterales de la cama. Al instante cayó desplomada, golpeándose la cabeza contra el suelo de madera.

La sorpresa de la caída la despertó un poco más. Apoyándose en manos y rodillas, se incorporó tambaleante y tuvo que agarrarse a la cama para permanecer en pie. Tenía el estómago revuelto, la cabeza también le daba vueltas y temía estar a punto de vomitar lo que quiera que hubiera comido. Permaneció quieta, tragando con fuerza y, al cabo de un momento, el mareo remitió.

Tenía que darse prisa. Él volvería. Avanzó hacia la puerta, impelida por la necesidad de escapar de aquella habitación pequeña y desconocida, pero, al final, su cerebro abotargado pareció recomponerse. Debía pensar antes de actuar. Debería llevar algo con ella. Miró a su alrededor, pero no encontró su bolsito. ¿Dónde estaba? Necesitaría dinero.

Y no debía mostrar un aspecto extraño. La mitad del moño se le había deshecho. Agarró unas horquillas y, con dedos torpes y lentos, se agarró una madeja de pelo en un tenso nudo y se colocó las horquillas. Tenía la sospecha de que no era un peinado muy estable, pero tendría que valer.

Alisó el corpiño y la falda del vestido y tiró de las mangas. No era un atuendo apropiado para un viaje, pero tenía la certeza de que, sí, de que había estado en un carruaje. Había oído el ruido de las ruedas y el tintineo de los arreos. Y aquella habitación desconocida y desastrada parecía una posada. Pero llevaba puesto un elegante vestido de fiesta, más apropiado para salir a cenar.

Le sonó el estómago y se dio cuenta de que estaba hambrienta. No había nada allí para comer, pero vio unos vasos y una jarra de agua, y también estaba sedienta. Se sirvió medio vaso y lo bebió de un trago. El agua amenazó con revolverle el estómago así que esperó a que se asentara.

Se sintió después algo más alerta y despierta. Metió la mano en el bolsillo de la falda y palpó un trocito de papel doblado. Sabía adónde ir.

Había visto su bolsa de viaje apoyada contra la pared, al lado de una maleta que parecía de varón. Agarró la bolsa y corrió hacia la puerta. No pudo abrirla. Desolada, movió el picaporte y tiró de ella en vano. Estaba cerrada.

¡La había encerrado! La invadió un sentimiento de traición. ¿Cómo podía haberle hecho algo así? Ella confiaba en él. El pánico creció, amenazando con dominarla. Estaba sola. Todos aquellos en los que había confiado se habían vuelto en su contra. Era imposible huir. Estaba atrapada.

Luchando contra el pánico, buscó en la cómoda y en la mesilla que había junto a la cama, pero no encontró la llave por ninguna parte. Con pasos vacilantes, se acercó a la ventana y la empujó para abrirla. La habitación estaba en un segundo piso. Intentó no dejarse llevar por la desesperación. Había un tubo de desagüe al lado de la ventana, estaba a su alcance... siempre y cuando se inclinara lo suficiente. Siempre se le había dado bien trepar y, además, tenía un tejadillo debajo. Si se caía, no terminaría demasiado lejos. La inclinación del tejado no era muy pronunciada, de modo que no tendría por qué caer y seguro que había algún poste que llegara hasta el suelo. Podría utilizarlo. No era imposible. Lo único que necesitaba era valor.

Se levantó y se apoyó contra el marco de la ventana, devanándose los sesos para pensar. Él la seguiría. Tenía que ser inteligente. ¡Un disfraz! Abrió la maleta de mayor tamaño y sacó un juego de ropa. No había tiempo para cambiarse, él podía volver en cualquier momento, así que embutió las prendas en la bolsa. Zapatos. Miró con el ceño fruncido sus zapatos de dama, agarró un par de zapatos de la maleta y los guardó también. Estaba ya tan llena que tuvo que sacar un vestido; lo hizo un ovillo y lo metió en el último cajón de la cómoda.

Cuando estaba empezando a cerrar la bolsa, vio una bolsita de cuero en un rincón y la sacó. Estaba llena de billetes y monedas. No debería robarlas, por supuesto. ¿Pero qué otra manera tenía de escapar? No tenía ni un cuarto de penique. Y, en cualquier caso, el dinero era suyo, ¿no? Se guardó la bolsa en el bolsillo de la falda y cerró la maleta. Levantó la bolsa de viaje y corrió a la ventana.

La bolsa fue la primera en salir. Aterrizó en el tejadillo, rodó y cayó al suelo. Ella se quedó paralizada, con el corazón martilleándole en el pecho. De pronto, el sonido de una llave en la cerradura la puso en acción. Se inclinó hacia delante, estirándose para alcanzar el tubo del desagüe. Estaba demasiado lejos. Tendría que colocarse de cuclillas en el alféizar para llegar hasta él. Se estaba retorciendo, intentando colocar los pies, cuando la puerta se abrió de golpe y entró un hombre en la habitación.

—¡No!

El recién llegado cerró la puerta de un portazo y corrió para agarrarla y tirar de ella.

Ella se retorció salvajemente, pateando y arañando.

—¡Monstruo! ¡Traidor!

—¡Ay!

La soltó y retrocedió, llevándose la mano hacia el arañazo que sangraba en su rostro.

Ella se volvió hacia él y le empujó. Tambaleándose y con el rostro encendido por el enfado, él la abofeteó. Ella basculó hacia atrás y chocó contra el lavamanos, haciendo repiquetear la palangana y la jarra. Su sorpresa era casi tan grande como el dolor de la mejilla. Jamás le había pegado nadie. Una furia amarga brotó en su interior, ahogando todo lo demás. Buscó tras ella, cerró la mano alrededor del asa de la jarra y se lanzó hacia delante, blandiendo la jarra de cerámica con todas sus fuerzas.

Él consiguió evitar que la jarra aterrizara de lleno en su cabeza, como ella pretendía, pero la jarra le golpeó el lateral de la mandíbula y terminó haciéndose añicos sobre su hombro, empapándole de agua. Trastabilló hacia atrás, tropezó con la alfombra y cayó al suelo.

Corrió entonces ella hacia la ventana, mucho más despejada de lo que había estado desde que se había despertado, y subió al alféizar. Allí se sentó, se aferró al marco de la ventana con una mano y alargó la otra para alcanzar el tubo del desagüe. Permaneció paralizada y con el corazón en la garganta hasta que el sonido de los pies del hombre incorporándose le dio el ímpetu que necesitaba para moverse.

Giró, posó los dedos de los pies en la sujeción que fijaba el bajante a la pared y se soltó de la ventana al tiempo que se agarraba precipitadamente al desagüe, colocando la mano justo debajo de la otra. Permaneció allí colgada, temblando, con el único punto de apoyo de los dedos de los pies. ¡Maldita maraña de faldas! Deseó haber tenido tiempo de cambiarse. El hombre asomó la cabeza por la ventana y se lanzó a por ella, agarrando con la mano el cinto del vestido. Ella continuó bajando, con los hombros doloridos por la tensión. Él soltó una maldición, se asomó un poco más, y ella tiró con todas sus fuerzas.

De pronto, el hombre estaba rodando fuera de la ventana. Su peso la arrancó de su desesperado agarre e incluso desgarró el cinto del vestido. Cayó entonces con él, sintió la repentina falta de aire y el golpe al caer sobre el tejadillo. Se quedó sin respiración. Un dolor afilado le atravesaba la cabeza. Giró impotente, el impulso de la caída la arrastró por el tejadillo y volvió a sentir que caía al vacío.

Después de la caída, todo fue oscuridad.

CAPÍTULO 1

Alex bajó trotando los escalones tras haber cerrado el trato. Pero no se sentía del todo satisfecho. Y no solo porque sospechara que el hombre al que acababa de dejar le había encargado que diseñara su casa de verano para poder presumir de que el hijo del duque de Broughton le había visitado aquella mañana, más que por su talento. La cuestión era que Alex llevaba sintiendo una rara inquietud desde que se había despertado aquella mañana.

Miró el reloj y decidió tomar un carruaje en vez de ir caminando a la oficina. Su hermano Con emprendía una de sus aventuras aquella tarde y quería estar seguro de alcanzarle. Aunque a medida que había ido creciendo había ido sumando amistades Con seguía siendo su más íntimo confidente.

Su inquietud no estaba relacionada con él. En el caso de que algo le ocurriera, lo sabría al instante, de la misma forma que aquella mañana, al despertarse, había sabido que su hermano no estaba en casa. Nadie podía explicar aquellas sensaciones propias de los gemelos, simplemente se daban, pero él jamás dudaba de su precisión.

Alex suponía que aquellas chispitas de alarma que se habían instalado en su pecho eran los residuos de una pesadilla. No recordaba el sueño, pero se le había repetido suficientes veces últimamente como para presumir que había vuelto a visitarle aquella noche.

La cuestión era que la pesadilla solía despertarle, dejándole frío y sudoroso, pero no le provocaba aquella sensación al día siguiente.

Salió del carruaje delante del edificio de oficinas del que Con y él eran propietarios. Era un edificio de piedra, de estructura estrecha, cuatro pisos altos y de aspecto recio. Alex habría preferido un diseño más atractivo, pero el edificio se adecuaba a sus propósitos. La primera planta la ocupaba una librería, la siguiente su estudio y la oficina de Con; en las dos últimas habían instalado sus habitaciones de solteros cuando habían terminado los estudios.

Aunque habían regresado a la casa familiar un año atrás, no habían alquilado el piso. De vez en cuando, se dejaban caer por allí. Con lo usaba más a menudo, se quedaba allí cuando estaba trabajando en algún caso o tenía que permanecer fuera hasta tarde.

Vio al empleado de Con, Tom Quick, bajando las escaleras. Tom, que era unos años mayor que Alex, había salido de las calles gracias a Reed, su hermano mayor, al que había intentado robar la cartera sin éxito. En vez de denunciarle, Reed le había proporcionado ropa y comida y le había enviado al colegio. Quick no había aprovechado mucho la escuela, pero había sido un leal trabajador para la familia Moreland casi desde el primer momento. Al principio se dedicaba a hacer recados para Reed, pero, con el paso del tiempo, se había convertido en el pilar de la agencia de investigación de Olivia, otra hermana de Alex. Con le había comprado a Olivia sus servicios y el negocio varios años atrás.

Tom, un tipo rubio, esbozó una de sus sonrisas de suficiencia, señal inequívoca de que estaba ocurriendo algo. Alex le miró con recelo.

—¿Con está en el piso de arriba?

—Por supuesto —contestó Tom con una risa—. Está allí.

—¿Y qué ha hecho? —preguntó Alex con un mal presentimiento.

A lo mejor había sido Con, después de todo, el que le había provocado aquel desasosiego.

—Ya lo verá —respondió Tom alegremente, y pasó trotando por delante de él.

Alex subió las escaleras de dos en dos, pasó por delante de su propio despacho y se dirigió hacia la última puerta del pasillo. Una discreta placa de cobre en la pared, junto a la puerta, anunciaba que se trataba de la Moreland Investigative Agency. Abrió la puerta y se paró en seco. Se quedó boquiabierto al ver a su hermano. Normalmente, ver a Con era como mirarse al espejo. Tenía el pelo, negro como el suyo, algo más largo y greñudo y se había aficionado a llevar bigote. Pero, en definitiva, era el miso rostro anguloso, de barbilla cuadrada y cejas negras y oscuras, los mismos ojos verdes de mirada penetrante y la misma boca, firme y siempre dispuesta a la sonrisa. Su altura, su peso, sus posturas y su forma de caminar eran tan parecidas que hasta su madre les habían confundido en el pasado.

Pero aquel día… Con llevaba el pelo engominado y peinado hacia atrás, con la cara totalmente despejada. Se había encerado el bigote, estirándolo y retorciendo las puntas con unas florituras absurdas. El pecho y el tronco eran extrañamente más fornidos e incluso parecía más alto. Se había enfundado un traje de cuadros escoceses amarillo chillón y marrón. En la mesa que tenía a su lado descansaba un sombrero de hongo de color marrón, a juego con el traje, y un lustroso bastón con una cabeza de león en la empuñadura.

Con soltó una carcajada al ver la expresión de estupor de su hermano y adoptó una pose:

—¿Qué te parece?

—Me parece que eres un maldito lunático —Alex soltó una carcajada—. ¿Se puede saber qué estás haciendo? Yo pensaba que ibas a ir a Cornwall a infiltrarte en ese grupo que dice que el fin del mundo será el mes que viene.

Olivia había abierto una agencia para investigar la oleada de médiums y espiritistas de la década anterior que habían estafado a crédulos ingenuos y a personas afligidas vendiendo la posibilidad de ponerles en contacto con sus seres queridos después su muerte. Tras conocer a su marido en el curso de una de aquellas investigaciones, apenas se había ocupado de la agencia, siendo Tom el que asumía la mayor parte del trabajo. La agencia se había diversificado hacia otro tipo de investigaciones, como la búsqueda de personas desaparecidas, los fraudes financieros y las investigaciones sobre el pasado de posibles empleados o esposas.

Cuando Con había comprado la agencia, había continuado con el tipo de encargos que había hecho famoso a Tom Quick, y justificadamente, pero también había retomado con gusto la investigación sobre los fenómenos sobrenaturales, yendo incluso más allá del campo de los médiums y sus fraudulentas sesiones espiritistas para realizar informes sobre fantasmas y bestias fantásticas o, incluso, como su último caso, para investigar a un grupo pseudorreligioso que anunciaba el fin del mundo.

—Y allí es a donde voy —le dijo Con.

—No creo que vayas a pasar desapercibido con ese traje.

—¡Ah! Pero lo que no sabes —movió las cejas— es que he descubierto que presentarse con un aspecto tan llamativo es la mejor forma de evitar que me identifiquen. Todo el mundo se acordará de mi ridículo mostacho y, obviamente, también del traje. Cuando me deshaga de ellos, nadie me reconocerá.

—¿Cómo has conseguido parecer tan gordo? —Alex presionó el pecho de su hermano con el dedo y lo encontró blando como un almohadón.

—Me he puesto un chaleco acolchado —le explicó con orgullo—. También llevo alzas en los zapatos. Me habría gustado parecer más bajo, pero eso es un poco difícil.

—Lo imagino. Espero que seas consciente de que pareces un auténtico estúpido.

—Lo sé —sonrió de oreja a oreja—. Mira esto.

Agarró el bastón, retorció la cabeza del león, sacó la empuñadura dorada y le mostró un delgado estilete que se extendía a partir de la base.

—¡Un estilete escondido! —a Alex se le iluminó la mirada.

Podía ser más serio y formal que Con, pero no era inmune a la seducción de una daga secreta.

—Astuto, ¿eh? —Con le tendió el arma a su hermano—. Y, aunque no lo dirías, la empuñadura es buena. La encontré en el ático hace unos meses.

—¿En Broughton House? —Alex giró el estilete en su mano.

—Sí, estuve allí con los Peques.

Alex sabía que se refería a los mellizos de su hermana Kyria, Allison y Jason a los que, puesto que Constantine y Alexander habían recibido el sobrenombre de los Grandes, a menudo se referían como los Peques.

—Lo encontró Jason, pero Allie descubrió la manera de abrirlo. Esa criaturita está sedienta de sangre, ¿no lo has notados? No sabes lo que me costó convencerla de que no podía quedársela.

—Bueno, ya conoces a su padre. Pronto la veremos blandiendo una pistola.

—Una idea terrorífica.

—¿Esperas problemas en el lugar al que vas? ¿Vas a necesitar un estilete?

—La verdad es que no —Con suspiró—. Estoy casi convencido de que está estafando a sus creyentes. No tiene que ser difícil convencerles de que entreguen todas sus pertenencias cuando creen que en cuestión de meses serán transportados al cielo. Pero no he visto nada que indique que pueda llegar a ponerse agresivo. Aun así, me gusta estar preparado.

Alex sonrió de oreja a oreja mientras le devolvía el estilete.

—Sobre todo si anda de por medio algún truco inteligente.

—Por supuesto —Con guardó el arma—. ¿Te apetece venir conmigo?

Alex sintió una punzada de nostalgia. Su hermano y él habían compartido muchas aventuras. Hasta que, unos años atrás, Alex había comenzado a estudiar en la Architectural Association y a trabajar en ese campo, lo que le había ido dejando en un segundo plano. Ya solo ayudaba a Con en sus investigaciones muy de vez en cuando.

—No —dijo con pesar—. Será mejor que no te acompañe. Tengo que trabajar en los planos para la casa de campo Blackburn. Y tengo… no sé. Tengo el presentimiento de que debo quedarme aquí.

—¿Qué quieres decir? —Con dejó el bastón a un lado y escudriñó con la mirada a su gemelo—. ¿Ha ocurrido algo malo?

—No… A lo mejor… No sé —Alex esbozó una mueca.

—¿Has tenido una premonición?

—No exactamente. No soy como Anna. Yo no sé lo que va a ocurrir.

Alex se cruzó de brazos. Nunca le había gustado hablar de su don, que era como Con lo veía, o de su maldición, que era como él mismo lo consideraba.

—Estoy raro desde que me he despertado. Inquieto. Es posible que no sea nada, solo los vestigios de un sueño.

—Has tenido otra pesadilla.

Con era la única persona con la que Alex hablaba de sus pesadillas.

—Supongo que sí. En realidad, no la recuerdo. Solo sé que me he despertado sintiendo…

Se encogió de hombros. Alex odiaba la sensación de miedo profundo que le invadía en aquellos sueños, era una impotencia paralizadora. Una forma de debilidad que odiaba reconocer en él.

—La cuestión es que era algo… algo como lo que sentimos tú y yo cuando uno de nosotros está en peligro. Pero, en cierto modo, era diferente. Sé con seguridad que no tiene que ver contigo. Pero jamás he tenido esa sensación con ninguno de nuestros hermanos.

—¿Será que tu capacidad está aumentando? ¿Estará mejorando? —preguntó Con casi con entusiasmo.

—Sinceramente, espero que no —replicó Alex—. Si recibo señales cada vez que un Moreland se meta en algún lío, voy a terminar enloqueciendo.

—Eso es verdad. Con las niñas de Theo te bastaría para estar ocupado noche y día.

Alex sonrió, pero volvió a ponerse serio rápidamente.

—Quería preguntarte si alguna vez has sentido algo parecido. Si sientes cosas relacionadas con los demás.

—No —contestó Con un tanto apenado—. Yo no tengo ningún talento. Aparte de lo que nos ocurre como gemelos, quiero decir —pareció pensativo—. Si crees que ha ocurrido algo malo, a lo mejor debería retrasar el viaje.

—No, no seas ridículo —Alex sacudió la cabeza—. Estoy seguro de que no es nada.

—Pero esas pesadillas…

—Tú les das más crédito a mis pesadillas que yo.

—Todos sabemos que los Moreland tienen sueños significativos, excepto yo, por supuesto. Recuerda el día que Reed soñó que Anna estaba en peligro. O lo que Kyria vio en sueños.

—Yo no he tenido un sueño premonitorio en mi vida. Solo tengo pesadillas. Y las tengo desde los trece años.

—Sí, pero hace años que pararon. Hasta hace muy poco no habías vuelto a recuperar esa pesadilla en la que te encierran. Seguro que hay alguna razón.

—Seguramente fue el pichón que cené anoche —dijo Alex quitándole importancia.

Con soltó un bufido burlón, pero dejó el tema. Aquella era una de las ventajas de tener un gemelo. Uno no tenía que mentir y el otro sabía lo que ocurría sin necesidad de preguntar.

—Será mejor que me ponga en marcha —Con agarró el bastón y el maletín de viaje que había dejado en el suelo, al lado de su escritorio—. El tren sale a las dos y no quiero perderlo.

Con una sonrisa, se puso el sombrero, haciéndolo aterrizar en su cabeza después de varios giros, y salió. Alex, con una sonrisa en los labios, se apoyó en el escritorio de su hermano, estiró sus largas piernas ante él y pensó en sus pesadillas. No recordaba la de la noche anterior, pero se había repetido suficientes veces a lo largo de aquellas semanas como para saber lo que transmitía.

Siempre soñaba que dormía en una cama estrecha, en una habitación diminuta, solo, sin saber dónde estaba y sintiendo un miedo frío y paralizante.

Las primeras pesadillas habían comenzado poco después de que Con y él hubieran visitado Winterset, la casa de campo de su hermano Reed. Habían salido a dar un paseo con Anna, la entonces futura esposa de Reed, y se habían encontrado con el cadáver de un granjero asesinado. Aquella visión había conmocionado a los dos gemelos, pero Alex había sido el único que había vomitado. Había vuelto a la casa para pedir ayuda mientras Con se quedaba junto a Anna, al lado del cadáver. Nunca había querido admitir, ni siquiera delante de Con, el alivio que había supuesto para él alejarse de aquellos restos sanguinolentos.

Lo curioso era que las pesadillas que le habían perseguido durante las semanas posteriores no habían estado relacionadas con la muerte del granjero, sino con un suceso ocurrido dos años antes, cuando Alex había sido secuestrado y retenido en una habitación oscura y diminuta.

Por supuesto, había pasado mucho miedo en aquella situación, pero estaba acostumbrado a meterse en líos y a salir de ellos, aunque, tenía que reconocer que pasaba mucho más miedo cuando no compartía con Con sus aventuras. Alex se había servido de su ingenio para escapar y, al final, Kyria, Rafe y los demás habían acudido a su rescate. Había sido una historia emocionante para contar y había disfrutado de la envidia que había suscitado en Con con su aventura, pero, al cabo de un tiempo, después de su experiencia en Winterset, había comenzado a soñar de nuevo con ello. Lo había superado, por supuesto. De hecho, aquello parecía haber marcado el principio de su extraña habilidad. Los Moreland poseían ciertas peculiaridades: sueños premonitorios, conexiones con el mundo de lo sobrenatural y la costumbre de enamorarse de una forma inmediata y absoluta.

De modo que no había sido una sorpresa para nadie que Alex comenzara a percibir destellos de sentimientos y acciones cuando agarraba un determinado objeto, aunque había parecido de lo más injusto que Con no hubiera tenido que cargar con una peculiaridad similar. Evidentemente, a este le habría encantado tenerla.

Alex había aprendido a ocultar aquella capacidad a todos aquellos que no formaban parte de su familia, y también a controlarla, para así no verse sobrecogido, por ejemplo, por la visión de un asesinato ocurrido años atrás cuando, por casualidad, se apoyaba contra una pared. Su control había ido incrementándose y, poco a poco, habían desaparecido las pesadillas.

Hasta hacía muy poco. Aunque las pesadillas que estaba teniendo no eran idénticas. En las últimas, él era un hombre, no un adolescente, y la habitación en la que estaba encerrado parecía diferente: más oscura, más fría y más pequeña. Pero el miedo era idéntico. No, de hecho, era peor, porque iba acompañado de un miedo profundo, de un gélido terror.

Alex se obligó a apartarse del escritorio con un gesto de impaciencia. ¿Qué sentido tenía continuar allí sin hacer nada? Durante años, había utilizado su habilidad para ayudar a Con en sus investigaciones. Aquella era una de las razones por las que la agencia había adquirido su impresionante reputación, sobre todo en la búsqueda de personas desaparecidas. Pero la ayuda que había prestado se mantenía en riguroso secreto. Ya era suficientemente difícil labrarse una fama por sí mismo como arquitecto, teniendo en cuenta el pasado aristocrático de su familia y su excéntrica reputación, como para añadir algo tan peculiar como trabajar para una agencia que se adentraba a menudo en materias relacionadas con el ocultismo.

Pero no estando allí Con, no había ningún motivo para que continuara en su oficina. Debería ir a su estudio y ponerse a trabajar en su proyecto, tal y como le había dicho a Con que pensaba hacer. Estando allí sentado no iba a resolver el misterio de aquellas sensaciones incómodas y de sus inquietantes pesadillas.

Acababa de llegar a la puerta cuando, de pronto, se le tensaron los pulmones en el pecho. Fue presa de la ansiedad, del miedo incluso, pero sabía que no era un miedo propio, estaba experimentando el reflujo de los sentimientos de otro. Sentía, además, una presencia… No había otra manera de describirlo. La sensación era tan fuerte que miró alrededor del despacho vacío como si pudiera encontrar a alguien allí.

Por supuesto, no había nadie.

¿Qué ocurriría si terminaba como su abuela y empezaba a hablar con los fantasmas? Intentó separar aquel repentino estallido de sentimientos de los suyos propios para analizar aquella nueva conciencia. Era similar a la que compartía con Con, un conocimiento que, en cierto modo sentía muy cercano, como si comprendiera a la persona que estaba en una situación problemática. Pero él jamás había sentido nada parecido con nadie, excepto con Con. Y estaba convencido de que aquel sentimiento no procedía de su gemelo. Era… algo distinto.

Salió el pasillo y miró por la barandilla hacia al piso de abajo. Mientras miraba, se abrió la puerta y entró un hombre de escasa estatura. El recién llegado cruzó la entrada y comenzó a subir las escaleras. La sensación de Alex iba moviéndose al mismo tiempo que él. Aquel hombre, o quizá fuera solo un muchacho a juzgar por su altura, era la presencia que Alex sentía.

El visitante llegó al final de la escalera y comenzó a cruzar el pasillo en su dirección. Era un hombre pequeño, vestido de una forma un tanto extraña. Bueno, no extraña, puesto que el traje no tenía nada de raro. Pero llevaba una gorra de trabajador y no había nada que pareciera conjuntar en él. Caminaba con torpeza, con unos pies que parecían excesivamente grandes para aquel cuerpo. La chaqueta le estaba enorme, la llevaba casi colgando; las mangas le ocultaban las manos y había doblado el bajo de los pantalones, pero, aun así, la tela le hacía bolsas alrededor de los tobillos. Llevaba la gorra incrustada casi hasta los ojos, escondiendo su frente y manteniendo oculta la mayor parte de su rostro.

Vaciló al ver a Alex. Después, comenzó a avanzar hacia él con determinación. Alex le observó caminar y, a medida que el muchacho iba acercándose hacia él, la sensación de que allí tenía que haber algún error forjó un pensamiento.

—¡Eres una chica! —exclamó.

Comprendió al instante que acababa de cometer un error porque su visitante soltó un grito y retrocedió un paso.

—No, no. Espera, por favor, no te vayas. ¿Puedo ayudarte en algo?

La joven se quitó la gorra bajo la que se escondía, revelando una nube de rizos negros que le caía justo por debajo de las orejas. Sin la gorra, Alex pudo apreciar con claridad la delicadeza de su barbilla, el rostro en forma de corazón y unos ojos enormes de un azul profundo. Y él se sintió conmocionado.

—Vengo buscando la agencia Moreland Investigative.

—Soy yo. Me refiero a que yo soy el señor Moreland. Alex, Alexander Moreland.

Fue consciente de que estaba balbuceando y se obligó a detenerse antes de comenzar a hablar de su hermano, de la agencia, de Olivia, que era la que la había montado, y de todo lo que se le estaba pasando por la cabeza.

Aquella mujer era una belleza. Y, además, la sensación de conexión y el desasosiego estaban focalizados en ella. ¿Cómo podía sentirse tan vinculado a una desconocida, a alguien que ni siquiera pertenecía a su familia? ¡Ay, Señor! No serían parientes, ¿verdad?

Pero de algo estaba seguro: no podía permitir que se fuera. De modo que recompuso los restos de su aplomo, inclinó la cabeza, señaló con el brazo la puerta abierta con un gesto de cortesía y dijo:

—Por favor, ¿no quiere entrar?

Su sonrisa fue tímida y leve el rubor de sus mejillas. Y ambos eran, se fijó Alex, encantadores. Entró en la oficina y se sentó en la silla que había frente al escritorio de Con. Dejando la puerta abierta para no alarmarla, se sentó tras la mesa, como si aquel fuera su despacho.

En realidad, no estaba mintiendo, se dijo a sí mismo. Él era el señor Moreland, aunque no fuera el Moreland que ella pensaba.

—Y ahora, por favor, ¿en qué puedo ayudarla, señorita...?

—Estoy aquí porque... bueno, en la estación le pregunté al conductor que a dónde debería ir. Él me dijo que la agencia Moreland es la mejor cuando se trata de localizar a alguien — contestó, retorciendo la gorra entre los dedos e ignorando la pregunta sobre su nombre.

—Desde luego, haremos cuanto podamos para ayudarla.

Alex abrió el cajón del escritorio y sintió alivio al ver los lápices y el papel. Los colocó sobre el escritorio y se dispuso a tomar nota. Esperaba que pareciera que sabía lo que estaba haciendo.

—Y ahora dígame, ¿a quién quiere encontrar?

Ella le miró con gravedad y contestó:

—A mí.

CAPÍTULO 2

—¿Perdón?

No podía haber oído bien.

—Es a mí a quien tiene que encontrar. No el lugar en el que me encuentro, porque, como es evidente, estoy aquí —suspiró—. Pero no sé quién soy.

Alex parpadeó. Se le ocurrió pensar que quizá aquello fuera una broma. Aquella chica tan adorable era una actriz y Con había… No, Con no. Si le hubiera gastado una broma, no se habría marchado. Seguiría allí, muriéndose de la risa. Miró hacia la puerta. No sentía la cercanía de su hermano. ¿Pero a quién si no se le podía haber ocurrido una locura como aquella?

—Ya entiendo.

La joven se levantó de un salto.

—Lo sé. Sé que parece que acabo de escaparme de Bedlam, pero le prometo que no es así. Lo que quiero decir es que no siento que esté loca, aunque supongo que en realidad tampoco puedo saberlo, ¿verdad?

Se interrumpió. Parecía tan perdida que, instintivamente, Alex rodeó el escritorio para acercarse a ella, agarrarla del brazo y hacer que volviera a sentarse. Él se apoyó en el borde del escritorio.

—No, no. Estoy convencido de que no está loca. Es solo

que yo… eh…Quizá pueda explicarme la situación un poco mejor.

Ella tomó aire y dobló las manos en el regazo, con toda la propiedad de una dama. Excepto, por supuesto, por el hecho de que iba vestida como un hombre.

—No sé quién soy. No puedo decirle mi nombre porque no tengo ni idea de cuál es. Creo… —se llevó los dedos a la garganta y palpó algo que llevaba bajo la camisa—. Creo que podría llamarme Sabrina, porque ese es el nombre que aparece grabado en el relicario que llevo.

—Sabrina entonces —le gustó cómo sonaba, y también la intimidad de llamarla por su nombre de pila como si la conociera desde hacía años—. Si me perdona… eh… la informalidad.

—Por supuesto —volvió a ruborizarse de aquella manera tan deliciosa—. Es razonable, puesto que no tengo ni idea de cuál es mi apellido —y añadió con un suspiro—: Ni de dónde soy, ni por qué voy vestida como un hombre.

—¿No sabe nada de usted?

—No, nada en absoluto. Es una sensación de lo más extraña.

Alzó la mano para apartar su voluminosa cabellera y Alex reparó en el moratón que oscurecía el lateral de su rostro. Tenía dos moratones, de hecho, uno en la frente y otro en un pómulo, ambos al borde de la línea de la melena. Advirtió también que tenía la mano arañada.

—¡Pero si está herida! —fue tal la fuerza de su enfado que se incorporó de un salto—. ¿Quién le ha hecho una cosa así?

Se inclinó para examinar las heridas, apartándole los rizos con delicadeza. Aquellos rizos tan suaves le acariciaron la piel, provocándole un estremecimiento de placer que fue directo a todas sus terminales nerviosas.

Fue un gesto demasiado íntimo como para resultar apropiado, comprendió. Apartó la mano y se obligó a apoyarse contra el escritorio.

—No sé quién me lo hizo —le explicó—. En el caso de que me lo haya hecho alguien. A lo mejor me caí. Hay más.

—¿Más?

—Sí. También tengo moratones en el brazo.

Se ahuecó la chaqueta y se subió la manga hasta el codo para mostrarle el brazo. Sobre la pálida piel había unas pequeñas manchas azuladas.

—Son las marcas de unos dedos —algo frío y duro se encogió en su pecho—. Alguien le ha apretado el brazo con fuerza.

—Eso pienso yo. Y mire —se desató el primer botón de la camisa y la presionó hacia abajo, revelando otro largo arañazo en el cuello—. Y creo... — frunció el ceño y se llevó la mano hacia la parte posterior de la cabeza— creo que me he dado un golpe en la cabeza. Tengo una zona que está muy blanda.

Alex rodeó su silla a toda velocidad y se inclinó para mirar el lugar que ella señalaba. Con cuidado, le separó el pelo, intentando ignorar la sensación que le producía el tenerlo entre sus dedos, la excitación que removía dentro de él. Tomó aire con una respiración rápida y silbante.

—Está sangrando... Debería haber visto...

Cruzó la habitación para acercarse al aguamanil que había en una esquina y humedecer un trapo. Regresó y le limpió con mucho cuidado la herida. Cuando la oyó retener el aire, dijo:

—Lo siento, sé que duele, pero tengo que limpiarla.

—Lo sé. Y solo me ha dolido esta vez. Se le da bastante bien.

Alex rio.

—Si hay algo que sé hacer en este mundo es limpiar cortes y arañazos.

—¿Su negocio es peligroso?

—Lo fue mi infancia —sonrió para mostrarle que no lo decía en serio—. Mi hermano y yo nos pasábamos la vida cayéndonos de los árboles, rodando colina abajo o tropezándonos con cualquier cosa —se detuvo, como si estuviera reflexionando sobre ello—. Ahora que lo pienso, debíamos de ser bastante torpes y brutos.

Cuando terminó de limpiar la herida, dejó el trapo a un lado y volvió a sentarse en el borde del escritorio.

—¿Y no recuerda nada sobre su pasado?

—No. No sé quién soy, ni lo que provocó estas heridas, ni dónde vivo. ¡Nada! —se le llenaron los ojos de lágrimas.

—Bueno —Alex evitó pensar en lo mucho que le gustaría abrazar a aquella mujer para consolarla. Se cruzó de brazos y dijo—: ¿Qué es lo primero que recuerda?

—Me he despertado en un tren. El conductor me ha despertado sacudiéndome el hombro y me ha dicho que estábamos en Paddington Station. Estaba como atontada. He salido del tren y he comenzado a caminar por la estación. Había mucha gente y todo era muy ruidoso. Estaba confundida y asustada. Me dolía la cabeza. He intentado recordar quién era, dónde estaba... y por qué estaba vestida de esta forma. De pronto, se me ha ocurrido pensar que si alguien me veía así vestida no me reconocería, y ha sido entonces cuando me he dado cuenta de que no solo no me reconocerían otros, sino que ni siquiera yo sabía quién era. Me he asustado hasta tal punto que me he sentado en un banco para intentar pensar —se encogió de hombros—. Pero ha sido inútil.

—¿Y qué ha hecho entonces?

—Estaba hambrienta —esbozó una débil sonrisa—. Ya sé que puede parecer algo muy frívolo en una situación como esta, pero es la verdad. Así que le he comprado unas castañas asadas a un hombre que iba con un carretón. Ha sido entonces cuando me he dado cuenta de que llevaba dinero encima, una buena cantidad de dinero o, al menos, a mí me lo parece —endureció la mirada—. Así que es evidente que recuerdo ciertas cosas: reconozco la diferencia entre un billete de cinco libras y un chelín, y sabía que podría haber ladrones fuera de la estación. También que mi forma de vestir era extraña y que iba a ver... a alguien. Pero no sé quién soy.

—¿Ha reconocido la estación?

Pareció pensativa.

—No, pero he visto el nombre en las señales. Yo… En realidad no recuerdo gran cosa de la estación. Todavía no estaba despejada. Pero nada me resultaba familiar y, cuando he salido fuera, tampoco he reconocido ningún lugar. Ni las calles ni los edificios. A lo mejor no he estado nunca aquí. O a lo mejor es algo que he olvidado.

—Ha dicho que tiene un relicario. Empecemos con él.

—Sí.

Sabrina buscó detrás del cuello, abrió el cierre y tiró de la cadena que llevaba bajo la camisa.

Alex alargó la mano y ella la depositó en su palma. La joya estaba caliente por haber estado en contacto con la piel de Sabrina y Alex lo encontró inesperadamente excitante. Cerró la mano a su alrededor, se levantó y volvió a sentarse en la silla de Con. Era preferible que no se acercara demasiado a ella. Además, aquello le permitió conservar el relicario en la mano durante algunos minutos más y fijar en él toda su concentración.

Cuanto más tiempo sostuviera el objeto, más posibilidades tendría de averiguar algo. Solo los vestigios de sentimientos o acontecimientos muy intensos le asaltaban de inmediato, lo cual, afortunadamente, hacía que le resultara mucho más fácil llevar una vida normal. La mejor manera de utilizar su habilidad era aferrarse con fuerza al objeto, cerrar los ojos, bloquear cualquier otra sensación y concentrarse.

Pero resultaría un tanto extravagante hacerlo delante de una desconocida. Sobre todo ante una mujer tan bella; no quería que le tomara por un loco. Por suerte, la sensación que transmitía aquella joya era muy fuerte. Era una sensación cálida, entrañable y muy femenina. No había notado hasta entonces que fuera sensible al género y se preguntó durante un instante hasta dónde podría llegar aquella capacidad. Nunca lo había probado.

La sensación más fuerte que recibía del relicario era la misma que le transmitía Sabrina. Y también había amor. Aquel relicario había sido entregado y recibido con amor. Desgraciadamente, ninguna de aquellas sensaciones le ayudó a identificarla.

Se sentó, dejó el medallón sobre el escritorio y lo estudio. Era pequeño, tenía forma de corazón y estaba ensartado en una cadena dorada. Alex incrustó la uña del pulgar en una hendidura casi invisible y lo abrió. A un lado estaba escrita una fecha y en el otro el nombre de Sabrina, como ella misma le había dicho.

Volvió a mirarla.

—¿Cree que puede ser su cumpleaños?

Si lo era, atendiendo a la fecha, iba a cumplir pronto veintiún años, cuatro menos que él. Le pareció una edad adecuada para ella.

Sabrina se encogió de hombros con impotencia.

—¡Ojalá lo supiera! Así ya sabría dos cosas sobre mí: mi edad y mi nombre de pila.

—También sabemos que es una pieza de joyería muy hermosa, no desmesurada, pero yo diría que es bastante cara. Y, teniendo en cuenta su manera de hablar y sus modales, me atrevería a decir que ha sido educada como una dama.

Sabrina sonrió de oreja a oreja.

—Me temo que eso no estrecha mucho las posibilidades.

—No.

Alex le devolvió el relicario con cierta reluctancia.

—A lo mejor tengo algo más que puede ayudarle.

Comenzó a rebuscar en los bolsillos y sacó varios objetos que dejó encima de la mesa: un reloj de bolsillo con una cadena, una bolsita de cuero que tintineó cuando la depositó sobre la mesa, una tarjeta, un delicado pañuelo de dama, un pedazo de papel y, por último, una sortija de oro.

Alex sintió que el corazón le daba un vuelco en el pecho.

—¿Una alianza? —alargó la mano hacia el anillo—. ¿Está casada?

—No sé —frunció el ceño—. No creo. No tengo la sensación de estar casada. Estaba en el bolsillo. No la llevaba puesto.

Alex tomó el anillo, una sortija con diamantes engastados en forma de flor.

—A lo mejor se la quitó para que no desentonara con el disfraz.

Percibía un sentimiento fuerte procedente de la joya, pero era confuso, y el susurro de la presencia de Sabrina era débil, no algo tan permanente como lo que transmitía el relicario. Debía de ser porque lo llevaba en el bolsillo. Añadida a aquella confusión estaba la sensación de otra presencia. El anillo no tenía por qué ser de Sabrina.

—A lo mejor.

Miró la alianza con cierta aversión, algo que aligeró la tensión que Alex sentía en el pecho.

Apartó el anillo y tomó el pañuelo. Un pañuelo caro y femenino. En una esquina estaba bordado un monograma con una «B» entrecruzada con una «S» y una «A».

—Esta «S» parece apoyar la posibilidad de que su nombre sea Sabrina. Y el apellido podría empezar por «B».

Sabrina asintió.

—Sí, pero no paro de pensar algún apellido que empiece con «B» y me resulte familiar y no lo encuentro. Esta bolsa está llena de dinero —la abrió para mostrar el contenido.

Alex arqueó las cejas.

—Tiene razón. Es una gran cantidad para llevar encima, sobre todo en el caso de una joven dama.

—Parece sospechoso, ¿no cree? Una mujer vestida de hombre, sin equipaje, viajando sola y con esta cantidad de dinero. Yo creo que debo de estar huyendo —le miró preocupada—. ¿Pero de quién?

—¿Siente que está huyendo o lo dice solo porque parece evidente?

—Sí —se interrumpió—. No sé, estoy asustada. Al venir hacia aquí, tenía la sensación de que debía hacerlo tan rápido como pudiera. Pero a lo mejor eso es porque no recuerdo nada de mi propia vida. Eso ya es muy inquietante y, por supuesto, necesito averiguar quién soy lo antes posible.

—Están también los moratones. Seguro que le ha ocurrido algo.

Lamentó al instante haberlo mencionado, porque aumentó el miedo en los ojos de Sabrina. Añadió precipitadamente:

—Por supuesto, podría haber sido un accidente de coche.

No lo creía ni por un instante. Si fuera ese el caso, habría más personas implicadas. Por lo menos, el conductor. No la habrían abandonado, aturdida y herida. Y aquello tampoco explicaba la enorme cantidad de dinero que llevaba encima, o el hecho de que fuera vestida como un hombre. Parecía mucho más probable que alguien la hubiera herido... y podría estar persiguiéndola en aquel momento. Gracias al cielo, había ido a la agencia y no estaba vagando por las calles, perdida y sola.

Apartó sus pensamientos de aquella imagen y alargó la mano hacia el pedazo de papel. Estaba roto por la parte superior y el resto estaba escrito con una elegante caligrafía:

... dime que vendrás. Compartiremos unos días maravillosos. Ya estoy planeando una salida para ir de compras. Mi tía ha tenido la amabilidad de mostrarse dispuesta a acompañarnos.

A ello le seguía una detallada descripción de un sombrero que la autora de la carta había comprado recientemente y terminaba, tal y como había empezado, en medio de una frase.

—Es obvio que se trata de una carta —dijo Sabrina—. Pero eso es todo. La he leído una y otra vez y no soy capaz de deducir nada de ella. No tiene presentación ni firma. Ni siquiera menciona el nombre de su tía. Supongo que es de una amiga o algún familiar, ¿pero por qué no llevaba la carta completa encima? ¿Por qué está partida?

La carta le volvió a transmitir la presencia de Sabrina, pero sintió otra persona, más quizá. Por las sensaciones que él tenía, podían ser varias. Y lo que podía sentir le inquietaba de forma clara. En cuanto había tocado el papel había sentido enfado, rabia incluso... lo cual encajaría perfectamente con el hecho de que la carta estuviera partida por la mitad. Se centró en el reloj. No tenía ninguna inscripción en la parte de atrás. Era evidente que se trataba del reloj de un hombre; tanto el estilo como la sensación que de él emanaba así lo indicaban. También percibió cierto sentimiento: ¿tristeza quizá? No estaba seguro. Pero el reloj transmitía muchas más emociones que el anillo. La presencia de Sabrina lo impregnaba. Pensó que a lo mejor lo había llevado encima durante mucho tiempo. Apareció en su mente la imagen de una casa, pero se desvaneció. Se quedó muy quieto, cerrando la mano alrededor del reloj. Pero Sabrina preguntó entonces frente a él:

—¿Qué pasa? ¿Ha descubierto algo?

—¿Qué? ¡Ah, no! —sonrió, sacudió la cabeza y volvió a dejar el reloj encima de la mesa.

Más tarde, quizá, cuando Sabrina no estuviera allí para verlo, podría retenerlo en su mano y concentrarse en él. Sabía que tenía que haber algo allí, de eso estaba seguro.

—No creo que esto pueda servir de mucha ayuda —dijo Sabrina mientras le tendía el último objeto, una tarjeta—. Me la ha dado un chico en la estación. Debe de ser alguna clase de anuncio, aunque no estoy segura de qué es lo que anuncia. ¿Un sombrerero, quizá?

Alex desvió la mirada hacia la tarjeta y abrió los ojos como platos. En la tarjeta aparecía la fotografía de dos mujeres jóvenes y elegantes con unos encantadores sombreros de paja. Se las veía alejándose de la cámara. En un lado de la tarjeta aparecía una dirección y en el otro las palabras «ven a vernos»..

—Eh... no es la dirección de un sombrerero —se aclaró la garganta, consciente de que estaba sonrojándose.

—¡Ah! —pareció un tanto decepcionada—. Los sombreros me han parecido muy bonitos —le miró con extrañeza—. ¿Qué ocurre? ¿Se encuentra bien?

—Sí, sí, por supuesto —tuvo la sensación de que su sonrisa parecía forzada.

Desde luego, así era como se sentía en aquel momento. Desesperado, intentó encontrar la manera de dar un giro a la conversación, pero se le había quedado la mente en blanco. Bueno, no en blanco exactamente, pero lo que allí aparecía era algo del todo inapropiado.

Ella esperó un momento y preguntó:

—¿Entonces qué clase de negocio es? No lo comprendo.

—Es uno que… No es la clase de negocio que una dama suele frecuentar. Es más para… eh… para hombres.

Sabrina abrió los ojos de par en par.

—¿Se refiere a una casa de mala reputación?

—Bueno… sí.

—¡Oh, Dios mío! —su sonrojo fue más intenso que el de Alex mientras le arrebataba la tarjeta para examinarla—. Parecen tan… normales.

Volvió a parecer decepcionada. Tanto, de hecho, que Alex no pudo menos que sonreír.

—Yo imaginaba que llevarían algo más… bueno, ya sabe.

—Sí, ya sé.

Resultaba curiosamente excitante estar allí sentado, hablando de burdeles con una mujer al tiempo que recordaba el tacto de aquellos rizos elásticos bajo las yemas de sus dedos. El hecho de que fuera vestida como un hombre la hacía incluso más tentadora. El sonrojo de Alex había comenzado siendo fruto de la vergüenza, pero no tardó en ser producto de otra cosa.

—Yo creo que lo que insinúa es que si se las ve por delante, resultan más seductoras.

—¡Ah, ya lo entiendo! —por su manera de mirar la tarjeta, él sospechaba que no, pero evitó decirlo mientras ella continuaba—. ¿A usted también le dan tarjetas como esta?

—Sí, bueno, de vez en cuando —se aclaró la garganta—. Y, ahora, a lo mejor podríamos continuar.

En los ojos de Sabrina apareció un brillo de diversión mientras guardaba de nuevo la tarjeta en el bolsillo.

—¡Oh! Aquí está el billete —sacó la mano del bolsillo y le tendió el papel—. Pero lo único que dice es de Newbury a Paddington.

—Bueno, por lo menos sabemos que ha llegado a Londres desde Newbury.

—Supongo que es allí donde vivo —respondió Sabrina en tono dubitativo—. No me resulta familiar, pero... la verdad es que nada me resulta familiar.

—Eso ya nos ofrece algo con lo que empezar a trabajar —se reclinó en la silla, pensando—. No sé nada de Newbury, salvo que está al oeste de Reading. Creo. Ojalá estuviera Con aquí, es un genio con la geografía.

—¿Quién es Con?

—Mi hermano —Alex se irguió de pronto, con los ojos brillantes—. ¡Ya está! Ya sé a dónde deberíamos ir —se volvió y comenzó a caminar hacia la puerta.

—¿Adónde? ¿Qué vamos a hacer? —preguntó mientras le seguía.

—Voy a llevarla a mi casa.

33

CAPÍTULO 3

—¿Qué?

Sabrina se tensó y le miró a los ojos. Los nervios del estómago habían desaparecido en el instante en el que había entrado allí: se había sentido a salvo. Hasta aquel momento. En ese instante, se agolparon en su cabeza las historias más cruentas sobre desconocidos y trata de blancas. Era increíble, ¿por qué podía recordar cosas como aquella y no tenía la menor idea de cuál era su nombre?

—¡No! No me refería a eso —se precipitó a aclarar Alex—. No es mi casa. Bueno, sí lo es, por supuesto, pero es la casa de mis padres. De mi familia. Estarán allí mis padres y... otras muchas personas. Le prometo que es un lugar respetable.

Parecía tan alterado que ella no pudo menos que reír.

—Ya entiendo. Muy bien.

—Le suplico que me perdone —continuó mientras la escoltaba hasta la puerta. Le ofreció el brazo y ella, con un gesto automático, lo tomó hasta que ambos recordaron su atuendo y se separaron al instante. Alex continuó—: Debería haberle explicado antes mis razones. Acabo de darme cuenta de que en mi casa podrían ayudarnos. Megan sabrá si han publicado algo en los periódicos sobre usted, o podrá averiguarlo. Y, si ha asistido a alguna fiesta en Londres, mi hermana Kyria lo sabrá. Y, por supuesto, lo más importante es que necesita estar en un lugar seguro.

—¿Cree que estoy en peligro? —Sabrina volvió a alarmarse.

—No lo sé.

Alex alzó la mano para llamar a un taxi y volvió a producirse un momento de confusión cuando alargó la mano para ayudarla y recordó de pronto que iba vestida como un hombre. En el interior del vehículo siguió diciendo:

—A lo mejor hay otra explicación para los moratones, la pérdida de memoria y el disfraz, pero no quiero correr riesgos, ¿y usted?

—No, tiene razón. Pero, señor Moreland...

—No, por favor, llámeme Alex. O Alexander si prefiere ser más formal. No me parece bien que yo me vea obligado a llamarla «Sabrina» y usted me llame «señor Moreland».

—De acuerdo, Alex. En ese caso, nos tutearemos. Pero supongo que tampoco querrás poner en peligro la casa de tus padres —Sabrina alzó la mirada hacia él.

Alex sonrió de oreja a oreja y aquella sonrisa iluminó su rostro anguloso de una forma que le provocó a Sabrina un revoloteo en el estómago.

—No te preocupes. Ni si quiera se enterarían —cuando Sabrina arqueó las cejas con expresión dubitativa, soltó una carcajada—. Ya lo verás. En cualquier caso, yo confiaría en la capacidad de nuestro mayordomo para impedir que nadie cruce la puerta de la casa. Tiene una mirada paralizante.

Alzó la cabeza y bajó la mirada hacia su propia nariz, como si hubiera detectado algún olor desagradable. Sabina no pudo menos que reír.

Era extraño que se sintiera tan cómoda con un hombre que era, en realidad, un completo desconocido. Pero, desde el momento en el se había encontrado con él, se había sentido como si le conociera de toda la vida. Había sido una sensación tan sorprendente que se había detenido en seco. Durante un loco y esperanzador instante, había tenido la convicción de que él le diría su nombre y todo volvería a encajar en su lugar. Pero pronto había quedado bien claro que no la conocía.

Aun así, no había podido evitar relajarse y contarle todo. Había en él una fuerza, una capacidad que resultaba tranquilizadora. Era tan... sereno. No se había inmutado ante su peculiar atuendo, ni había dicho que su historia, más peculiar todavía, era ridícula. Ni la ausencia de un nombre, ni la falta de recuerdos, ni aquel disfraz de prendas masculinas, ni las heridas ni el golpe en la cabeza le habían desconcertado. Se había limitado a escuchar y a asentir como si ese tipo de cosas ocurrieran a diario.

Al no tener ningún conocimiento ni experiencia, ella solo podía confiar en su intuición. Y la intuición le decía que confiara en Alex Moreland.

Aun así, se sintió obligada a protestar:

—Pero no quiero imponerles mi presencia. Seguro que tu madre no quiere que le impongan la presencia de una chica al a que no conoce. Mírame —miró su atuendo con expresión de pesar—. Voy disfrazada como un hombre y tu madre no sabe nada de mi familia ni de lo que he hecho. Se va a llevar una fuerte impresión.

Para su asombro, Alex estalló en carcajadas.

—Confía en mí, hace falta mucho más que eso para impresionar a la duquesa. Mi madre estará encantada. Y querrá hacerte todo tipo de preguntas, por supuesto.

—Pero yo no voy a poder contestarlas. No sé nada de mí.

—No, no me refiero a ese tipo de cosas. Querrá saber si estás a favor del voto femenino, o qué piensas de las condiciones de los trabajadores en las fábricas, tu opinión sobre los hospicios y ese tipo de cosas... Y, si no estás informada, estará encantada de informarte ella.

—¡Ah!

Sabrina le miró sin entender, preguntándose si estaría de broma. ¿Y cómo se había referido a su madre? ¿Había dicho «la duquesa»? ¿Sería algún apodo? ¿Utilizaría una jerga que ella tampoco recordaba? La madre de Alex no podía ser... No, era una locura. No podía ser el hijo de un duque.

A Sabrina le costaba creer que su madre fuera a tomarse con tanta tranquilidad su llegada, pero le parecía absurdo insistir en la inconveniencia de su visita. Además, ¿qué otra cosa podía hacer? No tenía ningún lugar en el que quedarse, no tenía la menor idea de a dónde ir. Lo único que podía hacer era relajarse. Quizá, con un poco de tiempo, recordara todo lo olvidado.

Estudió a Alex en medio del traqueteo del carruaje. Estaba mirando por la ventana y su rostro resultaba igual de atractivo estando de perfil. Entonces se volvió y le sonrió y Sabrina pensó que no, que era imposible que su rostro fuera igual de bello que cuando la miraba de frente. No podía recordar cuál era su ideal de belleza en un hombre, pero tenía la sensación de que Alex Moreland era el prototipo perfecto.

No era un hombre velludo, como tantos últimamente, no llevaba ni bigote ni barba y tenía las patillas cuidadosamente recortadas. El pelo, oscuro, lo llevaba muy corto. Pero quizá fuera porque no necesitaba esconder ninguno de sus rasgos. Quizá tuviera el rostro un poco delgado, pero se adecuaba a sus facciones angulosas. Podía parecer un tanto severo con aquellos pómulos altos y tan marcados y las líneas rectas y negras de sus cejas, pero sus ojos verdes eran cálidos y su boca llena y seductora.

Al darse cuenta de que estaba siendo muy maleducada al observarle tan fijamente, desvió la mirada. Estaban pasando por una manzana de casas muy elegantes... No, había una sola puerta, así que tenía que ser una sola casa. Estaba hecha de piedra y parecía llevar siglos levantada sobre aquella calle. Pensó que debía de ser un edificio del gobierno, pero el carruaje se detuvo y Alex alargó la mano hacia la puerta.

Sabrina se quedó boquiabierta y sintió el estómago a la altura de las rodillas. ¿Aquella era su casa? Vio que Alex descendía y se volvía expectante hacia ella. Le siguió, con la cada vez más acusada sospecha de saber la razón por la que Alex se había referido a su madre como «la duquesa».

—Esta es... —su voz fue apenas un suspiro. Se aclaró la garganta—. ¿Esta es tu casa?

—¿Qué? —Alex, que acababa de pagar al conductor, se volvió hacia ella—. ¡Ah, la casa! Sí, ya sé que parece un poco... lúgubre. Pero está mucho mejor por dentro, ya lo verás.

¿Mejor? No estaba segura de a qué se refería. Desde luego, no podía ser más grande. Un lacayo les abrió la puerta; por lo menos no iba con librea, que era lo que esperaba tras haber visto el tamaño de la casa.

—Buenos días, señor.

El hombre tomó el sombrero de Alex y se volvió hacia ella con actitud expectante. A Sabrina no le quedó más remedio que tenderle la gorra, revelando sus rizos. Si al sirviente le sorprendió o le confundió su extraña imagen, no lo demostró.

—Hola, Ernest, ¿dónde está mi madre?

—Creo que está en la habitación del sultán, señor. Los visitantes se han ido poco antes de que usted llegara.

—¿La habitación del sultán? —preguntó Sabrina en un susurro mientras cruzaban la enorme entrada, con un suelo ajedrezado de mármol blanco y negro.

No podía dejar de mirar el enorme vestíbulo, con dos pisos de altura y decorado con retratos y paisajes tan altos como ella. Una escalera ancha, también de mármol, dominaba uno de los extremos de vestíbulo y se dividía en el descansillo, desde donde ascendía en direcciones opuestas.

—¿Hay un sultán en esta casa?

Alex soltó una carcajada.

—No, por lo menos que yo sepa, aunque mi abuelo tenía historias de lo más curiosas. Eso es lo que me han contado, así que a lo mejor hubo un sultán en algún momento. Pero se llama así porque mi bisabuelo la decoró en plena fiebre orientalista. Parece el interior de un harén. O, quizá, la tienda de un jeque. Nunca hemos estado del todo seguros. En cualquier caso, es horrible, pero la utilizamos todos. Es más cómoda que la sala de reuniones. Al parecer, mi abuela intentó volver a bautizarla como El Salón Rojo, ya entenderás por qué, pero no funcionó.

—Espera —le pidió Sabrina, agarrándole de la manga—. Cuando has llamado a tu madre duquesa, lo decías en serio, ¿verdad? Es una...

—¿Duquesa? Sí.

—¡Ay, Dios mío! —podía sentir la sangre abandonando su rostro—. Entonces tu padre es...

—Un duque. Eh, tranquila —la agarró del brazo cuando vio que empezaba a caer—. No irás a desmayarte delante de mí, ¿verdad?

—No estoy segura.

Alex la condujo hasta un banco de piedra, se agachó frente a ella apoyando una rodilla en el suelo y, con delicadeza, le hizo inclinar la cabeza.

—Respira. Te pondrás bien. Yo una vez estuve a punto de desmayarme, cuando me rompí el brazo, pero se me pasó.

—¿Te rompiste un brazo? —alzó la mirada hacia él.

El rostro de Alex estaba a solo unos centímetros de distancia del suyo y el verle tan cerca, con los ojos cargados de preocupación, bastó para que se quedase de nuevo sin respiración. Pero, en aquella ocasión, el calor fluyó hacia su rostro.

—Pues sí —la preocupación de su mirada se transformó en un brillo travieso—. Ya te dije que estaba acostumbrado a tratar con heridas y cortes. Pero también con huesos rotos y esguinces—. ¿Ya te encuentras mejor?

Cuando ella asintió, le dijo:

—Debería habértelo preguntado antes. ¿Has comido algo esta mañana? Seguro que no.

—Creo que no. Por lo menos desde que bajé del tren.

—Eso tenemos que arreglarlo. En cuanto veamos a mi madre, llamaré para pedir algo de comer.

—Alex, tu madre... no puedo presentarme delante de ella con este aspecto —elevó la voz en un tono de alarma. Podía imaginar a su madre, una mujer imponente como una reina, severa y altiva, mirándola como si fuera un insecto—. No sabía que era... que tu familia era tan... tan aristocrática.

—Y no lo somos en absoluto. De hecho, todo el mundo dice que somos deplorables plebeyos —sonrió y tiró de ella para ayudarla a levantarse—. Vamos, ya lo verás. No es nada estirada.

A Sabrina le resultaba difícil de creer, pero no le quedó otro remedio que seguirle con las mejillas ardiendo ante la inminente humillación. Alex la agarró del brazo, Sabrina no estaba segura de si lo hacía para que se apoyara en él o para evitar que saliera huyendo.

Cruzaron el pasillo y entraron a una habitación de puertas dobles. En cuanto entraron, Sabrina comprendió el motivo de su nombre. Los sofás, los cojines y la *chaise longue* estaban tapizados en damasco de un color rojo intenso aliviado solamente por la madera oscura de las distintas mesas. Las paredes, e incluso el techo, estaban cubiertos de telas de ondulados pliegues, invitando a recordar el interior de una jaima. Una jaima muy lujosa, por cierto.

—Alex, querido.

Una mujer se levantó de un sofá de dos plazas. Era alta e iba elegantemente vestida. El pelo, castaño oscuro, estaba cubierto casi por completo por el gris de las canas. Era evidente que de joven había sido toda una belleza, y todavía era muy hermosa, de hecho. A ello había que añadir una figura imponente, aunque no del tipo que Sabrina había imaginado. Porque la regia imagen se desvanecía con el calor de su sonrisa y la amabilidad de su mirada.

—Veo que has traído una invitada. Vamos, siéntate, pequeña. Estas blanca como el papel —alargó la mano para tomar la de Sabrina entre las suyas—. Dios mío, tienes las manos frías como el hielo. Alex, pídele un té.

Mientras Alex se volvía hacía el tirador, Sabrina le dijo:

—Le suplico que me perdone por haberme presentado de esta forma ante usted, Su Excelencia. Y soy consciente de que mi forma de vestir debe de parecerle... eh... —la verdad era que no tenía palabras para describir lo inadecuado de su aspecto.

—No es nada —la duquesa minimizó con un gesto sus palabras y la condujo al sofá—. Ahora siéntate aquí conmigo y cuéntame lo que te ha pasado. Veo que has sufrido alguna tragedia. ¿Te ha golpeado tu patrón? ¿Tu padre te ha echado de casa? ¡Hombres! Son capaces de disfrutar donde quieren y cuando quieren, pero pobre de la desgraciada mujer que tenga que sufrir las consecuencias... de esos hipócritas —miró a Alex con una sonrisa—. No me refiero a mis hijos, por supuesto. Ellos son unos caballeros, como su padre. Así que sé que no ha sido él el que te ha causado problemas.

A Sabrina se le salieron los ojos de las órbitas.

—No pasa nada, querida —la duquesa le palmeó la mano—. Aquí no tienes por qué tener ningún miedo. Nadie te va a juzgar. Es algo que no permito en ninguna de mis casas.

—¡Sus casas!

¿De qué tipo de casas estaba hablando? Seguramente, no sería de las casas que anunciaban en la tarjeta que le habían entregado en el tren. Aquello iba resultando más absurdo por momentos.

—No, no, no —se precipitó a decir Alex—. No es nada parecido. Sabrina no es una de esas jóvenes desgraciadas. Ella no es... —miró desolado a Sabrina—. Mi madre fundó dos casas para mujeres necesitadas —se volvió hacia la duquesa—. Pero este caso es diferente.

Procedió entonces a contarle la historia de Sabrina.

Para sorpresa de esta última, la duquesa atendió con cariñosa preocupación, pero sin ningún signo evidente de alarma a pesar de lo peculiar del relato. Cuando Alex terminó, se limitó a decir:

—Ya entiendo. Bueno, por supuesto, tienes razón, querido. Tiene que quedarse con nosotros —le dirigió una sonrisa a Sabrina—. Es evidente que has sufrido alguna desgracia. Le pediré a Phipps que te prepare una habitación.

—Odio causar tantas molestias —comenzó a decir Sabrina.

—Tonterías. No es ningún problema en absoluto —la duquesa volvió a palmearle la mano—. Estoy deseando disfrutar de una agradable conversación contigo más adelante.

Y, sin más, abandonó la habitación, dejando a una Sabrina estupefacta tras ella.

—No te preocupes —le dijo Alex—. Te aseguro que no será ningún problema para mi madre, y Phipps se encargará de todo. Estará encantado de tener que hacer frente a una crisis. Ahora mismo estamos tan pocos en la casa que resulta casi aburrido. Y, mientras él se encarga de todo, necesitamos conseguir algo de comer.

Salieron de la habitación y bajaron hasta un pasillo situado en la parte trasera de la casa.

—Espero que no te importe comer algo en la cocina.

—No, por supuesto que no.

Sabrina pensó que quizá para los empleados de la cocina sería un problema tenerlos allí.

Sin embargo, resultó que, tanto el ama de llaves, a la que Alex llamó con cariño «señora Bee», como las cocineras, mostraron la misma calma que todo el mundo en aquella casa. Las encontraron sentadas, comiendo pan y queso en el extremo de una mesa cubierta de muescas y arañazos mientras a su alrededor iba desarrollándose el trabajo de la cocina. Era evidente, por su forma de sonreír a Alex, que estaban acostumbradas a que se presentara en cualquier momento para intentar convencerlas de que les diera algo de comer.

Sabrina no estaba segura de cómo era la vida en su propia casa, pero tenía la fuerte sospecha de que no había nada en la de los Moreland que pudiera considerarse normal. El mayordomo, Phipps, hizo cuanto pudo por transmitir una sensación de dignidad y severidad cuando entró en la cocina, pero su presentación fue tristemente interrumpida por la voz de la cocinera regañando a uno de los mozos mientras se oía el intenso golpeteo de las sirvientas cortando las verduras en el otro extremo de la casa.

—Permítame mostrarle la habitación Caroline —le dijo a Sabrina, haciendo una reverencia.

—No es necesario, la llevaré yo —replicó Alex, ignorando la expresión dolida del mayordomo.

Mientras Sabrina y él salían, se inclinó hacia ella y murmuró:

—El pobre Phipps ha perdido la esperanza de que alguno de nosotros sea capaz de mostrar algún respeto a nuestra posición. Pero está comenzando a sufrir artritis en las rodillas y no debe andar subiendo y bajando escaleras. Además, se empeñaría en contarte la gran historia de los Moreland durante todo el camino hacia allí, con lo cual podrías terminar huyendo de nuevo.

Sabrina soltó una carcajada.

—No creo que corra el peligro de volver a huir. Sinceramente, lo único que quiero es dormir. Estoy agotada.

—Puedo imaginármelo. Si has llegado a Londres tan pronto como me dijiste, tienes que haberte despertado al amanecer. Por no hablar de que, sea lo que sea lo que te ha pasado, debe de haberse tratado de una dura experiencia.

Subieron por la escalera de mármol, que de cerca resultó ser tan alta y elegante como parecía desde la distancia. Giraron a la izquierda y, estaban ya en el último escalón, cuando un ruido penetrante, similar al chirrido de una máquina de vapor, desgarró el aire.

Sabrina se sobresaltó y giró. Un animal enorme y peludo bajaba corriendo hacia ellos a toda velocidad.

—Tranquila —dijo Alex, posando la mano en el codo de Sabrina—. Solo es Rufus. Y mis sobrinas.

El animal, vio entonces Sabrina, era un perro de pelo largo de raza indeterminada. Siguiéndole los talones corría una niña pelirroja, con las manos extendidas y el rostro feliz. Era ella la que emitía aquellos gritos penetrantes. Tras ella corría una niña algo más pequeña, con un pelo del mismo color, haciendo cuanto podía para alcanzarlos.

Una atractiva mujer con el pelo del color de la canela salió tras ellas gritando:

—¡Athena! ¡Brigid! ¡Venid aquí ahora mismo!

Entre el enorme chucho, la carrera desbocada de las niñas y las escaleras de mármol, aquello parecía a punto de terminar en tragedia.

Pero entonces la mujer gritó:

—¡Para, Rufus! —seguido de—. ¡Agárrale antes de que llegue a la escalera, Alex!

Ante los asombrados ojos de Sabrina, el perro se detuvo, se escondió detrás de Alex y se asomó entre sus piernas para vigilar a sus perseguidoras. Alex sonrió de oreja a oreja, agarró a las niñas, una en cada brazo, y les plantó sendos besos sonoros en las mejillas.

—Habéis vuelto a escaparos, ¿verdad?

Las niñas rieron. Aparentemente, habían perdido el interés en su presa.

—¡Tío Alex! ¡Tío Alex! —comenzaron a canturrear.

La más pequeña le palmeó la mejilla, pero la mayor, alargó la mano hacia el interior de la chaqueta, buscando algo en el bolsillo. Alex soltó una carcajada.

—Hoy no tengo ningún pirulí de menta, ladronzuela.

Las dos niñas comenzaron a parlotear. A Sabrina le resultaba casi imposible entender lo que decían. Una de las niñas se volvió hacia ella, la saludó y dijo con perfecta claridad:

—¿Quién es?

—Nuestra invitada —le explicó Alex—. Sabrina, me gustaría presentarte a las hijas de mi hermano Theo. Esta granujilla es Athena y esta es su hermana Brigid. Saludad a Sabrina, niñas.

—¡Hola, Sabrina! —saludaron las dos al unísono.

Brigid escondió la cara en el hombro de su tío, con un aparente ataque de timidez, pero Athena sonrió, mostrando un abierto interés y preguntó:

—¿Eres un chico o una chica?

—Soy una chica, pero voy vestida con ropa de chico —Sabrina no pudo evitar devolverle la sonrisa.

—Yo quiero llevar ropa de chico —decidió Athena.

Alex intentó disimular una sonrisa.

—Y esta pobre y atribulada mujer es su madre. Megan, permíteme presentarte a Sabrina. Sabrina, te presento a la marquesa de Raine.

—Señora.

Otro título. Pero, por supuesto, tenía que tenerlo. ¿Acaso no solía ser una marquesa la heredera de un ducado? ¿Significaba eso que Theo era el hermano mayor? ¿Y sería Alex un lord? Bueno, por lo menos podía culpar a su falta de memoria de no conocer cuál era el orden de prioridad.

—Llámame Megan —le pidió la madre de las niñas.

—¡Eres americana! —exclamó Sabrina sorprendida.

—Sí, soy americana. Una extraña en tierra extraña —le tendió la mano a Sabrina y se la estrechó con firmeza, a la manera de un hombre de negocios—. Encantada de conocerte.

—Mamá, quiero llevar ropa de chico —dijo Athena, dirigiendo la conversación hacia el tema que le interesaba—. ¿Pudo?

—¿Puedo? — la corrigió Megan—. No lo sé, no he pensado en ello.

—Yo también quiero —anunció Brigid—. Yo quiero llevar *roba* de chico.

—Ropa, no *roba*, tonta —se burló Athena.

—Ya hablaremos de eso después —les dijo Megan con firmeza—. Venid aquí vosotras dos.

Alargó las manos hacia ellas y las dejó en el suelo. Se agachó para ponerse a su nivel y continuó.

—¿No os he dicho que no persigáis a Rufus? Lo asustáis. Y no es justo que os escapéis de Alice cuando sabéis que ayer se torció el tobillo.

Las niñas asintieron. A la más pequeña comenzó a temblarle el labio.

—Sí, mamá.

—No volveremos a hacerlo —le aseguró Athena muy seria—. Te lo prometo.

—Muy bien. Y, ahora, volved con Alice.

Megan les dio un pequeño empujón para enviarlas en la misma dirección por la que habían llegado. Sabrina pudo ver entonces a una mujer con aspecto agobiado al final del pasillo, cojeando con firmeza hacia ellas.

—Y pedidle disculpas.

Las niñas corrieron hacia Alice. Megan se levantó y se volvió hacia Alex y Sabrina.

—Siento la interrupción —aunque su voz era amable, estudiaba a Sabrina con abierta curiosidad a través de aquellos ojos de color caoba.

Sabrina sospechaba que a aquella mujer no se le escapaba un solo detalle.

—Le estaba enseñando a Sabrina su habitación. Se quedará con nosotros una temporada —le explicó Alex—. Se encuentra en una situación complicada. Esperaba que pudieras ayudarnos.

—Por supuesto —la mirada de Megan se hizo más intensa—. ¿Qué necesitas?

—Para empezar, a lo mejor puedes prestarle algo de ropa. Esta es la única que tiene —cuando Megan asintió, continuó—: También me interesa saber si has oído algo de una dama desaparecida. O quizá de algún accidente o algún delito en el que haya podido resultar herida una joven dama.

—No, al menos, de momento. ¿Por qué lo preguntas? ¿Has sufrido un accidente? —se inclinó un poco para examinar las heridas de Sabrina.

—No estoy segura —respondió Sabrina.

Alex procedió entonces a explicar una vez más la situación en la que se encontraba Sabrina.

Megan escuchó con interés, pero la cariñosa compasión que había marcado las facciones de la duquesa se mezclaba en su rostro con cierto escepticismo. Cuando Alex terminó, sus primeras palabras fueron:

—Si esto me lo estuviera contando Con, estaría segura de que es una broma.

Alex rio.

—No, no, te prometo que no. Todo es verdad.

—He oído hablar de personas que pierden la memoria tras recibir un golpe en la cabeza, algo que es evidente te ha ocurrido. Hablaré con mis contactos para saber si han oído algo.

—Megan es periodista, trabaja para un periódico —le aclaró Alex a Sabrina.

—¿De verdad? —Sabrina la miró asombrada.

—Lo era —contestó Megan—. Ahora me dedico sobre todo a escribir artículos de investigación para diferentes revistas. Me ocuparé de ello y veré lo que puedo encontrar.

—Céntrate en Newbury. Es el punto de salida de su billete de tren, así que estamos dando por sentado que lo que quiera que haya ocurrido tuvo lugar por esa zona. Pero, por supuesto, si la secuestraron, pudo ocurrir en cualquier otra parte y es posible que ella consiguiera huir hasta Newbury.

—¿Secuestrarme?

Sabrina le miró boquiabierta, pero Megan se limitó a asentir como si no le pareciera en absoluto extraño.

—No sé si voy a poder averiguar gran cosa sobre algo que ha ocurrido en Newbury, a no ser que sea una gran noticia, pero preguntaré por la zona —se comprometió Megan—. Y echaré un vistazo a mis vestidos para ver qué puedo dejarte, Sabrina. Algunos podrían resultar un poco anticuados para ti, pero estoy segura de que algo encontraremos. Es posible que Anna también se haya dejado algo de ropa. Cualquier cosa de Kyria te quedaría demasiado larga, por supuesto.

Giró y se alejó con la misma energía con la que lo hacía todo.

—Me parece que no me ha creído —observó Sabrina.

—Megan tiene olfato para las noticias. Si hay algo que averiguar, lo descubrirá.

—Solo espero… ¿Y si es algo terrible? —Sabrina se volvió

hacia él, frunciendo el ceño con un gesto de ansiedad—. Lo que quiero decir es que… ¿y si soy una persona terrible o he hecho algo reprobable? Podría ser cualquiera, a lo mejor he escapado de un psiquiátrico y me he dedicado a cortar a la gente en pedacitos.

Alex sonrió.

—Creo que puedo asumir el riesgo.

—Las mujeres que ha mencionado, Anna y Cara, ¿verdad?, ¿también viven aquí?

—No. Anna está casada con mi hermano y vive en Gloucestershire. Pero suelen venir a visitarnos a menudo. Y es Kyria, no Cara. Es una de mis hermanas —la miró divertido—. Es un nombre extraño, lo sé, pero mi padre es un apasionado de las antigüedades y tiene un particular interés por la antigua Grecia y la antigua Roma. Insistió en que todos nosotros estudiáramos griego y latín. Y también es el responsable de nuestros nombres. Mi madre se plantó con algunos de los peores, así que Reed y Olivia consiguieron escapar. Por suerte, mi nombre, aunque es de origen griego, es bastante normal, Alexander. Pero el pobre Con tuvo que quedarse con Constantine. Y el nombre completo de Theo es Theodosius. Su melliza se llama Thisbe.

—¡Dios mío! Tienes una familia muy numerosa.

—Supongo que sí. Theo y Thisbe son los mayores, después está Reed. La siguiente es Kyria, seguida por Olivia, y Con y yo somos los últimos.

—¡Dos pares de mellizos!

—Por suerte, estamos en los dos extremos de la familia, así que no todos éramos pequeños al mismo tiempo. Kyria también tiene mellizos, Jason y Allison. Pero supongo que no necesitas oír los nombres de todos mis sobrinos y sobrinas. Son demasiados —se detuvo ante una puerta abierta—. Ya hemos llegado. Esta es la habitación Caroline.

—¿Por qué la llaman así? —preguntó Sabrina mientras entraba en la habitación.

Al igual que el resto de la casa, era una habitación espaciosa y lujosamente amueblada, pero tenía la pátina de la edad y translucía un uso confortable y ninguna ostentación.

—Le pusieron el nombre por alguna princesa que pasó una noche aquí hace mucho tiempo.

Alguna princesa, pensó Sabrina, sonriendo para sí. Estaba empezando a darse cuenta de que aquello era típico de los Moreland. Eran una familia de postín y dinero, pero parecían ajenos a ello.

—¿Te gusta? Estoy seguro de que Phipps podría cambiarte de habitación —miró a su alrededor, como si estuviera intentando decidir si debía hacerlo.

—Claro que me gusta. Es muy bonita.

Resultaba, de hecho, un poco agobiante con aquellos muebles pesados y oscuros y el amenazante dosel de la cama, pero había dos ventanas que se abrían a un enorme jardín interior. ¡Increíble! Un jardín con una gran extensión de césped y árboles en una casa londinense. Y la cama parecía tan alta y mullida que dormir en ella sería como hundirse en una nube.

—Y mi habitación está en otra ala. Phipps ha hecho todo lo que ha estado en su mano para que continuemos siendo respetables a pesar de nosotros mismos.

—¿De verdad? ¿Vas a estar muy lejos?

Aquella idea le provocó un nudo de nervios en el estómago.

—No muy lejos, la verdad. Solo hay que torcer a la izquierda al final del pasillo. Pero el «ala de solteros», que es como Phipps la llama, está convenientemente separada de las habitaciones de la familia y de la habitación de invitados. Mi madre nunca ha creído que haya que apartar a los niños, pero tampoco quería tenernos a Con y a mí viviendo demasiado cerca.

Sabrina soltó una carcajada.

—Lo dices como si fuerais terroríficos.

—Bueno, también somos conocidos como los Terribles Gemelos. Me temo que mi madre te dirá que solo éramos brillantes y curiosos. Pero teníamos tendencia a ser un tanto ruidosos. Sin embargo, creo que lo que les hacía querernos a distancia era nuestra boa.

—¿Una boa? ¿Una boa constrictor?

Sabrina abrió los ojos como platos y no pudo evitar mirar alrededor de la habitación.

—Sí, pero no te preocupes. Augustus no está aquí. Después de que se escapara y se montara casi una revuelta en plena calle, mi madre nos obligó a dejarla de forma permanente en la casa de campo. Ya no hemos vuelto a tener ni conejos ni cobayas ni ratas. Ahora solo tenemos a Rufus y a Wellie.

—¿Wellie? ¿Es otro perro?

—No, no es un perro —sacudió la cabeza, sonriendo—. Ya te lo presentaré.

Sabrina comenzó a sonreír.

—Eres un hombre muy extraño, Alex.

—¿Y cómo lo sabes? A lo mejor soy bastante normal y tú, simplemente, no te acuerdas de lo que es la normalidad.

La sonrisa de Sabrina se convirtió en una carcajada.

En aquel momento entró Megan en la habitación con un montón de ropa, seguida por una doncella con más vestidos todavía, que dejó en la cama antes de abandonar la habitación.

—Mira —dijo Megan contenta—. Prudence ha encontrado más ropa en las habitaciones de Olivia y Anna. No es tan sencilla como la que yo uso.

—Me gusta tu vestido —le dijo Sabrina, y lo decía en serio.

La falta de lazos y volantes permitía destacar las elegantes líneas del corpiño y la falda.

—Es muy útil. La gente tiende a no tomarse en serio a una mujer vestida con encajes —se volvió hacia Alex—. Ha llegado el momento de que te vayas, amigo mío.

—¡Ah!

Pareció sobresaltarse. Después, miró avergonzado la pila de camisolas blancas y enaguas que llevaba su cuñada en la mano. Se aclaró la garganta.

—Sí, por supuesto —comenzó a caminar hacia la puerta y

se volvió—. Sabrina… me gustaría volver a echar un vistazo a esos objetos que llevas en el bolsillo.

—Sí, por supuesto.

Sabrina se quitó la chaqueta y se la tendió. Fue un alivio desprenderse de aquel estorbo, pero, en cierto, modo, le resultaba incluso más extraño permanecer allí enfundada en unos pantalones y una camisa, con solo un chaleco encima. Su figura femenina era mucho más evidente sin la cobertura de la chaqueta.

Alex la recorrió con una rápida y envolvente mirada, confirmando lo que Sabrina estaba pensando y encendiendo sus mejillas con un calor que fue solo parcialmente producto de la vergüenza. Se volvió y descubrió a Megan observándola con expresión especulativa.

En cuanto Alex cerró la puerta tras él, Sabrina le planteó:

—Desconfías de mí.

Megan dejó las prendas en la cama y se volvió hacia ella.

—Los Moreland son una familia abierta y amable. Creen en la bondad natural del ser humano.

—Pero tú no —aventuró Sabrina.

—Yo no nací siendo una Moreland. Soy una irlandesa obstinada del Bronx —se acercó más a ella. Sus ojos castaños ya no mostraban la menor amabilidad—. No permitiré que les hagas ningún daño. Si lo intentas, te lo haré pagar. Puedes preguntárselo a cualquiera: Megan Mulcahey no renuncia hasta que descubre la verdad.

—Espero que descubras la verdad sobre mí —contestó Sabrina sin alterarse—. Sé que mi historia parece una locura. Probablemente yo tampoco me la creería si no me hubiera sucedido a mí. Pero es la verdad. No tengo ni idea de quién soy ni de por qué he venido a Londres, ni de a qué familia pertenezco. Y eso me produce un miedo mortal. Quiero saber quién soy. Cualquier cosa sería preferible a vivir con este vacío. Aunque descubriera que soy una persona terrible.

—¿Crees que lo eres? Una persona terrible, quiero decir.

—No lo sé. No siento que lo sea, pero supongo que nadie lo siente. Todo el mundo suele pensar que es bueno, ¿no es cierto?

—En general, esa es mi experiencia —Megan esbozó una media sonrisa y retrocedió, mostrando una actitud, si no amable, al menos más abierta—. Vamos, te ayudaré a probarte toda esta ropa mientras vuelves a contármelo todo. En primer lugar, ¿por qué piensas que podrías ser una persona terrible?

—Mírame la cara. Ha ocurrido algo horrible.

—A lo mejor solo eres una víctima.

—O alguien se ha enfadado conmigo por una buena razón. O a lo mejor he atacado a alguien y ha intentado defenderse. Puede haber pasado cualquier cosa, todo son especulaciones. Pero, desde luego, no indica que lleve una vida pacífica y normal, ¿no te parece?

Sabrina se había quitado el chaleco y estaba desabrochándose ya la camisa.

—¿Por qué los hombres abotonan las camisas al revés?

—Es increíble, ¿verdad?

Megan se sentó en el taburete del tocador.

—Y después está lo de esta ropa. A nadie se lo ocurre vestirse como un hombre, ¿verdad? Si solo estaba viajando, habría ido vestida como una mujer. ¿Y por qué no llevo equipaje?

—A mí todo esto me indica que has salido huyendo a toda velocidad de algún lugar, o de alguien. Con toda probabilidad, de aquello que te ha dejado la cara en ese estado —confirmó Megan.

—Exacto. ¿Qué dama normal y corriente haría algo así?

—Una dama asustada. E inteligente.

—Por supuesto que estoy asustada. Aunque ahora ya no tanto. Alex... el señor Moreland, quiero decir, o supongo que tendría que decir lord Alexander Moreland, es un hombre muy... tranquilizador.

—No es ese el adjetivo que yo utilizaría para uno de los gemelos, pero sí. Es una persona sólida. Haría falta algo muy grave para alarmarle.

—Creo que haría falta algo muy grave para alarmaros a

cualquiera de vosotros. Su madre no se ha inmutado cuando me ha visto aparecer así, ¡aunque me ha tomado por una mujer perdida!

Megan rio con suavidad.

—Algo muy propio de la duquesa. A mí me contrató aunque sospechaba que no era una verdadera profesora. Los Moreland son personas de muy buen corazón, pero sería un error pensar que no son inteligentes.

—¿Quieres decir que empezaste a trabajar para ellos... fingiendo ser otra cosa?

Megan asintió.

—Me contrataron como tutora de los gemelos. Tenía que meterme en esta casa porque estaba investigando la muerte de mi hermano. Pensaba que Theo le había matado.

—¿Tu marido?

Sabrina se detuvo cuando estaba a punto de ponerse un vestido y se la quedó mirando fijamente.

—Bueno, en aquel entonces no era mi marido. Y no tardé en darme cuenta de que no podía haber sido él.

—En ese caso, yo diría que no tienes mucho derecho a acusar a nadie de engañar a los Moreland —dijo Sabrina con calor.

—Pero entiendes el motivo de mis sospechas. Ven, déjame ayudarte con los botones —se acercó a ella y le abrochó la espalda del vestido—. Este era de Anna. Es un color perfecto para ti.

Miró en el espejo por encima del hombro de Sabrina.

—No tengo nada contra ti, Sabrina. De hecho, me caes bien. Eres una persona franca y directa. Y, que el cielo me ayude, me siento inclinada a pensar que estás diciendo la verdad. Pero eso no me va impedir buscar información, y es posible que no te guste lo que descubra.

—Lo sé. Pero no quiero vivir siempre en este limbo —Sabrina pensó en la alianza de boda y sintió que algo frío se retorcía dentro de ella—. Tengo que averiguarlo.

CAPÍTULO 4

Con la chaqueta de Sabrina en el brazo, Alex salió de casa, cruzó los jardines y se dirigió a la zona casi selvática que había tras ellos. Una enorme valla de piedra bloqueaba el bullicio de las calles de la ciudad, convirtiendo aquel espacio en un lugar tranquilo y silencioso. Alex había descubierto años atrás que le resultaba más fácil hacer una lectura de un objeto cuando estaba en el exterior, alejado de los objetos que abarrotaban la mayor parte de los edificios.

Se sentó en un banco de piedra y sacó las posesiones de Sabrina para dejarlas a su lado en un banco. Cerró los ojos y sostuvo la prenda con las dos manos, intentando vaciar su mente de todo cuanto no fuera el susurro de las hojas de los árboles que le rodeaban y el canto de los pájaros.

Había muy poco de Sabrina en aquella chaqueta. Muy poco de nada, en realidad, salvo una vaga masculinidad y, quizá, una sensación de enfado. No, «enfado» era un término demasiado blando para describir aquella sensación, era algo más cercano al resentimiento. Pero aquello no le indicaba nada. Dobló la chaqueta, la dejó a un lado y fue tomando los objetos uno a uno.

La bolsa del dinero, al igual que la chaqueta, apenas contenía algún rastro de Sabrina. Emanaba la misma sensación de masculinidad junto a todo un batiburrillo de sentimientos.

Era algo habitual tratándose de dinero, puesto que pasaba por las manos de mucha gente. Pero lo que más le interesó fue la fuerte sensación de otra presencia masculina, distinta de la que procedía de la chaqueta.

Alex nunca había notado aquella capacidad para diferenciar a una persona de otra, al igual que no se había dado cuenta de que podía distinguir la presencia de un hombre de la de una mujer. ¿Sería algo nuevo o habría estado siempre bajo la superficie y él lo había ignorado? Estaba más inclinado a creer lo segundo.

Siempre le habían asaltado los sentimientos desnudos vinculados a un objeto y él no se había detenido en más sutilezas. Normalmente, pensaba en la persona que lo había sostenido en su mano como en un hombre o una mujer, pero eso había sido porque siempre sabía a quién estaba buscando. Aquella mañana, cuando había conocido a Sabrina, había detectado por vez primera la presencia identificable de una persona determinada... aparte de la de su hermano.

Aquello hacía que le resultara fácil percibir aquella sensación en esos objetos. El relicario, por ejemplo, estaba bañado de aquella presencia. Y, una vez separado aquel cabo, le había quedado más claro que uno de los otros era el vestigio de una sensación vinculada a una entidad diferente.

De pronto, estaba descubriendo una nueva forma de mirar su propia destreza, como una multitud de cabos, unos más vívidos, otros menos, cada uno de ellos portador de una emoción distinta, de un lugar, de una persona. La dificultad estribaba en tirar de uno de ellos para separarlo del nudo. Era algo intrigante y digno de exploración. Por desgracia, no le servía de mucho en aquel momento, puesto que no era capaz de formarse una imagen o de identificar a la persona a la que pertenecía.

Lo único que había averiguado era que, con toda probabilidad, el dinero había estado en posesión del segundo hombre, no el dueño de la chaqueta, durante mucho tiempo. De alguna manera, la presencia de aquel hombre era más pesada, o quizá «completa» fuera una palabra más adecuada. Estaba más desarrollada. Sí, eso era. Sospechaba que el otro hombre era mayor. Eran meras especulaciones, por supuesto, pero gran parte de su habilidad consistía en su capacidad para interpretar el mensaje. No pudo sacar mucha información del billete de tren, que había pasado por muchas manos y en las de Sabrina había estado durante muy poco tiempo. El pañuelo también había estado en manos de otros, probablemente de alguna criada que lo habría lavado. Creyó percibir algo al tocar el monograma bordado y lo sostuvo con fuerza entre sus dedos. No era Sabrina, ¿sería la mujer que lo había bordado? Pero, una vez más, podría ser desde una costurera hasta una criada o cualquier pariente.

Al final, tomó uno de los objetos en los que tenía más esperanza: el reloj de bolsillo. En él había percibido algo muy definido sobre un lugar. Con un poco de concentración, podría llegar a percibirlo con más claridad. Dobló la mano sobre el reloj y se concentró en él.

Era un hombre. Y volvió a experimentar aquella sensación de peso, de gravedad, que le condujo a pensar que se trataba de un hombre mayor. Pero no era ni el hombre que había sentido en la chaqueta ni el del dinero. Percibía también satisfacción. Y un extraño elemento relacionado con el amor. Alex se concentró en separar aquel cabo en particular.

Allí estaba, una casa agradable y, era evidente, propiedad de un hombre rico, pero no dado a la ostentación. Estilo reina Ana, blanco con molduras negras, lámparas de carruaje a ambos lados de la entrada y un llamador dorado en la puerta, no muy grande ni especialmente llamativo, un llamador sencillo dorado y plateado.

Estaba junto a un grupo de casas elegantes y estaba casi convencido de que estaba situada en Londres. Estaba más seguro incluso de que quien quiera que fuera el hombre que había llevado aquel reloj, había sido propietario de la casa. Y le transmitió una sensación de orgullo, amor y seguridad.

Sintió una oleada de emoción. Por fin encontraba algo útil. Alex conocía muchas casas. Comenzó a buscar en sus bolsillos. Nunca había renunciado a la infantil costumbre de guardar en los bolsillos todo tipo de cachivaches. Siempre llevaba encima un par de lápices y algún pedazo de papel.

Encontró un folleto que alguien le había entregado en la calle el día anterior. Lo alisó sobre el banco, a su lado, y comenzó a dibujar la casa en el dorso de toda una declaración sobre «las maravillas del milagroso tónico del doctor Hinkley, capaz de erradicar con todo tipo de garantías cualquier molestia o dolor».

Alex trabajó como siempre lo hacía, concentrado en la tarea, moviendo los dedos con rapidez y seguridad sobre la hoja. Se detuvo, la estudió y añadió unos cuantos detalles. Pasó después unos cuantos minutos sosteniendo el reloj e intentando hacerse una imagen más completa de la casa. Añadió entonces alguna decoración a las esquinas y a la parte superior de la puerta. Le entregaría el dibujo a Tom Quick y le enviaría en busca de la casa. Alex podía saber incluso cuáles eran las zonas de la ciudad en la que podía estar localizada.

Apartó el dibujo y el papel y se volvió hacia el último objeto. Había sentido una curiosa reluctancia a volver a examinarlo. Era absurdo, por supuesto. Aquella banda de oro con diamantes engastados no tenía por qué ser una alianza de matrimonio. Y, en el caso de que lo fuera, no tenía por qué ser de Sabrina. No significaba que estuviera casada.

Sin embargo, tampoco tenía ningún motivo para descartar aquella posibilidad. Apenas conocía a aquella una mujer. Él no era un romántico como Con, que estaba convencido de que todos los Moreland se enamoraban a primera vista. A ninguna de sus hermanas le había ocurrido; de hecho, Olivia había tenido tal discusión con su futuro marido cuando se habían conocido que les habían echado de la sesión espiritista a la que estaban asistiendo. Y, cuando Rafe había rescatado a Kyria del árbol, por lo que Alex recordaba, ella estaba más irritada que deslumbrada. Aunque, por supuesto, quizá aquello tuviera que ver con el hecho de que había estado intentando sacar a Alex y a Con de un apuro. Thisbe había disfrutado del típico cortejo, en el caso de que dedicarse a estudiar diferentes brebajes químicos pudiera considerarse un cortejo.

No era extraño que su estudioso padre se hubiera enamorado locamente en el instante en el que había conocido a la apasionada y convencida reformista que con el tiempo se había convertido en su esposa. La duquesa era, al fin y al cabo, una fuerza de la naturaleza. Reed había estado enamorado de Anna durante años, pero a Alex le resultaba difícil creer que Reed, el más sensato de los Moreland, hubiera perdido la cabeza nada más verla. Y todo lo que Theo contaba sobre que había visto a su esposa en un sueño cuando estaba agonizado era demasiado extraño como para poder considerarlo un amor a primera vista.

Lo que todos ellos habían sentido había sido atracción, al igual que él se sentía atraído por Sabrina. Tenía sentido. Ningún Moreland se resistía a la llamada de lo extraordinario y, cuando iba acompañada de unos enormes ojos azules, una nube de rizos negros y una boca que invitaba a los besos, era lógico que estuviera interesado en ella, que se sintiera atraído por ella incluso. La conexión entre ambos era extraña. Alex nunca la había sentido con ninguna otra mujer. Pero eso no significaba que fuera amor. No sabía lo que podía significar, pero el amor tenía que ser algo más que la capacidad de percibir una presencia.

También tenía que ser algo más que desear ayudarla y protegerla. Cualquiera se habría compadecido de su desgracia y habría enfurecido al ver aquellas marcas en su cremosa piel. No era la primera vez que intentaba ayudar a alguien.

Que era, precisamente, lo que debería estar haciendo, en vez de estar allí sentado dando vueltas a su motivación. Alex tomó la sortija y la encerró en su mano. Cerró los ojos y se concentró en aquel pequeño círculo.

El aura que desprendía era confusa, como si hubiera pasado por muchas manos. Había menos presencia de Sabrina en ella que en el pañuelo. En el caso de que fuera una alianza de matrimonio, seguramente no era de Sabrina. Las mujeres rara vez se quitaban la alianza matrimonial. Quizá fuera un objeto heredado que había pasado de generación en generación. Pero tenía la sospecha de que aquello era más un deseo que un razonamiento lógico. El aura que desprendía no era intensa y oscura, como ocurría con los objetos antiguos, oscurecidos por las emociones de generaciones distintas, capa tras capa. Era algo más... vacío, rozado apenas por los sentimientos.

Aquella cualidad conducía más bien a pensar que la sortija era nueva, que había permanecido en alguna joyería y que había sido admirada y sostenida por muchos, pero nadie la había apreciado ni la había llevado puesta. Debía de ser por tanto una adquisición reciente, un regalo. O, quizá, una alianza de matrimonio que Sabrina apenas había llevado puesta durante unos días.

¿Sería una recién casada? ¿Habría huido de su marido? Los moratones de la cara indicaban que tenía motivos para abandonarle... un marido violento y aterrador que la había obligado a huir durante la noche. Alex fue consciente de que estaba tensando el puño alrededor del anillo y se obligó a relajarse.

Se levantó de un salto. Era inútil continuar allí, intentando conjurar más información a través de los objetos que Sabrina llevaba consigo. Ya había conseguido toda la información que podía extraer de ellos. Lo que debería hacer era seguir la única pista que había encontrado: la casa. Iría en busca de Tom Quick mientras Sabrina estaba ocupada probándose la ropa.

Aquel pensamiento desencadenó una nueva serie de imágenes de Sabrina en delicada ropa interior, poniéndose y quitándose vestidos, abrochándoselos y desabrochándoselos. Pero era preferible no pensar en ello. Sabrina era su invitada. Estaba bajo el mismo techo que su madre. No sabía nada de ella. Pretendía ayudarla, no seducirla.

Comenzó a guardar el anillo en el bolsillo exterior de la chaqueta, pero decidió que estaría más seguro en el interior. Lo buscó y localizó la abertura en el forro de seda. Empujó la alianza hasta una esquina del bolsillo y, al hacerlo, palpó un pedazo de papel. Hundió los dedos hasta el fondo, lo agarró y lo sacó. Lo sostuvo entre sus manos y estudió aquel pedacito cuadrado de recio papel. Una lenta sonrisa cruzó su rostro. Guardó el papel en el bolsillo del pecho y regresó a casa caminando a grandes zancadas.

Sabrina se sentó en el asiento de la ventana, mirando hacia al jardín, mientras esperaba a que la doncella terminara de coser los dobladillos de aquel nuevo guardarropa que era un verdadero tesoro. Como las prendas le quedaban bastante bien, Megan y ella no habían tardado nada en seleccionarlas.

Había descubierto que tratar con los Moreland era como ser absorbida por un torbellino y aquel era el primer momento del día durante en el que había tenido unos minutos para detenerse a pensar. Mientras miraba por la ventana, vio aparecer a Alex en un extremo del jardín, caminando hacia la casa con la cabeza gacha. Al parecer, y al igual que ella, había dedicado algún tiempo a analizar la situación.

Se preguntó a qué conclusiones habría llegado. El cielo sabía que ella no había llegado a ninguna. Se sentía como si estuviera caminando por el filo de un profundo abismo. ¿Cómo era posible que no supiera nada de sí misma? Se frotó la sien con expresión ausente, intentando aliviar el dolor de cabeza que se había instalado allí durante toda la mañana.

Era obvio pensar que había recibido un golpe, o más de uno, en la cabeza, y que aquello había provocado la pérdida de memoria. No le resultaría tan aterrador si pudiera estar segura de que iba a recuperarla. Pero, ¿y si no lo hacía? ¿Y si no llegaba a acordarse nunca de quién era?

¿Y si estaba casada? Pensar en ello le heló la sangre. Era extraño; cualquiera pensaría que debería tener la esperanza de que hubiera una persona que la amara y estuviera buscándola, que fuera capaz de contarle todo sobre ella. Y, sin embargo, la idea la atemorizaba. ¿Y si aparecía su marido y resultaba ser un completo extraño? ¿O si aparecía y se daba cuenta de que le tenía miedo, de que le despreciaba incluso y estaba huyendo de él?

Sostuvo la mano izquierda frente a ella y la examinó fijándose en la base del dedo anular. No tenía ninguna marca, ni había cambio alguno en el color de la piel que indicara que allí había llevado un anillo. Pero, por supuesto, no podía haber nada de eso si no había llevado puesta la alianza durante mucho tiempo. No la llevaba puesta, pero la llevaba en el bolsillo. Eso parecía indicar que no estaba casada, pero a lo mejor se la había quitado porque resultaba demasiado femenina para un atuendo tan masculino. A lo mejor prefería pensar que no estaba casada.

O se estaba agarrando a un clavo ardiendo porque era incapaz de creer que, estando casada, pudiera sentirse tan atraída por otro hombre. Suspirando, apoyó la cabeza contra la pared y pensó en Alex. Era evidente que no le conocía, pero se sentía como si hubieran estado juntos toda la vida. En cuanto le había visto, había sentido crecer dentro de ella la euforia, como si acabara de encontrar algo nuevo y emocionante. Sí, estaba desesperada, asustada y deseando encontrar ayuda, pero lo que había sentido había sido mucho más que el alivio de encontrar a una persona que iba a poder ayudarla.

Y no era alivio lo que hacía saltar chispas cuando le sonreía. Ni tampoco la seguridad la que provocaba aquel calor en su interior mientras le observaba caminando hacia la casa, tan esbelto y con aquellas piernas tan largas. Todo en él, el pelo negro y tupido, los pómulos altos, las cejas negras sobre unos ojos verde claros, la atraía. Hasta el sonido de su voz le emocionaba.

Era inquietante y, al mismo tiempo, perversamente delicioso. Incluso en aquel momento, al pensar en él sentía un calor intenso dentro de ella, un calor anhelante y hambriento. Se preguntó qué sentiría al besarle, al sentir sus brazos deslizándose a su alrededor de una forma que no tuviera que ver con el consuelo o la necesidad de tranquilizarla. Le cosquilleó la piel al imaginar aquel contacto.

¿Sería aquello algo normal? ¿Algo habitual? No se lo parecía. Le resultaba emocionante y extraño. Pero a lo mejor era algo normal en ella. ¿Cómo podía saberlo? A lo mejor era una mujer con mucha experiencia y, sencillamente, lo había olvidado. A lo mejor era una mujer de vida disipada.

No tenía manera de saberlo, de la misma forma que no podía estar segura de nada sobre sí misma. Creía que era una buena persona, que había disfrutado de una vida agradable e inofensiva, ¿pero cómo podía estar segura?

Una rápida llamada a la puerta interrumpió sus pensamientos. Entró una doncella. Sabrina se levantó y la doncella se arrodilló a sus pies para comenzar a medir y colocar alfileres en el bajo de la falda.

—Lo siento, no recuerdo tu nombre —se disculpó Sabrina.

—Prudence, señorita —contestó la muchacha.

—Siento estar causando tanto trabajo.

—¡Oh! En esta casa siempre hay algo que hacer —respondió Prudence con alegría—. Prefiero coser a hacer otras cosas. Estoy deseando ser la doncella de alguna de las damas —suspiró—. Aunque en ese caso tendría que abandonar Broughton House. La duquesa ya tiene a Sadie y la marquesa no tiene doncella.

—¿Te gusta trabajar aquí?

—Sí, señorita. El señor Phipps es muy estricto, pero es un hombre justo. Y la familia es muy amable, aunque sean un poco… diferentes. Hay quienes piensan que se comportan de manera muy extraña. Pero a mí no me molesta que haya animales en la casa y, aunque no entienda muchas de las cosas que dice, no me importa que la duquesa hable de votaciones, de sanidad y de ese tipo de cosas. Y no me parece justo que digan que lady Thisbe se dedica a explotar cosas. Solo provocó un pequeño incendio en su laboratorio en una ocasión.

—Ya entiendo —Sabrina apretó los labios con fuerza para evitar una carcajada.

—Por supuesto, hay que tener mucho cuidado y evitar tocar las cerámicas antiguas del duque. Y lord Bellard se enfada si le mueves sus hombrecitos.

—¿Sus hombrecitos?

—Los soldaditos de juguetes que colecciona... Tiene muchísimos.

—¿Lord Bellard? ¿Hay otro hijo viviendo aquí?

—¡Oh, no, señorita! Es el tío del duque. Es un hombre muy amable, aunque no siempre se acuerde del nombre de una. Por mi parte, estoy encantada de no tener que quitar el polvo a todos esos cachivaches diminutos. Ni a los platos y vasos del duque. Algunos dicen que los Moreland son demasiado liberales y relajados, pero a mí me gusta que no sean altivos. Aquí todo el mundo tiene un día libre a la semana, no cada dos semanas, y pagan mejor que en cualquier otra casa. La duquesa insiste en ello.

—Conmigo han sido muy amables.

Prudence alzó la mirada hacia ella.

—¿Es verdad lo que dicen, señorita? ¿Que lord Alex la encontró y usted no recuerda su nombre?

—Bueno, creo que le encontré yo a él, pero, sí, no recuerdo ni mi nombre ni nada sobre mi vida.

—¡Dios mío! —dejó escapar un largo suspiro—. ¿Y eso no es maravilloso?

—¿Maravilloso? —Sabrina la miró sorprendida—. ¿Qué quieres decir?

—¿No cree que debe de ser maravilloso poder ser quienquiera que desee? Elegir su nombre, el lugar en el que vive, sus gustos... —Prudence se apoyó en los talones y supervisó satisfecha su trabajo—. Ya está, señorita. Si quiere, podemos empezar con el siguiente.

Sabrina se la quedó mirando, sobrecogida por sus palabras. A lo mejor estaba contemplando su situación de forma equivocada. Tenía la pizarra en blanco. No importaba qué clase de persona había sido en el pasado. A partir de aquel día, podía ser quien ella deseara. Ella y solo ella decidiría cómo comportarse, lo que quería ser, lo que pensaba, sentía y hacía. Resumiendo, podía crearse a sí misma.

Debería estar emocionada, no asustada. Lo que tenía a sus pies no era un profundo abismo, sino un horizonte sin límites.

—Sí —dijo con una sonrisa curvando sus labios—. Voy a empezar de nuevo.

CAPÍTULO 5

Sabrina había pasado la tarde probándose vestido tras vestido mientras Prudence iba cogiéndole los bajos. Pero, al ver la expresión de Alex cuando la vio bajar las escaleras vestida como una mujer, decidió que había merecido la pena. Llevaba un vestido de seda color lavanda que había pertenecido a Olivia y al que no había hecho falta coger el dobladillo. Apenas tenía adornos, pero se ajustaba a la cintura y tenía un pequeño polisón en la parte de atrás que realzaba su figura a la perfección. El pronunciado escote dejaba al descubierto su cuello y gran parte de sus hombros.

Alex abrió los ojos como platos, unos ojos que parecieron de pronto más brillantes. Se levantó de un salto del banco en el que estaba sentado y se acercó a ella. En el momento en el que comenzó a bajar los últimos dos escalones, le tendió la mano.

—Te queda muy bien la ropa de mujer.

Se inclinó hacia ella con una íntima y discreta sonrisa y, por un momento, Sabina pensó que iba a besarla. No lo intentó, por suerte, porque tenía la profunda sospecha de que le habría devuelto el beso, y aquel pensamiento le resultaba más perturbador incluso que la luz de sus ojos. Ella no era una mujer que estuviera acostumbrada a besar, por licenciosos que hubieran sido sus pensamientos aquella tarde.

La cena no fue un gran acontecimiento, solo se reunieron

los padres de Alex y su pequeño y silencioso tío. Theo y Megan tenían un compromiso previo, algo que Sabrina agradeció. Había estado muy nerviosa pensando en su futuro encuentro con el duque, al que imaginaba más intimidante que la duquesa.

Sin embargo, el duque resultó ser un hombre muy amable. Fue muy fácil entablar conversación con él. Siempre y cuando ella sonriera y asintiera de vez en cuando, se mostraba encantado de mantener un monólogo sobre la arquitectura grecolatina, utensilios, historia... de hecho, sobre cualquier cosa que tuviera que ver con la Grecia antigua y la antigua Roma. El hecho de que Sabrina solo comprendiera las dos terceras partes de lo que le decía no parecía representar para él ningún inconveniente. El tío Bellard le dirigió una sonrisa tímida, pero no dijo nada en absoluto.

Cuando terminó la cena, continuaron todos sentados a la mesa, hablando, algo que, por poca memoria que tuviera, Sabrina estaba convencida de que no era algo habitual. Y ninguno de ellos pareció encontrar extraño el hecho de que la duquesa se tomara un brandy al igual que los hombres.

Se sintió agradecida cuando Alex la miró y le sonrió:

—Por brillante que sea nuestra conversación, sospecho que nuestra invitada está empezando a flaquear. Hoy ha sido un día muy largo y muy duro para ella.

Sabrina protestó educadamente, pero la duquesa asintió.

—Sí, por supuesto. Es una vergüenza que te tengamos en pie, cariño.

—Te acompañaré a tu dormitorio —se ofreció Alex.

—Te lo agradecería. Me temo que he estado a punto de perderme cuando he bajado a cenar —se levantó y tomó el brazo que Alex le ofrecía.

—Espero que no hayas pasado mucho tiempo perdida —dijo Alex mientras abandonaban la habitación y se dirigían hacia las escaleras.

—No, he terminado apareciendo en el ala en la que está

el cuarto de los niños y la niñera de las niñas me ha sacado de mi error.

—Dejando eso de lado, espero que no hayas tenido más problemas.

—Ninguno en absoluto —le aseguró Sabrina rápidamente—. Todo el mundo ha sido muy amable conmigo —ni siquiera Megan había sido desagradable con ella cuando le había planteado su falta de confianza—. Estoy muy agradecida. No sé qué habría hecho si tu madre no me hubiera aceptado. Llevo toda la tarde intentando recordar, pero mi mente permanece en blanco —alzó la mirada hacia él—. ¿Seré capaz de recordar quién soy en alguna ocasión? ¿Será imposible?

—En absoluto. No puedes pensar así. Megan ya ha llamado a uno de sus amigos periodistas y este se ha puesto en acción. En cuanto alguien oiga algo relacionado contigo, se lo harán saber. Y tiene otros contactos. Yo he enviado al empleado de la agencia a investigar en la estación, por si acaso han ido a buscarte. Y también ha estado investigando en otras zonas.

—¿Por dónde? ¿Cómo sabía dónde podía investigar?

—Oh, bueno… se habrá dejado caer por los típicos lugares en los que se reúnen los sirvientes: mercados, tabernas, lugares de ese tipo, intentando escuchar cualquier rumor sobre alguna dama desaparecida.

—Ya entiendo —Sabrina tuvo la extraña sensación de que le estaba ocultando algo—. ¿Qué puedo hacer yo? Me gustaría ayudar.

Esperaba que le dijera que no podía hacer nada, así que había preparado toda una batería de argumentos defendiendo su colaboración. Pero, para su sorpresa, él se limitó a asentir y respondió:

—Por supuesto. Mañana podemos hablar con Kyria para ver si tiene alguna idea de quién eres. Kyria, mi madre y Megan ya se han puesto en funcionamiento, así que vendrá aquí por la mañana.

Sabrina observó entonces que iban caminando muy despacio, alargando el momento, como si no quisieran llegar al dormitorio. Algo que, por supuesto, al menos en su caso, era cierto. Miró de reojo y descubrió a Alex observándola.

Llegaron a la puerta de su habitación y se volvieron el uno hacia el otro. Sabrina era intensamente consciente de todo sobre Alex. Deseó que se le ocurriera algo para mantenerle a su lado.

—Sabrina...

—¿Sí?

¿De verdad había sonado tan esperanzada? Sintió que comenzaban a encenderse sus mejillas y su respiración se hizo más corta, más rápida. Los ojos de Alex parecían más oscuros bajo la luz de los apliques del pasillo; ella no era capaz de interpretar su mirada. Pero había una suavidad en sus facciones, una cierta relajación en su boca, que la hacían sentirse anhelante y nerviosa.

—Yo... eh... —él alargó el brazo, pero se limitó a acariciarle un hombro, deslizó la mano por su brazo y la apartó. Tragó saliva y dio un paso hacia atrás—. Si necesitas algo, estoy al final del pasillo.

Sabrina asintió, haciendo cuanto pudo para disimular su profunda desilusión.

—Buenas noches.

En un impulso, Alex la agarró del brazo, se inclinó y le dio un beso en la frente.

—Me alegro de que estés aquí.

Se volvió sin mirar y se alejó, desapareciendo por la esquina del pasillo.

Corría. Sus pies parecían volar y el corazón le palpitaba con una mezcla salvaje de miedo y emoción. Estaban justo detrás de él. La libertad le llamaba al otro lado de aquel oscuro abismo. Un salto y todo habría terminado. Estaría a salvo. Un solo salto.

Tensó los músculos y se lanzó, pero, de pronto, el vacío se hizo más ancho, más profundo. Intentó agarrarse al otro lado, pero no encontró nada a lo que aferrarse. Cayó en picado hacia el fondo del abismo.

Alex se sentó en la cama con un desesperado jadeo. De pronto estaba totalmente despierto. Tenía la piel empapada en sudor y jadeaba como si hubiera estado corriendo. Aunque todo procedía de la misma época, la fuga, la carrera desesperada por el tejado y el salto hasta el otro tejado, no era la pesadilla habitual, en la que se encontraba encerrado en una habitación. Ni tampoco era la pesadilla, algo distinta, que había estado persiguiéndole últimamente. Pero sí era, comprendió con repentina claridad, el sueño que había tenido la noche anterior, aquel que no podía recordar, pero que había estado aguijoneándole a lo largo de la mañana.

Apartó las sábanas, se levantó de un salto y se puso a toda velocidad los pantalones que había dejado en la silla la noche anterior. Agarró la camisa mientras se dirigía hacia la puerta y se la puso al tiempo que cruzaba el pasillo con paso veloz. Justo en el instante en el que dobló la esquina, se abrió la puerta de Sabrina y salió ella.

—¡Alex!

Se lanzó hacia él, acortando los pocos metros que les separaban y Alex la envolvió en un abrazo y posó la cabeza sobre la suya.

—Shh, no pasa nada —susurró, acariciándole la espalda—. Estás a salvo.

Sabrina temblaba y se apretaba contra él. Alex la sentía suave y flexible bajo sus manos. Sus rizos le hacían cosquillas en la piel que asomaba entre ambos lados de la camisa. Alex presionó los labios contra su cabeza y el dulce perfume de su pelo inundó sus pulmones.

Alex ansiaba consolarla, protegerla, pero en su interior iba creciendo un anhelo de una naturaleza muy distinta. Sabrina solo llevaba encima un camisón de algodón y él llevaba la camisa abierta y el botón de los pantalones todavía desabrochado. Sus cuerpos estaban todo lo cerca que podían llegar a estar dos cuerpos vestidos. Él era acusadamente consciente de la piel de Sabrina contra la suya, del calor de su cuerpo, de la presión de sus senos contra él, de la largura de sus piernas contra las suyas.

Debería soltarla. Retroceder. O, al menos, dejar de acariciarla.

Sabrina alzó la cabeza para mirarle. Los rizos negros y oscuros se mecían de una forma fascinante, sus ojos parecían enormes y oscuros bajo aquella tenue luz, sus labios tiernos. Y, de pronto, se descubrió besándola. Ella abrió la boca bajo la suya y le rodeó el cuello con los brazos. Se mostraba muy dúctil bajo los brazos de Alex, su cuerpo se derretía contra el suyo de una forma que le excitó todavía más. Las pesadillas, las buenas intenciones, la necesidad de mantener una conducta ejemplar… todo se esfumó ante el calor y el deseo hambriento que brotaba en su interior.

Cambiando el ángulo de sus labios, volvió a besarla, bajando las manos hasta la suave protuberancia del trasero y alzándola contra él. Ella emitió un pequeño sonido de sorpresa nacido en lo más profundo de su garganta y aquel gemido le frenó.

En ese instante, recordó dónde estaban y las numerosas puertas que había a lo largo del pasillo. Podría abrirse cualquiera de ellas y asomaría la cabeza cualquier otro miembro de su muy curiosa familia. El duque dormía como un tronco, pero su madre no, y el pensar en lo que podría llegar a decir bastó para enfriarle. Aquello estaba mal a muchos niveles. Sabrina estaba allí para que la protegieran, no para que la sedujera. Sabrina estaba sola y asustada. Sería un sinvergüenza si se aprovechaba de ello. Además, por mucho que le costara admitirlo, existía la posibilidad de que estuviera casada.

Alzó la cabeza y relajó los brazos. Se tomó uno segundos para serenar su respiración y retrocedió.

—Yo… —su voz salió acompañada de un graznido, así que volvió a empezar—. Lo siento. Perdóname. No debería…

Alex hundió las manos en su propio pelo, apretando las yemas de los dedos contra el cuero cabelludo como si pretendiera así despertar a su cerebro. Miró a su alrededor y descubrió aliviado que el pasillo continuaba vacío. Tomó a Sabrina de la mano, la condujo al dormitorio y cerró la puerta tras ellos. Por supuesto, aquel era un terreno mucho más peligroso, pero tenía que hablar con ella y no podía arriesgarse a que la vieran con ella sin vestir en medio de la noche. Por tolerante que fuera, también su familia tenía sus límites.

—Ven, siéntate.

La condujo hasta una mullida butaca y él se sentó en el escabel que había frente a ella. Tomó las dos manos de Sabrina y le dijo muy serio:

—Te suplico, profunda y sinceramente, que me perdones. No pretendía… No debería… Pero es que eres preciosa. No, por supuesto, nada de esto ha sido culpa tuya —se precipitó a añadir—. Yo soy el único culpable.

—No del todo —replicó Sabrina con voz tenue, pero también divertida.

Alex fijó en ella la mirada y vio que le brillaban los ojos. Sabrina rio con suavidad y él se relajó y se echó hacia atrás.

—En cualquier caso, me he comportado de forma indebida y debo disculparme. Y ahora, y como debería haber preguntado desde el primer momento, ¿qué es lo que te ha asustado? ¿Una pesadilla?

—Sí —de su rostro desapareció todo rastro de diversión—. Estaba asustada. Soñaba que estaba cayendo.

—¿Cayendo? —preguntó él sobresaltado.

Sabrina sintió.

—Sé que no suena tan terrible, pero estaba aterrorizada. Estaba intentando huir de algo, o de alguien. No estoy segura de lo que era. Todo era bastante confuso. Me subí a una ventana, creo… cada vez lo veo con menos claridad. Había alguien que venía a por mí y yo me lanzaba a la oscuridad. Estaba cayendo. No podía respirar... —Sabrina se interrumpió, tomó aire y dijo con voz más serena, pero todavía temblorosa—: Después me he despertado.

Alex se la quedó mirando de hito en hito. Estaba demasiado estupefacto para hablar. ¿Los dos habían soñado con una caída? Sí, los Moreland tendían a tener sueños extraños, ¿pero cómo podía haber ocurrido algo así? ¿Habría entrado Sabrina en su sueño, habría experimentado también ella la sensación de subirse a la ventana y cruzar el tejado?

—¿Crees que es eso lo que me pasó? —Sabrina alzó la mano hasta acariciarse el moratón de la frente—. ¿Me caí de una ventana y me golpeé la cabeza?

Parecía lógico. A Alex se le ocurrió entonces pensar que quizá el sueño no hubiera tenido que ver con la escapada de años atrás. Quizá había asumido que así era porque lo había relacionado con aquella ocasión en la que, siendo un niño, había tenido que escapar y dar un salto aterrador entre tejado y tejado. ¿Podría haber estado experimentando el sueño de Sabrina? Quizá fuera una tontería, pero aun así...

—¿Alex? —preguntó Sabrina vacilante.

—¿Qué? ¡Ah! —comprendió entonces que estaba tan absorto en sus pensamientos que no había contestado—. Lo siento. Estaba intentando comprender todo esto.

No podía explicarle lo que estaba pensando. Sabrina no tendría la menor duda de que estaba loco.

—Sí, para contestar a tu pregunta, me parece posible, e incluso probable, que ayer te cayeras y te dieras un golpe en la cabeza. Es habitual que alguien sueñe con una experiencia traumática. A mí también me ha pasado.

—¿De verdad?

Alex asintió, pensando otra vez en su propia pesadilla. Aquella mañana había sentido la presencia de Sabrina; pero había algo más, antes incluso de verla, había sentido su confusión y su angustia. Si era capaz de sentir algo que le ocurría a ella, al igual que le sucedía con Con, quizá, el miedo que Sabrina había experimentado había conseguido conmoverle en medio de su sueño, llevándole a soñar algo parecido. Siguiendo aquella línea de razonamiento, su pesadilla de la noche anterior podía haber sido provocada por la caída de Sabrina. Tenía sentido, aunque fuera muy extraño.

—La cuestión es —reflexionó Alex— que si te caíste de una ventana y te golpeaste la cabeza, ¿por qué no te encontró nadie? Si alguien te estaba persiguiendo, ¿por qué no aprovechó esa oportunidad para atraparte? Y si estabas fugándote de casa e intentando saltar por la ventana, cualquiera que estuviera esperándote te habría visto y habría acudido en tu ayuda.

—¿Esperándome? ¿Qué...? ¡Ah, ya entiendo! Te refieres a que me estaba fugando de casa y había un hombre esperándome fuera —se interrumpió y pensó en ello—. Si fuera esa la razón por la que escapé, eso explicaría también el hecho de que llevara la alianza en el bolsillo y no en la mano. Me habría comprometido en secreto y tenía intención de casarme. A lo mejor él no estaba allí y pensaba encontrarme con él en otra parte. Pero me caí y perdí la memoria. Aun así, como tú mismo has dicho, quienquiera que me estuviera buscando lo habría visto y habría aprovechado la oportunidad para atraparme.

—Es cierto —pensó un instante—. A lo mejor esa persona no era real, sino algo que ha conjurado tu cerebro, un símbolo de la búsqueda que temías seguiría a tu huida.

—Así que, a lo mejor todo el mundo estaba dormido y yo recuperé la conciencia antes de que alguien se despertara. ¿Y para entonces ya habría olvidado quién era?

—No lo sé. De lo único de lo que podemos estar seguros es de que cuando llegaste a Londres habías perdido la memoria. Pero no podemos saber si te despertaste de la caída sin saber quién eras, ni de si la amnesia llegó más tarde y cuando recobraste la conciencia después del golpe fuiste consciente de que tenías que huir. Sabías que había alguien tras de ti y escapaste. Ese argumento podría aplicarse tanto si pretendías fugarte con tu amado como si fue el acto de una dama rebelde huyendo para ir a ver a una amiga a Londres o de una colegiala escapándose de una academia para señoritas.

Otra posibilidad era que fuera una mujer maltratada intentando escapar de la brutalidad de su marido. Pero no quería pensar en ello.

—Es cierto —Sabrina pareció aliviada—. No tengo por qué pensar que me estaba fugando con alguien. ¿Pero por qué no fue nadie detrás de mí? ¿Por qué nadie ha intentado localizarme?

—No sabemos si eso ha sido así —Alex deseó poder tragarse sus palabras al ver asomar una nueva preocupación a los ojos de Sabrina.

—Por supuesto, tienes razón. Es posible que me hayan seguido y ahora estén intentando localizarme en Londres.

—Por eso no tienes que preocuparte —le dijo él precipitadamente—. Incluso en el caso de que supieran que has venido a Londres, ¿cómo pueden saber adónde fuiste cuando llegaste a Londres?

—¿Podría habérselo dicho el chófer?

—En el caso de que le preguntaran a todos los chóferes de Paddington, de lo más que podrían enterarse es de que fuiste a la agencia. Tom Quick no revelará dónde estás y Con ni siquiera estaba allí. No, si creen que estás es Londres, lo más probable es que vayan a buscarte a la casa de la amiga a la que le habías escrito la carta que llevabas en el bolsillo. Y ella no sabrá nada de ti. Y, si vienes a menudo a Londres, irán a los lugares que sueles frecuentar.

—Y yo no estaré allí.

—Exacto.

Sabrina sonrió y le estrechó la mano.

—Gracias.

Alex sintió que el pulso se le aceleraba ante su contacto. Era una locura que hasta un gesto tan nimio le conmoviera de aquella manera. Estaba deseando girar la mano para atrapar la de Sabrina. Bueno, si quería ser sincero, lo que de verdad quería hacer era sentar a Sabrina en su regazo y volver a besarla.

—Es… eh —comenzó a decir, pero se dio cuenta de que no tenía la menor idea de lo que iba a decir—. Creo que deberíamos irnos a dormir. Estoy seguro de que estás cansada.

Sabrina se limitó a mirarle con los ojos enormes y graves. Era tan adorable que le robaba la respiración. Podía distinguir la suave elevación de los senos bajo la fina tela del camisón, incluso se insinuaba el círculo más oscuro de los pezones. Estaba sentada sobre las piernas y el camisón se había deslizado de manera que dejaba al descubierto los tobillos. Alex no pudo evitar pensar en alargar la mano e ir subiéndola poco a poco, levantando la tela y sintiendo su piel bajo las yemas de los dedos.

Alex se levantó de un salto.

—No hay ninguna razón para tener miedo.

—No tengo miedo.

—Solo ha sido una pesadilla, nadie ha sufrido ningún daño. Y yo estoy aquí, al final del pasillo. Puedes llamarme si me necesitas.

¿Por qué no era capaz de dejar de hablar?

Se volvió y se descubrió a sí mismo frente a la cama. La colcha estaba tirada hacia un lado, llamándole, y las sábanas arrugadas allí donde Sabrina había estado durmiendo. Se le quedó la boca seca como el polvo. No podía moverse. No podía desviar la mirada. Eran tantas las ganas que tenía de acariciarla que le cosquilleaban las manos.

Sabrina se levantó y Alex se volvió hacia ella. Estaban muy cerca. Lo único que tenía que hacer era alargar el brazo. Estrecharla contra él. Recordaba cada vívido detalle de su beso. Su sabor. Su calor. Su suavidad.

—Buenas noches —dijo con voz ronca, y fue corriendo a su habitación.

CAPÍTULO 6

Sabrina tarareaba para sí mientras se abotonaba los botones de la blusa. Sin lugar a dudas, era raro que estuviera tan contenta aquella mañana después de la pesadilla de la noche anterior, pero la pesadilla había quedado ahogada en la sensación de los brazos de Alex a su alrededor. En el beso de Alex.

Sonrió para sí. Por pocas ganas que tuviera de recordar el pasado, estaba segura de que jamás había sido tan feliz. Cuando se había despertado de golpe y había salido corriendo del dormitorio, había actuado por instinto, solo quería huir. Pero, en cuanto había visto a Alex, había sabido que lo que buscaba era la fuerza y la seguridad de sus brazos.

El abrazo de Alex le había proporcionado calor y consuelo. Y mientras permanecía presionada contra él, había sido consciente de algo más que de aquel sentimiento de seguridad. Había sentido un hormigueo en la piel. El contacto del cuerpo de Alex contra el suyo, con la única separación de la tela del camisón entre ellos, había removido algo en su interior.

Alex era alto, delgado y musculoso. Llevaba la camisa abierta, sin abrochar, de modo que Sabrina había posado el rostro contra la piel desnuda de su pecho. Piel contra piel. Todavía podía apreciar la fragancia de su cuerpo, sutil y ligeramente almizcleña, y oír el ritmo de su respiración. Y había sentido cómo se incendiaba de pronto el cuerpo de Alex.

Sabrina había comprendido lo que significaba aquel calor porque ella también lo había sentido corriendo por sus venas. Había comprendido las señales de forma innata, el cambio casi infinitesimal en su fragancia, la respiración irregular, la tensión de sus músculos. La deseaba.

Ella había levantado la cabeza deseando ver su rostro. Deseando, si tenía que ser sincera, que la besara. Y Alex la había besado. Curvó los labios con expresión soñadora al pensar en ello. El beso de Alex la había derretido por dentro, la había dejado estremecida, sin conciencia alguna. Por un instante, la había transformado en una criatura carente de razón y fuerza de voluntad. Lo único que reconocía era el deseo que se derramaba en su interior. Le pareció un tanto alarmante al recordarlo. La noche anterior le había parecido perfecto.

A lo mejor terminaba arrepintiéndose. Le iba a costar mirarle sin sonrojarse. Si Alex se había formado una opinión sobre ella a raíz de su respuesta, ella lo lamentaría. Pero, durante aquel breve instante, había vivido en un mundo perfecto de placer. La verdad era que, incluso en aquel momento, no había nada que deseara más que repetirlo.

Se puso la falda y se abrochó los botones laterales. Una de las mejores cosas de la ropa de Megan era la facilidad con la que una podía vestirse. Los botones estaban al alcance de la mano, apenas tenían enaguas y solo llevaban un poco de relleno en la parte de atrás para formar un polisón. Lo mejor de todo era que podía ponérselos sin necesitad de ponerse antes un ceñido corsé.

El día anterior habían estado a punto de salírsele los ojos de las órbitas cuando Megan había asegurado con total despreocupación que las mujeres de la familia Moreland no creían en la necesidad de llevar corsé. La duquesa, había dicho, lo consideraba un símbolo del lugar que ocupaban las mujeres en el mundo, estaba diseñado para convertirlas en meros adornos incapaces de realizar ninguna tarea útil.

Sabrina estudió su reflejo en el espejo. Aunque la falta de

corsé le impedía marcar la cintura de avispa que dictaba la moda, le proporcionaba una elegancia y una fluidez imposibles con la rigidez del corsé. Lo mejor de todo era que podía respirar con total libertad. Aquel había sido uno de los aspectos más agradables de llevar ropa de varón.

Las faldas de Megan eran estrechas, lo cual, sumado al hecho de que apenas tuvieran enaguas, facilitaba el movimiento. Eran, también, prendas muy versátiles. Sabrina podía llevar la falda con una sencilla blusa o añadir una versión femenina de una chaqueta de hombre que se ajustaba a la cintura y tenía las mangas abullonadas. Fuera como fuera, el conjunto tenía un aspecto moderno, dinámico y profesional, como si la mujer que lo llevara fuera capaz de hacer cualquier cosa.

Eran mucho mejores que los vestidos de puntillas y volantes que solía llevar ella. Sabrina reflexionó sobre aquel pensamiento y en lo que implicaba respecto al vacío de su vida pasada. Era evidente que le gustaba aquel estilo tan sencillo. ¿Qué otras cosas habría que no sabía sobre sí misma? Y, al pensar en el punto de resentimiento que había acompañado a sus reflexiones, sospechaba que se había visto obligada a llevar los vestidos llenos de lazos y puntillas que tanto le disgustaban.

Era curioso. Era una mujer adulta, de casi veintiún años si era cierta la fecha que figuraba en el relicario. Seguramente era ella la que se ocupaba de su guardarropa. Frunció el ceño. ¿Viviría sometida a un marido o a unos padres muy dominantes? Si no hubiera conocido nunca a las mujeres de los Moreland, ¿no habría sido siquiera consciente de que existía aquella diferencia? Eso tampoco decía mucho a favor de su fuerza de carácter.

Dejó de lado aquellas reflexiones y se dirigió hacia las escaleras. Su primera imagen del comedor fue un remolino de gente y ruido y, por un instante, fue tal el pánico que pensó en dar media vuelta y regresar al dormitorio. Aquello parecía un auténtico ejército de niños, y también de adultos. Algunos estaban sentados, otros de pie, sirviéndose comida de un aparador y alargando el brazo para alcanzar a alguna criatura que iba corriendo. Gesticulaban y hablaban todos a la vez. Alex, de pie junto al aparador, estaba hablando con un hombre de pelo oscuro. Al verla, exclamó:

—¡Sabrina!

En cuanto pronunció aquella palabra, se interrumpieron las conversaciones y todos los ojos se volvieron hacia Sabrina. Esta se quedó paralizada como un conejito al ver al lobo. Alex dejó el plato y se acercó a ella, la agarró del brazo y la animó a entrar en el comedor.

—Kyria, esta es Sabrina, ya te he hablado de ella.

Una mujer alta, pelirroja e, inconfundiblemente, hija de la duquesa, le dio un beso a la niña que sostenía en brazos, la dejó en el suelo y cruzó el comedor para acercarse a Sabrina. Cuando se acercó, Sabrina distinguió alguna pequeña arruga en sus ojos, lo que le indicó que no era tan joven como en un principio le había parecido. Pero no tenía una sola cana y era una mujer espectacular.

—Sabrina, esta es mi hermana, lady…

—Llámame Kyria —respondió aquella mujer tan elegante en tono risueño. Alargó la mano para estrechar la de Sabrina—. Como puedes ver, aquí no nos andamos con formalidades.

Señaló con la mano hacia la mesa.

—No te asustes por los niños, son mis hijos. Cuando se han enterado de que iba a desayunar con Megan y con mi madre esta mañana, han insistido en venir a cuidar a Athena y a Brigid, aunque yo creo que lo que querían era aprovechar la oportunidad para jugar en el jardín.

Sabrina vio entonces que, además de las pequeñas de Megan, había otras cuatro criaturas, todas ellas con diferentes tonos pelirrojos y rubios.

—Señorita Davenport —Kyria se dirigió a una mujer vestida con suma elegancia que estaba sentada en la pared más alejada—, creo que ya es hora de que los niños vuelvan al aula de estudio.

La niñera inclinó la cabeza y comenzó a reunir a los niños para llevarles hacia la puerta. Pero, como tuvieron que despedirse todos ellos de cada uno de sus parientes y hubo que perseguir a una muy escurridiza Bridge, el proceso fue largo.

—Ahora, querida —Kyria se volvió hacia Sabrina—, Alex me ha contado tu problema. ¡Qué cosa tan curiosa! Ojalá pudiera ayudarte —observó a Sabrina durante un largo rato y suspiró—. Lo siento, pero no te reconozco —se volvió hacia su hermano—. No pertenece al grupo de jóvenes damas que han hecho su presentación en público durante los últimos años —alzó un dedo cuando Alex iba a intervenir—. No tiene ningún sentido discutir. Confía en mí, Sabrina es demasiado adorable como para no recordarla.

—¿Entonces crees que no es de Londres?

—Estoy segura de que no me muevo en los mismos círculos que lady Kyria —aseguró Sabrina.

—¡Oh! Yo me muevo e círculos muy amplios, o quizá debería decir que me muevo en numerosos círculos —Kyria sonrió—. Aun así, tienes razón. Es imposible que conozca a todas las jóvenes damas londinenses. Pero no te preocupes, querida, Alex te ayudará a averiguar quién eres.

—Todavía nos quedan dos vías por explorar —dijo Alex—. Megan estuvo preguntando ayer a algunos periodistas, pero apenas ha empezado a tantear a sus contactos. Y, si se está rumoreando algo por las tabernas, Tom lo descubrirá.

Kyria agarró a Sabrina del brazo y la acercó a la mesa.

—Ahora, intenta olvidarte de eso. Ya sabes que cuando dejas de pensar en algo que has perdido es cuando aparece. Date tiempo. ¿Ya conoces a Theo?

Theo resultó ser el hombre de cabello negro que estaba hablando con Alex cuando Sabrina había entrado en el comedor. No le costó reconocer su parentesco con Alex. Aunque era evidente que tenía varios años y algunos kilos más que su hermano, sus ojos eran del mismo color verde hoja y el pelo igual de tupido y oscuro. Y tenía un aire más rudo del que ella habría esperado en un duque.

—Ven, déjame presentarte a Rafe, mi marido.

Kyria condujo a Sabrina hacia un hombre de pelo rubio que estaba hablando con el tío Bellard. A Sabrina la sorprendió ver a aquel hombre diminuto y de hombros cargados hablando de forma tan locuaz.

—Rafe y tío Bellard son muy buenos amigos —le aclaró Kyria, como si le hubiera leído el pensamiento—. A la gente siempre le sorprende. Dan por sentado que al ser tan atractivo y encantador, Rafe es un cabeza hueca o que, como es americano, es un tanto primitivo. Y lo cierto es que esto último podría ser cierto, si tenemos en cuenta su tendencia a arreglar determinadas cosas con los puños. Pero tanto él como mi tío comparten el amor por la historia —sonrió con cariño—. No dejes que te metan en la conversación porque no tardarás en tener dificultades para mantener los ojos abiertos.

Ambos hombres permanecieron donde estaban mientras Kyria y Sabrina se acercaban. Rafe miró a su esposa con tanta pasión, con tanto amor, que resultaba casi demasiado íntimo como para estar en su compañía. No era difícil comprender por qué se le consideraba un hombre atractivo y encantador. Las hebras grises de su pelo se mezclaban con discreción con un pelo rubio dorado y tenía los ojos de color azul intenso. Una barba Van Dyke pulcramente recortada evitaba que sus facciones terminaran resultando demasiado perfectas.

Cuando Kyria les presentó, McIntyre le dirigió a Sabrina una lenta sonrisa que iluminó su rostro. Después, inclinó la cabeza sobre su mano y dijo:

—Encantado de conocerla, señora.

Tenía una voz espesa y aterciopelada como la miel. Arrastraba ligeramente las palabras, lo que le daba a su tono un punto perezoso y cálido como el de su sonrisa. Sabrina imaginó que muchas mujeres no serían capaces de ver más allá de aquella encantadora fachada, de distinguir la inteligencia que escondía. Pero Sabrina reparó en la expresión inteligente de aquellos ojos intensos, tan recelosos como lo habían sido los de Megan. Y comprendió que también él sospechaba de ella.

—Siéntate y come algo —dijo Kyria, tirando de Sabrina para que se sentara a su lado—. Alex, ve a buscarle algo de desayunar.

—Puedo ir yo —replicó Sabrina, comenzando a levantarse.

—No, no, deja que vaya Alex —repuso Kyria en tono alegre, y posó la mano en su brazo.

Aunque sonreía, Sabrina se preguntó si también ella tendría sospechas.

—Estoy deseando hablar contigo y pronto tendré que irme con Megan y con mi madre —le explicó Kyria.

—¿Vais a ir de compras? —preguntó Sabrina.

Todavía era demasiado temprano para hacer visitas.

—¿De compras? —Kyria soltó una carcajada e intercambió una mirada con Megan, que también parecía divertida—. No, vamos a una reunión en Downing Street.

—¿A una reunión?

—Sí, es una pequeña manifestación que llevamos días preparando —le brillaban los ojos.

—¿Y por qué os manifestáis?

—Para apoyar el sufragio femenino —contestó la duquesa—. Queremos demostrarle al Primer Ministro que no vamos a rendirnos. Por mucho que nos cueste, continuaremos luchando.

—Mamá tiene la esperanza de que nos detengan.

—¿Qué os detengan? —Rafe se volvió alarmado hacia su esposa—. ¿Vas a ir a la cárcel? Kyria… No. No puedes.

—¿No puedo? —preguntó Kyria arqueando una ceja.

—Sé razonable, querida. No puedo permitir que te pudras en una celda. Tendría que sacarte, y entonces me detendrían a mí. ¿Y qué harían nuestros hijos con sus dos padres en prisión?

Kyria rio y le palmeó el brazo.

—No te preocupes, no van a detenernos.

—El Primer Ministro tiene terror a la duquesa —le explicó Megan.

—Salisbury —dijo la duquesa, torciendo la boca con gesto de disgusto—, ¡qué hombre tan horrible! Tiene más barba que cerebro. Y un espíritu más pequeño que cualquiera de ambas cosas.

—Jamás convenceréis a Salisbury —auguró tío Bellard, sacudiendo la cabeza—. Ni siquiera está dispuesto a conceder el voto a los trabajadores.

—No, por supuesto que no —la duquesa suspiró—. Aun así, tenemos que seguir adelante. Algún día conseguiremos llamar su atención.

—No te preocupes, Emmeline —el duque le dirigió una bondadosa sonrisa y le palmeó la mano—. Estoy convencido de que cualquier día de estos conseguirás que te detengan.

La duquesa posó la mano en la suya.

—Gracias, querido.

La conversación continuó en aquel tono que, Sabrina pronto comprendió, era el habitual en la casa de los Moreland. El ambiente en el comedor era animado, bullicioso, lleno de risas. Se producían múltiples conversaciones y los participantes iban saltando de una a otra al tiempo que se sucedían todo tipo de temas.

En un determinado momento, Megan, que estaba sentada frente a Sabrina, se inclinó hacia ella y le dijo en tono confidencial:

—Sí, siempre es así. Ya te acostumbrarás. Al principio, a mí también me sorprendió. El ambiente se parecía al de las comidas de mi familia, no era lo que esperaba de la aristocracia británica.

—Es… maravilloso, creo —Sabrina sonrió de oreja a oreja—, pero tengo la sensación de que no es a esto a lo que estoy acostumbrada.

—¿Sigues sin recordar nada?

—Sí —Sabrina procedió a contarle el sueño de la noche

anterior, evitando explicar lo que había sucedido después con Alex—. Así que me pregunto si no me habré caído —se encogió de hombros—. Anoche me parecía una información muy importante, pero ahora no sé si podría servirme de ayuda.

—Es una información nueva, seguro que ayuda. Te prometo que en cuanto hayamos acabado con la Women's Franchise League me pondré a hacer una ronda de contactos.

Terminó el desayuno y las mujeres se retiraron, con Rafe y Theo ofreciéndose a acompañarlas a su destino. Alex se levantó y se volvió hacia Sabrina.

—¿Preparada para empezar a investigar?

—Sí, por supuesto —se levantó de un salto.

—Estupendo. En ese caso, vámonos.

—¿Qué vamos a hacer? ¿Adónde vamos?

—Es una sorpresa.

Vio un brillo en sus ojos y Sabrina recordó que la noche anterior había tenido la sensación de que Alex le estaba ocultando algo.

—¡Has descubierto algo!

—A lo mejor.

Sabrina se detuvo y puso los brazos en jarras.

—Alexander Moreland, cuéntame ahora mismo lo que has averiguado.

Alex soltó una carcajada.

—Eres tan fácil de provocar como mis hermanas —alzó las manos cuando ella comenzó a reprenderle—. No, espera, no me regañes. Te lo diré —buscó en el interior de su chaqueta—. Ayer encontré algo en la chaqueta que llevabas.

—¿Qué? ¿Cómo? ¡Yo miré en todos los bolsillos!

—Era muy pequeño y estaba en una esquinita de un bolsillo interior —buscó en el bolsillo, sacó el pedazo de papel y se lo tendió.

Era un pedazo de papel rígido, parecido a un billete de tren, pero de la mitad de su tamaño. Tenía una serie de números escritos en la parte de arriba.

—¿Qué es? —no veía nada que justificara la emoción reprimida del rostro de Alex—. ¿Un billete? ¿Desde dónde?

—Es un resguardo que te permitirá reclamar tu equipaje. Tienes a tu equipaje esperándote. Y vamos a ir a Paddington Station a retirarlo.

La agarró del brazo y se dirigió con ella hacia el pasillo.

Habría sido una salida más satisfactoria, pensó Alex, si antes no hubieran tenido que recoger guantes y sombreros, y si Phipps no hubiera insistido en que llevaran el carruaje de los Moreland. Pero el mayordomo le había recordado con expresión apenada que el medio de transporte adecuado para una invitada era el carruaje ducal y no un cabriolé cualquiera, de modo que no le había quedado más remedio que ceder.

—Lo siento —le dijo a Sabrina mientras esperaban en el banco de la entrada—. El pobre Phipps vive agraviado por la falta de decoro de nuestra familia y nadie, excepto Reed o yo, le compensa con alguna concesión a la pompa de vez en cuando.

Sabrina soltó una carcajada.

—No importa. Además, así tendré oportunidad de reprenderte.

—Me lo temía.

Alex sonrió, desmintiendo sus propias palabras. Disfrutaba contemplando sus mejillas sonrosadas y sus ojos azules brillando de emoción. Era una mujer adorable. No estaba seguro de qué le atraía más: si sus ojos, su rostro en forma de corazón o su pelo negro y tupido. Jamás había imaginado que una mujer pudiera resultar tan atractiva con el pelo tan corto. A pesar de los esfuerzos de Sabrina por dominarlo con las horquillas y recogérselo en algo parecido a esos moños altos que llevaban las mujeres, los rizos insistían en escapar, enmarcando su rostro.

—¿Por qué no me dijiste anoche que habías encontrado el resguardo de mi equipaje?

—Quería darte una sorpresa. Además, no podíamos ir hasta hoy por la mañana. Podría haber ido ayer por la tarde, antes de cenar, pero estabas ocupada y di por sentado que querrías acompañarme... —se interrumpió con tono interrogante.

—En eso tienes razón —Sabrina giró el papelito en su mano y lo estudió como si pudiera contener un secreto vital para ella—. No estoy segura de haberlo visto antes. ¿Es posible que lo haya olvidado?

—Es probable que nunca hayas tenido que ocuparte de tu equipaje. No es algo que suela hacer una dama. Seguramente lo habrá hecho siempre por ti alguna doncella o algún acompañante. O a lo mejor no has viajado mucho.

—No, quizá no —le miró pensativa—. A lo mejor vivía en el campo, en algún lugar sin ningún interés en particular.

—Um. Hasta que decidiste disfrazarte de hombre y venir a Londres.

Sabrina soltó una risita.

—Sí, eso ya parece algo más interesante. A lo mejor soy una mujer salvaje e incontrolable y mi familia se vio obligada a encerrarme.

—En ese caso, me alegro de que hayas escapado. Pero ojalá no hubieras sufrido ningún daño al hacerlo —alargó la mano para deslizar las yemas de los dedos por su frente herida. Su pecho se inflamó de furia al pensar que alguien le había hecho daño—. Cuando averigüemos quién te ha hecho eso, me aseguraré de que se arrepienta.

—Te creo capaz —le sonrió.

—Por supuesto.

Le sostuvo la mirada, pensando en lo fácil que le resultaría ahogarse en aquellos ojos y en lo mucho que le gustaría besarla en aquel momento.

Sabrina desvió la mirada e inclinó la cabeza como si hubiera adivinado sus pensamientos. Cuando volvió a hablar, lo hizo para retomar el tema del resguardo.

—Pero supongo que esta vez sí me ocupé de mi equipaje. Si no, ¿por qué iba a tener esto?

—No lo sé. A lo mejor se hizo cargo de él alguno de los asistentes del tren. Creo que cualquiera de ellos se daría cuenta de que eras una dama.

—¿Y por lo tanto incapaz de hacer nada?

Alex rio con suavidad.

—Digamos que necesitada de protección. Aunque mi madre estaría encantada de explicarte que las jóvenes damas terminan viviendo encadenadas por culpa de la ignorancia y la inexperiencia a las que las condenan aquellos que dicen protegerlas —se interrumpió un instante y añadió—: Te suplico que no saques el tema a no ser que estés dispuesta a pasarte varias horas oyéndola.

Sabrina sonrió.

—No lo haré.

—El carruaje, señor —anunció Phipps, y abrió la puerta de la entrada con un gesto señorial.

El mayordomo se tomó la molestia de acompañarlos sosteniendo un paraguas para protegerlos de la llovizna mientras recorrían los pocos metros que les separaban del carruaje.

Cuando por fin se alejaron, Alex dejó escapar un suspiro.

—Entiendo que mi madre odie utilizar este coche. Si hubiéramos llevado un cabriolé, ya estaríamos a medio camino.

—Sí, pero yo no habría disfrutado de un carruaje tan maravilloso.

El carruaje estilo cupé estaba elegantemente equipado: mullidos asientos de cuero, acabados en plata y las paredes tapizadas en acolchado satén de color bermellón. Como toque final, había un tarjetero de plata en una de las paredes.

Las ventanas eran enormes y Sabrina pasó la mayor parte del viaje contemplando gentes y edificios. Alex, sentado a su lado, pudo observarla cuanto quiso. Lo cual, decidió, hizo el viaje de lo más placentero. A lo mejor no había sido mala idea utilizar el coche, comprendió.

Él era un hombre joven que disfrutaba de la compañía femenina y no había vivido una existencia célibe, pero no podía recordar una sola mujer que le hubiera hecho sentir la mitad de lo que sentía con Sabrina. Ni la alegre tabernera que le había introducido en los placeres de la carne, ni la sofisticada viuda, algunos años mayor que él, que le había guiado cuando, al abandonar la universidad, Con y él habían comenzado a frecuentar a la alta sociedad londinense. Ni ninguna de las mujeres con las que había tenido discretas aventuras.

Sabrina se volvió y le sonrió y Alex se sintió como si acabara de salir el sol, derramando toda su luz sobre él. ¿Qué tenía aquella mujer que la hacía mucho más deseable que todas las jóvenes damas con las que había bailado en las fiestas? Aquel pensamiento le dejó paralizado al recordar que era posible que Sabrina estuviera casada con otro hombre.

—Estoy segura de que no vivía aquí —le dijo—. Todo me resulta desconocido. La gente, el tráfico, tantas calles llenas de edificios —se volvió de nuevo hacia la ventana—. Ayer me parecía aterrador, pero hoy lo encuentro fascinante.

Cuando llegaron a Paddington Station, alargó el cuello para poder ver el enorme techo acristalado.

—¡Es enorme! ¡Y mira este techo! Parecen tres barriles de cristal enormes cortados por la mitad y colocados el uno al lado del otro.

—Sí —Alex la miró, sonriendo un poco ante su expresión de asombro—. Lo viste ayer.

—Sí, lo sé, pero estaba medio dormida y lo único que quería era salir de aquí cuanto antes, así que ni siquiera me fijé. Es impresionante.

Alex se sumó a ella en la contemplación del techo abovedado atravesado por nervaduras de hierro que cubría los andenes.

—Es espectacular. Brunel era un maestro de la arquitectura y el diseño.

—¿Quién?

—Isambard Kingdom Brunel —Alex pronunció el nombre dándole una suma importancia—. Fue el diseñador de la estación, al igual que de un gran número de túneles y puentes, y de la principal línea de la Great Western. Aunque Matthew Digby Wyatt hizo también parte del trabajo.

—Sabes mucho de edificios.

—Sí, bueno —Alex cambió de postura, sintiéndose, de alguna manera, culpable—. La verdad es que... ayer no fui del todo sincero contigo.

No le había explicado toda la verdad y en aquel momento se sentía como si hubiera mentido. Y, peor aún, tenía miedo de que ella también pudiera sentirlo.

—En realidad, la agencia de investigación le pertenece a Con, mi hermano gemelo —confesó.

—Pero tú dijiste... —Sabrina se interrumpió—. En realidad, no. Creo que no dijiste en ningún momento que trabajabas allí. Dijiste que eras el señor Moreland. ¿Entonces tú no te dedicas a investigar?

—Ayudo de vez en cuando a Con —se precipitó a asegurarle— en... en diferentes aspectos del negocio —acababa de tropezar con un nuevo escollo: no podía permitir que Sabrina supiera de qué manera ayudaba a su hermano—. No pretendía engañarte. Pero Con estaba fuera y tú necesitabas ayuda. Sabía que Con estaría de acuerdo, así que... Bueno, me pareció lo más fácil. En aquel momento no me pareció importante darte toda la explicación. Pero no estaba intentando engañarte.

Sabrina le miró con aquellos ojos de color azul claro y se limitó a decir:

—Lo sé.

Alex se permitió entonces sonreír.

—En realidad, soy arquitecto.

—¿Diseñas edificios? ¿Como este? —señaló a su alrededor con un gesto vago.

—Bueno, no como este. Pero, sí, diseño edificios. Casas. Por desgracia, no solicitan con mucha frecuencia mis servicios.

—¿De verdad? Cualquiera pensaría que hay mucha gente dispuesta a contratarte. Aunque solo sea para presumir de que conocen al hijo de un duque.

—Y así es. Me temo que parte de la clientela la obtengo por ese motivo. Pero, en general, creo que la gente piensa que no soy muy bueno, que he conseguido llegar a arquitecto por el apellido de mi familia. A algunas de las personas con las que estudié les molestaba que ocupara una plaza en la escuela. Pensaban que para mí era un mero pasatiempo. Por otra parte, mi título puede ser un obstáculo para mi carrera. Nadie vería mal que yo fuera uno de esos nobles como Carnarvon y Bess Hardwick, que están locos por construir edificios, contratan a gente para que diseñe sus casas y después se dedican a controlar y a presionar a los pobres tipos mientras las construyen. Pero eso de ir a una escuela de arquitectura, aprender a diseñar edificios y, peor aún, intentar que contraten mis servicios, es algo que, sencillamente, no está bien visto.

Sabrina sonrió.

—Supongo que a estas alturas ya estarás acostumbrado.

Alex se encogió de hombros.

—Tienes razón. Son la clase de comentarios que la gente hace sobre nosotros. Somos los «estrafalarios de los Moreland».

—¿Qué?

—Es así como llaman a mi familia —se encogió de hombros—. Supongo que somos un poco raros.

—Pero en el mejor de los sentidos —contestó Sabrina—. Me gusta tu familia. Son tan…

—¿Tan raros? ¿Tan extravagantes?

—Iba a decir tan cariñosos y acogedores —le miró con dureza—. Espero que no desapruebes a tu familia.

—¡No! —pareció sorprendido—. Claro que no. Les adoro

a todos ellos. Bueno, por lo menos a mis familiares más cercanos. Tenemos algunos parientes lejanos de los que podría prescindir sin ningún problema —el sonido de la chispeante carcajada de Sabrina le hizo pensar en algo mucho más divertido. Aun así, continuó—: La verdad es que temo no estar a la altura de los estándares de mi familia.

¿Y por qué había dicho eso? Ninguna mujer quería oír hablar de los defectos de un hombre. Como si quisiera huir de sus propias palabras, Alex se volvió y encaminó a Sabrina hacia la zona de los equipajes. Pero, para su desgracia, Sabrina no estaba dispuesta a dejar el tema.

—¿Por qué has dicho eso? Estoy segura de que no es cierto. Yo diría que eres un hijo ejemplar.

—Gracias por decirlo —era una tontería sentirse tan reconfortado por una frase educada—. Lo que sería ejemplar en la mayoría de las familias en la mía es todo lo contrario. No soy de los que se dedican a escandalizar a la alta sociedad, ni me entrego a nada con una devoción absoluta, ni desafío al mundo. No soy... no sé cómo decirlo... no soy alguien excepcional.

—Eso es una tontería. Claro que lo eres. Me acogiste en tu casa y has dejado todo para ayudarme. Nadie habría hecho algo igual.

—¿Por ti? ¿Cómo no iban a hacerlo?

Ella le miró sobresaltada y Alex se dio cuenta de que había ido demasiado lejos. Se aclaró la garganta y aceleró el paso.

—¿Sabes? —reflexionó Sabrina—. Creo que podría llegar a ser muy cansado vivir al lado de una persona que siempre está desafiando al mundo o escandalizando a los otros.

Alex rio para sí.

—En eso tienes razón.

—No deberías infravalorarte.

Alex arqueó las cejas.

—Es la primera vez en mi vida que alguien me acusa de algo así. Según mis tutores, me creía demasiado inteligente.

—En ese caso, yo diría que no fueron muy buenos tutores.

—Eso era lo que Con y yo pensábamos. ¡Ah! Ya hemos llegado.

En cuanto llegaron al mostrador, Alex entregó el resguardo. A su lado, Sabrina temblaba de anticipación. Y Alex tuvo que admitir que, cuando el empleado le tendió la pequeña bolsa de viaje, también a él le entraron ganas de sentarse allí mismo y ponerse a rebuscar. Pero sería una imprudencia. Bolsa en mano, salieron a toda velocidad de entre la multitud y regresaron al carruaje que les estaba esperando.

En cuanto se sentaron, Alex le ofreció la bolsa a Sabrina. Ella se la colocó en el regazo, tomó aire, como si estuviera a punto de tirarse a un lago, y la abrió. El interior parecía lleno de prendas de algodón blanco y encaje. Sabrina sacó un montón de ropa y se la tendió. Alex advirtió entonces que eran prendas interiores femeninas: camisolas con bordados y tirantes, bragas, una enagua, camisones, medias… Le pilló por sorpresa y se excitó hasta tal punto que habría resultado embarazoso si no hubiera tenido todas aquellas prendas sobre el regazo.

No pudo resistirse a la tentación de tomar una camisola entre los dedos y deslizar el pulgar por las flores bordadas del escote. Se ataba con un sencillo lazo de satén. Todas ellas eran prendas discretas, pero el mero hecho de que hubieran acariciado la piel de Sabrina, de que hubieran resguardado su intimidad, las hacía seductoras.

—¡Zapatos! —exclamó Sabrina encantada, y sacó un par de zapatos de salón—. ¡Qué maravilla! Megan tiene un pie más pequeño que el mío y tengo los pies muy doloridos. Y hay un vestido.

Sacó un vestido arrugado después de haber pasado tanto tiempo enrollado y embutido en la maleta y lo sacudió. Era el típico vestido de una joven dama: algodón blanco con estampado de flores de color rosa y volantes en el dobladillo, el escote y las mangas. En la pechera, a ambos lados de una línea de botones meramente decorativos, había sendos volantes. Sabrina frunció el ceño.

—No parece un vestido apropiado para un viaje, pero supongo que… Quiero decir que… ¿no te parece extraño? Es como si estuviera mirando algo que le perteneciera a una desconocida —se volvió hacia él—. La ropa de Megan me gusta mucho más que esta.

Alex se concentró con firmeza en el vestido.

—Parece un poco… infantil.

—Lo que quieres decir es que es demasiado recargado —volvió a meterlo en la bolsa—. Guantes, un cepillo, y cosas de ese tipo —sacó un cepillo de plata con un espejo y un peine a juego.

—Un juego muy bonito. Es evidente que no eres una mujer pobre —Alex alargó la mano, tomó el espejo y lo giró para estudiar la filigrana de plata—. Otro monograma. SB, una vez más.

—Y eso es todo. No hay nada más, salvo un cepillo de dientes, una lata de polvo dentífrico y algunos pañuelos. ¡Ah! Y unos guantes —Sabrina suspiró disgustada—. Ojalá hubiera guardado algo que pudiera servirme de ayuda. Como el resto de esa carta, por ejemplo. O una tarjeta de visita.

—A partir de ahora, habrá que acordarse siempre de guardar una tarjeta de visita con el nombre de uno y su dirección.

Sabrina elevó los ojos al cielo ante aquella ocurrencia y comenzó a enrollar el vestido para meterlo de nuevo en la bolsa. Notó entonces que algo crujía y se detuvo.

—¡Espera! ¿Qué es eso? —palpó la tela—. Creo que hay algo en el bolsillo de la falda.

Metió los dedos, sacó dos papeles y se los tendió.

—Mira esto. ¡Más billetes de tren!

—¡Diablos! —Alex se inclinó hacia delante para estudiarlos—. Este es de un lugar llamado Baddesly Commons, cercano a Newbury. Tiene sentido. Fuiste desde un lugar más pequeño hasta la línea principal, en Newbury. Pero este otro…

—tiró del segundo billete y lo acarició con el pulgar. Percibió entonces una sensación apenas apreciable de miedo y emoción—. Este va de Newbury a Bath. En dirección contraria a Londres. No está marcado, ¿lo ves? No lo ha utilizado nadie.

—¿Y qué significa? ¿Por qué iba a comprar dos billetes?

—Significa que intentaste crear una pista falsa. Que alguien te está siguiendo.

CAPÍTULO 8

Sabrina sentía el martilleo del corazón en el pecho. Había huido de alguien. Había comprendido que aquella era la explicación de aquellos billetes incluso mientras formulaba la pregunta. Pero tenía la esperanza de estar equivocada.

—¿Pero por qué? ¿Y de quién?

—No tengo ni idea. ¿Pero qué sentido tiene comprar este otro billete? Es posible que lo compraras con intención de regresar a Newbury y tomar el tren desde allí, pero, en ese caso, ¿por qué no hay ningún billete de vuelta de Londres a Newbury? ¿Y por qué no comprar un billete de Londres a Bath, en vez de pasar antes por Newbury? Todo lo demás encaja. Solo llevas una bolsa de viaje que puedes llevar sin necesidad de ayuda. El equipaje está hecho de forma precipitada, llevas solo lo mínimo. Si se hubiera tratado de un viaje de placer no habrías hecho así las maletas. Ibas disfrazada. Compraste billete para dos destinos diferentes y así, si alguien te seguía, no podría saber a dónde ibas.

—Eso quiere decir que sabía que él, o ellos, o quienquiera que sea, me seguiría —Sabrina se obligó a pensar con frialdad. Aquel no era momento para dejarse llevar por el pánico—. Si fue a buscar al revisor y le preguntó por una joven dama que respondiera a mi descripción... —se interrumpió y abrió los ojos como platos—. ¡Ya lo tengo!

¿Y si hice el equipaje y escapé de quienquiera que fuera en Baddesly Commons? Después fui en tren hasta Newbury y compré un billete a Bath. Es posible que me metiera en el cuarto de baño de la estación y cambiara mi ropa por un atuendo de hombre... que supongo tuve que comprar, a no ser que fuera lo bastante inteligente como para llevarlo en mi equipaje. Enrollé el vestido y lo metí en la bolsa, me corté el pelo y salí a comprar un billete para Londres, pero ya con el aspecto de un hombre.

—Y cuando preguntaron por una joven que había comprado un billete de tren, el empleado se acordó de ti y les dijo que te habías ido a Bath, sin acordarse en ningún momento del muchacho que después había comprado un billete a Londres —Alex sonrió de oreja a oreja—. Muy ingenioso, me gusta.

—Por desgracia, sé tan poco sobre la persona que me persigue como sobre mí misma.

Sabrina comenzó a recoger todos los objetos que había sacado y a meterlos de nuevo en la bolsa. Se dio cuenta entonces de que, en su ansia por descubrir lo que había en la bolsa, había arrojado las primeras prendas en el regazo de Alex. Toda su ropa interior. Unas prendas íntimas y personales. Se puso roja de vergüenza. ¿Qué iba a pensar de ella? Apenas fue capaz de alagar la mano para recogerlas.

Alzó entonces la mirada hacia el rostro de Alex y tuvo la certeza de que sabía lo que estaba pensando. Se sonrojó todavía más. Él clavó la mirada en sus labios y volvió a mirarla precipitadamente a los ojos. Sabrina pensó, con un nudo de anticipación en el pecho, que iba a volver a besarla.

Pero entonces Alex desvió la mirada, rompiendo la magia del momento. Le quitó la bolsa y comenzó a guardar la ropa, teniendo mucho cuidado de no mirarla. Sabrina bajó la mirada hacia sus propias manos, entrelazadas en el regazo. Tenía que poner fin a aquellos díscolos y absurdos pensamientos. Alex Moreland, el hijo de un duque, no era un hombre para ella, aunque no supiera de qué estaba huyendo. Ni siquiera en el caso de que no estuviera casada, una posibilidad que temía cada vez más.

—¿Por qué crees que me escapé? —preguntó, deseando romper aquel violento silencio—. Ahora que tengo tantas pruebas de que fue algo planificado, es evidente que no fue un accidente, y que nadie me secuestró.

—Probablemente no. Aunque supongo que un secuestrador también podría haberte preparado una maleta —Sabrina le miró con expresión escéptica y él añadió—: Sí, bueno, estoy de acuerdo en que no es muy probable.

—¿Crees que estoy casada con mi perseguidor? —preguntó con un hilo de voz, manteniendo los ojos clavados en las manos. No quería que Alex viera las lágrimas que temía pudieran aparecer—. Me parece lógico. Llevaba una alianza de boda. Tengo el rostro amoratado. ¿Crees que es probable que mi marido me pegara y yo saliera huyendo?

—No lo sé —respondió él con firmeza—. Sabrina, mírame —la tomó por la barbilla y le hizo alzar la cabeza para mirarla a los ojos—. También hay otras posibilidades. Es posible que la sortija sea una simple sortija, o una reliquia familiar, como, por ejemplo, la alianza de tu abuela. Sabemos que tienes moratones, pero puedes habértelos hecho de cualquier otra forma. Y, si alguien te pegó, no tenemos forma de saber si te atacó y por eso te escapaste o si te pegó porque descubrió que estabas huyendo. Puede haber sido un desconocido, un ladrón, o incluso otro pariente… como tu padre, por ejemplo.

—¿Crees que mi padre me pega?

—No lo sé. Desde luego, espero que no. Odio pensar que alguien pueda hacerte una cosa así. Pero a donde quiero llegar es a que no podremos saberlo hasta que no averigüemos quién eres y lo que te pasó.

—¿Por qué podría querer perseguirme un padre o un marido? ¿Por qué será tan importante que vuelva?

—No lo sé. A lo mejor te has llevado algo suyo.

Sabrina le miró boquiabierta.

—¿Estás diciendo que he robado algo? ¿Que soy una ladrona?

—No, a veces las personas se disputan cosas, como una reliquia de la familia, por ejemplo. De modo que uno podría llevarse un objeto que está en posesión de otro y no considerarlo un robo. O a lo mejor alguien te lo robó y tú lo recuperaste, me refiero a la sortija.

—¿Crees que puede ser tan valioso? —preguntó Sabrina dubitativa.

Él se encogió de hombros.

—Podría ser una joya familiar. O a lo mejor es al revés, es él el que quiere la joya y tú tienes miedo de que te obligue a entregársela. Quizá no fuera algo que llevaras encima en aquel momento. A lo mejor la tenías en casa o... en una caja fuerte.

Sabrina suspiró.

—Sea lo que sea, ¿Qué podemos hacer ahora? ¿Cómo podemos averiguar lo que pasó?

—Todavía quedan algunas vías por explorar. Tom Quick está investigando. Es posible que Megan reciba noticias a través de alguna de sus fuentes.

—No parece muy probable que alguien de Londres pueda tener información sobre mí. Por lo que parece vengo de Baddesly. Es posible que esa sea la clave.

—Es cierto. Y esa es la razón por la que te sugiero que hablemos con el tío Bellard.

—¿Con tu tío Bellard? ¿Por qué?

—Si hay algo que saber sobre Baddesly Commons, él lo sabrá. Es un loco de la historia y jamás olvida nada. Bueno, excepto cosas como ir a cenar o quitarse el gorro de dormir. Pero en lo que se refiere a nombres y acontecimientos, es infalible.

—¿Y eso de qué puede a servirnos?

—Es posible que no nos ayude —admitió Alex—, pero a lo mejor sabe de alguien que ha vivido allí, o conoce el apellido de una familia que empieza por B. O tiene algún dato sobre ese lugar que pueda espolearte la memoria. O conoce una casa. Algún antepasado. Alguna oscura batalla. En cuanto el carruaje se detuvo delante de Broughton House, subieron a la casa. Después de dejar la bolsa en el dormitorio de Sabrina, se dirigieron hacia el pasillo en el que estaban las habitaciones de Alex.

—Phipps llama a esta zona la suite de los solteros —le explicó Alex con una deslumbrante sonrisa—. Mi habitación y la de Con están en este lado, con un cuarto de estar entre ellas. Y las habitaciones de mi tío están al final del pasillo, en el otro lado.

Cuando comenzaron a avanzar por el pasillo, una de las puertas se abrió y salió una doncella con la cofia colgando de una oreja y el pelo revuelto. Se volvió y gritó de cara a la habitación que acababa de abandonar:

—¡No pienso quedarme en esta casa de locos ni un minuto más!

Dio un portazo y salió disparada hacia las escaleras del servicio.

—¡Maldita sea! —musitó Alex, y avanzó a grandes zancadas por el pasillo.

Sabrina corrió tras él. Cuando Alex abrió la puerta, se oyó un histérico cacareo en la habitación y a una mujer gritando:

—¡Devuélvemelo, maldito ladrón!

Alex entró en la habitación.

—¡Willie!

Sabrina, que iba pisándole los talones, estudió la estancia. Parecía un cuarto de estar, con cómodos sillones, una lámpara de noche al lado de la chimenea y una mesa de juego junto al mueble de las bebidas. En la pared más cercana a Sabrina había una estantería llena de libros. Sobre una silla descansaban otro montón de libros y, encima de la mesita que había entre los sillones, una botella de whisky vacía. Apoyado en una esquina había un viejo bate de críquet.

En conjunto, era un espacio muy masculino y confortable.

Lo único extraño era una jaula enorme colocada frente a unos enormes ventanales. En el interior de la jaula había tres ramas a diferente altura. La puerta de la jaula estaba abierta.

Delante de la estantería, una doncella con los brazos en jarras echaba fuego por la mirada. Cuando Alex entró, se volvió hacia él y dijo en tono ofendido:

—Ha vuelto a robarme el plumero, señor.

—Te pido disculpas, Nancy. Olvidé meterlo en la jaula antes de bajar a desayunar. Espero que la nueva sirvienta no se haya asustado demasiado.

—La nueva sirvienta se ha pegado un susto de muerte al ver la calavera en la habitación del señor Con. Otra que se va a ir.

¿Una calavera?

—Me lo imagino —Alex se volvió y miró hacia la parte de arriba de la estantería—. Wellington, devuélveselo. Ya sabes que no tienes que asustar a los empleados de la casa.

Sabrina siguió el curso de su mirada y, al llegar al final de aquella estantería tan alta, se quedó boquiabierta. En el filo había un pájaro enorme, curvando sus garras negras sobre ella. Tenía la cabeza y la parte superior del cuerpo de un rojo brillante y el vientre azul purpúreo. El pico era negro, curvo y afilado y colgaba de él un pequeño plumero. El loro inclinó la cabeza para mirar a Alex con un ojo brillante durante un segundo. Después, dejó caer el plumero. La doncella corrió a recogerlo y desapareció en la habitación de al lado, toqueteando las plumas y murmurando para sí mientras se alejaba.

—Yo intento decirme que Wellie piensa que el plumero es otro pájaro que está invadiendo su territorio —le explicó Alex a Sabrina—. Pero me temo que lo que pasa es que le gusta que la gente se ponga histérica.

Desde la estantería, el loro graznó:

—¡Nunca más!

Alex suspiró.

—Ojalá los niños de Kyria no te hubieran enseñado tantas cosas. No eres un cuervo, Wellie.

El pájaro se inclinó hacia delante y hacía atrás y dijo con voz cantarina:

—Wellie, Wellie bueno.

—Ojalá lo fueras. Sabes que la duquesa odia que asustes a las sirvientas.

—¿Ha dicho que tu hermano tiene una calavera? —preguntó Sabrina.

—¿Qué? ¡Ah, sí! Con tiene una calavera en su dormitorio. La consiguió en uno de sus casos. No es real, por supuesto —añadió rápidamente.

Wellie dejó escapar un graznido que sonó parecido al cacareo que Sabrina había oído antes, cruzó volando la habitación y salió por una puerta que había enfrente de aquella por la que había salido la criada. Sabrina oyó al pájaro gritando algo con su áspera voz. Sonó parecido a «Con».

—Está buscando a mi hermano —explicó Alex tras llamar al pájaro—. Con no está aquí. Ven, Wellie. Si eres bueno, te llevaré con tío Bellard —se volvió hacia Sabrina y le explicó—: Le gusta estar en las habitaciones de mi tío. Hay un busto sobre el que le encanta posarse.

Un instante después, el loro regresó y se posó en el hombro de Alex.

—Wellie, Wellie bueno.

—Sí, sí.

Alex buscó en el interior de la jaula, sacó un fruto seco de un comedero sujeto a uno de los laterales y se lo tendió. Wellington graznó y se lo comió sin dejar de mirar a Sabrina con aquellos ojos redondos y brillantes como abalorios.

—Wellie, esta es Sabrina. ¿Sabes decir Sabrina?

Wellington giró la cabeza en el otro sentido y graznó.

—Lo siento —Alex sonrió de oreja a oreja—. No debería enseñarle tu nombre. Como se lo aprenda, será insoportable.

—Es precioso. Tan grande y tan rojo...

—Willie rojo —dijo el pájaro, y Sabrina se echó a reír.

105

—Es maravilloso —le acercó la mano vacilante—. ¿Puedo tocarlo?

—Sí. No te morderá. Si no quiere que le acaricies, se apartará.

Pero el pájaro no se movió cuando Sabrina le acarició delicadamente con un dedo la cabeza. Abrió las alas un poco, se acicaló y volvió a replegarlas.

—¿Vamos?

Alex abrió la puerta y retrocedió al tiempo que hacía un exagerado movimiento de brazo para invitar a Sabrina a salir. Ofrecía una imagen extraña, tan atractivo, tan elegante, y con un loro de un rojo y un azul intenso en el hombro.

Sabrina sonrió para sí y comenzó a avanzar por el pasillo preguntándose qué otras extravagancias la esperarían en el hogar de los Moreland.

CAPÍTULO 9

No tardó en averiguarlo. La puerta que conducía a las habitaciones del tío Bellard estaba abierta. Sabrina se detuvo en el marco y miró asombrada a su alrededor. La habitación, más que un cuarto de estar, parecía un museo. Esparcidas por toda la estancia, además de alguna que otra butaca y algún taburete, había toda una mezcolanza de mesas de diferentes alturas y tamaños. Tanto las que estaban llenas de agujeros y muescas como aquellas de superficie nueva y reluciente o las de cantos dorados estilo Luis XV, ya fueran redondas, cuadradas o rectangulares, todas estaban cubiertas de soldaditos de juguete.

—Tío Bellard se dedica a reconstruir batallas famosas — le explicó Alex, posando la mano en su codo y urgiéndola a entrar en la habitación—. Esta es la batalla de Agincourt. Esa Waterloo. Y aquella la de Sedgemoor —iba señalando con el dedo a su alrededor—. El resto de la colección está en la casa que tenemos en el campo.

—Es impresionante.

—Sí, suele dejar a todo el mundo sin hablar —Alex le dirigió una sonrisa, se volvió y dijo—: ¿Tío Bellard?

Sabrina se había distraído de tal manera con aquella exposición de soldaditos que no había visto al hombrecillo que estaba delante de una enorme estantería, rebuscando entre sus libros. Al parecer, el tío de Alex no había advertido su entrada, porque, al oírle, se volvió hacia Alex complacido e inclinando la cabeza con un gesto interrogante. Con la nariz ganchuda, los ojos tan brillantes y el pelo de punta y enmarañado en extraños mechones, recordaba bastante a Wellie.

—¡Ah, Alex! —sonrió a su sobrino—. No te esperaba. Y señorita...

—Sabrina.

—Sí, por supuesto —buscó los anteojos que tenía colocados en la cabeza y se los puso en su lugar—. Eres la joven que sufre amnesia. Es fascinante —miró hacia el hombro de Alex—. Buenos días, General. No había vuelto a verte desde que robaste a Enrique.

—Enrique V —aclaró Alex, señalando a una de las mesas—. Agincourt.

El loro abandonó el hombro de Alex para posarse sobre un busto colocado encima de un armario. Desde allí podía supervisar la habitación y la calle.

—No vuelvas a robar nada, Wellie, o te meteré en la jaula.

—Wellie bueno —graznó el pájaro.

Sabrina miró a su alrededor con interés. Todas las paredes estaban forradas de estanterías y había libros sobre las mesas, las sillas y el suelo en aparente desorden. Aquello no solo parecía una sala de exposiciones, sino también una biblioteca.

Se acercó a una de las mesas sobre la que había una detallada maqueta que incluía un paisaje pintado en papel maché con árboles, arbustos e incluso una casita, además de dos líneas de sendos ejércitos, uno de ellos con faldas escocesas.

—Culloden —le explicó Bellard con amabilidad—. Y allí está Trafalgar —señaló otra maqueta, con unos barcos diminutos navegando en un mar de espejo.

—¿Lo ha hecho usted? —Sabrina se inclinó fascinada.

—¿Qué? ¡Ah, sí! Yo me encargué de los ejércitos. Alex y Con hicieron las colinas y los valles cuando eran más jóvenes, bueno, sobre todo Alex. Siempre estuvo interesado en construir cosas. A Con le gustaba organizar el terreno —le dirigió una sonrisa radiante y se volvió después hacia Alex—: ¿En qué puedo ayudarte?

—¿Qué te hace pensar que vengo a pedirte ayuda? —protestó Alex—. A lo mejor solo venía a hablar contigo.

—Es posible que sea un viejo, pero todavía no estoy senil —los ojos del anciano resplandecieron—. No creo que hayas traído hasta aquí a una joven dama para enseñarle batallas y libros viejos.

Alex sonrió también.

—¿Qué sabes de Baddesly Commons?

—Baddesly Commons —pensó en ello—. Es un pueblo, ¿verdad? ¿Qué ha pasado allí?

—Nada que yo sepa. Solo pensaba que, si hubiera pasado algo, tú lo sabrías. Y que, si lo sabías, a lo mejor también conocías a alguna familia de la zona.

Bellard frunció el ceño.

—Um. Veamos, voy a mirar el mapa.

Les condujo hasta la pared que daba a la calle, donde había unas ventanas largas y estrechas en las que había intercalado unos mapas. El que más destacaba era un enorme mapa de Inglaterra sobre un tablero de corcho. Había chinchetas de diferentes colores colocadas con aparente descuido.

—¿Tienes idea de dónde está? —le preguntó a Alex.

—No debe de estar muy lejos de Newbury, aunque no sé en qué dirección. Podría ser hacia el norte o hacia el sur. Sabrina tomó un tren desde allí hasta Newbury para venir después a Londres. Si hubiera estado al este o al oeste de la ciudad no habría tenido que hacerlo. En realidad... ¡Claro! Tiene que ser al sur. La vía férrea va hasta Winchester, no sale hacia el norte desde Newbury.

Bellard deslizó el dedo lentamente a lo largo de una línea.

—¡Ajá! —dio dos golpecitos en el mapa—. Aquí está. Baddesly Commons. Um —frunció el ceño—. No se me ocurre nada significativo sobre esa zona. Solo recuerdo que Wellington mandó construir una casa de campo no muy lejos de allí.

Se interrumpió cuando el loro soltó un grito y repitió su nombre.

—Sí, Wellie, tienes razón. Pero creo que está hacia el este.

—En Stratfield Saye —le confirmó Alex—. Highclere también está por esa zona, creo.

—¿Highclere? ¿Qué es eso? —preguntó Sabrina.

—La casa de lord Carnarvon. El nombre de la familia es...

—Creo que están emparentados con los Herbert —le informó su tío.

Bueno, desde luego Carnarvon no empezaba con be, pensó Sabrina. Y sabía que era poco probable que estuviera emparentada con un lord.

Alex miró a Sabrina y ella negó con la cabeza.

—Nada de eso me resulta familiar.

—Bueno, no le resultaría a la mayoría de la gente —se mostró de acuerdo Bellard.

—Esperaba que pudieras comentarnos algo sobre la zona, la gente... algo que pudiera despertar los recuerdos de Sabrina —le explicó Alex a su tío.

—Puedo revisar algunas historias locales y buscar nombres de las familias de la zona —sugirió Bellard.

—Es demasiado trabajo —protestó Sabrina.

—No me importa —Bellard sonrió—. Disfruto leyendo historia incluso cuando no conozco a la gente. Siempre surgen muchas cosas interesantes. Solo necesito encontrar los libros adecuados —señaló con la mano las estanterías que estaba revisando cuando ellos habían entrado.

—¿Y qué puedes contarnos sobre Bath?

—¿Bath? ¡Ah, allí sí que hay muchas historias que contar desde el tiempo de los romanos! ¿Pero qué tiene que ver Bath con todo esto?

—No estoy seguro —admitió Alex—. Al parecer, Sabrina compró un billete a Bath y otro a Londres. Creemos que es probable que lo hiciera para confundir a sus perseguidores.

—¿Alguien la persigue? ¡Dios mío! —Bellard frunció el

ceño—. ¿Y sabe por qué? No, por supuesto que no, qué tontería. Querida niña, es una suerte que hayas venido a parar aquí —la tuteó—. Tenemos mucha experiencia con ese tipo de situaciones.

Sabrina no fue capaz de hacer nada más que quedarse mirándole fijamente. Aquello era lo último que esperaba que dijera.

—Es posible —continuó Alex— que la única razón que tuviera para comprar un billete a Bath fuera que está en dirección contraria a Londres —se volvió hacia Sabrina—. Pero a lo mejor tiene algún significado y hay alguna razón para que tu perseguidor pueda pensar que es más probable que vayas a Bath que a Londres.

—Si la hay, la desconozco. La verdad es que no sé gran cosa sobre Bath, aparte de que dispone de aguas termales. Y también hay una catedral, ¿verdad?

—Sí, por supuesto, una catedral magnífica. Es una ciudad encantadora, aunque ya no está tan de moda como antes. Los romanos la llamaban Aquae Sulis porque los celtas habían bautizado su manantial sagrado como Sulis, el nombre de una de sus diosas. Por lo tanto, a los romanos no les costó mucho convertir a aquella diosa en su Minerva. Hubo... no, no, estoy empezando a divagar —Bellard le dirigió a Sabrina una sonrisa tímida con la que se ganó su corazón—. Me temo que la historia no puede ayudarnos mucho en esta situación. La cuestión es, Alexandre, que Bath no tenía por qué ser su destino. Desde Bath se puede viajar a diferentes lugares. Cualquiera que esté persiguiendo a la señorita... eh... Sabrina, sabrá que podría haber ido al norte, hacia Cotswalds, o haber bajado a Taunton o Exeter, e incluso a Cornwall. Desde Bath también se puede continuar hacia el oeste, hacia Bristol, y desde allí dirigirse a Gales, o, bueno, tomar un barco para ir a cualquier otra parte. De modo que alguien que la conociera podría tener motivos para pensar que podía estar viajando a cualquiera de esos lugares. Bath podría ser un buen lugar al que enviarle a iniciar la búsqueda.

—Tienes razón. Es una elección inteligente, sobre todo si, como ella misma piensa, no conoce bien Londres.

—Por desgracia, eso no nos dice nada sobre quién me persigue —intervino Sabrina.

—Um. Es cierto. Bueno, veremos lo que puedo encontrar sobre Baddesly Commons en mis libros. A lo mejor te dan una pista de por dónde empezar —Bellard les hizo un gesto con la cabeza y se acercó arrastrando los pies hasta la pared de enfrente, llena de estanterías.

Sabrina lo miró preocupada.

—¿No es demasiado duro para él? —preguntó a Alex—. ¿Tiene que hacer todo esto de pie?

—El tío Bellard no es tan frágil como parece, en absoluto, y tampoco es tan vago como aparenta. Creo que utiliza las dos cosas para protegerse, como un camaleón. De esa manera, la gente le deja en paz y él puede dedicarse a hacer lo que le gusta. Le he visto pasar horas aquí, colocando sus maquetas.

Sabrina miró las numerosas mesas.

—Son increíbles. Es un trabajo muy detallista, muy meticuloso. Supongo que requiere de mucha investigación.

—Así es. Pero, como él mismo te ha dicho, adora sumergirse en la historia.

—¿Qué vamos a hacer nosotros mientras él investiga? —preguntó Sabrina—. Me parece muy bien que tu tío, Megan y vuestro empleado estén buscando información, pero no puedo esperar sentada sin hacer nada. Nosotros también deberíamos hacer algo —frunció el ceño—. A lo mejor podría ir a Baddesly Commons. Es posible que al volver a verlo lo recuerde todo.

—¡No! —Alex la miró alarmado—. No tenemos la menor idea de quién podría estar persiguiéndote ni de por qué. Podrías reencontrarte con la persona de la que estás escapando. Si quieres saber si alguien te reconoce, tendrá que ser aquí, en Londres, donde puedes contar con mi familia y con la seguridad que te proporciona esta casa.

—Pero... —comenzó a decir Sabrina.

—Sí, lo sé. No es probable que vivas aquí, en Londres, y es evidente que la persona de la que huiste está en otro lugar. Pero viniste a Londres por alguna razón. A lo mejor no vives aquí, pero has venido de visita en alguna ocasión. A lo mejor tienes alguna amiga o un pariente en Londres y pensaste que podría ayudarte. La persona a la que escribiste la carta, quizá.

Sabrina consideró aquella posibilidad.

—Tiene sentido. Pero creo que dedicarme a caminar por las calles con la esperanza de que me vean es como dejarlo todo al azar.

—Yo estaba pensando en acompañar a Kyria a alguna fiesta, o al teatro, cosas de ese tipo.

—Pero tu hermana no me reconoció.

—No, pero Kyria no conoce a todo el mundo de la alta sociedad. Y, si tú no has estado antes aquí o vienes muy de vez en cuando, es normal que no te conozca. Eso no significa que no pueda conocer a alguna de tus a amigas o a alguno de tus familiares.

—No hay ninguna razón para pensar que mi amiga o mi familiar, en el caso de que existan, se mueve en los mismos círculos que una aristócrata.

—Es cierto. Por eso propongo que vayamos al teatro o a la ópera, a tomar un helado en Gunter's o a visitar las tiendas favoritas de Kyria. De ese modo podremos ir ampliando poco a poco la red. Es azaroso, lo admito. Pero la cuestión es que son actividades de las que podríamos disfrutar. ¿No te gustaría ir a un baile, o ver una obra de teatro? ¿Gastar parte de esa enorme cantidad de dinero que llevas encima? Aunque no te reconozca nadie, no será una pérdida de tiempo, puesto que podrás disfrutar de momentos muy agradables —sonrió—. Y yo también. Me encantaría enseñarte la ciudad —le tendió la mano.

Sabrina vaciló un instante antes de deslizar la mano en la suya.

—Sí, a mí también me gustaría.

Alex permanecía sentado frente a su mesa de dibujo con la mirada fija en la ventana. Había ido a trabajar a la oficina, pero, hasta ese momento, había pasado la mayor parte del día pensando. Durante las últimas dos semanas, habían seguido un plan para ver y ser vistos en Londres. Habían ido al teatro con Megan y con Theo. Habían ido a la ópera, visitado museos y asistido a fiestas. Cuando Alex había tenido que ir a trabajar, Kyria se había llevado a Sabrina a comprar sombreros, guantes y todos aquellos complementos que uno necesitaba cuando sus únicas posesiones eran un juego de cepillos y algunas prendas de ropa interior.

Alex y Sabrina se habían ofrecido como voluntarios para acompañar a los miembros más jóvenes de la familia a Hyde Park, puesto que la niñera todavía cojeaba por culpa del esguince en el tobillo. La verdad era que, tras haber estado persiguiendo a las dos niñas durante toda la tarde, Alex se preguntaba cómo podía arreglárselas la niñera para ir sola con ellas. Otro día habían llevado a los hijos de Kyria a tomar un helado a Gunter's y habían estado después en casa de Kyria jugando a todo tipo de juegos. Allí, los pequeños y Emily, su hermana mayor, habían inventado las historias más extraordinarias sobre Sabrina y su llegada en tren a Londres y habían terminado todos muertos de risa.

Era evidente que Sabrina había disfrutado de aquellos momentos, pero no habían descubierto nada relativo a su identidad. Lo único que Alex sabía era lo mucho que deseaba que no estuviera casada. Se acostaba cada noche pensando en ella y se despertaba cada mañana ansioso por verla. Ni siquiera la pesadilla en la que se veía encerrado en una habitación, que había vuelto a visitarle en dos ocasiones, duraba en exceso, porque los pensamientos de Sabrina lo ocupaban todo.

Era peligroso pasar tanto tiempo a su lado. Sería una locura enamorarse de una mujer en su situación. Incluso Theo, el miembro de la familia menos adecuado para advertirle de cualquier peligro, le había llevado a un aparte el día anterior y le había recordado todas las razones por las que debería evitar entregar su corazón a Sabrina.

Pero, al parecer, él no era capaz de ser razonable. Cada vez que la veía, la deseaba un poco más. La noche anterior, cuando la había visto aparecer en el comedor con un vestido lavanda que dejaba sus hombros al descubierto, había tenido que hacer un gran esfuerzo para no rodearla con su brazos y besarla. Todo lo empeoraba, pensó, el hecho de haberla besado aquella única noche. Si no la hubiera besado, no conocería su sabor, no sabría lo que era tenerla entre sus brazos, lo que era sentir la suavidad de su cuerpo contra el suyo.

Su pelo le atraía; aquellos ojos enormes y azules le embelesaban. Su voz, aquella risa pronta, su sonrisa… todo ello era una provocación. Tenía que recordarse varias veces al día que sería una canallada aprovecharse de ella. Quizá, si solo se hubiera tratado de deseo, habría podido controlar la situación evitando estar en casa, pasando menos tiempo con ella. Pero la verdad era que disfrutaba de su compañía. Le gustaba hablar con ella, hacerla reír, verla disfrutar de cada descubrimiento. Cuando estaba lejos de ella, los minutos transcurrían a paso de tortuga. Intentaba imaginar lo que estaría haciendo, envidiaba a quienquiera que estuviera con ella y no conseguía concentrarse en su tarea más de unos minutos.

Deseaba que Con estuviera allí. Quería hablar con él sobre aquellos locos sentimientos que se arremolinaban en su pecho. Y, por alguna razón que no era capaz de definir, quería que Con la conociera. Quería que se llevaran bien. Quería...

Aquellos inútiles pensamientos se interrumpieron cuando oyó a Tom Quick que subía las escaleras silbando. Viendo una oportunidad de abandonar su mesa de trabajo, Alex se levantó de un salto y se dirigió hacia la puerta.

Tom sonrió de oreja a oreja.

—Buenos días, señor. Debe de haberme leído el pensamiento. Venía a verle.

Alex sintió crecer la emoción.

—¿Qué ha pasado? Has descubierto algo, ¿verdad?

—No he oído una sola palabra sobre ninguna dama desaparecida —le dijo Quick mientras entraba y cerraba la puerta tras él—. Pero creo que he encontrado la casa. Esta es la dirección.

Dejó un pedazo de papel sobre la mesa de dibujo y se desplomó después en una silla como si estuviera agotado.

—Si quiere que le diga la verdad, ha sido agotador. He tenido que recorrer hasta la última calle de postín. Encontré un par de casas que se parecían bastante, pero en esta encaja hasta el llamador de la puerta.

Alex leyó la dirección. No estaba lejos.

—¿Has descubierto algo sobre ella?

—Todavía no he buscado ningún documento. Pregunté en la casa de al lado y los sirvientes me dijeron que en esa casa no vive nadie. Es lo único que sabían. En otra puerta me dijeron que el tipo que vivía allí murió hace unos años, seis o siete, pensaban. También me dijeron que la casa llevaba meses vacía, pero que, tiempo atrás, la alquilaban para La Temporada todos los años.

Alex asintió. Era habitual que muchas personas que vivían en el campo alquilaran una casa en la ciudad durante los meses que duraba La Temporada. Debía de ser fácil alquilar una casa en aquella zona. Aquello le hizo pensar. A lo mejor, el reloj que llevaba Sabrina estaba relacionado con alguien que había vivido en aquella casa durante solo unos meses. En ese caso, no era muy probable que pudiera proporcionarles una pista.

Pero no, las sensaciones que le había transmitido el reloj habían sido profundas e intensas. Era mucho más probable que perteneciera a alguien que había habitado aquella casa durante años. Quizá al hombre que los vecinos decían que había fallecido. Podía ser el padre o el abuelo de Sabrina. El hecho de que hubiera muerto años atrás explicaría que Sabrina no conociera Londres.

—¿Y los vecinos de enfrente?

—Los sirvientes eran demasiado orgullosos como para hablar con un desconocido. Es una casa grande, ocupa toda la manzana. No es tan grande como Broughton House, pero, aun así, decidí renunciar y no seguir preguntando en esa calle. Esperaba verle antes de que volviera a casa.

—Sí, está bien, Tom. Quiero que averigües todo lo que puedas sobre esa casa, a quién le pertenece ahora y ese tipo de cosas. Y tengo un interés especial en el hombre que murió. ¿Cómo se llamaba? ¿Le dejó la casa a alguien en herencia? ¿La vendió?

—Lo haré, señor.

—¿Quieres hacer el favor de dejar de llamarme así? —le pidió Alex exasperado—. ¡Tengo cinco años menos que tú!

—¡Oh, no puedo evitarlo, señor! No sería respetuoso —Tom sonrió alegremente.

—No sería tan irritante, quieres decir.

La risa de Tom mientras cruzaba la puerta le dio la razón. Alex sacudió la cabeza y comenzó a recoger sus cosas. Ya había hecho suficientes planos. Necesitaba descansar antes de introducir nuevos cambios. Además, estaba ansioso por acercarse a aquella dirección.

Le pidió al conductor del cabriolé que se detuviera un bloque antes de llegar a la casa y fue caminando desde allí. El corazón le dio un vuelco en el pecho cuando la vio. Tom tenía razón. Era la casa que él había visto. Habían desaparecido algunos arbustos y las contraventanas y la puerta eran de color negro. Había cambios, pensó, porque el propietario del reloj la había visto antes de que se produjeran. De alguna manera, al ser testigo de ellos, tuvo la certeza de que aquella casa había pertenecido al dueño del reloj.

Era una casa elegante. A Alex le habría gustado detenerse ante ella y contemplarla, pero no quería llamar la atención sobre su interés. Sabía que, por lo menos unos de los vecinos, eran dados al chismorreo. Se conformó con echar un rápido vistazo a la zona, incluyendo el estrecho camino que conducía desde la casa hacia una puerta lateral mucho menos elegante.

Regresó a su casa caminando. Aquello le sirvió para desahogar parte de su energía. Estaba deseando darle a Sabrina la noticia, estaba ansioso por tener por fin algo que entregarle.

Pero el dramático anuncio que había imaginado se vio bastante atenuado por el hecho de que Sabrina no estuviera ni en el acogedor cuarto de estar del piso de arriba ni en la habitación del sultán, de manera que tuvo que entregarse a una prosaica búsqueda por toda la casa hasta que, al final, se detuvo para preguntar a uno de los sirvientes sobre su paradero. Denby le dijo que Sabrina había salido a dar un paseo a la parte de atrás, de modo que se dirigió al jardín.

La vio al otro lado de los lechos de flores, cruzando la hierba para dirigirse a la tapia. Llevaba uno de los vestidos de Megan, un vestido azul intenso de rayas blancas con una falda estrecha que evitaba cualquier tipo de adorno, salvo una banda ancha que estrechaba la cintura de Sabrina. La banda se ataba en la parte de atrás con un lazo enorme y picarón que hacía que a cualquier hombre le entraran unas ganas locas de desatarlo.

Sabrina debió de oír sus pasos, porque se volvió, le vio y ensanchó la boca en una sonrisa. Aceleró el paso para ir a su encuentro y Alex comprendió que debió de reconocer algo en su rostro, porque le gritó:

—¿Qué ha pasado? ¿Has descubierto algo?

—Sí, o, mejor dicho, ha sido Tom. Es la casa… —se interrumpió, comprendiendo de pronto que estaba en un terreno resbaladizo—. Es una casa que creo que puede tener alguna relación contigo.

—¡Una casa! ¿Pero cómo lo ha sabido? ¿Cómo la ha encontrado? ¿Es mi casa?

¿Por qué no se le habría ocurrido preparar una explicación? Necesitaba una razón verosímil que justificara el que Tom hubiera estado buscando una casa determinada, una explicación que no tuviera nada que ver con el hecho de que había tenido una percepción a partir de un objeto inanimado. Pero en ese momento no se le ocurría ninguna, de modo que dejó de lado la cuestión y dijo:

—No, estoy seguro de que no vives allí, por lo menos ahora. La casa está deshabitada, pero durante los últimos años han vivido diferentes personas.

—¿Es una casa de alquiler? ¿Pero eso qué tiene que ver conmigo?

—No estoy seguro. Por eso he pensado que deberíamos ir allí esta noche.

—¿Pero cómo has averiguado que tiene alguna relación conmigo? Has dicho que no vive nadie allí.

—Este es el mejor momento para entrar en la casa.

—¡Alex! —abrió los ojos como platos—. ¿Te refieres a que pretendes… entrar en la casa a la fuerza?

—No voy a romper una ventana ni nada parecido.

Alex sonrió, felicitándose por haber sido capaz de distraer de aquella manera su atención.

—Pero no tienes llave —señaló Sabrina. Le miró con los ojos entrecerrados—. ¿Vas a forzar la cerradura? ¿Cómo ha aprendido a forzar una cerradura el hijo de un duque?

—Me enseñó Tom Quick. Con y yo solíamos salir con él

cuando éramos jóvenes. En realidad, él era carterista cuando era un niño, pero también aprendió otras formas bastante útiles de conseguir dinero.

—¿Tu empleado es un ladrón? —se le quedó mirando de hito en hito.

—Ya no. La última cartera que robó fue la de mi hermano Reed.

—¿Le robó la cartera a tu hermano? ¿Y después Reed le contrató?

—Bueno, primero le envió a estudiar. Vio muchas más cualidades en Tom de las que habían visto muchos.

—Es evidente —se acercó a él—. Alex, voy a ir contigo. Estamos hablando de mi futuro, bueno, de mi pasado, en realidad. Y yo también debería estar allí.

—Por supuesto, ¿por qué no ibas a ir?

—Porque... ¡Ah! Yo pensaba que te opondrías. Que dirías que no es algo propio de una dama, que es peligroso, que eso no se hace, o cualquier cosa de ese tipo.

—¡Ah! —Alex se interrumpió—. Supongo que podría ser peligroso. No había pensado en ello. El caso es que Kyria me daría un pescozón si te dijera algo así. Y Olivia y Thisbe también. Y tiemblo al pensar en lo que podría hacerme Megan. Pero a lo mejor no deberías venir. No creo que vaya a pasar nada, pero, aun así, vamos a forzar una puerta.

—No te atrevas a arrepentirte ni por un instante —le advirtió Sabrina con la misma expresión obstinada de cualquiera de sus hermanas—. Porque te haré algo peor de lo que podría hacerte cualquiera de tus hermanas.

Alex soltó una carcajada.

—Ya sé que es mejor no prohibirte nada, créeme.

—¿Cuándo vamos a ir? ¿Ahora?

—No, todavía es de día y es preferible actuar bajo la protección de la noche. Iremos después de cenar. Tendrás que ponerte algo oscuro.

Los ojos de Sabrina chispearon.

—El otro día Megan me prestó una capa. Es de color azul noche y tiene capucha.

—Perfecto. Y ponte los zapatos y la falda más cómodos que tengas, por si necesitamos salir corriendo.

Sería su propia ropa la más difícil de ocultar en la oscuridad, teniendo en cuenta la cantidad de camisas blancas almidonadas que tenía. Alex resolvió el problema con una incursión al armario de Con. Con solía tener ropa oscura por si tenía que forzar alguna entrada de vez en cuando. De hecho, tenía una cantidad increíble de disfraces. Alex sospechaba que, en el fondo, le habría encantado poder subirse a un escenario.

Se vistió en la oscuridad, ante las miradas de curiosidad del perro y el loro. Se puso una camisa de trabajador, sin cuello, y un abrigo basto y añadió unos guantes de cuero negro suyos. No podía hacer nada para disimular la palidez de su rostro, pero una gorra de pana negra le ayudó a ocultarla.

Rufus le siguió cuando salió al pasillo y llamó con suavidad a la puerta de Sabrina. Esta asomó la cabeza al instante, como si le estuviera esperando. Alex comprobó satisfecho que llevaba una sencilla blusa de color azul oscuro y una falda sin polisón y con pocas enaguas debajo, además de unos prácticos botines negros. En el brazo llevaba una capa.

—Excelente —no pudo evitar pensar en la falta de enaguas bajo la falda, pero apartó aquel pensamiento con firmeza—. Vamos a salir por la puerta de servicio. Así no tendré que explicar a nadie de mi familia lo que estamos haciendo. Y, por supuesto, no lo digo porque ellos no fueran capaces de hacer algo así.

—¿Y no les extrañará a los sirvientes?

Alex se encogió de hombros.

—A lo mejor. Pero están acostumbrados a nuestras rarezas, como dice la señora Bee.

Sabrina miró dubitativa hacia el perro mientras iban bajando en silencio por la puerta de atrás.

—¿Nos llevamos a Rufus? ¿No llamará la atención?

—Por desgracia, tiene un pelo muy claro —se mostró Alex de acuerdo, bajando la mirada hacia aquel perro casi blanco con algunas manchas de color oscuro—. Aun así, ¿a quién se le ocurriría entrar a la fuerza en una casa llevando un perro? Y puede quedarse vigilando para asegurarse de que nadie nos descubra por sorpresa. Además, sabe que aquí está pasando algo y montaría tanto alboroto que no habría ninguna esperanza de salir tranquilamente. De hecho, ya es una suerte poder salir sin Wellington.

Tal y como Alex esperaba, los sirvientes que estaban limpiando la cocina apenas les prestaron atención cuando pasaron por allí. Ya por costumbre, Alex agarró un pedazo de carne de una fuente y se lo dio a Rufus.

—Deje de alentar a ese perro sarnoso —dijo la cocinera sin volverse.

—Cuidado, Gert, Rufus va a pensar que no te cae bien —respondió Alex.

La mujer soltó un sonido burlón, les miró y reparó entonces en su aspecto.

—Creo que es usted el que necesita tener cuidado, señor.

—Lo tendré —Alex abrió la puerta y urgió a Sabrina a salir.

—Y no meta a esa pobre chica en ninguno de sus líos.

—¡Gert! —se volvió con una dramática exhalación y llevó la mano al corazón con un gesto—. ¡Me has ofendido!

—Póngase en movimiento —Gert le echó con la mano, incapaz de reprimir una sonrisa.

Una vez fuera, Alex se volvió y descubrió a Sabrina mirándole.

—Te tienen todos mucho cariño.

—Me siguen viendo como si tuviera doce años.

Alargó la mano, tomó la capa de Sabrina y se la echó por los hombros. Bajando la mirada hacia su rostro, le ató los lazos al cuello. Dejó caer las manos, pero no quiso apartarse.

—Estás fabulosa para una incursión clandestina.

—Y aún hay más —dijo Sabrina con una sonrisa traviesa, y sacó algo del bolsillo—. ¡Tengo una máscara!

Se colocó la media máscara negra sobre los ojos y se la ató detrás de la cabeza.

Había algo sutilmente seductor en aquella máscara negra y satinada contra su piel blanca y cremosa: escondía su rostro, pero dejaba expuesta la curva de sus labios. Le daba un aspecto misterioso y en extremo deseable que, sumado a la cadencia de su tentadora risa, una risa que se deslizaba dentro de él como una uña deslizándose por su espalda, consiguió que no deseara otra cosa que besarla.

Por suerte para su fuerza de voluntad, Sabrina retrocedió un paso y se puso la capucha. La verdad era que aquel disfraz aumentaba todavía más el palpitante deseo, pues la hacía parecer una mujer preparada para una secreta cita amorosa. Pero, por lo menos, con aquel movimiento le sacó del trance y le permitió recomponer sus pensamientos.

—Bueno… —Alex se aclaró la garganta—. Será mejor que nos vayamos. Tenemos que cometer un delito.

CAPÍTULO 11

Cruzaron la calle a grandes zancadas, con Rufus trotando feliz tras ellos. Salvo durante la primera estampida hasta el final de la manzana nada más abandonar Broughton House, el perro había permanecido junto a Alex y solo se detenía muy de vez en cuando para examinar algún olor que le resultaba apetecible.

La oscuridad de la noche les envolvía como un manto de terciopelo, susurrante y neblinosa. Las farolas formaban remansos de luz dorada a lo largo del camino. En la distancia, Alex podía oír los cascos de los caballos y el traqueteo de las ruedas de los carruajes, pero allí estaban ellos dos solos, en medio de una atmósfera extrañamente íntima.

Sabrina le había agarrado del codo y Alex había adaptado su larga zancada a su paso. Les separaban unos centímetros apenas. Sabrina estaba suficientemente cerca como para que su fragancia embelesara sus sentidos, haciendo que le resultara cada vez más difícil pensar. Era absurdo imaginarla perfumándose para entrar por la fuerza a una casa, pero se alegraba de que lo hubiera hecho, por mucho que le distrajera.

Broughton House no estaba lejos de su objetivo y no tardó en ver la manzana que buscaban.

—Ahí es —mantuvo la voz baja—. En la siguiente manzana, la segunda casa de la otra acera.

—¿La casa blanca con las contraventanas negras?

—Sí, es esa.

Esperó alguna señal de reconocimiento por parte de Sabrina, pero no hubo nada, ni tan siquiera la presencia emocional de Sabrina, que permanecía queda en el fondo del cerebro de Alex. Había sentido un zumbido de emoción por parte de ella en el momento en el que habían salido de casa —comenzaba a parecerle normal el ser consciente en todo momento de ella—, pero apenas percibió una ligera anticipación cuando vio la casa. Y tuvo la decepcionante sospecha de que aquel no había sido nunca su hogar.

Pasaron por delante de la casa y giraron en el estrecho camino que la separaba de la siguiente. Alex había cogido un farol del cobertizo del jardinero, pero hasta entonces no lo había encendido. La luz de las farolas había sido suficiente. Pero en cuanto entraron en aquel pasaje a oscuras, se detuvo para encender el farol, cerrando todas las pantallas excepto una, de modo que la iluminación fuera parcial. Solo la suficiente como para proyectar la luz delante de sus pies y evitar un tropiezo.

—¿Y si nos ve alguien? —susurró Sabrina.

Alex miró hacia la casa de al lado.

—No creo que nos vayan a ver. No hay luces en las habitaciones de arriba. Supongo que los sirvientes están demasiado ocupados como para dedicarse a mirarnos. Pero, si lo hacen, tendremos que reconocerlo sin darle mayor importancia.

—¿Vas a reconocer que has forzado una cerradura?

—Supongo que sí. Si no, tendremos que salir corriendo.

La emoción comenzaba a burbujear en su sangre como el champán. Había pasado mucho tiempo, se dijo Alex, desde la última vez que había disfrutado de una aventura. Sonrió al rostro semioculto de Sabrina.

—No te preocupes, y, si fuera necesario, noquearé a quien sea.

—¡Oh!

Sabrina abrió los ojos como platos y Alex tuvo que reprimir las ganas de inclinarse para darle un beso.

Llegaron a una puerta situada en la zona más alejada de la casa. Alex bajó el farol y levantó la pantalla para iluminar mejor la cerradura. Buscó en el interior de la chaqueta un estuche de cuero y sacó dos finas herramientas de metal. Posó una rodilla en el suelo y deslizó los cables en la cerradura. Sabrina permanecía tras él, bloqueando con la falda la luz del farol, impidiendo que se viera el resplandor desde la calle.

Alex acababa de oír el dulce clic que delataba el giro de la cerradura cuando Rufus, que había estado esperando con paciencia, emitió un profundo gemido desde lo más profundo de su garganta. Alex bajó la pantalla del farol para ocultar la luz al tiempo que guardaba las herramientas en el bolsillo. Se levantó de un salto y miró hacia el camino.

Vieron entonces una fornida silueta. El sombrero que llevaba en la cabeza le identificaba como un policía. Caminaba con aire despreocupado, sin duda alguna, haciendo su habitual ronda nocturna. Pero podía desviar la mirada en cualquier momento. Rápidamente, Alex rodeó a Sabrina con sus brazos, la estrechó contra él y enterró el rostro en su cuello para esconder su delatora palidez.

—Shh. Un policía.

Esperaron, escuchando el sonido de los pasos de aquel hombre. Alex era consciente del cuerpo de Sabrina entre sus brazos, de su calor y su suavidad, de la embriagadora esencia que inundaba sus pulmones. De la rapidez de su respiración y de la presión de sus senos contra su pecho. El peligro de su situación añadía excitación, intensificaba cada sensación, cada sentimiento.

Los pasos del policía se perdieron en la distancia, pero ellos permanecieron abrazados. Alex alzó la cabeza y bajó la mirada hacia su rostro. Ella le devolvió la mirada, con la capucha ligeramente caída y enmarcando su rostro. Sus ojos eran tiernos y oscuros, insondables en aquella tenue luz. Alex continuó sin moverse durante largo rato, pensando en los obstáculos y las cautelas que les separaban, en las numerosas razones por las que debería soltarla.

Se inclinó y la besó.

Los labios de Sabrina cedieron, bueno, hicieron algo más que ceder. Sabrina le devolvió el beso con una boca ardiente y voraz. Le rodeó el cuello con los brazos y se presionó contra él, aferrándose ansiosa a sus labios. Fue un beso intenso, embriagador, que hizo añicos la compostura de Alex y envió la prudencia al olvido. En lo único en lo que podía pensar era en lo mucho que la deseaba, en lo bien que sabía, en la intensidad de lo que sentía.

Deslizó la mano bajo la capa y encontró la acariciante redondez de sus senos. Sabrina emitió una delicada exclamación de sorpresa contra su boca que fue seguida por un gemido mucho más sensual. Cuando abandonó sus labios para explorar su cuello, ella se estrechó contra él y giró la cabeza para exponer su cuello a sus besos.

—¡Eh! ¿Qué está pasando aquí?

Una voz de hombre atravesó la niebla de la pasión. Se separaron los dos al instante y se volvieron hacia un hombre que estaba a solo unos metros de distancia, en la puerta abierta de la casa vecina. Su silueta se recortaba contra la luz que salía del interior de la casa, haciendo imposible ver su rostro, pero, por su tono de voz, se adivinaba que era un sirviente y no el dueño de la casa.

—¿Quiénes son ustedes y qué están haciendo aquí?

—No te muevas —murmuró Alex mientras avanzaba hacia el otro hombre. Elevó la voz—. No creo que sea asunto de su incumbencia —contestó con altivez.

Tuvo cuidado de mantenerse fuera del alcance de la luz que escapaba por la puerta. A la pose aristócrata de Alex no le haría ningún bien que aquel hombre viera su atuendo.

—Siempre y cuando no pretendan entrar a robar —replicó el sirviente, aunque su tono había perdido una buena dosis de la convicción anterior.

—Bueno, ahora es mi casa, así que le agradeceré que vuelva al interior y me permita continuar con mi visita. ¿Cómo se llama usted? ¿Para quién trabaja? —Alex recorrió con mirada desdeñosa a aquel hombre que era más bajo que él—. ¿Su amo es consciente de que tiene la costumbre de acosar a sus vecinos?

—Yo... eh, ¿qué? —el hombre le miró con los ojos saliéndosele de las órbitas y con expresión insegura. Retrocedió un paso—. ¡No! Le suplico que me perdone, señor. Pensaba que era, ya sabe, pensaba que era un ladrón. En esa casa no vive nadie.

—Bueno, pues, como puede observar, no soy un ladrón. Y mi amiga... —cambió de tono al pronunciar aquella palabra, infundiéndole una nota de petulancia mientras recorría con la mirada la silueta obviamente femenina de Sabrina—, la señora Blackwell, vivirá aquí a partir de ahora. Sin lugar a dudas, pronto descubrirá que es una persona muy reservada y la tratará con el máximo respeto.

Endureció la voz al pronunciar la última frase y, con un corto y firme asentimiento de cabeza, dio media vuelta y regresó junto a ella. En un tono más suave, pero dirigido todavía al hombre que había tras ellos, dijo:

—No te preocupes, cielo, nadie te molestará. Nadie se atreve a enfadar al vizconde Chumley. Y ahora, ¿dónde está ese condenado farol?

Ignorando la expresión estupefacta de Sabrina, se inclinó hacia delante y levantó una de las pantallas del farol para dar más luz a la situación, pero sin iluminar sus caras. Esperando no haberse equivocado al pensar que había abierto la cerradura, alargó la mano, giró el pomo y dejó escapar un silencioso suspiro de alivio cuando la puerta se abrió. Retrocedió un paso, invitó a Sabrina a entrar antes que él y Rufus entró tras ellos. Alex se volvió para cerrar la puerta y vio que el otro hombre regresaba al interior de la casa.

Giró entonces el cerrojo y se volvió para apoyarse contra la puerta, dejando escapar un explosivo suspiro.

—¡Alex! —Sabrina le estaba mirando con los brazos en

jarras—. No me puedo creer que le hayas dicho una cosa así. Ha parecido que soy...

—¿Una mujer de dudosa reputación que ha conseguido convertirse en la amante de un noble? —preguntó, arqueando una ceja.

—¡Sí! —se echó a reír—. No sé si sentirme ofendida o impresionada.

—No tienes por qué ofenderte. Te he convertido en una mujer importante de dudosa reputación, eres la amante del vizconde de Chumley.

Sabrina rio todavía más.

—¿De verdad existe Chumley?

—No tengo ni idea. Me he limitado a imitar a un tipo al que conocí en Oxford.

—¿Cómo se te ha ocurrido hacer algo así? Estaba segura de que nos habían descubierto. Me estaba imaginando al duque yendo a pagar la fianza para sacarnos de la prisión.

—Eso sí que habría sido divertido —sonrió—. He imaginado que el tipo daría marcha atrás si yo me mostraba suficientemente altivo. Era imposible que supiera si acababan de vender o de alquilar esta casa. ¿Y qué sirviente va a atreverse a discutir con un vizconde? El secreto ha estado en no contestar a su pregunta como si estuviera haciendo algo malo y en devolvérsela a él. La arrogancia y el desdén siempre funcionan.

—¡Eso es perverso!

—La verdad es que sí —corroboró—, pero nos ha venido muy bien. Así no tendremos que preocuparnos de que los vecinos vean la luz a través de la ventana. Ya saben que estamos explorando nuestra nueva morada.

—Mi nueva morada, querrás decir —le corrigió Sabrina con una sonrisa—. Es evidente que tú continuarás viviendo con tu esposa, como el canalla que eres, y, al mismo tiempo, disfrutarás de una amante con estilo.

—Querida niña, estás muy equivocada con el pobre

Chumley. Es evidente que Chum se vio obligado a casarse con una fría y altiva heredera para salvar a su familia de la ruina, condenándose a una vida sin amor.

—¿Chum?

—Así es como le llaman sus amigos —sonrió, deleitándose en el sonido de la risa de Sabrina.

—Eres incorregible —Sabrina se volvió y miró a su alrededor—. Bueno, pues no hay nada que me resulte familiar aquí.

—No pensé que fuera a resultarte familiar nada de la cocina. Vamos a explorar otras habitaciones —abrió la pantalla del farol un poco más y asomó la cabeza en una pequeña habitación aneja a la cocina—. Es un almacén ¡Ah! Y ahí está la antecocina. Rufus, siéntate y vigila.

El perro aulló, pero se sentó con las orejas alerta. Recorrieron la planta baja de la casa. La mayoría de los muebles estaban cubiertos por sábanas, dándole el aspecto fantasmagórico de una casa que llevaba tiempo vacía. Había pocos objetos a la vista, aparte de los cuadros de las paredes, que dieran la impresión de ser un lugar habitado. Nadie dejaba objetos personales en una casa que se alquilaba a desconocidos, pensó Alex, pero resultaba desalentador cuando se tenía la esperanza de obtener información de aquel lugar.

Aquella casa le transmitía la anodina suma de sensaciones común a todos los lugares públicos. Intentó posar las manos con discreción en cuantos muebles pudo, pero no percibió nada de las personas que habían vivido allí, ni de los acontecimientos que habían tenido lugar en aquella casa. Por lo que él había experimentado, los objetos solo absorbían las emociones más recientes, más intensas y más impactantes. Era mucho más probable que un objeto querido y personal, como el reloj de bolsillo de un hombre, retuviera algún sentimiento. Posiblemente, su dueño había llevado aquel reloj cerca de su corazón durante años y años. Pero con objetos más insignificantes y que habían sido utilizados por muchas personas había poco trabajo que hacer. Aun así, Alex recorrió todas las habitaciones, haciendo cuanto pudo para mantener la mente abierta a cualquier sensación que saliera a su encuentro.

Sabrina iba tras él.

—¿De quién es esta casa? ¿Por qué está vacía?

—No tengo la menor idea. Lo único que sé es lo que los vecinos le dijeron a Tom. Por lo visto, su propietario ya no está y durante estos últimos años han estado alquilándola a diferentes familias.

—¿Ya no está? ¿Quieres decir que murió?

—O se mudó. O la vendió. Tom va a buscar las escrituras mañana.

Sabrina miró a su alrededor.

—Parece un lugar muy triste, ¿no te parece?

—Un poco —se mostró de acuerdo.

Cruzó el pasillo para dirigirse a la siguiente habitación. Era muy grande. Un salón para las visitas, supuso. Sabrina entró tras él y soltó una exclamación. Alex se volvió al instante hacia ella.

—¿Qué ocurre? ¿Has reconocido algo?

—No, no exactamente —estaba mirando un enorme cuadro que colgaba encima de la chimenea. En él aparecía una mujer preciosa con el pelo negro sentada en un banco de un jardín—. Yo... no sé. Me ha sorprendido. No estoy segura de por qué. No sé cómo se llama esa mujer, ni siquiera puedo decir que tenga la sensación de conocerla. Es solo que... siento algo —frunció el ceño e hizo un gesto, restándole importancia—. No puedo explicarlo —suspiró—. Me temo que no estoy sirviendo de mucha ayuda.

—No, eso está muy bien. Ya lo averiguaremos.

Le apretó la mano para tranquilizarla y le pareció de lo más natural retenerla entre la suya mientras continuaban avanzando por el pasillo.

En la siguiente habitación encontraron varias estanterías vacías y un escritorio igualmente vacío. Detrás del escritorio había una cómoda butaca de cuero. Alex apoyó la mano en el respaldo de la silla y notó allí una sensación débil e indefinible. Pero era idéntica a la que había percibido al sostener en su mano el reloj de bolsillo. Allí permanecía la presencia de aquel hombre, lo que le confirmó a Alex la sospecha de que era el dueño de aquella casa. ¿Pero quién sería? Era desesperante no encontrar ningún título, ningún documento que permitiera identificarle.

Sabrina soltó su mano y recorrió la habitación, examinando los cuadros. Alex se unió a ella y alzó el farol para iluminar las pinturas. En una de las paredes había un mapa que le hizo acordarse de su tío, pero en él no había chinchetas clavadas ni ningún otro tipo de marca. A su lado había un dibujo en tinta de una iglesia impresionante. Se inclinó para observarla.

—No reconozco esta iglesia. ¿Tú crees...?

—¡Ah! Es la catedral de Wells —Sabrina continuó avanzando, pero se detuvo de pronto y se volvió hacia él con los ojos abiertos como platos—. ¿Cómo lo he sabido?

—De la misma forma que sabes otras muchas cosas. Son conocimientos generales que has ido adquiriendo a lo largo de tu vida.

—¿Y crees que tengo razón? ¿Esa es la catedral de Wells?

—No lo sé. No la conozco. Podemos comprobarlo cuando lleguemos a casa. ¿Pero cómo ibas a saberlo si no la hubieras reconocido? La cuestión es que, si la reconoces, es porque, por algún motivo, te resulta familiar.

—¿Yo vivía en Wells? —preguntó, elevando la voz—. ¿Y también vivía allí el propietario de esta casa? ¿Por eso tenía un dibujo de la catedral?

—No lo sé. Pero creo que tanto los cuadros como los muebles debían de pertenecer al propietario original y los dejó aquí para los arrendatarios.

—¿Crees que yo conocía al propietario de esta casa? ¿Que conocía a la mujer del cuadro?

—No me gusta precipitarme a la hora de sacar conclusiones, pero, desde luego, es posible, muy probable incluso. No recuerdo que el tío Bellard lo mencionara, pero Wells es uno de los lugares a los que se puede ir desde Bath.

Ella asintió, con el rostro iluminado por el entusiasmo.

—¡Vamos! ¡Subamos al piso de arriba!

La escalera formaba una elegante espiral desde el vestíbulo. Le gustaba aquella casa, pensó Alex, perteneciera a quien perteneciera. Tenía líneas limpias y sencillas y detalles elegantes. Era el tipo de vivienda que a un hombre le apetecería comprar... en el caso de que estuviera considerando la posibilidad de comprar una casa. ¿Qué podría llegar a descubrir si se hiciera pasar por un posible comprador?

Sabrina subió la escalera a paso ligero, seguida por Alex. La primera habitación estaba vacía. En la segunda había algunos muebles, todos ellos cubiertos, salvo la cama. Alex descubrió que su mirada se desviaba hacia la cama. Miró a Sabrina y vio que ella estaba mirándole a él, pero apartó al instante la mirada. El ambiente se tensó de pronto.

Alex solo podía pensar en el momento que habían compartido estando fuera, cuando la había estrechado entre sus brazos y la había besado. Aquel recuerdo bastó para hacerle estremecerse. Pero no podía repetirlo, por mucho que lo deseara. Se volvió bruscamente y abandonó la habitación.

El resto de las habitaciones eran dormitorios. Alex fue cruzando uno tras otro a toda velocidad. La tensión iba creciendo en cada habitación. La de la parte de atrás de la casa era la más grande. Y debía de ser la más silenciosa también, porque estaba alejada del tráfico, de modo que quizá fuera la habitación del dueño.

Y lo habría sabido aunque solo fuera por el tamaño y la grandeza de la enorme cama que tenía frente a él. Postes redondos tallados en espiral y un dosel cubierto de terciopelo verde oscuro. De cada uno de los postes colgaba una cortina del mismo color, de modo que los ocupantes de aquel lecho podían encerrarse y crear un cálido, confortable e íntimo refugio. Se le secó la boca al pensar en ello.

Se volvió y descubrió a Sabrina en el marco de la puerta, mirándole. El corazón se le encogió en el pecho. Sabrina se había bajado la capucha al entrar en la casa y la tela de color azul oscuro hacía un suave contraste con el negro intenso de sus rizos. Alex recordó el tacto de aquellos rizos en sus dedos y anheló tocarlos. Acariciar su rostro, redescubrir las delicadas curvas de su cuerpo. Besarla había sido un gran error. Lo único que había conseguido había sido inflamar su deseo.

—Sabrina… —Alex no tenía la menor idea de lo que iba a decir.

—Antes, afuera… —le interrumpió ella, dando un paso adelante—. Cuando has…

—No debería haberlo hecho —repuso él al instante—. Ha sido un error por mi parte. Me he aprovechado del… del momento.

Una ligera sonrisa curvó los labios de Sabrina.

—Pues creo que ha merecido la pena que lo hicieras.

Alex se preguntó si sería consciente de lo seductor de su aspecto y de hasta qué punto le afectaba. Pensó que lo sabía. Y la posibilidad de que pretendiera seducirle le excitó todavía más.

—Sabrina, no debes… Sería terrible por mi parte que…

Se le quebró la voz. Lo más caballeroso sería retirarse. Lo correcto. Alargó la mano para acariciarle el pelo y tomó un rizo entre sus dedos. Incapaz de detenerse, hundió la mano en su pelo y le hizo alzar la cabeza. La miró un instante, sintiéndose como si estuviera en el borde de un precipicio. Pero Sabrina puso fin a su indecisión poniéndose de puntillas y besándole.

Y Alex ya no pudo hacer nada. No habría sido capaz de decir cuánto tiempo estuvieron abrazándose. Lo único que sabía era que estaba hundiéndose en aquel calor, disfrutando del sabor de su boca y de la suavidad de su piel. Sus manos recorrían el cuerpo de Sabrina con total atrevimiento, estrechándola contra él, acariciando sus senos, hundiendo las yemas de los dedos en la curva del trasero, sabiendo que solo unas escasas prendas la separaban de él.

Besó sus labios, su rostro, su cuello y desabrochó después con dedos temblorosos el vestido para abrirse camino hacia los senos. Deslizó la mano en el interior de la camisa, alzó el seno y lo acunó mientras cerraba los labios sobre el pezón. Sintió el temblor de su carne, pero, más aún, en lo más profundo de él, percibió su palpitante excitación.

Hundió las manos en su pelo, presionándolas contra el cuero cabelludo. Sabrina dejó escapar un suspiro de anhelo y movió las caderas contra él. Alex sintió brotar el deseo dentro de ella, sintió el calor que fluía hacia él. La pasión de Sabrina igualaba la suya y ardieron los dos por igual en la más fogosa llama hasta que Alex comprendió que aquel fuego iba a terminar consumiéndole.

—Sabrina, Sabrina —susurró, regresando a sus labios.

Se moría por estar con ella, dentro de ella, por perderse en ella. Y sabía también, con una fiera certeza, que, si se permitía continuar, no sería capaz de detenerse.

Con un ronco sonido de frustración, se separó de ella. Se agarró a uno de los postes de la cama con tanta fuerza que sus nudillos palidecieron y esperó a que amainara la tormenta dentro de él.

—No podemos —dijo con voz ronca—. Sabes que no podemos.

—Alex...

—No, Sabrina. No me tientes, por favor. Estoy descubriendo lo débil que soy. Y sería un error por mi parte, por la nuestra. No puedo ponernos en esa posición. No sabemos cuáles son tus circunstancias. Podrías estar casada. Es posible que, cuando recuperes la memoria, te arrepientas de esto, te arrepientas eternamente de haber estado conmigo.

Inhaló tembloroso, sorprendido por el dolor que le causaba pensar que podía llegar a arrepentirse de haber estado con él.

—Lo sé —contestó ella con voz contenida—. Yo tampoco quiero.

Se aclaró la garganta y Alex oyó el crujido de sus faldas al moverse.

—Deberíamos terminar aquí y volver a casa... A tu casa, quiero decir.

Alex la miró. Estaba recorriendo la habitación, contemplando los cuadros con la esperanza de encontrar otra pista sobre su identidad. Él se dirigió a la pared opuesta, esforzándose en sofocar sus sentimientos. No se había sentido así jamás en su vida, tan enloquecido por el deseo, tan frustrado y, sí, temeroso incluso de lo que podría llegar a descubrir.

Sabrina continuó hablando mientras buscaba, lo hacía con voz nerviosa y despreocupada, llenando aquel incómodo silencio. Alex la oía sin escucharla, demasiado absorto en sus turbulentos pensamientos. Hasta, que de pronto, sus palabras le obligaron a detenerlos.

—¿Alex? —le llamó en un tono extraño—. Ven a ver esto.

Alex cruzó la habitación con unas cuantas zancadas, alarmado. Sabrina tenía la mirada fija en uno de los cuadros, una fotografía en aquella ocasión. Se detuvo tras ella, mirando por encima del hombro el grupo familiar que aparecía en el retrato. Un hombre, un tanto grueso y de pelo cano, permanecía tras una mujer sentada. Era la misma mujer del retrato del piso de abajo, aunque algunos años mayor. A su lado había una niña de unos once o doce años. Tenía el rostro en forma de corazón, los ojos enormes y claros y el pelo, recogido con un lazo, era una cascada de rizos.

—¡Dios mío! —susurró Alex—. ¡Esa eres tú!

CAPÍTULO 12

—Era yo, ¿verdad? —preguntó Sabrina.

Demasiado excitada como para decir nada, había permanecido en silencio mientras salían de la casa para regresar a la mansión del duque. Pero mientras caminaban, sus pensamientos comenzaron a agitarse, inundando su mente de preguntas.

—¿Quién era ese hombre? ¿Y la mujer? ¿Son mis padres? ¿Qué habrá sido de ellos?

—No sé quiénes son —respondió Alex, frunciendo el ceño con preocupación—. Pero esa niña se parecía mucho a ti. No puedo evitar pensar que eres tú.

—Deben de ser mis padres. ¿Por qué se marcharían? ¿Adónde irían? ¿Crees que me habré escapado de ellos?

—No sé quiénes son. Le pedí a Tom que mañana fuera a comprobar los títulos de propiedad y nos dijera el nombre. En cuanto lo tengamos, podremos localizarlos.

—Parecían agradables, ¿no crees? Seguramente, no será él el que... —señaló con un gesto vago los moratones de su rostro.

—Espero que no. Pero lo averiguaremos, Sabrina. Ahora tengo muchas más esperanzas. Ha sido una fuerte impresión verte en el cuadro, pero es la prueba más clara que tenemos.

—¿Pero cómo...? —frunció el ceño con expresión pensativa—. Sigo sin entenderlo. ¿Cómo localizaste esa casa?

—Oh, bueno —se encogió de hombros y desvió la mirada—. No lo sé. En realidad, es algo que descubrió Tom.

—¿Y cómo? ¿Oyó algún rumor en una taberna? ¿Encontró algún documento? Tiene que haber encontrado alguna pista.

—Sí, por supuesto. Seguro que encontró alguna pista. Pero no estoy seguro de...

Sabrina se detuvo. Alex estaba comportándose como lo había hecho en otra ocasión. No la miraba a los ojos y vacilaba a la hora de contestar.

—Alex, estás mintiéndome.

Alex dio un par de pasos antes de darse cuenta de que ella se había detenido. Se volvió hacia Sabrina con expresión recelosa.

—Sabrina, no te estoy mintiendo. Es solo que... Hay cosas que... —se encogió de hombros.

—¿Que qué? ¿Que no debería saber? ¿Por qué? ¿Porque soy una mujer? ¿Porque son horribles?

—No, no. No es nada de eso.

—Yo pensaba que eras sincero conmigo —sintió un frío helado en el estómago—. ¿Qué no me has contado? ¿Qué más sabes?

—¡Sabrina! Yo... No hay nada... ¡Oh, maldita sea! —giró bruscamente y volvió a mirarla. Su rostro traslucía dolor—. No tiene nada que ver contigo. Es solo que... El problema soy yo.

—¿Qué quiere decir con que eres tú? ¿Qué pasa contigo? No lo comprendo. ¿Qué tiene que ver esa casa contigo?

—Nada. No sé nada sobre esa casa, excepto lo que te he contado. El problema está relacionado con... cómo la descubrí.

—¿No quieres que sepa cómo encontraste la casa? ¿Por qué, Alex? ¿Cometiste algún delito?

—¡No! Te aseguro que no cometí ningún delito ni hice nada malo. Es que... no quiero que pienses que estoy como una cabra. No quiero que te alejes de mí.

—¿Qué? —le miró desconcertada—. ¿Por qué iba a pensar una cosa así? Jamás lo haría.

—No estés tan segura. La mayor parte de la gente lo pensaría —suspiró y, con el aspecto de un hombre que estuviera tragando un sorbo de cerveza amarga, dijo—: A veces percibo cosas tocando un objeto.

Sabrina le miró sin entender.

—No lo comprendo.

—No me ocurre con todos los objetos. Pero si hay suficiente emoción vinculada a alguno de ellos, si es algo importante, si hay bastante miedo, o amor, o violencia, puedo sentirlo. A veces puedo asociarlo a un rostro o saber qué pasó en un determinado lugar. Yo... En una ocasión, cuando tenía unos catorce años, me apoyé contra la repisa de una chimenea y supe que habían matado a alguien allí. Sentí la rabia y vi la sangre brotando de la cabeza de alguien.

Sabrina inhaló con fuerza al oír sus palabras.

—¡No! ¿Y qué ocurrió?

—Bueno. Me llevé un susto de muerte, de eso puedes estar segura. Fue en una posada. Tuve la suerte de estar con Anna y con Reed. Ellos me creyeron. ¿Sabes? No soy solo yo. Toda mi familia es... —se encogió de hombros—. Los Moreland no solo somos excéntricos. Mi tío Bellard sí es un excéntrico. Le encanta la historia, sobre todo la historia militar, y tiene tiempo y dinero para entregarse a su pasión. Pero mi abuelo tenía algunas nociones bastante peculiares sobre la salud y siempre andaba buscando alguna que otra cura, aunque, de hecho, creo que no tenía nada que pudiera indicar que era un hombre enfermo. Hasta que terminó muriendo por culpa de la terapia de algún charlatán que le obligaba a envolverse en sábanas húmedas en medio del invierno.

—Hay mucha gente obsesionada con la salud, buscando siempre una cura milagrosa. No me parece tan extraño.

—¿Y no te parece extraño el hablar con amigos y parientes que han muerto? —preguntó Alex secamente—. Porque eso es lo que hacía mi abuela. Cuando mi abuelo murió, decía que tenía conversaciones con él de forma regular. Seguramente hablaba con él más que cuando estaba vivo. Hablaba también con su madre y con sus primos, todos ellos fallecidos.

—No, supongo que eso no es muy normal.

—Mi hermana Olivia se dedicaba a denunciar a falsos espiritistas. Fue ella la que abrió la agencia hace años. Les descubría los trucos y les desenmascaraba. Pero, en una ocasión, estaba en medio de una de sus investigaciones y ella misma vio un fantasma. No uno, de hecho, sino dos. Vio lo que les había pasado en la Edad Media, nada más y nada menos, y, para colmo, tuvo que pelear contra un poder maligno que había permanecido allí.

—¿Tu hermana es una persona proclive a las alucinaciones?

—¡No! En absoluto. Suele ser una persona muy escéptica. Creo que los vio de verdad. Después, mi hermana Kyria se hizo con un enorme diamante negro que, supuestamente, había pertenecido a una antigua diosa. Comenzó a tener sueños extraños sobre una persona que había muerto mucho tiempo atrás en un templo, un devoto de esa diosa . Veía cosas, sabía cosas que no tenía por qué saber. Mi hermano Reed soñó que Anna, su futura esposa, estaba en peligro. La propia Anna tiene visiones sobre el futuro. Mi hermano Theo vio a su futura esposa en sueños diez años antes de conocerla. Y, no solo eso, sino que ella le entregó un medallón, un objeto, en medio de esa visión. Y la cuestión que yo les creo, que sé que todo eso ocurrió. Lo que significa que debo de estar tan loco como el resto de mi familia —se interrumpió y dejó escapar un largo suspiro.

Sabrina se le quedó mirando durante largo rato y después dijo:

—O a lo mejor significa que todas esas cosas ocurrieron.

—¿Quieres decir que me crees?

—¿Me estabas mintiendo?

—¡No!

—Entonces, te creo.

Sabrina no pudo menos que sonreír ante el asombro que reflejaba su rostro. Dio un paso adelante y le tomó la mano:

—Alex, no recuerdo nada de mi vida. Mi mundo es una pizarra en blanco. No tengo ninguna prueba que demuestre que ese tipo de cosas no pueden ocurrir. Tú, sin embargo, tienes pruebas de que ocurren. Confío en ti.

—Apenas me lo puedo creer —sonrió débilmente y se acercó a ella. Tomó su mano y entrelazó los dedos con los suyos—. Tenía miedo de que salieras corriendo y gritando.

La mirada de Alex la reconfortó por dentro.

—Tú tampoco saliste corriendo cuando entró una mujer en tu oficina vestida como un hombre y te dijo que no tenía ni idea de quién era —sonrió al oír sus propias palabras y continuó—: Mucha gente me habría etiquetado de loca, pero tú no lo hiciste. Lo que me has contado es increíble, sorprendente. Pero no es una locura.

Alex se inclinó hacia delante y presionó los labios con suavidad contra los suyos.

—Tú sí que eres sorprendente. Eres increíble.

—Ahora no me sentiré tan rara cuando te diga que, aunque nunca nos habíamos visto y no me acordaba de nadie, cuando te vi en aquel pasillo, tuve la sensación de que te conocía.

Alex le apretó las manos.

—¿De que me conocías?

—Sí. Como si fueras un amigo, un… no sé, una persona en la que sabía que podía confiar. Hasta que me di cuenta de que era evidente que no sabías quién era.

—Yo también lo sentí.

—¿De verdad?

Alex asintió.

—Sabía que no nos conocíamos. Jamás habría olvidado tu rostro. Pero sentí que estábamos conectados de alguna manera. Antes de que entraras en el edificio… te sentí.

—¿Qué quieres decir? No lo comprendo.

—En realidad, yo tampoco. Pero sabía que fuera de la oficina había alguien con problemas, una persona asustada. Casi al instante, entraste en el edificio y tuve la certeza de que eras tú la persona a la que había sentido.

—¿Te había ocurrido antes?

—No, nunca. Siempre he tenido un vínculo especial, supongo que se podría llamar así, con mi hermano gemelo.

—Sí, he oído decir que es algo que les ocurre a los gemelos.

—No sé lo que está pensando, sintiendo o haciendo, pero si está cerca, lo sé. Y también sé cuándo tiene algún problema. Lo tuyo fue algo parecido... pero diferente.

Sabrina rio para sí.

—Bueno, eso está claro.

El hecho de que Alex no hubiera tenido aquella conexión con nadie más, con ninguna otra mujer, no tendría por qué reconfortarla, pero lo hizo. Le miró a los ojos.

—Esta noche, cuando... ¿Has...?

—¿Quieres saber si he sentido lo que sentías? —resplandeció el calor en su mirada—. Sí. ¿Y tú?

—Sí —contestó Sabrina, incómoda al pensar en lo que había sentido, en su propio deseo creciendo en su interior, alimentado por la pasión que fluía de él. Desvió la mirada, incapaz de sostener la de Alex—. Alex... tengo miedo de que lo que sentimos pueda ser peligroso.

—Lo sé.

Suspiró, le soltó las manos y se volvió.

—Y por todos los motivos que te he dicho en la casa, no deberíamos dejar que lo que sentimos guíe nuestros actos.

Sabrina dejó de hablar mientras continuaban caminando. No quería pensar en lo que deberían hacer o sentir.

—¿Y cómo encontraste la casa? ¿Estaba escondida en mi mente?

—No, no puedo leer el pensamiento, algo que agradeceré eternamente. La encontré sosteniendo los objetos que llevabas encima.

—¿Quieres decir que al tocar el anillo, o algún otro objeto, supiste la dirección?

—Ojalá fuera tan fácil. No, no sabía dónde estaba situada, ni siquiera qué papel jugaba en tu vida. Vi la casa al sostener el reloj de bolsillo. La dibujé y le entregué el dibujo a Tom para que la encontrara.

Sabrina abrió los ojos como platos.

—No me extraña que haya tardado días.

—Bueno, por el aspecto de la casa, ya tenía alguna idea de las zonas en las que podía encontrarla, pero sí, ha sido una dura tarea para el pobre Tom.

—¿El hombre de la fotografía es el propietario del reloj?

—No lo sé, pero es muy probable. No puedo decirte gran cosa sobre él a partir del reloj. Me transmitió orgullo y amor. Me resulta difícil explicarlo, pero tengo cierta percepción sobre él, sobre su ser. Y allí, en la casa, percibí vestigios de esa misma presencia. Creo que vivió allí.

Sabrina asintió. La tristeza comenzó a anidar en su pecho.

—Debe de estar muerto, ¿no crees? ¿Por qué otra razón iba a tener yo su reloj? Y me dijiste que los vecinos habían dicho que se había ido hacía años.

—Me temo que sí —Alex la miró con cariño—. Lo siento.

Sabrina esbozó una media sonrisa.

—Gracias. Es extraño. No le reconocí y no siento nada por él, pero me entristece. A lo mejor era mi padre. Pero, fuera lo que fuera para mí, ya no le conoceré —al cabo de un momento añadió—: Pero, si está muerto, no pudo ser él el que me golpeó, y me alegro.

—Averiguaremos quién era y lo que le ocurrió —le aseguró Alex con firmeza—. Te lo prometo. Pronto sabrás todo sobre ti.

Consciente del interés de Alex por tranquilizarla, Sabrina le sonrió. Pero había pasado ya tanto tiempo que, en el fondo de su corazón, empezaba a dudar de que alguna vez pudiera llegar a saber quién era.

A la mañana siguiente, Sabrina y Alex fueron a la habitación del tío Bellard en cuanto terminaron de desayunar. Él no había bajado a desayunar, así que Alex agarró un plato de comida y Sabrina una taza de té y se los subieron. Sabrina estaba preocupada, temiendo que aquel hombre de aspecto tan frágil pudiera estar enfermo, pero Alex le aseguró que, a pesar de su aspecto, su tío era fuerte como un buey y que, seguramente, había perdido la noción del tiempo.

Cuando abrieron la puerta, comprendió que Alex tenía razón. Bellard estaba sentado junto a una de las mesas, inclinado sobre un libro abierto en la única superficie no ocupada por la maqueta de alguna batalla. Iba con la misma ropa con la que había bajado a cenar la noche anterior, lo que quería decir que ni siquiera se había acostado. El pelo, ralo y blanco, lo tenía en punta, disparado en todas direcciones, como si hubiera estado tirando de él. Hipótesis que reforzaba el hecho de que en aquel momento tuviera las manos hundidas en el pelo, apoyando en ellas la cabeza mientras reía.

No alzó la mirada al oírles entrar y Alex tuvo que llamarle dos veces antes de que se dignara a mirar.

—¡Ah, Alex, querido muchacho! Pensaba que estabas fuera, en alguna de tus aventuras.

—Estuvimos… ayer por la noche. Ya es la hora del desayuno.

—¿Ah, sí? —Bellard miró hacia las ventanas, donde brillaba la luz por debajo de las cortinas—. Excelente. Empezaba a notar un poco de apetito.

—Eso está bien, porque te hemos subido algo de comida.

—Estaba leyendo sobre la batalla de las Termópilas. No soy tan erudito como tu padre, por supuesto, pero lo encuentro fascinante. Superados en número, se mantuvieron firmes en el paso de las Termópilas. Es el ejemplo perfecto del valor, pero también un uso del terreno para contrarrestar la falta de efectivos de manual.

—Desde luego —se mostró de acuerdo Alex.

Sabrina se preguntó si sabría de qué estaba hablando su tío; desde luego, ella no. Sin embargo, había descubierto que la ignorancia no era un obstáculo para entablar conversación con aquel amante de la historia. Alex dejó el plato en la mesa, al lado del libro de su tío.

—Toma. ¿Puedo retirar el libro?

—¡Ah, sí!

El anciano miró el batiburrillo de soldaditos que tenía en uno de los extremos de la mesa y el montón de libros que tenía a su lado en el suelo. Al final, llevó el libro hasta la butaca que había al lado de la chimenea y lo dejó abierto encima del asiento.

—Ya está. Eso tiene un aspecto delicioso. ¡Y té! Gracias, querida niña.

Bellard dejó a un lado sus gafas de leer y se dispuso a comer. Disipando cualquier posible sospecha acerca de su falta de agilidad mental, preguntó:

—¿Encontrasteis algo en la casa que visitasteis anoche?

—Sí, desde luego.

Alex acercó un taburete para que Sabrina se sentara. Después, se sentó en el borde de la mesa, apoyando una pierna en el suelo.

—Encontramos una fotografía de la familia… Y creemos que la niña que aparece es Sabrina.

—¿De verdad? —le miró con renovado interés—. Pero deduzco que, aun así, no encontrasteis ninguna indicación sobre su nombre.

—No, solo los muebles y la decoración de las paredes. Todos los objetos personales habían desaparecido. Es evidente que la casa solo ha estado ocupada por arrendatarios.

—Me pregunto por qué dejarían los cuadros —reflexionó Bellard.

—Le dan un aspecto más hogareño, imagino. La gente que solo pasa allí La Temporada no lleva sus propios cuadros, pero las paredes vacías hacen demasiado obvio que es una casa alquilada. Tom irá hoy a buscar las escrituras, pero he descubierto otra cosa que podría ayudarnos. Estamos dando por sentado que fue la familia de Sabrina la que dejó allí los cuadros, por lo menos la fotografía y el enorme retrato. También hay un dibujo a tinta en el estudio. Sabrina reconoció que era la catedral de Wells.

—Wells, ¿eh? —Bellard no tardó en comprender lo que insinuaba—. Así que piensas que a lo mejor tienes familia en Wells. Que es posible que hayas vivido allí en algún momento. O que, al menos, lo hayas visitado a menudo.

—Exacto —confirmó Alex.

—Por supuesto, no sé si estoy en lo cierto —añadió Sabrina—. Es posible que no fuera Wells.

—Eso es muy fácil de comprobar —replicó Bellard en tono alegre.

Dejó el plato a medio terminar y se levantó de un salto para acercarse a una de las estanterías. Deslizó los dedos a lo largo de los lomos de los libros de uno de los estantes, sacó un libro, lo hojeó y después repitió con otro la operación.

—¡Ja! Sabía que había un dibujo en uno de estos libros.

Llevó el libro a la mesa y lo dejó abierto, mostrando el dibujo de una catedral.

—¡Es esa! —exclamó Alex—. Está dibujada desde un ángulo diferente, pero es la misma catedral.

Sabrina asintió. Curiosamente, cuanto más sabía sobre sí misma, más incómoda se sentía.

—Es posible que la haya reconocido de un libro o de algo parecido.

Alex la miró con expresión escéptica.

—¿Sabes cómo es la catedral de Durham? ¿O la de Winchester?

—No. Estoy de acuerdo en que… debo de estar familiarizada con ese lugar.

—Empezaré a buscar en Wells —Bellard parecía complacido con la idea—. Wells es una ciudad muy antigua. Tuvo un campamento romano, ¿sabes? Es un asentamiento natural por los tres manantiales que tiene. Durante la guerra civil, fue asediada por las fuerzas parlamentarias y la catedral sufrió grandes daños. La usaron como establo para los caballos —suspiró—. Las estatuas fueron utilizadas para prácticas de puntería. Uno se pregunta cómo es posible que guerreros tan religiosos tuvieran tamaña capacidad de destrucción. Los últimos Assizes también fueron celebrados en Wells.

—He oído hablar de los Assizes —dijo Alex—. Pero no sé exactamente lo que eran.

—Son los juicios que se produjeron tras la batalla de Segdemoor, cuando la rebelión de Monmouth fue derrotada en los Levels.

—¿Los Levels? —preguntó Alex.

—Los llanos del norte de Somerset —le explicó su tío.

—Glastonbury Tor está allí —añadió Sabrina, y los dos hombres se volvieron a mirarla—. Por lo visto también conozco Glastonbury Tor. Está en medio de los Levels, en la única colina de la zona, rodeada de llanuras. Tiene un aspecto muy misterioso cuando lo ves en la distancia, elevándose en medio de la niebla.

—Se dice que los Levels fueron en otro tiempo parte del mar y que Glastonbury Tor era una isla —explicó Bellard—. Hay quienes piensan que es la isla de Avalon de la leyenda artúrica. Sabrina, creo que es más que probable que hayas vivido en esa zona. Tengo numerosos libros que... —se interrumpió y regresó hacia las estanterías.

—A lo mejor tu familia se mudó a Wells cuando abandonasteis la casa en la que estuvimos anoche —sugirió Alex.

—¿Pero por qué empecé mi recorrido en Baddesly Commons? ¿Y por qué vine a Londres? ¿Por qué no fui a Wells si es allí donde está mi casa?

—A lo mejor para despistar a tu perseguidor —Alex se encogió de hombros—. Si hubieras querido volver a tu casa, habría sido más razonable utilizar el billete a Bath. La cuestión es que también debiste de vivir en Londres, aunque no te resulte familiar. Los cuadros que hay en la casa y el hecho de que llevaras encima el reloj de bolsillo de su propietario...

Ella asintió.

—Sí. Tienes razón, sin lugar a dudas. Pero es decepcionante que esa casa no me haya ayudado a recuperar la memoria.

—Bueno, hace más de seis años que la dejaron. Debías de ser muy joven entonces y los recuerdos se borran. Aun así, cuando compraste ese billete a Wells y a Londres, debías de saber que la casa existía y pensaste que podrías quedarte allí. O a lo mejor tienes un pariente o alguna amiga aquí que podría haberte acogido. La carta que llevabas así lo implica. Esperemos que Tom encuentre algo en los registros. Pero, mientras él anda buscando, creo que es más importante que nunca que encontremos a alguien que te conozca.

—¿Quieres decir que tenemos que ir a otra fiesta?

Alex asintió.

—Después de ver la casa y el retrato de esa mujer, creo que es muy probable que conozcas a alguien que se mueve en los círculos de la alta sociedad. Hasta ahora solo hemos ido a pequeños encuentros. Pero esta noche la señora Roger Dalhousie organiza una fiesta. Siempre son multitudinarias, la señora Dalhousie tiene una amplia red social. Kyria va a ir y creo que también podríamos convencer a Theo y a Megan de que asistieran. Si vamos seis miembros de nuestra familia, nos haremos notar al entrar. E, incluso en el caso de que nadie se fije, hay muchas posibilidades de que Megan provoque algún tipo de discusión antes de que la velada haya terminado.

Sabrina soltó una risita.

—¿Siempre lo hace?

—Casi sin excepción. No es de extrañar, teniendo en cuenta que es americana, irlandesa y periodista, por no mencionar que, al igual que mi madre, parece destinada a ofender a alguien antes o después —sonrió—. Subiremos y bajaremos la gran escalera varias veces para asegurarnos de que todo el mundo te vea.

—Muy bien. Pero me parece un método un tanto aleatorio.

—Y lo es. Pero será mejor que nada.

Aquella noche, tal y como Alex había predicho, hicieron una gran entrada. Llegaron con el habitual retraso de Kyria, de tal manera que el grupo bajó las amplias escaleras que conducían al salón de baile en solitario. Como Kyria llevaba un vestido azul pavo real y un broche de piedras preciosas que recordaba también a aquella ave en su pelo de color rojo intenso, habría sido difícil que no se fijaran en ellos.

Tan difícil como brillar estando Kyria en la fiesta. Megan lo consiguió con un vestido color rojo fuego que realzaba el tono de su pelo. Para Sabrina, Kyria había elegido un vestido de satén rosa pálido, asegurándole que era el contrapunto perfecto para su pelo negro y su cutis cremoso rosado. Y, por supuesto, en cuanto se lo probó, Sabrina comprendió que Kyria tenía razón. El fruncido de la suntuosa tela de la falda combinado con el delicado color del vestido le daba al conjunto un aspecto exquisito y recatado al mismo tiempo.

Bajando las escaleras del brazo de Alex, Sabrina se sintió como una reina haciendo una entrada oficial. Temblaba al pensar que iba ser el centro de tantas miradas, pero, con Alex a su lado, fue capaz de ignorarlas.

La fiesta era, tal como Alex había predicho, multitudinaria. Se abrieron paso a través de los allí reunidos. Kyria saludaba a derecha y a izquierda, consiguiendo escabullirse de conversaciones en las que pretendían enredarla y evitando presentar directamente a Sabrina, puesto que no tenían apellido que ofrecer. Sabrina se encontró en medio de un auténtico mar de rostros desconocidos. Fue un alivio cuando, al cabo de un largo recorrido por la sala, Alex declaró que, por el momento, ya tenían más que suficiente.

Mientras los otros se alejaban, Alex se hizo con un par de copas de ponche para Sabrina y para él. Había una escalera más pequeña en el extremo opuesto del salón y hacia allí la condujo, maniobrando con cuidado. Subieron un par de escalones para así poder seguir hablando y, al mismo tiempo, contemplando la fiesta.

Al principio, Sabrina fue incómodamente consciente de estar siendo objeto de atención, pero, al cabo de un momento, se olvidó de todo lo demás, absorta como estaba en la conversación con Alex. No se fijó, por tanto, en la mujer que se acercaba hasta que esta, cuando estuvo a menos de un metro de distancia, exclamó:

—¿Sabrina? ¿Sabrina Blair? ¿Pero qué estás haciendo tú en Londres?

Sabrina giró sobre sus talones y miró sobresaltada a aquella desconocida. Era más alta que ella e iba discretamente vestida con un modelo blanco con volantes de encaje a los pies de la sobrefalda, las mangas y el escote. Los lugares en los que se elevaba la sobrefalda para mostrar el encaje de debajo iban decorados con lazos de color azul claro. Con unos guantes de prístino blanco y un collar de sencillas perlas en el cuello, era el prototipo perfecto de una joven dama: recta, encorsetada, con un escote no demasiado alto como para resultar anticuado ni tan bajo que pudiera parecer indiscreto. Tenía los ojos de color azul grisáceo y lo único llamativo en ella era un suntuoso pelo de un vibrante dorado rojizo que había domeñado con un conservador recogido alto.

Sonrió mientras avanzaba hacia ella y dijo:

—No sabía que estabas aquí. Peter no me dijo nada —cuando Sabrina la miró perpleja, trastabilló y se detuvo—. ¿Sabrina?

La sonrisa abandonó su rostro y la maravillada sorpresa se transformó en un gesto casi de dolor.

—¿Sabrina? ¿Qué...? —desvió la mirada hacia Alex y se tensó un poco—. No sabía que conocías a lord Cons... —entrecerró los ojos—. No, un momento, lo siento, usted no es lord Constantine, ¿verdad? Usted debe de ser...

—Alexander. Sí, tiene razón —sonrió y le hizo una reverencia—. ¿Conoce a Con?

—Somos conocidos, nada más —le brindó una tensa sonrisa—. Le ruego que me perdone. No pretendía interrumpirles a usted y a la señorita Blair.

Señaló educadamente a Sabrina con la cabeza y comenzó a alejarse.

—¡No, espere! —Sabrina salió por fin de su parálisis.

—Sí, por favor —añadió Alex.

Condujo con suavidad a aquella mujer a un lado, hasta el relativo aislamiento que les proporcionaba una palmera plantada en una maceta y apoyada contra la pared.

—Nos encantaría hablar con usted.

—Lo siento—dijo Sabrina con calor, alargando la mano como si quisiera agarrarle el brazo, pero dejándola caer después. La esperanza y el miedo se revolvían en su pecho—. Por favor. Yo... es evidente que debería haberla reconocido.

—¡Reconocido! —la mujer la miró con los ojos saliéndose de las órbitas y el color creciendo en sus mejillas—. Desde luego. ¡Hemos sido amigas desde que aprendimos a caminar!

—Señorita... —comenzó a decir Alex—. Lo siento, pero desconozco su apellido.

Ella arqueó una ceja y contestó secamente:

—Soy la señorita Holcutt.

—¿Por casualidad no le escribiría usted una carta a la señorita Blair invitándola a visitarla?

La señorita Holcutt soltó una exclamación ahogada.

—Sí, claro que la escribí. Siempre lo hago —se volvió hacia Sabrina—. Sabrina, no lo comprendo. ¿Qué está pasando aquí? ¿Por qué estás...?

—Señorita Holcutt —Sabrina respiró hondo—. Sé lo extraño que esto puede parecer, pero la cuestión es que no me acuerdo de usted. No recuerdo nada. Ni siquiera sabía cuál era mi apellido hasta que usted me ha llamado Sabrina Blair. Y sabía mi nombre gracias a este relicario —se llevó la mano con un gesto instintivo al relicario dorado que llevaba al cuello.

—¿Es el relicario de tu madre?

A Sabrina se le llenaron los ojos de lágrimas.

— ¿Este relicario era de mi madre?

—Sí, el señor Blair se lo regaló cuando tú naciste.

—Entonces, la fecha que aparece en él es la de mi nacimiento.

La señorita Holcutt se la quedó mirando durante largo rato.

—¿Lo estás diciendo en serio? ¿Esto no es una especie de... broma? —desvió la mirada hacia Alex.

—No, no es ninguna broma —respondió el—. Se lo prometo. No sé lo que ha podido oír sobre Con y sobre mí, pero ninguno de nosotros llegaría tan lejos con una broma. Además, ¿qué intención podríamos tener?

—Sí... entiendo —se aclaró la garganta como si no entendiera nada—. ¿Pero cómo...? ¿Por qué...?

—No lo sé —contestó Sabrina—. No sé nada. Creo que me di un golpe en la cabeza. Sea cual sea la razón, el caso es que no recuerdo nada de lo que pasó desde hace quince días.

—Pero eso es...

—¿Absurdo? —le ofreció Sabrina con una sonrisa de cansancio.

No recordaba a la señorita Holcutt, pero le gustaba de manera intuitiva y se sentía cómoda con ella. No le resultaba difícil creer que aquella mujer fuera su amiga.

—Lo sé —continuó—. Y le aseguro que es mucho más absurdo vivirlo.

La señorita Holcutt sonrió, visiblemente relajada, y Sabrina pensó que por fin se había creído lo que le estaba contando.

—Me llamo Lilah, y así es como tú me llamas.

—Lilah —en un impulso, le tomó la mano—. ¡Ay, Lilah, es maravilloso! Tengo millones de preguntas que hacerte.

—Por supuesto. Pero no lo comprendo. ¿Por qué Peter no me lo ha contado? He hablado con su padre en cuanto he entrado y no me ha dicho que estabas aquí —se interrumpió y arrugó la frente—. ¿Y cómo es posible que no sepas tu apellido estando con el señor Dearborn y con Peter?

—¿Quién es el señor Dearborn? ¿Quién es Peter? —preguntó Sabrina.

Comenzó a sentir un frío helado en la boca del estómago. Alex se tensó a su lado.

—Tu tutor, por supuesto. El señor Dearborn es tu tutor. Y Peter...

—¡Sabrina! —una voz de hombre sobresalió en medio del barullo de la fiesta—. ¡Dios mío, Sabrina! Menos mal que estás bien.

Se volvieron todos y vieron a un joven abriéndose paso entre los invitados para dirigirse hacia ellos. Iba seguido por un hombre mayor. Sabrina no reconoció a ninguno de ellos, pero el frío en el estómago se hizo más intenso y retrocedió por instinto. Advirtió que Lilah la miraba sorprendida y Alex daba un paso adelante, interponiéndose entre ella y los hombres que se acercaban.

El joven se detuvo y estudió a Alex con la mirada antes de volverse hacia Sabrina. Clavó una mirada intensa en su rostro mientras decía:

—Sabrina, mi padre y yo hemos estado buscándote por todas partes.

—¿Quién es usted? —preguntó Sabrina con brusquedad.

Su intensidad le inquietaba, al igual que su manera de mirarla, con una expresión inquisitiva, como si estuviera intentando enviarle algún mensaje secreto.

—¿Qué? —se quedó boquiabierto—. ¿Qué quieres decir?

—No sé quién es usted.

El hombre de más edad acababa de reunirse con ellos y también se quedó estupefacto al oír las palabras de Sabrina.

—¡Qué diablos! Sabrina, déjate de tonterías. Nos vamos a ir a casa inmediatamente.

—La señorita Blair no va a ir a ninguna parte, señor —
le contradijo Alex con firmeza—. Le repetiré su pregunta.
¿Quién es usted?

—No recuerda nada —intervino Lilah, sumándose a la
conversación—. No comprendo por qué no me habías contado nada, Peter.

—Yo… no lo sabía.

La miró y se volvió después hacia Sabrina.

—¿No te acuerdas de nada? —le preguntó.

—No —sacudió la cabeza.

—¡Buen Dios! —estalló el hombre mayor—. Esto es…

Se interrumpió. Al parecer, era incapaz de encontrar una
palabra que describiera la situación.

—Pero, Sabrina —continuó el hombre más joven, observándola con atención—. Soy Peter, tu marido.

El aire abandonó los pulmones de Sabrina. Pensó que iba a
desmayarse, pero Lilah la agarró del brazo y la sostuvo erguida.
Sabrina se apoyó en ella agradecida.

—Es curioso que nunca le haya mencionado —dijo Alex
con voz fría, cruzándose de brazos—. Voy a preguntárselo otra
vez. ¿Quién es usted?

—Soy Niles Dearborn, pero eso no es asunto suyo —respondió el mayor de los dos hombres—. Soy el tutor de la
señorita Blair. Este es mi hijo, Peter, y, como acaba de decirle,
es el marido de Sabrina.

—Pero usted acaba de referirse a ella como la señorita Blair.

El color abandonó el rostro de Dearborn. Apretó los puños
a ambos lados de su cuerpo.

—Un error natural, señor, puesto que la boda ha sido reciente. No sé quién es usted, pero esto no es asunto suyo. Vamos, Sabrina —alargó la mano hacia ella con un gesto auto-
ritario.

Sabrina negó con la cabeza.

—¿Qué?

Dearborn la miró tan estupefacto como Peter y Lilah.

—Ha dicho «no» —Alex elevó la voz y Dearborn le miró irritado.

—¿Quién demonios es usted?

—Soy Lord Alexander Moreland —imprimió a su voz un tono arrogante que Sabrina nunca le había oído—. La señorita Blair no desea ir a ninguna parte con usted y sus deseos me conciernen.

La mirada de Dearborn se tornó recelosa. A su lado, su hijo musitó:

—Padre, creo que es el hijo del duque de Broughton.

—Sí, bueno —Dearborn se aclaró la garganta y comenzó a decir en un tono más conciliador—. Como puede ver, la señori... la señora Dearborn no está bien. Le falla la memoria.

—Me resulta muy extraño —se oyó entonces una voz con acento americano— que un marido no haya advertido hasta este momento que su mujer ha perdido la memoria.

Sabrina desvió la mirada y descubrió sorprendida que Rafe estaba al lado de Alex. Su postura relajada y su ligera sonrisa parecían ocultar una amenaza. Kyria estaba junto a él, observando con su afilada mirada a Alex, a los Dearborn y a Lilah. Una mirada fugaz hacia el otro lado le indicó a Sabrina que también Theo y Megan se estaban acercando. Comprendió que los Moreland la estaban rodeando para protegerla. Aquel pensamiento la reconfortó y consiguió derretir aquel miedo glacial.

—Ni que ha faltado de su casa durante dos semanas —añadió Alex secamente.

El señor Dearborn miró a Rafe, y después a Theo y a Megan.

—Eso tiene una explicación muy sencilla. Sabrina y Peter tuvieron un accidente en su carruaje. Peter se quedó inconsciente y, cuando se recuperó, Sabrina había desaparecido. No sabíamos lo que le había pasado.

—Entiendo. En esas circunstancias, es natural que hayan decidido venir a esta fiesta —ironizó Alex.

El enfado relampagueó en los ojos de Dearborn y Peter decidió intervenir.

—Eso no ha sido así. Hemos estado buscándola por todas partes. Acabamos de llegar a Londres y hemos pensado que Sabrina podría haber venido a ver a la señorita Holcutt. Su mayordomo nos ha dicho que la señorita Holcutt estaba aquí.

—¿Entonces no estaba en Londres cuando perdió a la señorita Blair?

—Es la señora Dearborn —Peter apretó la mandíbula.

—Debe regresar a su casa —dijo el padre de Peter muy serio—. Sin lugar a dudas, Sabrina se golpeó la cabeza en el accidente, por eso no recuerda quién es. No tengo la menor idea de cómo ha terminado con usted, pero no es responsabilidad suya. Es evidente que necesita atención médica. Voy a llevarla a casa y haré que la visite un doctor.

—No voy a volver a casa con usted —por mucho que apreciara que Alex y el resto de los Moreland la defendieran, había llegado el momento de hablar por sí misma—. Diga lo que diga, no le conozco y no quiero irme con usted.

—Sabrina, querida niña —la voz de Dearborn se tornó paternal—. No eres tú misma, tienes que ser razonable. Yo solo quiero ayudarte.

—No.

Se volvió hacia Alex, un poco asustada. Dearborn parecía muy racional y sospechaba que ella parecía una niña desobediente. ¿Y si los Moreland estaban de acuerdo con él?

—Alex, no quiero vivir con ellos.

—No te preocupes, no tendrás que hacerlo. Estoy seguro de que el señor Dearborn no quiere causarte una angustia mayor —miró al otro hombre con dureza—. ¿Verdad, señor?

—Por supuesto que no —intentó esbozar una sonrisa, pero apenas consiguió enseñar los dientes—. Pero se sentirá mucho mejor cuando esté en casa, entre objetos familiares y rodeada de personas conocidas.

—A nosotros nos conoce —contestó Alex con rotundidad—. Estoy seguro de que no querrá forzarla a hacer algo que no desea. Algo que podría causarle una angustia mayor. Y todos deseamos lo mejor para Sabrina, ¿no es cierto?

—Por supuesto, por supuesto. Pero es al marido de Sabrina al que le corresponde decidir qué es lo mejor para ella —insistió Dearborn.

Alex cerró los puños y Sabrina posó la mano en su brazo. Kyria dio un paso adelante, interponiéndose entre Alex y Dearborn. Le dirigió a este una radiante sonrisa y, elevando la voz, dijo con entusiasmo:

—Mi querido Dearborn, tendrá que permitir que Sabrina continúe su estancia en Broughton House. El duque y la duquesa le han tomado mucho cariño. De hecho, el otro día mi propio padre le estaba comentando a lord St. Leger que para él Sabrina es la luz de sus días. Y, por supuesto, se ha convertido en una hermana más para la marquesa.

Kyria se detuvo, después, se volvió hacia Megan, que la miró con extrañeza antes de decir:

—¿Para quién…? ¡Ah, sí! Por supuesto. Es como una hermana, ¿verdad, Theo?

—Desde luego. Creo, señor, que no hemos sido debidamente presentados. Soy el marqués de Raine —Theo se adelantó dos pasos para estrecharle la mano a Dearborn—. Por favor, permítame presentarle a mi esposa, la marquesa, y este es el marido de mi hermana lady Kyria, el señor McIntyre.

—Sin título —Rafe le dirigió una sonrisa radiante y se adelantó para darle la mano.

—¡Ah! Pero en América eres el rey de la plata, ¿verdad? —le corrigió Theo con jovialidad.

Theo y Rafe estaban flanqueando a Alex y Kyria le rodeaba a Sabrina la cintura con el brazo.

—Rafe, querido. Creo que ya va siendo hora de que nos llevemos a Sabrina a casa. Me temo que parece un poco cansa-

DESTINADOS A ENCONTRARNOS

da —les dirigió otra sonrisa radiante a los Dearborn—. Es un placer haberles conocido, caballeros.

—Por supuesto, querida.

Rafe se colocó al otro lado de Sabrina y, mientras se alejaban, el resto de los Moreland comenzó a caminar tras ellos.

—¡Un momento! —gritó Peter, avanzando para impedirles el paso—. No pueden hacer esto. Sabrina es mi esposa. Me pertenece. No pueden alejarla de mí.

—¿Le pertenece? —preguntó Kyria con una voz gélida digna de una duquesa.

Se irguió en toda su altura, que eran bastantes centímetros más de los de Peter Dearborn, y avanzó hacia él.

—¿Quiere decir que le pertenece como podría pertenecerle un sombrero o un caballo? —preguntó Megan.

—¡Ay, querida! —musitó Rafe con voz divertida.

—Sí, me temo que ese hombre acaba de meterse en un buen lío —se mostró de acuerdo Theo.

Alex se volvió hacia su cuñado.

—Voy a llevarme a Sabrina mientras los Dearborn se enfrentan al fuego directo de Kyria y de Megan. ¿Os quedáis para apoyar a las damas?

—No creo que necesiten ningún apoyo —respondió Rafe sonriendo—. Pero voy a disfrutar del espectáculo.

—Os enviaré el carruaje de vuelta.

—No tengas prisa, muchacho. Sospecho que vamos a estar aquí un buen rato.

Alex le ofreció a Sabrina el brazo, pero esta alzó la mano.

—Un momento.

Miró a su alrededor y descubrió a Lilah Holcutt junto a un grupo de invitados a la fiesta. Se acercó a ella.

—Sabrina, no entiendo nada —dijo Lilah—. ¿Qué está pasando aquí?

—No estoy segura, pero, por favor, ¿podrías venir a visitarme mañana? Estoy en Broughton House. ¿La conoces?

—Sí, sí, por supuesto.

Sabrina sonrió y se volvió para tomar el brazo de Alex. Avanzaron entre los invitados mientras, tras ellos, la voz de Megan, con su acento americano, resonaba por encima del barullo.

—Una mujer no es una propiedad, señor Dearborn. El hecho de que usted tenga unas ideas anticuadas e inhumanas no...

Alex le sonrió a Sabrina, subieron corriendo los escalones y salieron a la calle.

CAPÍTULO 14

Alex reía quedamente mientras subía a Sabrina al carruaje de los Moreland.

—Estoy seguro de que Dearborn no tiene ni idea de dónde se está metiendo —subió tras ella.

Todos los carruajes estaban juntos, como solía ocurrir en cualquier fiesta numerosa. Iba a llevarles algún tiempo salir de allí. Pero no le importó. Una rápida mirada a su alrededor le indicó que nadie les había seguido y la perspectiva de disfrutar de un tiempo extra con Sabrina en el carruaje le resultaba de lo más apetecible.

—Lo siento mucho. Le he arruinado la fiesta a esa pobre mujer y he metido a Kyria y a Megan en un lío.

—Puedes estar segura de que Megan y Kyria lo están disfrutando. En cuanto a la anfitriona, estoy seguro de que estará encantada. No hay nada mejor que una buena pelea para que se hable de una fiesta.

Se volvió hacia Sabrina. Todavía estaba vibrando por la energía desatada en aquel enfrentamiento, pero su preocupación por Sabrina superaba todo lo demás.

—Estaba muy preocupado por ti. Pensaba que te ibas a desmayar.

—Te aseguro que he estado a punto... —se interrumpió.

Las lágrimas amenazaban con enmudecerla.

Alex le tomó la mano y se la apretó.

—Todo saldrá bien. No te preocupes.

—¿Cómo no voy a estar preocupada? —lloró Sabrina—. ¡Ay, Alex! ¿Y si estoy casada con él?

—De momento, lo único que tenemos es su palabra. No confío en ese hombre, en ninguno de ellos. ¿No te has fijado en que no ha dicho que estaba casado contigo hasta que la señorita Holcutt ha mencionado que no recordabas nada? Solo entonces se ha sentido suficientemente seguro como para decirlo.

—No he reconocido a nadie —dijo Sabrina con suavidad—. Ni siquiera a la señorita Holcutt.

—Y también habrás notado que ella tampoco ha dicho que erais amigas íntimas hasta que no se ha enterado de que habías perdido la memoria.

—¡Alex, no! No sospecharás de la señorita Holcutt, ¿verdad?

—Desde luego, se ha dado mucha prisa en decirles a los Dearborn que habías perdido la memoria… como si quisiera hacerles saber que podían inventarse lo que quisieran.

—No digas eso. Le he pedido que venga a verme mañana, así podrá contarme muchas cosas sobre mí —se interrumpió, pensando en lo que Alex acababa de decirle, y negó con la cabeza—. No. No puedo creer que me desee ningún mal. Me ha caído bien nada más verla. Me siento cómoda con ella. Los sentimientos que despiertan los Dearborn son justo lo contrario.

Alex la miró sonriendo y le acarició con el pulgar el dorso de la mano. Prefería guardarse su opinión sobre Lilah Holcutt, no tenía ningún motivo para aguarle a Sabrina el placer de haber encontrado a una amiga.

—Muy bien. Admitiré a la señorita Holcutt. No tengo ninguna sensación sobre ella, de verdad, aparte de que creo que fue la persona que te escribió la carta que llevabas en el bolsillo. Sin embargo, los Dearborn no me gustan. Aunque no hubiera dicho ser tu marido, no me habrían gustado.

—Alex, ¿tú no crees que sería capaz de reconocer a mi propio marido?

—Eso espero. La cuestión es que todo este asunto podría ser una sarta de mentiras. Ni siquiera sabemos si es cierto que es tu tutor.

—¡Ay, Alex! —Sabrina tensó la mano sobre la suya y los ojos se le llenaron de pronto de lágrimas—. Si es mi tutor, eso significa que mis padres han muerto. Ni siquiera les conozco y ya los he perdido.

—Sabrina…

Alex sintió una opresión insoportable en el pecho al ver las lágrimas de Sabrina y no pudo evitar estrecharla en sus brazos. Apoyó la mejilla en su cabeza y la retuvo contra él mientras la acariciaba intentando consolarla.

—Lo siento mucho.

—Sabía… Ayer por la noche, cuando me dijiste que el propietario no había vuelto por allí desde hacía años, supe que debía estar muerto. Pero esperaba, tenía la esperanza… Bueno, ahora estoy tan sola… Ni siquiera sé quién soy.

Comenzó a sollozar afligida. Alex se sentía impotente. No podía hacer nada más que abrazarla. Deseó poder absorber aquel dolor, le resultaría mucho más fácil soportarlo que verla sufrir de aquella manera.

—Shh, tranquila.

La besaba en el pelo mientras musitaba palabras de consuelos y tensaba los brazos a su alrededor como si pudiera así protegerla de la tristeza. Cuando, al cabo de unos minutos, comenzaron a ceder los sollozos, dijo:

—No estás sola. Me tienes a mí. Tienes a mi familia.

Sabrina sorbió por la nariz y Alex pudo sentirla sonreír contra su pecho.

—Esta noche han sido muy amables al acercarse a nosotros.

—Son mi familia —dijo Alex con sencillez—. Si necesito ayuda, siempre están a mi lado. Y también te han acogido a ti bajo su ala. Aunque no lo hubieran hecho, jamás permitirían un abuso o una injusticia. No tengo la menor duda de que, en cuanto mi madre se entere de lo que ha pasado, se pondrá a hacer guardia en la puerta.

Sabrina esbozó una débil sonrisa.

—Puedo imaginarme a la duquesa haciendo una cosa así.

—No hay nada que le guste más que una buena pelea. Megan es igual que ella. Creo que, si Theo no se hubiera casado con ella, mi madre la habría adoptado.

—Um. Kyria tampoco me ha parecido muy pacífica.

—¡Dios mío, no! No puedo decir que ande buscando pelea, pero, como alguien la amenace o amenace a alguno de los suyos, se convierte en una tigresa.

Continuaron en silencio durante algunos segundos. Alex sabía que debería soltar a Sabrina, que debería sentarla a su lado. Abrazarla se había convertido más en un placer que en una forma de consuelo. No estaba bien. Por mucho que odiara admitirlo, podía estar casada con otro hombre. Y, sintiera lo que sintiera por aquel hombre en aquel momento, era posible que, cuando recuperara la memoria, recordara también que amaba a aquel canalla.

Pero no podía dejarla marchar, por mucho que pudiera sentir el calor de su sangre, por insensato que fuera. Se preguntó cuánto tiempo tardarían en llegar a su casa. Esperaba que fuera mucho. A lo mejor se encontraban con otro atasco.

Los pensamientos de Sabrina transcurrían obviamente por otros rumbos, porque al cabo de un rato dijo:

—He puesto a tu familia en una situación terrible. Si tiene razón, si estoy casada con él, podrías buscarte problemas por haberme retenido a tu lado. Toda tu familia podría encontrarse con un serio problema. Y yo no podría soportarlo.

—Créeme. Los Moreland no necesitan a nadie para buscarse problemas.

Sabrina frunció el ceño, se enderezó en su regazo y se apartó un poco.

—Creo que debería marcharme.

—¿Qué? ¡No! —Alex tomó sus manos—. Escúchame, no te preocupes por los Moreland, por lo menos por mí. Me he metido y he salido de más líos de los que puedes imaginar. Vas a quedarte en Broughton House. Te prometo que, sea quien sea Dearborn, haya pasado lo que haya pasado o pase lo que pase, no permitiré que te hagan ningún daño. No les dejaré llevarte con ellos y tampoco lo permitirá nadie de mi familia.

Le dio un beso fugaz en los labios que fue más una promesa que una muestra de pasión.

—¿Me crees?

Sabrina le sonrió.

—Sí, te creo —se acurrucó contra Alex y este le rodeó el hombro con el brazo con toda naturalidad—. Me quedaré.

Sin pensarlo, Alex se inclinó y volvió a besarla. Y aquel beso fue todo pasión. Sabrina le rodeó el cuello con los brazos y presionó el cuerpo contra el suyo. Por un momento, Alex no fue capaz de pensar en nada que no fuera la boca de Sabrina y su deseo. Le dio un profundo beso. Todo el deseo reprimido durante la noche estalló. Deslizó las manos sobre ella, acariciando sus suaves curvas, y ella dejó escapar un gemido.

Al oír aquel gemido, toda la frialdad, toda razón, cualquier pensamiento sobre lo que era correcto y lo que no, abandonó el cerebro de Alex. No le importaba que pudiera estar casada, no le importaba no estar comportándose como un caballero. En lo único en lo que podía pensar era en llevarse a Sabrina a cualquier parte para hacer el amor con ella. Hundió la mano en el interior de su vestido para buscar y acariciar su seno. El pezón se irguió ante aquel contacto. Movió la boca sobre su cuello y Sabrina echó la cabeza hacia atrás, ofreciéndoselo.

De pronto, el cese del movimiento del caballo y la voz del chófer gritando a la yunta penetró en la niebla del deseo. El carruaje se detuvo. Alex sintió que el coche se movía bajo el peso del cochero levantándose de su asiento. En cuestión de segundos, uno de los lacayos se acercaría y abriría la puerta.

Dejando escapar un suspiro de pura frustración, soltó a Sabrina. Ella se limitó a mirarle durante largo rato, con los ojos abiertos como platos, elevando y bajando el pecho con la boca tan rosada y tierna después de los besos compartidos que a Alex le costó apartarla de él.

—Ya hemos llegado —apenas consiguió emitir un graznido. Se aclaró la garganta—. Sabrina, yo…

—No —contestó ella casi sin aliento, interrumpiendo el momento—. No, por favor, no digas que lo sientes.

Tomó aire y miró a Alex mientras el lacayo abría la puerta del carruaje y retrocedía. Con ojos brillantes y tono bajo y fiero, confesó:

—Porque yo no me arrepiento. No me arrepiento nada en absoluto.

Bajó del carruaje y corrió hacia la casa, dejando a Alex tras ella, observándola.

A la mañana siguiente, lo primero que hizo Alex fue ir a ver a Tom Quick. Le había costado conciliar el sueño la noche anterior y, al final, había renunciado a dormir y se había vestido cuando el sol había comenzado a filtrarse por las cortinas.

En el piso de abajo, antes incluso de que los criados sirvieran el desayuno en el comedor, tomó un té y unas galletas en la cocina y se fue a buscarle. Necesitaba, más que nunca, enterarse de lo que había encontrado en el registro y no le apetecía esperar a que Tom fuera a Broughton House. Al no encontrarle en la agencia, se dirigió a la habitación que ocupaba en una casa situada a solo unas manzanas de distancia. Tom le abrió la puerta en mangas de camisa, despeinado y con una taza de aquel café tan fuerte que tomaba en la mano.

—Buenos días, señor —saludó a Alex alegremente—. Se ha levantado muy temprano esta mañana. ¿Quiere un café?

—¿Te refieres a ese alquitrán que tú bebes? No, gracias.

—Pase y siéntese mientras lo tomo yo. No sirvo para nada hasta que no me he bebido por lo menos un café.

—Me entran ganas de decir que ni siquiera entonces, pero me lo has puesto demasiado fácil.

—Sí, bueno, a estas horas todavía no estoy en plena forma —contestó Tom mientras conducía a Alex a la cocina—. Supongo que quiere saber lo que averigüé ayer. Lo primero que pensaba hacer esta mañana era contárselo.

—Lo sé, pero me he levantado temprano y quiero saberlo ya. ¿Quién es el propietario de esa casa?

—Sabrina Lilian Blair, menor de edad —dijo Tom, como si estuviera citándolo de memoria—. Pero está bajo la tutela de Niles Dearborn hasta que alcance la mayoría de edad.

—Cosa que ocurrirá el mes que viene —Alex se dejó caer en la silla que tenía Tom enfrente de la mesa con la confianza de una larga familiaridad.

—Eso no lo sabía. El propietario anterior fue Hamilton Blair, que murió... Un momento, tengo la fecha apuntada —comenzó a levantarse.

—No importa, no necesito la fecha exacta.

—Pero imaginé que querría información sobre Hamilton Blair. Fui al registro y consulté su testamento. Dejó algo de dinero y una propiedad de por vida, una casa que está en Carmoor, en Somerset, a su esposa, Claudia, y el resto de sus propiedades, la mayoría en fondos, a su única hija, Sabrina Lilian Blair —arqueó una ceja—. No parece muy sorprendido por la noticia.

—Me esperaba algo parecido. Ayer por la noche coincidimos con Niles Dearborn y dijo ser el tutor de Sabrina. Tuvimos algunas diferencias. Él parece menos interesado en ayudar a Sabrina que en hacerla volver bajo sus garras.

—¿Cree que es él el tipo que le pegó?

—Creo que es probable —apretó la mandíbula—. Y no voy a permitir que vuelva a hacerlo.

—Por supuesto que no.

—¿Alguna otra cosa importante?

—Investigué a la mujer, para asegurarme, y murió casi cua-

169

tro años atrás. Ella también le dejó todo a su hija, siendo ese tal Dearborn el tutor de la propiedad y de la niña. Por supuesto, la propiedad vitalicia de la casa de campo es de la señorita Blair —se encogió de hombros—. Esto fue todo lo que pude averiguar antes de que cerrara el archivo. Pensaba investigar a Niles Dearborn hoy, ver qué podía averiguar sobre él —miró a Alex—. Estoy pensando que a lo mejor todavía quiere hacerlo.

—Sí, por supuesto. En primer lugar, quiero ver si puedes encontrar un certificado de matrimonio, probablemente de las últimas semanas, entre la señorita Blair y Peter Dearborn, el hijo de Niles.

—Una manera inteligente de conservar el dinero en manos de la familia.

—Sí, y, a tres semanas de los veintiún años de Sabrina, se estaban quedando sin tiempo.

—¿Cree que ha estado apropiándose de su dinero?

—No tengo ni idea. Seguramente, en el testamento le dejaron algo para recompensarle por hacerse cargo de la propiedad.

—Una suma simbólica —Tom se encogió de hombros—. Pero tenía plena autoridad sobre todo lo demás, nadie le vigilaba. Y hay una gran cantidad de margen en la provisión para que la señorita Blair y su tutor puedan disponer de suficiente dinero como para mantenerla a ella y a la casa sin tener que rebajar el estilo de vida al que está acostumbrada.

Alex asintió.

—Quiero saber si estaban casados. No creo que se casaran en Londres. Quizá fue en esa propiedad, en Carmoor, que debe de estar cerca de Wells. O a lo mejor donde Dearborn vive, si es que puedes averiguarlo.

—Puedo.

—Quiero que averigües también dónde se casaron, quiero todos los detalles que puedas conseguir, aunque para ello tengas que viajar e interrogar a los testigos de la boda.

—¿Tengo que salir de Londres?

Alex no pudo reprimir una sonrisa al ver la expresión desolada de su interlocutor.

—No te vas a morir, Tom. Te lo prometo.

—A lo mejor.

—También quiero saber todo lo que puedas averiguar sobre Niles Dearborn y su hijo. Cuál es su situación económica, quiero saber si juegan, si han perdido dinero o se dedican a hacer inversiones.

—A su hermano se le dan mejor ese tipo de cosas que a mí —protestó Tom—. A mí me oyen hablar y sirvientes y trabajadores me lo cuentan todo. Pero, cuando se trata de banqueros y oficinistas, se bloquean. Sin embargo, Con les encandila y consigue que hablen como cotorras.

—Pero eso es imposible, puesto que Con está en Cornwall —Alex suspiró—. Dios mío, me encantaría que volviera. Este es exactamente el tipo de asunto que le entusiasma.

—Seguro que lamentará el haberse perdido tanta emoción.

—Desde luego —Alex se levantó—. Si averiguo o encuentro algo que pueda ayudarte, te lo haré saber. La amiga de la señorita Blair ha programado una visita para esta mañana. Es posible que ella arroje alguna luz, aunque sea de manera inconsciente.

Tom le estudió con atención.

—¿No confía en su amiga?

Alex se encogió de hombros.

—Digamos que voy a dejar claro que quiero estar presente mientras hable con Sabrina. No sé si hay algo malo en esa mujer. Es posible que sea solo lo que aparenta, una amiga íntima de Sabrina que sabe tan poco sobre lo que ha ocurrido como el resto de nosotros. Es solo…

—¿Solo qué?

—¿No te parece demasiada casualidad que aparecieran los tres en la misma fiesta ayer por la noche? ¿La señorita Holcutt y los Dearborn?

—¿No estaba usted intentando encontrar a alguien que conociera a la señorita Blair?

—Sí. Supongo que estoy poniendo demasiadas pegas. Es solo que... Me pareció demasiado amistosa con los Dearborn. Fue ella la que le dijo a Sabrina que Dearborn era su tutor. Temo que pueda presionar a Sabrina para que vuelva con él. Aunque no tenga nada que ver con ellos, es posible que considere que es lo más apropiado. Me pareció una joven muy correcta.

—Es de las jóvenes correctas de las que hay que cuidarse.

—Eso dice Con —respondió Alex sonriendo de oreja a oreja.

No estaba seguro de por qué le inquietaba la señorita Holcutt, un problema que analizó durante su regreso a casa. Había visto algo en su mirada cuando le había confundido con Con. No desagrado, exactamente. ¿Consternación? ¿Recelo? Y la elocuente mirada que le había dirigido mientras le había preguntado a Sabrina si todo aquello era una broma, como si sospechara de él.

Lo curioso era que en seguida se había dado cuenta de que no era Con. Su gemelo y él eran tan parecidos que todos aquellos que no pertenecían a la familia solían tener problemas para distinguirles. Aquello indicaba que conocía bien a Con, aunque hubiera negado de forma tajante que Con y ella fueran amigos, etiquetando a su hermano como a un simple conocido. Lo único que se podía deducir de aquella contradicción era que conocía a Con, pero no le gustaba.

No era una actitud muy común entre las jóvenes damas, pero la fría expresión de la señorita Holcutt, su tensa sonrisa, la rigidez de su postura, su corrección e, incluso, lo insulso de su vestido, la convertían en una mujer que desaprobaría por principio a los Moreland. Si Con la había ofendido de alguna manera, su animadversión quizá fuera más fuerte. En ese caso, no le sorprendería que la señorita Holcutt pensara que su amiga haría mejor en dejar de vivir con los Moreland.

Existía también la posibilidad de que la señorita Holcutt no fuera una amiga imparcial, sino una activa participante en todo lo que le estaba sucediendo a Sabrina. Su palabra era la única prueba que tenían de que eran amigas, al igual que Peter había podido defender que estaba casado con ella sin que Sabrina tuviera forma alguna de negarlo. Y la expresión desolada con la que le había mirado quizá no se debiera a que le había confundido con Con sino a que, estando él, Sabrina tenía a alguien que la protegía.

Estaba tan absorto pensando en la señorita Holcutt que le pareció casi una maniobra del destino el verla salir de un carruaje detenido frente a Broughton justo en el momento en el que él llegaba. Iba vestida con un estilo moderno, pero circunspecto, como la noche anterior, y llevaba su brillante pelo rubio rojizo oculto bajo un remilgado sombrero de paja.

—Señorita Holcutt —se quitó el sombrero con un gesto educado mientras se volvía hacia ella.

—Lord Moreland.

—Por favor, llámeme Alex. Hay demasiados Moreland en esta casa.

—Muy bien.

La señorita Holcutt le miró con recelo. Alex tuvo la impresión de que estaba registrando con todo lujo de detalles todos sus rasgos.

—Supongo que ha venido a ver a la señorita Blair.

—Sí, sé que es demasiado temprano, pero Sabrina parecía ansiosa por verme.

—Estará encantada de verla. Por favor, adelante —la acompañó hasta la puerta.

Cuando llegaron al último escalón, Lilah se volvió con brusquedad hacia él y le miró muy seria.

—Debo decirle, señor, que no me intimidan los títulos de su familia.

—¿De verdad? Bueno, pues prescindamos de los títulos.

Alex reprimió una sonrisa. No pudo evitar admirar la determinación con la que Lilah Holcutt se estaba enfrentando a él. Y se descubrió esperando estar equivocado al sospechar de aquella mujer.

—No, no es eso —repuso ella con firmeza—. Lo que estoy diciendo es que no tengo ninguna intención de permitir que se aproveche de Sabrina.

Alex le sostuvo la mirada:

—Entonces somos dos, señorita Holcutt. Pase, por favor.

Sabrina estaba sentada en la habitación del sultán, intentando recordar lo que había soñado la noche anterior. Le había asustado, de eso estaba segura, pero el sueño se había desvanecido en cuanto había despertado. Tenía la sensación de que no había sido la misma pesadilla de la primera noche que había dormido en Broughton House, cuando había soñado que se caía. De hecho, no había vuelto a soñar en nada desde entonces.

Sin embargo, cuanto más se esforzaba en recordar los detalles de su última pesadilla, más la eludía la memoria. Fue un alivio cuando Alex y Lilah entraron en la habitación. Se levantó de un salto y se dirigió hacia su amiga.

—¡Lilah! Me alegro de que hayas venido.

—He tenido la suerte de encontrarme con la señorita Holcutt al llegar —le dijo Alex—. Espero que no te importe que me una a vosotras.

—No, por supuesto —Sabrina le sonrió y se volvió después hacia Lilah.

Esta estaba mirando a su alrededor, haciendo un esfuerzo mayúsculo para disimular su asombro ante la exuberancia de rojo y la tela que colgaba del techo dándole a la habitación el aspecto de una jaima.

—Por favor, siéntate conmigo y cuéntame… Cuéntamelo

todo, por favor —Sabrina tiró de su amiga para que se sentara a su lado en el sofá—. No recuerdo nada.

—Es todo muy extraño. ¿Qué recuerdas? —preguntó Lilah.

—No recuerdo nada anterior al momento en el que me desperté en un tren en Paddington Station hace dos semanas —le contó Sabrina—. No to tengo ni idea de quién soy ni de por qué estoy aquí.

—¿Pero cómo llegaste hasta aquí? —Lilah miró a Alex.

—Sabrina llegó a la agencia, quizá sepa que mi hermano Con es propietario de una agencia de investigación.

—Sí.

Por la tensión de su boca, Sabrina sospechó que Lilah tenía muy poca consideración por el negocio de Con.

—Dio la casualidad de que estaba yo allí en vez de mi hermano.

—La familia de Alex me acogió —le explicó Sabrina—. No pudieron ser más amables, porque yo debía de tener un aspecto deplorable, con el rostro lleno de moratones y vestida como un hombre.

Lilah la miró boquiabierta.

—¡Moratones! ¿Qué…? ¿Pero por qué…?

—No conozco la respuesta. Pero pensamos que estaba huyendo.

—¿Del señor Dearborn? —preguntó Lilah estupefacta—. Espero que no. Ha sido tu tutor durante muchos años. Yo… pensaba que le tenías mucho cariño.

—No tengo la menor idea de lo que siento por él ni de cómo ha sido nuestra relación. Por favor, háblame de los Dearborn. ¿Por qué es mi tutor? ¿Qué les sucedió a mis padres?

Lilah la miró con expresión compasiva.

—Me temo que tu padre murió por una apoplejía cuando tú tenías doce o trece años. Nombró a Dearborn como tu tutor, junto a tu madre, por supuesto —se interrumpió—. Debería remontarme un poco más atrás. Lo comprenderías mejor. Verás, los tres, Niles Dearborn, tu padre y mi padre eran amigos. De hecho, sus propios padres también eran amigos. Tú y yo crecimos muy cerca la una de la otra.

—¿En Wells?

Lilah la miró sobresaltada.

—No, cerca de aquí. ¿Te acuerdas de Wells?

—No, en absoluto. Es solo...

Sabrina se descubrió renuente a contarle a una dama tan correcta que había entrado en una casa a la fuerza y había descubierto un cuadro en el interior.

—Fue una pista que decidimos seguir —dijo Alex, acudiendo a su rescate—. Pensamos que era posible que hubiera venido de Wells.

—Niles Dearborn, el padre de Peter, venía a visitar a tu padre y al mío con cierta frecuencia, y traía a su hijo, así que los tres éramos amigos. Pero Peter es un año mayor que nosotras, solo venía de vez en cuando, así que su amistad no era tan íntima como la nuestra. Tú y yo también fuimos juntas al colegio de la señorita Angerman.

—¿De verdad?

—Sí. Nos lo pasábamos muy bien, aunque me temo que tú disfrutabas mucho más que yo estudiando las diferentes materias.

Sonrió y a Sabrina volvió a sobrecogerle lo mucho que aquella sonrisa dulcificaba las facciones de su amiga. Lilah era una mujer atractiva, pero había una fría simetría en sus rasgos que se transformaba en una auténtica belleza cuando sonreía.

—Para entonces tú ya eras más mayor. Teníamos quince años cuando fuimos al colegio. Fue justo antes... —se interrumpió, miró a Sabrina vacilante y dijo—: antes de que tu madre falleciera.

—Así que mi madre también murió.

—Sí, lo siento. Murió cuando estabas en el colegio. Tenías dieciséis años. Fue muy difícil para ti, por supuesto.

—¿Estábamos muy unidas?

—Sí. Desde la muerte de tu padre, tu madre siempre estaba

muy triste. Las dos le adorabais. El señor Blair era un hombre muy bueno. Le encantaba leer. Solías decir que habías heredado de él el amor por los libros y por los estudios.

—Me resulta muy extraño que seas tú la que me digas lo que me gusta, las cosas que decía, con qué disfrutaba. Me conoces mejor que yo.

—Tú también te conoces —le dijo Alex—. Solo se te escapan los detalles —miró a Lilah—. Cuando murió la señora Blair, ¿el señor Dearborn pasó a ser el único tutor de Sabrina?

Lilah asintió.

—El señor Blair le eligió a él para que se ocupara de los asuntos relacionados con los negocios, para que administrara la herencia de Sabrina y ese tipo de cosas, pero, por supuesto, ella vivía con la señora Blair. Peter y su padre continuaban visitándolas con frecuencia, al igual que lo habían hecho en el pasado. Quería estar pendiente y ayudar a la madre de Sabrina. Ella era… La señora Blair siempre estaba muy ansiosa, muy preocupada por la salud de Sabrina.

—¿Yo estaba enferma? —preguntó Sabrina sobresaltada.

Lilah soltó una carcajada.

—No, eras más saludable que un caballo. Creo que tu madre sufrió tanto por la muerte de tu padre que tenía miedo de que pudiera sucederte algo a ti también. Quería tenerte cerca y, por supuesto, como tú eras tan reservada, no te importaba quedarte en casa encerrada con los libros.

—¿Soy una persona reservada?

Sabrina miró a Alex, que parecía tan sorprendido como ella.

—Bueno, sí, no te gusta mucho conocer gente nueva. No querías venir a Londres para presentarte en sociedad. Ya sabes que te invité en numerosas ocasiones… bueno, supongo que no lo sabes, pero te pedí muchas veces que vinieras a verme a Londres y no querías venir nunca. A veces tenía la sensación de que te apetecía, pero, al final, siempre surgía algo.

—¡Oh, querida! ¡Parezco muy aburrida!

—¡No, no, en absoluto! Eres una mujer encantadora. ¿Por

qué si no iba a querer que vinieras a visitarme? ¿O por qué iba a ir hasta Dorset a verte?

—¿A Dorset? Yo pensaba que vivía cerca de Wells.

—No, hace años que no vives en Carmoor, que es como se llama tu propiedad. Cuando murió tu madre, te fuiste a vivir con el señor y la señora Dearborn. Solo tenías dieciséis años y has vivido con ellos desde entonces.

—De modo que parece que estoy muy unida al señor Dearborn.

—Yo así lo creía, sí —frunció ligeramente el ceño—. Sabrina...

Se oyeron entonces voces en el pasillo, seguidas por unos pasos rápidos. Entró un hombre en la habitación.

—Alex, ¿lo que está diciendo Phipps...? —se interrumpió de golpe—. ¡Oh! —recorrió la habitación con la mirada, reparó en la presencia de las dos mujeres y se puso ligeramente rojo—. Le suplico que me perdonen, señoras —miró a Alex con expresión interrogante.

Sabrina fijó la mirada en aquel intruso. Tenía el pelo revuelto, pero aquello era lo menos extraordinario de su aspecto. Llevaba un llamativo traje de cuadros amarillos y marrones y portaba un bastón con la empuñadura ornamentada. Tenía el bigote encerado y con las puntas curvadas hacia arriba. Tenía un aspecto ridículo, incrementado por unas enormes patillas. Lo primero que pensó Sabrina fue que era un hombre grotesco. Después le sorprendió darse cuenta de que, bajo aquel absurdo aspecto, se parecía mucho a Alex.

—Hola, Con —le saludó Alex con naturalidad. Asomó una sonrisa a su rostro y se inclinó hacia delante para estrecharle la mano—. Señoras, este extraño personaje es, pobre de mí, mi hermano Con. Con, permíteme presentarte a la señorita Blair y a su amiga, la señorita Holcutt.

—Señoras —Con hizo una teatral reverencia—. Es un honor para mí conocerla, señorita Blair —miró a Lilah con recelo y añadió—: La señorita Holcutt y yo ya tenemos el placer de conocernos. Aunque, por supuesto, estoy encantado de poder renovar nuestra amistad, señorita Holcutt.

—Lord Constantine —Lilah inclinó la cabeza con un gesto rígido y expresión fría—. Yo no elevaría nuestro nivel de conocimiento a la categoría de amistad.

—Señorita Holcutt, eso me ha dolido.

Los brillantes ojos verdes de Con, tan parecidos a los de Alex cuando este tenía ganas de hacer alguna travesura, parecieron bailar mientras él se llevaba la mano al corazón con un gesto teatral.

Lilah arqueó una ceja y respondió secamente:

—No lo dudo.

—¿Acabas de llegar? —le preguntó Alex a su hermano. Se volvió hacia Sabrina y hacia su amiga y explicó—: Con estaba llevando a cabo una investigación en Cornwall. Hay un grupo de creyentes que está esperando la llegada del fin del mundo, al parecer, con gran entusiasmo.

—¿De verdad? —Sabrina miró a Con intrigada—. ¿Se dedica a esa clase de investigaciones?

—Siempre que puedo. Por suerte, no faltan nunca casos relacionados con el reino del misterio.

—¡Qué interesante! —se volvió hacia Lilah—. ¿Tú lo sabías?

—Sí, estoy al tanto de los peculiares… intereses de lord Constantine —respondió Lilah con mucho menos entusiasmo.

—La señorita Holcutt cree que mi trabajo es… —se volvió hacia Lilah—. ¿Cuál era la palabra? ¿Ridículo?

—Creo que lo que dije fue que era una payasada. Ya es suficientemente malo que la gente crea en ese tipo de tonterías sin necesidad de que nadie les aliente.

Con sonrió sin inmutarse, aparentemente, por la opinión de Lilah. Bajó la mirada hacia su abrigo.

—Sin duda alguna, tampoco acepta mi atuendo.

—Me parece aceptable siempre y cuando uno pretenda tener el aspecto de un artista de *music-hall*.

Alex miró alternativamente a su hermano y a Lilah y dijo después con ligereza:

—Bueno, Con, como todos sabemos, el mundo no ha llegado a su fin, de modo que, ¿podríamos decir que los creyentes terminaron abriendo los ojos?

—Por supuesto que no. Están decididos a ser engañados. Pero no es esa la razón por la que decidí marcharme. Yo, eh…—se volvió para mirar a Lilah y a Sabrina—. En realidad, no es nada importante.

—Ya entiendo —Alex asintió—. ¿Por qué no vamos a pedirle algo de comer a la cocinera? Estoy seguro de que estás hambriento después del viaje —se volvió hacia Lilah y Sabrina—. Con su permiso…

Lilah y Sabrina observaron a los gemelos mientras estos abandonaban la habitación. En cuanto se fueron, Sabrina se volvió hacia su amiga.

—¿Te cae mal el hermano de Alex?

—No, por supuesto que no —al ver la mirada escéptica de Sabrina, suspiró—. Si he sido grosera, lo siento. No es que me caiga mal Constantine… De hecho, me resulta bastante indiferente. Hemos bailado un par de veces, pero eso es todo. Resulta difícil mantener una verdadera conversación con ese hombre. Tiene fama de ser un seductor que no se cree una sola palabra de lo que dice. Desde luego, es capaz de superar cualquier problema gracias a su atractivo y a su encanto. Y lo más indignante de todo, por supuesto, es que consigue tener a todas las mujeres a sus pies —Lilah tomó aire con fuerza—. Es solo que…Me pone histérica. Es como si intentara irritarme a propósito. Jamás habla en serio de nada. Es uno de esos jóvenes que piensan que la vida consiste en gastar bromas y asistir a fiestas. Siempre está dando la nota. ¡Por favor! Mira cómo iba vestido. No tiene ni la más ligera consideración por lo que es o no es apropiado. Y todas estas investigaciones tan ridículas, ¡se dedica a perseguir fantasmas y leyendas y a investigar sucesos sobrenaturales! Es absurdo.

Sabrina tenía la sensación de que su amiga tenía demasiadas cosas que decir sobre un hombre al que apenas conocía y que le era indiferente, pero decidió que era preferible no decirlo.

—No se parece mucho a su hermano gemelo.

—No, estoy segura de que no. Espero que no pienses que tengo una mala opinión sobre su hermano. No creo que nadie pueda ser más generoso y amable de lo que han sido su familia y él —se interrumpió y apareció un ligero ceño entre sus cejas.

—Pero... —dijo Sabrina en un tono que convertía aquella palabra en una pregunta— tienes algunas reservas.

—No entiendo por qué estuviste tan hostil con Dearborn y con Peter ayer por la noche. Parecías... Parecías asustada. Y tengo la impresión de que Alex también tiene algo contra ellos.

—No lo sé. Quizá sea solo el hecho de que no les conozco lo que me asusta. ¿Pero tú dirías que soy la clase de persona capaz de escapar por capricho o de montar un escándalo? ¿De disfrazarme y montarme en un tren hasta Londres?

—¡No! En absoluto. Siempre has sido muy reservada, como ya te dije, tímida incluso, supongo. Y nunca quisiste venir a verme a Londres.

—¿Y eso no significará que tiene que haber pasado algo extraordinario para que yo haya hecho una cosa así?

—Sí, eso parece —el rostro de Lilah expresaba preocupación.

—Compré dos billetes diferentes. Creo que fue para que pareciera que no iba a Londres. No puedo evitar pensar que estaba huyendo de algo. Y si estaba viviendo con los Dearborn...

—Sí, parece que estabas intentando escapar. ¿Pero estás segura de que pretendías escapar de los Dearborn? Me resulta difícil de creer. Les conocemos de toda la vida... ¿Podría... podría haberte secuestrado alguien y tú intentaste escapar?

—¿Por qué iba a secuestrarme nadie?

—No lo sé. Está lo… lo más evidente, por supuesto —Lilah le dirigió una mirada significativa.

—¡Ah! —Sabrina sintió un calor intenso en las mejillas.

—Dejando eso de lado —continuó Lilah a toda velocidad—, creo que eres una heredera digna de consideración. Al fin y al cabo, tu padre te dejó todo cuanto poseía. No tengo la menor idea de cuánto es, pero creo que hizo muchas inversiones, y están las dos casas, por supuesto. La tuya y la que tienes en Londres.

—¿Yo viví aquí? ¿En la casa de Londres? ¿Es posible que quisiera venir a vivir a esta casa?

—Supongo que podrías haber decidido vivir aquí, pero, por lo que yo sé, esta nunca fue tu residencia. Creciste en Carmoor. Tu padre venía a Londres por asuntos de negocios y, a veces, tu madre le acompañaba, pero no le gustaba tanto la ciudad como a tu padre. Tu padre adoraba las bibliotecas y las librerías, por supuesto.

Sabrina asintió. Le hacía sentirse mejor el saber que una casa que le había resultado tan desconocida no era un lugar que debiera haber reconocido como un hogar.

—Lilah… ¿tú crees que estoy casada con Peter Dearborn?

Lilah se quedó callada un instante y después dijo lentamente:

—Eso es lo que dijo Peter anoche. Nos saludamos y después me dijo algo así como que debía felicitarle porque habías consentido en casarte con él. Yo pensé que se refería a que estabais comprometidos, pero, cuando le pregunté por la fecha, me dijo que no, que ya os habíais casado. Pero no me dijo cuándo.

—¿Y tú crees que es verdad?

Lilah cambió de postura. Parecía incómoda.

—¿Crees que Peter y el señor Dearborn mienten?

—No lo sé. No siento nada por Peter. Bueno, eso no es del todo cierto… Siento algo, pero no es un sentimiento agradable. Me sentía incómoda cuando estaba frente a mí y no quería irme con él.

—Supongo que debía de resultarte una persona extraña, puesto que no lo conocías.

—Sí, pero a ti tampoco te conocía y, sin embargo, me gustaste, me caíste bien. Y Alex tampoco me dio miedo, a pesar de que no le conocía. Dime una cosa, ¿no te sorprendiste cuando Peter te dijo que nos habíamos casado? ¿Habías pensando alguna vez en esa posibilidad?

—Sí, me sorprendió un poco. Me pareció muy repentino y me pregunté por qué no me habrías escrito para contármelo. Pero quizá fue porque me sentí un poco herida por el hecho de que no hubieras confiado en mí. No sería nada extraordinario, supongo, que Peter y tú hubieras llegado a sentir algo el uno por el otro, puesto que habéis estado viviendo en la misma casa durante los últimos cuatro años. Aun así, nunca he visto nada que indicara que te sintieras atraída hacia él, o que sintieras por Peter algo más de lo que yo sentía: el afecto de un amigo al que conoces desde hace años. En ningún momento mencionaste ningún sentimiento especial hacia él, ni siquiera cuando hablábamos del sobrino de la directora, al que todas las chicas admirábamos.

—¿De verdad? —Sabrina soltó una risita.

—¡Ay, sí! —Lilah sonrió—. En nuestra defensa, tengo que decir que era muy guapo, un chico de pelo negro y aspecto taciturno. Ahora que pienso en ello, creo que es probable que solo estuviera enfadado porque no quería visitar a su tía, pero en aquella época le encontrábamos muy romántico.

—Y también parece bastante probable que, si yo hubiera llegado a sentir algo especial por Peter, te lo habría dicho, o te habría escrito.

—Sí, me escribías para contarme todo tipo de cosas.

—¿Qué cosas?

—¡Oh! Me hablabas de lo emocionada que estabas porque ibas a recibir un libro que habías encargado, o que estabas aburrida, o un poco triste. En tu última carta me decías que te gustaría ver los vestidos de baile que te había descrito. Por eso te invité a visitarme. Ya casi había renunciado a persuadirte de que vinieras, pero en tu carta parecías tan... No sé, inquieta, o triste incluso. No estoy segura... lo único que mencionaste en concreto fue que no te gustaban los vestidos que te compraba la señora Dearborn.

—¡Por eso no me gustaba el vestido que llevaba en la maleta! —exclamó Sabrina con aire triunfal—. Me preguntaba por qué habría elegido un vestido tan recargado.

—Um, me temo que a la señora Dearborn le encantan los volantes, los lazos y los encajes. A ti te parecían vestidos demasiado infantiles. Creo que los describías como «vestidos de bebé». Pero, por supuesto, no podías rechazarlos porque no querías herir sus sentimientos y ella había sido muy buena contigo —Lilah vaciló un instante antes de añadir—: Cuando Peter me dijo que habías aceptado casarte con él, me preocupó que lo hubieras hecho por esa misma razón.

—¿Tan débil soy que preferiría casarme con él a herir los sentimientos de la señora Dearborn?

—No, no eres débil, pero sé que te sientes en deuda con los Dearborn. Y su amabilidad hace que te resulte difícil decirles que no a algo. Estoy segura de que tienes una relación más estrecha con Peter que yo después de haber vivido en la misma casa durante casi cuatro años. No resulta difícil creer que un afecto de ese tipo pueda llegar a convertirse en amor, sobre todo si tienes miedo de hacerle daño... Bueno, de hacerles daño a todos, en realidad —Sabrina la miró consternada y Lilah desvió la mirada—. Lo siento... Yo... —se interrumpió bruscamente con la mirada fija en la ventana—. Sabrina...

Sabrina siguió el curso de su mirada y se levantó de un salto.

—¡Son los Dearborn! ¡Vienen a por mí!

CAPÍTULO 16

—En realidad no querías que fuéramos a la cocina, ¿verdad? —preguntó Con mientras Alex y él avanzaban por el pasillo.

—No. Tenía la impresión de que no querías hablar delante de las damas —Alex giró hacia la sala de fumadores—. Dime la verdadera razón por la que has vuelto.

—La verdad es que no estoy seguro. Tenía la sensación de que estabas teniendo problemas.

—¿Ha sido una conexión entre gemelos?

Con frunció el ceño.

—No exactamente. No ha sido como cuando tienes algún problema serio, como la vez que se abalanzaron sobre ti aquellos rufianes en Oxford.

A Alex se le iluminó la mirada.

—Aquello fue una buena pelea.

Con le devolvió la sonrisa.

—Sí, ¿verdad? Pero no es esa la cuestión. Lo que estoy diciendo es que tengo la sensación de que lo de ayer era distinto. Era una sensación de inquietud. Ni siquiera fui consciente de que se refería a ti hasta ayer y no he conseguido un tren que me llevara más allá de Bath hasta esta mañana. Me preocupaba que pudiera ser tarde. Y al llegar aquí, te encuentro con la señorita Blair y con Lilah Holcutt algo que, admitámoslo, es algo más que alarmante.

Alex rio entre dientes.

—Ya he visto que la señorita Holcutt y tú no os podéis ni ver.

—La adorable señorita Holcutt es una mojigata —afirmó Con con vehemencia—. Supongo que ya lo has notado. Aunque es evidente que tú solo tienes ojos para la señorita Blair. Por cierto, ¿quién es la señorita Blair? ¿Es ella la razón de que estés tan inquieto?

—No estoy inquieto —Alex se dejó caer en uno de los confortables sillones que había enfrente de la chimenea y Con se sentó enfrente de él—. Es la señorita Blair la que está en un aprieto. Y, bueno, supongo que eso significa que yo también estoy metido en un lío. Es lo más extraño que me ha pasado en mi vida. Con, yo sabía que ella tenía un problema, de la misma forma que me pasa contigo. El otro día, estaba sentado en tu oficina cuando te fuiste y percibí una sensación de miedo, de pánico incluso, y confusión.

—¿Lo dices en serio? —Con se le quedó mirando fijamente—. Dios mío, Alex, ¿qué…? ¿Cómo…? ¿Sabías quién era ella? ¿Sabías qué aspecto tenía?

—No, no sabía nada.

Su hermano asintió.

—Lo comprendo. Sencillamente, era algo que estaba ahí, en tu pecho, más que en tu cerebro.

—Exacto. Era imposible que supiera quién era, porque tampoco ella lo sabía. Había perdido la memoria.

Con frunció el ceño.

—¿Estás seguro de que no te estaba engañando?

—Al principio yo también pensé que podría tratarse de un engaño, pero era cierto.

Le contó su primer encuentro y todo lo que había pasado desde entonces. Le habló de los moratones de Sabrina, de sus sospechas y del momento en el que habían entrado en una casa vacía.

—¡Maldición! —exclamó su gemelo con sentimiento—.

Ojalá hubiera estado allí. No podía haber elegido un momento peor para ir a Cornwall.

—Habrías disfrutado. Ayer por la noche coincidimos con la señorita Holcutt. Fue ella la que nos contó todo lo que sabemos sobre Sabrina.

—¡Con! Me había parecido oír tu dulce voz —se oyó una voz profunda desde el marco de la puerta.

Los gemelos se volvieron y vieron a su hermano mayor. Theo palideció cuando Con se levantó del sofá y se volvió hacia él.

—¡Buen Dios, Con! ¿Qué demonios te propones hacer ahora? ¿Vender elixires curativos? —cuando Con comenzó a contestar, Theo hizo un gesto con la mano para interrumpirle—. No, creo que preferiría no saberlo.

Se acercó a ellos y apoyó la mano en la repisa de la chimenea.

—¿De qué estabais hablando? Supongo que de los contratiempos de ayer por la noche.

—¿Qué contratiempos? —preguntó Con—. Alex, pensaba que habías dicho que no tenías ningún problema.

—En realidad no llegamos muy lejos —respondió Alex—. Y no tengo ningún problema. Ayer por la noche coincidimos con la señorita Holcutt en la fiesta de la señora Dalhousie. Ya sabes cuánta gente va a esas fiestas. La señorita Holcutt reconoció a Sabrina y nos dijo que Niles Dearborn era su tutor. Y, en aquel momento, Peter Dearborn apareció con su padre y este último dijo que su hijo estaba casado con Sabrina.

—¡Casada! ¿Está casada? —Con enarcó las cejas.

—Ese es el contratiempo —señaló Theo.

—La cuestión es que ninguno de nosotros sabe si está casada o no. Con lo único que contamos es con la palabra de Peter Dearborn.

—Bueno, a veces hay que darse prisa —comenzó a decir Con, pero se detuvo en seco al ver la mirada furiosa de su hermano—. Pero es obvio que este no es el caso.

—Ella no confía en él —dijo Alex enérgico—. Le tenía miedo. Si está casada con él, no creo que lo haya hecho por voluntad propia.

—¿Crees que la obligó a casarse?

—Sé que alguien la golpeó. Tú no viste los moratones que tenía en la cara —Alex se llevó la mano a la frente y a las mejillas, mostrando el tamaño de las marcas—. Es posible que sufriera algún tipo de accidente, pero solo tenía heridas en la cara y marcas en el brazo del tamaño de unos dedos.

—Maldito diablo.

—Eso es justo lo que pensé yo —Alex se inclinó hacia delante y miró a su hermano con expresión interrogante—. Tú conoces a la señorita Holcutt, ¿crees que está en el bando de los Dearborn? Me parece demasiada casualidad que aparecieran los tres al mismo tiempo. Sabrina confía en ella y está segura de que es una buena amiga, pero yo no puedo evitar preguntarme...

Con dejó escapar una corta y brusca carcajada.

—¿La señorita Holcutt? Esa mujer no es capaz de contravenir una norma, y menos aún de involucrarse en algo tan perverso. Es condenadamente bella, por supuesto. Y cuesta creer que una mujer con ese pelo pueda ser tan remilgada, tan correcta y más rígida que una tabla, pero así es. Si esos hombres le hubieran sugerido que se sumara a una conspiración, no tengo la menor duda de que les habría abofeteado.

Theo soltó una carcajada.

—Me da la impresión de que ya has tenido alguna experiencia en ese sentido.

—Confía en mí, la he tenido —Con se enfureció al recordarlo—. En una ocasión, después de un baile, la llevé a la terraza. Debería haber imaginado lo que iba a pasar, teniendo en cuenta que me había costado un infierno convencerla de que saliera. ¡Cuando sugerí que fuéramos a dar un paseo por el jardín, me dio una bofetada! Ni siquiera intenté besarla, pero cualquiera diría que le había abierto el corpiño. Me dijo que conocía mi reputación, que sabía que era un libertino. ¡Algo que no es cierto! Sabéis que yo nunca he seducido a una inocente. Jamás le habría puesto un solo dedo encima. Bueno, quizá un dedo sí, o dos. Pero entendéis lo que quiero decir.

—Terrible —Alex disimuló una sonrisa—. Me sorprende que superaras tamaña vergüenza.

—¡Eh, cierra el pico! —Con terminó soltando una carcajada—. En cualquier caso y para resumir, la señorita Holcutt es una puritana y una aburrida, pero jamás mentiría.

—Que es la conclusión a la que yo estaba llegando —Alex se reclinó en la silla con un suspiro.

—¿En qué estás pensando entonces? Qué vamos a hacer para proteger a la señorita Blair? —preguntó Con.

Alex esbozó una pequeña sonrisa. Siempre había sabido que, pasara lo que pasara, Con sería su aliado, pero, aun así, era agradable oírselo decir.

—No estoy seguro. Si al final resulta ser cierto, si Dearborn es su marido y la golpeó, la sacaré fuera del país, la llevaré a cualquier lugar en el que no pueda encontrarla. Pero...

—Esperemos que no tengamos que llegar a eso —intervino Theo—. Tienes que pedirle a Tom Quick que averigüe si hay o no un certificado de matrimonio.

—Ya lo he hecho. Y también le he pedido que investigue las finanzas de los Dearborn —Alex miró a Con—. Dice que a ti se te dan mejor ese tipo de cosas.

—Tiene razón. Yo...

El sonido de unos pasos rápidos en el pasillo le interrumpió. Al cabo de un momento, Sabrina irrumpió en la habitación con Lilah pisándole los talones.

—¡Están aquí! ¡El señor Dearborn y Peter están aquí!

—¡Diablos! —dijo Theo.

Alex se levantó con una sonrisa letal en el rostro.

—Genial. Estoy deseando tener otra conversación con esos dos.

—Alex... —dijo Sabrina nerviosa—, ¿qué piensas hacer?

—Solo quiero hablar con ellos —respondió con tranquilidad—. Hablaremos con ellos Theo, Con y yo. Les diremos que estás indispuesta.

—No, yo también debería estar allí.

—¿Quieres hablar con ellos? —preguntó Alex.

—En realidad no —admitió Sabrina—. Pero tengo que hacerlo de todas formas. Estamos hablando de mi vida, de mi futuro. No voy a esconderme y a dejar que te encargues tú de todo.

—Por supuesto que no. Pero quiero demostrar a esos hombres que no pueden presentarse aquí con la exigencia de verte. No voy a permitir que se pasen por mi casa cuando les apetezca, dando la lata e intentando llevarte con ellos.

—Diles que se ha ido —sugirió Con—. Y que no sabes a dónde.

—Buena idea —Alex miró a su gemelo y en sus rostros aparecieron sendas sonrisas idénticas. Se volvió hacia Sabrina—. A lo mejor de esa forma consigues zafarte de ellos. Sin la señorita Holcutt y sin ti, se sentirán más libres para contar su relato. Y, una vez lo hayan terminado, podremos desmentirlo.

—¿Y si no podéis?

Alex se encogió de hombros.

—Ya nos ocuparemos de eso cuando llegue el momento.

—¿Señor? —el mayordomo se detuvo en el marco de la puerta—. Hay dos hombres aquí.

Se aclaró la garganta de una forma que indicaba que desaprobaba la visita.

—El señor Niles Dearborn y el señor Peter Dearborn. Exigen hablar con el duque.

—Esa sí que es buena —musitó Con.

—¿Y qué has contestado, Phipps? —preguntó Alex.

—Les he dicho que esperen en la entrada mientras iba a

ver si Su Excelencia estaba dispuesto a recibirles —contestó Phipps con voz dura.

—Bien hecho —Theo se volvió hacia sus hermanos—. ¿Qué os parece?

—Creo que les vendría bien hablar con nuestro padre.

—Y con la duquesa —añadió Con.

—¡Dios mío, sí! —se mostró de acuerdo Theo—. Creo que también voy a buscar a Megan.

—Muy bien. Phipps, deja que se tranquilicen durante un rato en la entrada.

—Por supuesto, señor.

Al mayordomo pareció ofenderle que Alex pensara que necesitaba instrucciones para saber cómo poner en su sitio a sus visitantes.

—En ese caso, iré a decirle a padre que han venido a verle. A lo mejor es necesario remarcar la urgencia. ¡Ah! Y sienta a los Dearborn en el salón principal.

—Muy bien, señor —Phipps inclinó la cabeza y salió bastante complacido con su misión.

—¿Vas a someterles a la mirada intimidante del duque? —Con sonrió de oreja a oreja—. Eso sí que les va a bajar los humos, si es que todavía les queda alguno después de enfrentarse a Phipps, por supuesto.

—Esa es la idea —Alex se volvió hacia Sabrina—. Y ahora Sabrina, si la señorita Holcutt y tú…

—Alex —repuso Sabrina con firmeza—, entiendo lo que quieres hacer, pero quiero oír lo que van a decir. Tengo que saber lo que está ocurriendo.

—Sí, lo sé, y yo también había pensado en ello. Esa es la razón por la que he pedido que les lleven al salón principal.

—¡Ja! —exclamó Con alegremente—. ¡La mirilla del viejo Edric!

—¿El viejo qué? —preguntó Sabrina al tiempo que Lilah decía:

—¿Qué?

—Edric Moreland, nuestro bisabuelo. ¿O era nuestro tatarabuelo? En cualquier caso, la persona que hizo construir esta casa —le explicó Alex.

—¿La persona que quería la habitación del sultán? —preguntó Sabrina.

—Exacto. Estaba un poco loco y vivía obsesionado pensando que la gente hablaba a sus espaldas.

—Y es probable que lo hicieran —añadió Con—, teniendo en cuenta que estaba un poco loco.

—Edric tenía una ventanita en la habitación que está al otro lado del salón con una celosía para disimularla. Solía sentarse allí a escuchar lo que decían los invitados cuando no estaba delante.

—Tengo entendido que nuestro antepasado solía conversar con las visitas desde detrás de la celosía por miedo a enfermar —añadió Theo—. Pero nadie ha vuelto a utilizarla desde hace años.

—Nosotros sí —confesó Alex.

Theo soltó una carcajada.

—Por supuesto, vosotros sí.

—Pero las conversaciones eran siempre tan aburridas que al final renunciamos —añadió Con.

—La cuestión es que Sabrina y la señorita Holcutt pueden sentarse allí para ver todo lo que ocurre sin que los Dearborn lo sepan —explicó Alex.

—Muy bien —Sabrina asintió y cedió a la propuesta.

—Estupendo. En ese caso, Con, si acompañas a las damas, podremos empezar el espectáculo.

Sabrina siguió al gemelo de Alex a lo largo del pasillo, sintiéndose culpable por no haber insistido en estar presente en aquella reunión, como, sin lugar a dudas, Megan o Kyria habrían hecho. Pero la verdad era que temía enfrentarse a los Dearborn. Al igual que había ocurrido la noche anterior, notaba un sentimiento desagradable revolviéndose dentro de ella:

era la impotencia de no poder recordar quiénes eran o de no saber si estaban diciendo la verdad.

Inesperadamente, y de la forma más extraña, recordó de pronto el sueño que tantas veces y con tanto esfuerzo había intentado recordar. Peter Dearborn aparecía en él. Estaban juntos y ella se sentía adormilada y con ganas de vomitar. Fue un recuerdo vago, borroso, y se alejó con la misma rapidez con la que había llegado. Intentar retener aquel recuerdo era como intentar agarrar una llama.

¿Sería un recuerdo del pasado? ¿Se habría deslizado en su mente mientras dormía? ¿O habría soñado con Peter porque le había visto la noche anterior? Fuera cual fuera la razón, pensar en él volvió a revolverle el estómago. Tragó con fuerza y se esforzó en prestar atención a Con y a Lilah, que iban discutiendo delante de ella.

Sabrina tenía la sospecha que la discusión era su forma de conversación habitual. Se preguntó si siempre sería así cuando Alex y ella estuvieran con ellos. Y comprendió, sorprendida, que estaba pensando en Alex como si estuvieran juntos. Como si tuvieran un futuro en común.

Era ridículo. Peor que ridículo. Agradeció el poder llegar a su destino y desterrar aquellos díscolos pensamientos.

—Aquí está —anunció Con en voz baja—. Tendréis que estar calladas, porque pueden oíros de la misma forma que vosotros podéis oírles a ellos.

Abrió la puerta a una pequeña habitación sin ventanas, a oscuras por completo, salvo por la luz que se filtraba a través de la celosía de intrincado diseño que tenían en la pared de enfrente. Era fácil permanecer en silencio, dada la reservada y tranquila cualidad de aquel lugar. Con las condujo hasta la celosía, donde había una estrecha silla de madera. Después se inclinó y miró a través de la madera.

—Estupendo —dijo en voz baja—. Phipps todavía no les ha llevado al salón. Pero no tardará en hacerlo, así que... —se llevó un dedo a los labios.

—Lo comprendemos —le aseguró Lilah.

—Um. No estaba seguro de que fuera a ser capaz de reprimir las ganas de hablar.

Sonrió cuando Lilah le fulminó con la mirada y cruzó la habitación para colocar otra silla delante de la celosía. Tras guiñarles el ojo, abandonó la habitación y las dos mujeres se sentaron a esperar. Los nervios bailaban en el estómago de Sabrina. El silencio de la habitación resultaba opresivo y, cuando se abrió por fin la puerta en la habitación vecina, el crujido de la madera la sobresaltó. Sabrina y ella se miraron la una a la otra y se inclinaron hacia la pantalla.

Niles y Peter Dearborn entraron en la habitación y miraron a su alrededor. Sabrina se quedó paralizada al ver que Peter miraba hacia ella.

CAPÍTULO 17

Sabrina no podía respirar, el corazón le palpitaba con fuerza en el pecho. Estaba convencida de que la había visto. Pero Peter desvió la mirada y se volvió para contemplar el resto de la habitación.

—¡Buen Dios! —exclamó—. Qué sitio tan triste, ¿no te parece? Mira el viejo que hay encima de la chimenea. Parece dispuesto a comerte el hígado para almorzar.

—Siéntate, Peter, y deja de fantasear —el señor Dearborn se dejó caer en una de aquella sillas tan rígidas—. Seguro que pretenden intimidarnos haciéndonos esperar.

Peter se sentó en el sofá, a la derecha de su padre. Esperaron. Niles Dearborn se movió incómodo en la silla. Al cabo de un momento, Peter se levantó y comenzó a pasear.

Sabrina observaba mientras los nervios iban sucumbiendo bajo el peso de un aburrimiento cada vez mayor. Por el contrario, los nervios de Peter iban en aumento. A Sabrina no le extrañaba que Alex hubiera metido a aquellos dos hombres en el salón. Toda la estancia rezumaba poder y privilegios conservados durante largo tiempo. Era enorme y estaba decorada con pesados muebles de madera oscura, estilo jacobino. La chimenea era descomunal y, aunque no alcanzaba a ver con claridad el retrato del primer duque que parecía estar poniendo histérico a Peter, los paneles de madera oscura a cada lado del hogar ya resultaban bastante intimidantes. Con una intrincada talla de figuras y animales, los paneles eran de una belleza indudable, pero también sobrecogedores.

Peter se detuvo junto a la chimenea y se apoyó en la repisa con fingida naturalidad. Sin embargo, le delataba el hecho de que no parara de moverse, de mirar a su alrededor y de pasarse el dedo bajo el borde de la corbata.

Sabrina, al observarlo, se sintió extrañamente mareada, con el estómago revuelto. Otro vestigio del sueño de la noche anterior se filtró en su cerebro. Peter había mostrado en el sueño la misma actitud: aparecía nervioso, en tensión, con la frente empapada en sudor. Cerró los ojos y se llevó la mano al estómago. Podía sentir el tacto de la lana de la chaqueta de Peter mientras, mareada y desorientada, se apoyaba en su brazo. Había otro hombre también, le oía hablar sin cesar, pero sus palabras no conseguían penetrar la niebla de su cerebro.

¿Dónde estaban? ¿Era una escena real, un recuerdo auténtico? Se sentía como si fuera a vomitar el desayuno en cualquier momento. Lilah posó la mano en su brazo y presionó ligeramente. Sabrina alzó la mirada y descubrió a su amiga mirándola preocupada.

—¿Te encuentras mal? —preguntó Lilah, moviendo los labios.

Sabrina negó con la cabeza. La visión se desvaneció con la misma rapidez con la que había llegado, dejando tras ella una débil sensación de náusea y un persistente malestar.

Peter fue desde la chimenea hasta la ventana y regresó de nuevo a ella. Estiró el brazo sobre la repisa y comenzó a tamborilear los dedos contra ella. Al final, su padre terminó espetándole:

—¡Peter, deja de hacer ruido!

—¿Dónde demonios están? Llevamos aquí veinte minutos por lo menos.

—Sí, bueno, compórtate... —el señor Dearborn se levantó

de un salto cuando entró el mayordomo en la habitación seguido del duque de Broughton.

—Su Excelencia el duque de Broughton —entonó Phipps como si estuviera anunciando la entrada de la Reina.

El duque alzó la mirada vagamente, con su gesto habitual, y Dearborn dio un paso adelante e hizo una reverencia.

—Su Excelencia.

Broughton le miró y preguntó con amabilidad.

—Buenos días, ¿nos conocemos?

—Me llamo Niles Dearborn, Su Excelencia, y es un honor para mí conocerle. Permítame presentarle a mi hijo, Peter Dearborn.

—Sí, muy amable —el duque señaló las sillas—. Siéntese. Phipps me ha dicho que se trata de un asunto importante. ¿Ha venido para mostrarme algunas piezas?

—¿Piezas? —Dearborn le miró sin entender y se volvió después hacia su hijo—. No lo comprendo.

Broughton sonrió con amabilidad.

—Debo advertirle que solo estoy interesado en objetos grecorromanos. No quiero decir con ello que el arte algo más reciente o egipcio no sea importante, pero, compréndame, no es mi área de estudio.

Los Dearborn le miraron boquiabiertos.

—Creo que no vienen aquí para enseñarte ninguna pieza, padre —dijo Alex.

Entró en aquel momento en el salón seguido por Theo, Megan y Con. Sorprendentemente, hasta el tío Bellard entró tras ellos, arrastrando los pies.

—Creo que han venido para llevarse a la señorita Blair, ¿no es cierto, caballeros?

—¿La señorita Blair? —el duque pareció confundido—. ¿Quién...?

—Sabrina, padre —le aclaró Theo.

—¡Ah, Sabrina! Sí, una chica adorable. Y ella sí que aprecia la historia —el duque sonrió radiante—. ¿No es cierto, tío Bellard?

—Sí, desde luego —el anciano asintió, miró a su alrededor y vio a Con—. ¡Muchacho! ¿Cuándo has vuelto? ¿Al final no llegó el fin del mundo?

—No. Fue una gran decepción.

El tío Bellard se carcajeó.

—Me lo imagino. ¿Quién se suponía que eras?

Con respondió secamente.

—Fuentes bien informadas consideran que soy un actor de *music-hall.*

Sabrina sonrió y miró a su amiga. Lilah elevó los ojos al cielo, pero no pudo disimular una sonrisa en la comisura de los labios.

El señor Dearborn se aclaró la garganta e intentó hacerse cargo de la situación.

—La señorita Blair es mi pupila, señor —le explicó al duque.

—¿Ah, sí? —el duque sonrió—. Qué agradable noticia. Bueno, ahora debo volver al trabajo. Lamento las prisas, pero tengo mucho trabajo de catalogación por delante.

—Pero, señor, la señorita Blair…

—La señorita Blair no está aquí —le interrumpió Alex con firmeza.

—Sí, es cierto. No he venido aquí para hablar con mi pupila. He venido para hablar con el duque de Broughton. Su Excelencia, no sé si es usted consciente de que la señorita Blair está casada con mi hijo, Peter.

Sabrina pensó en la visión que había tenido minutos antes. ¿Qué estaría diciendo el hombre al que no entendía? Un pensamiento intentaba abrirse paso hacia su conciencia, un pensamiento incómodo y escurridizo.

—Ya no es la señorita Blair, por supuesto —añadió con precipitación y un ligero rubor en las mejillas—. Ahora es…

—Pero acaba de referirse a Sabrina como la señorita Blair

DESTINADOS A ENCONTRARNOS

—señaló el duque con amabilidad—. Lo confieso, estoy de lo más confundido. Tanto si está casada como si no, no comprendo por qué quiere hablarme de ello. Y ahora debo retomar mi trabajo. Les ruego que me perdonen, caballeros.

—Esto le concierne, señor, porque su hijo está reteniendo a la señorita... a la señora Dearborn en su casa.

—No, no. Estoy seguro de que tiene que haber un error. Estoy convencido de que la señorita Blair es libre de irse o quedarse —se volvió hacia su hijo mayor—. Theo, quizá puedas ocuparte tú de estos caballeros.

—Creo que le correspondería hacerlo a Alex.

—¿Ah, sí? Excelente. En ese caso, Alex se ocupará de ustedes.

Complacido por haberse desentendido de aquella obligación, se volvió hacia la puerta. Vio a su esposa, que estaba entrando en aquel momento en el salón, y se le iluminó el semblante.

—¡Emmeline! Mi querida esposa, estoy encantado de verte —caminó hacia ella con una radiante sonrisa.

Tras la pantalla, Sabrina no pudo evitar sonreír con cariño. El duque siempre se comportaba como si estuviera recibiendo un precioso regalo cuando veía aparecer a Emmeline, con independencia del tiempo que hubiera pasado sin ver a la duquesa. En aquel caso, solo unas horas desde el desayuno.

—Henry —contestó la duquesa, agarrándole del brazo. Y, aunque no pareció tan sorprendida como su marido, su expresión fue igual de cariñosa cuando se apoyó en él—. Alex me ha dicho que teníamos que recibir a unos invitados.

—¡Ah, sí! Permíteme presentarte a... —miró hacia sus visitantes—. El señor... eh...

—Dearborn, Su Excelencia —el hombre dio un paso adelante e hizo una reverencia—. Y mi hijo Peter. Estamos aquí para hablar de Sabrina, la esposa de mi hijo.

—¿Su esposa? —la duquesa arqueó las cejas de forma muy expresiva—. No sabía que estaba casada.

—Y no sabemos si lo está —replicó Alex al instante—. A no ser, por supuesto, que el caballero pueda aportar ningún tipo de prueba.

—¿Prueba? Le estoy dando mi palabra, caballero —respondió Dearborn indignado.

—Sí, bueno...

—¿No le he hablado de los hombres que acosaron a Sabrina en la fiesta de ayer por la noche, duquesa? —preguntó Megan.

—Nosotros no... —comenzó a decir Dearborn acaloradamente.

Megan se lanzó entonces a por él.

—El señor Dearborn dice ser el marido de Sabrina. Nos dijo que Sabrina le pertenecía.

—¿Ah, sí? —la duquesa desvió sus penetrantes ojos azules hacia Peter—. ¿Considera a su esposa como un bien material, señor? ¿Considera que está sujeta a sus caprichos y sus órdenes?

—Yo, eh... lo que pretendo decir es que debería estar conmigo —aclaró Peter prudentemente. Era obvio que había aprendido la lección de la noche anterior—, en un lugar en el que pueda cuidarla.

—Yo diría que Sabrina debe estar allí donde ella decida —replicó Emmeline.

—Es mi esposa.

—Pero no su esclava —respondió la duquesa.

—Peter, señora, por favor, no digamos nada al calor del momento de lo que podamos arrepentirnos —intervino el señor Dearborn en tono conciliador—. Por favor, vamos a sentarnos a hablar de manera civilizada.

—Rara vez me arrepiento de mis palabras, las haya dicho en frío o en caliente —le aseguró Emmeline—. Sin embargo, siempre estoy dispuesta a hablar de manera civilizada.

Dio un paso adelante y se sentó en el sofá, con Henry a su lado. Entrecruzó las manos en el regazo y miró al señor Dearborn con expresión regia.

—Dígame entonces, ¿qué nos puede decir para justificar su conducta?

—Ayer por la noche les dije que Sabrina se había perdido tras sufrir un accidente de coche, pero eso no es cierto.

—¿Ah, no? Me parece una forma muy extraña de comenzar su argumentación.

—Lo inventé porque estaba tratando de proteger a Sabrina. No sé qué clase de historias puede haberles contado, pero les puedo asegurar que tanto Peter como yo estamos muy preocupados por el bienestar de Sabrina.

—Es curioso que piensen que Sabrina podría habernos contado lo contrario —señaló Alex.

—Por supuesto, no lo habría hecho si estuviera en condiciones normales. Pero, la verdad es que... En fin, Sabrina no está en plena posesión de sus facultades.

—Ha perdido la memoria, lo sé —dijo Emmeline—. Pero eso no quiere decir que no sea capaz de tomar sus propias decisiones.

—No, señora, me temo que no —el señor Dearborn miró sombrío a los duques—. Ella está... Lo que quiero decir es que Sabrina está un poco desequilibrada.

Sabrina se quedó boquiabierta. A su lado, Lilah soltó una exclamación ahogada y se llevó la mano a la boca con expresión culpable. Sin embargo, el sonido de la exclamación fue ahogado por las exclamaciones de los ocupantes del salón.

—¡Cómo se atreve! —Alex dio un paso adelante con una expresión tan fiera que Sabrina retrocedió.

Con estuvo a su lado al instante, con una postura beligerante que dejaba bien claro que no pretendía refrenar a su gemelo, sino unirse a él.

—Le aseguro, señor, que no lo estoy diciendo a la ligera —el señor Dearborn alzó el rostro hacia Alex con expresión grave y circunspecta—. El padre de Sabrina fue mi más querido amigo durante toda su vida. Y por él asumí la responsabilidad de hacerme cargo de su hija tras su muerte. Fue por expreso deseo de mi amigo, porque él sabía que Sabrina no sería capaz de vivir por su cuenta.

Sabrina clavaba en él la mirada, horrorizada, mientras él continuaba contando su historia:

—Hamilton era una de las mentes más brillantes del país, pero su esposa, Claudia, era una mujer... extraña, podríamos decir. Estaba preocupada en exceso por Sabrina e insistía en retenerla a su lado, pero le permitía hacer a la pobre criatura cuanto quisiera, sin proporcionarle ninguna guía en realidad. De alguna manera, ella era propensa a los mismos arrebatos que Sabrina.

—¿Los mismos arrebatos? —preguntó Alex—. Sabrina no es proclive a ninguna clase de arrebatos. De hecho, muestra una calma admirable en situaciones que horrorizarían a muchos.

El señor Dearborn clavó en él su dura mirada.

—¿Y no cree que eso ya es en sí mismo peculiar? ¿Qué persona en su sano juicio estaría tan tranquila cuando no es capaz de recordar nada, ni siquiera su nombre? La verdad de todo esto es que no es la primera vez que Sabrina sufre uno de estos episodios. Le ha ocurrido en numerosas ocasiones. Hace algo extraño, comete alguna locura y después huye sin que tengamos idea de a dónde va o de lo que está haciendo.

—¿Quiere decir que no es esta la primera vez que la pierde? —preguntó Theo.

—No la perdemos, señor, y me ofende lo que está insinuando. Sabrina demuestra ser muy astuta en medio de su locura. Parece olvidar quién es, dónde vive, todo. Pero hace cuanto está en su poder de una forma muy inteligente para evitar que la sigamos. Saltó de la ventana de un segundo piso. Ahora entiendo que cometí un error al no poner barrotes en la ventana, y robó un caballo, además de una bolsa llena de dinero. Conseguimos seguirle el rastro hasta Newbury, pero, como ya le he dicho, es una mujer muy inteligente y compró un billete hasta Bath con la única intención de engañarnos.

Al no encontrarla allí, no sabíamos a dónde ir, pero al final vinimos a Londres con la esperanza de que hubiera ido a ver a la señorita Holcutt, que es su amiga. Para nosotros fue una sorpresa encontrarla en la fiesta ayer por la noche.

—Estoy seguro —corroboró Alex con acritud—, sobre todo cuando descubrieron que tenía amigos dispuestos a protegerla.

El otro hombre tensó los labios.

—Ya le he dicho que no tengo la menor intención de hacerle daño a Sabrina. Cuando está en sus cabales, es una mujer dulce y sumisa. Es encantadora, de verdad.

—Como toda mujer debe ser, sin duda —añadió la duquesa.

Dearborn se sonrojó.

—Le aseguro, señora, que yo solo he intentado ayudar a Sabrina. Peter incluso se casó con ella para que tuviera a alguien que la cuidara y la protegiera durante el resto de su vida.

—¡Dios mío! Peter debe de ser un santo —dijo Alex arrastrando las palabras—. Estoy seguro de que eso no tiene nada que ver con la fortuna de Sabrina.

—¿Les ha dicho que es rica? —Dearborn sacudió la cabeza, dejando escapar una risa—. ¡Dios mío, no! Sabrina apenas tiene nada. Soy yo el que la mantiene. Me temo que Sabrina inventa todo tipo de historias sobre sí misma. Historias que pueden convertir su vida en algo mucho más emocionante de lo que es. Se inventa, por ejemplo, que es una rica heredera. En una ocasión creo que dijo ser una espía que trabajaba para el Ministerio del Interior de Francia. Yo suelo aparecer como el villano de sus historias porque, ya ve, soy el que le pone los límites, el que tiene la responsabilidad de mantenerla a salvo. Cuando el episodio termina, no es capaz de recordar nada de lo que ha inventado, de la misma forma que tampoco le recordará a usted, lord Moreland.

Dearborn miró a Alex con expresión compasiva. A Sabrina se le hizo un nudo en el estómago. ¿Y si los Moreland le creían? ¿Y si Alex le creía? Dearborn era tan serio, parecía tan seguro, tan razonable… Y ella no sabía nada de su pasado, ni siquiera podía contradecirle. Cualquiera le creería a él antes que a una joven que contaba aquellas locuras. Ella misma podía llegar a cuestionar su propia historia. ¿Y si aquello era algo que hacía continuamente? No lo sabría porque no era capaz de recordar nada.

—Sé que es difícil, señor —continuó el señor Dearborn—. Sabrina es una muchacha encantadora. Es fácil sentir afecto, e incluso compasión, por ella. Pero es evidente que necesita ayuda. Puedo asegurarle que, si se queda en esta casa, cualquier día de estos sufrirá uno de sus ataques, no podrán contenerla y volverá a escaparse. Permítannos llevarla a su casa, al lugar al que pertenece. Nosotros cuidaremos de ella, nos aseguraremos de que sea bien atendida.

—¿Y se aseguran de encerrarla con más medidas de seguridad? —preguntó Alex en tono amable.

El miedo ascendió por la garganta de Sabrina y se sintió a punto de atragantarse. ¿Le había creído? ¿Iba a permitir que aquel hombre se la llevara? Iban a encerrarla en alguna parte, iban a contarle a todo el mundo que estaba loca.

—Sí, por supuesto. Supongo que entiende que es eso lo que debemos hacer, que debemos impedir que se inflija algún daño a sí misma.

—Lo que entiendo —repuso Alex— es que es usted un granuja y un tramposo que pretende llevarse a Sabrina por las buenas o por las malas. ¿De verdad cree que somos tan estúpidos como para creernos sus mentiras? El único daño que podría provocarnos Sabrina procede de usted.

Sabrina se relajó al oír que Alex la defendía. Los ojos se le llenaron de lágrimas mientras él continuaba diciendo:

—Claro que se asegurará de que no vuelva a escaparse. Así que barrotes en las ventanas. ¿O quizá una celda en un manicomio? Creo que el problema es que Sabrina está a punto de cumplir veintiún años y a usted le ha entrado pánico al pensar que va a perder el control sobre su dinero. —dio un paso adelante con gesto amenazador—. Sé que su padre le dejó todos sus bienes, no solo dinero, sino también dos casas. No he visto la de Somerset, pero la que tiene aquí en Londres podría proporcionarle una buena cantidad de dinero.

Dearborn le miró boquiabierto.

—¿Pero cómo lo sabe? ¡Ha dicho que no recuerda nada!

—No, ella no recuerda nada —la sonrisa de Alex fue letal—, pero, con un pequeño esfuerzo, todo se puede averiguar. Creo que ya es hora de que abandonen esta casa.

Dearborn enrojeció.

—¡Qué insolencia! —se volvió hacia el duque—. Supongo que no permitirá que su hijo le ordene lo que tiene que hacer.

—¡Oh! No creo que me esté ordenándome lo que tengo que hacer. Creo que estaba hablando con usted. Y, como le he dicho, tengo mucho trabajo esperándome. Buenos días, señor… eh… Deerfield —le tendió la mano a la duquesa—. ¿Querida?

—¡No! —Dearborn se interpuso entre Broughton y la puerta.

Todo el mundo en la habitación se tensó. Los tres hijos del duque se lanzaron a proteger a su padre. Dearborn retrocedió y esbozó una muy poco convincente sonrisa.

—Señor, creo que… ¿está dispuesto a organizar un escándalo? Toda la ciudad sabrá que está separando a una joven de su marido.

Alex soltó una carcajada.

—¿Un escándalo? ¿Cree que puede amenazar a los Moreland con un escándalo? Media ciudad cree que estamos completamente locos.

—No sé, Alex —dijo Megan, avanzando hacia Dearborn—. El señor Dearborn tiene razón. Se organizará un gran escándalo. Será un gran momento para la prensa. Piensa en la historia que tenemos entre manos: joven esposa huye de casa de su marido nada más casarse con él. Aterrorizada, con el rostro amoratado y maltrecha. Nadie sabe quién es. ¿Qué puede haberle ocurrido? ¿Por qué iba a huir de su marido una dulce recién casada? Después, por supuesto, está la familia noble, que la protege movida por la compasión. Sería un relato fascinante. ¡Dios mío! ¡Me están entrando ganas de escribirlo yo misma! —se cruzó de brazos y miró a Dearborn con expresión desafiante.

El rostro de Dearborn estaba tan rojo en aquel momento que parecía a punto de explotar.

—¡Todo el mundo tiene razón! ¡Están como cabras!

—Padre… —Peter se dirigió hacia Niles en tono conciliador—, quizá deberíamos marcharnos.

El joven agarró a su padre del brazo, pero este se apartó.

—¡No puede apartarla de mí! —le gritó a Alex—. Soy su tutor legal. Peter es su marido. No tiene ningún derecho. Le llevaré ante la ley. Me aseguraré de que la devuelva, se arrepentirá…

—Hágalo —Alex interrumpió aquel monólogo furibundo—. Y asegúrese de llevar el certificado de matrimonio. ¡Ah! Y también necesitará a algunos policías.

Dearborn estaba temblando de rabia y su hijo le agarró con más fuerza.

—Vamos, papá.

Tras dirigirle a Alex una mirada asesina, Niles se volvió, tiró del brazo que Peter le retenía y salió furioso del salón.

CAPÍTULO 18

—¡Qué hombres más espantosos! —oyó decir Sabrina a la duquesa.

Se apartó de la celosía. Tenía el estómago revuelto y estaba haciendo un esfuerzo descomunal para no echarse a llorar. Lilah la miraba fijamente, con los ojos abiertos como platos y el rostro blanco por la impresión. Durante un doloroso instante, Sabrina pensó que su amiga tenía miedo de ella, que había dado crédito a las mentiras de Dearborn y creía que estaba fuera de sus cabales.

Pero cuando Lilah dijo en voz baja:

—¿Pero cómo ha podido decir una cosa así? ¡Si le conocemos de toda la vida! ¡Oh, Sabrina! —alargó la mano, tomó la de Sabrina y se la apretó con fuerza.

La puerta se abrió en aquel momento, sobresaltándolas a las dos. Alex entró en la habitación frunciendo la frente con expresión preocupada.

—¿Sabrina?

Lilah se levantó de un salto.

—¡Es mentira! Todo lo que ha dicho el señor Dearborn es mentira. Sabrina no ha tenido nunca ninguna clase de ataque, ni se ha comportado de forma extraña. Estoy segura, viví con ella en el colegio durante tres años, lo habría notado.

—Lo sé —Alex sonrió ante la indignada defensa de su amiga—. Eso lo sabe cualquiera que conozca a Sabrina.

—No entiendo por qué el señor Dearborn se está comportando de esta forma. Siempre ha sido todo un caballero.

—Me temo que usted confunde la caballerosidad con la bondad, señorita Holcutt —la corrigió Con, que entraba en aquel momento en la habitación detrás de su hermano.

Lilah miró a Con con el ceño fruncido, pero, a partir de aquel momento, Sabrina ya no supo lo que pasó entre ellos, porque Alex se acercó a ella y tomó sus manos entre las suyas.

—¿Cómo estás? Lamento que hayas tenido que oír todo eso. Debería haber insistido en que te quedaras en tu dormitorio.

—No, me alegro de haberlo oído. Lo último que quiero ahora mismo es mantenerme en la ignorancia. Ya hay demasiadas cosas que no sé —alzó la mirada sonriendo hacia él.

Había tanta emoción, tal calor en su mirada, que Sabrina pensó que se le iba a romper el corazón.

—Me encantaría besarte en este momento —susurró Alex. Y su rostro evidenciaba que era cierto—. Me gustaría que mi hermano y la señorita Holcutt estuvieran en cualquier otra parte.

—Yo… Ya sabes que no podemos —fue lo único que Sabrina pudo contestar.

Lo más peligroso de la situación era que también ella lo estaba deseando. Añoraba posar la cabeza contra su pecho y oír el firme latido de su corazón, como había hecho la noche anterior en el carruaje. Anhelaba sentir la fuerza de sus brazos a su alrededor.

Pero era una debilidad y un gran error por su parte. Sobre todo después de lo que acababa de ver y de oír. Y de la sospecha que iba creciendo por momentos en su interior. Debería contarle a Alex el sueño que había tenido la noche anterior.

Pero las palabras se negaban a salir de sus labios. Era como si contárselo a Alex pudiera darle alguna entidad. Pudiera convertirlo en verdad. De modo que optó por plantear la otra preocupación que enfriaba su pecho.

—No debería haber venido. No debería haber puesto a vuestra familia en esta situación.

—Tonterías. Pensé que anoche ya lo habíamos dejado muy claro. No supones ningún peligro para nuestra familia que, por cierto, es perfectamente capaz de cuidar de sí misma.

—Sí, lo sé. Sois todos maravillosos, sois muy buenas personas. ¿Pero no lo entiendes? Eso hace más deplorable incluso que yo traiga el escándalo a esta familia.

—¡Bah! —hizo un sonido de desprecio—. El escándalo es lo que menos debe preocuparnos. Lo que le he dicho a Dearborn es cierto. Todo el mundo nos considera, como poco, un tanto excéntricos, y muchos piensan que somos unos lunáticos. Lo que Dearborn pueda decir solo será un chismorreo más al que podrán hincar el diente. Además, no va a montar ningún escándalo. Él corre mucho más riesgo que nosotros. Se podía ver en sus ojos cuando Megan le ha dicho que la prensa tendría algo que decir sobre todo ese asunto. Dearborn comprende la imagen que tu huida daría de él, y eso es lo último que quiere. Además, sospecho que tampoco tiene ningún interés en que la prensa investigue en sus asuntos.

—Pero ha dicho que te denunciará. Y al final estaba muy enfadado. Creo que es capaz de hacerlo.

Alex se encogió de hombros sin darle la menor importancia.

—A lo mejor. Pero eso no le va a llevar a ninguna parte. Confía en mí. La policía no va a venir a buscarte sin tener ninguna prueba.

Sabrina quería creerle. Y le resultaba fácil cuando le miraba, cuando le veía tan fuerte y confiado. Quería olvidarse, dejar sus problemas en sus manos y permitir que los resolviera. Tras haber oído la descripción que Lilah había hecho de ella, sospechaba que eso era lo que habría hecho en el pasado. Pero no podía evitar pensar que Alex depositaba demasiada confianza en que el apellido de su familia pudiera protegerle de cualquier ataque. Ni siquiera un duque podía desafiar a la ley.

—Yo… —Sabrina retrocedió. Tenía que pensar—… estoy muy cansada. Debería ir a mi habitación a descansar un rato.

—Por supuesto.

Le tomó la mano, se inclinó sobre ella y posó los labios contra su piel. Resultó sorprendente cómo un toque tan breve y ligero pudo hacerla estremecerse de los pies a la cabeza.

Se obligó a separarse de él y dijo:

—¿Lilah? Voy a subir a mi habitación, ¿quieres venir conmigo?

—Por supuesto —Lilah se volvió con celeridad.

Teniendo en cuenta el gesto irritado de Con y la velocidad a la que Lilah se alejó, Sabrina sospechó que a ninguno de ellos le había molestado que interrumpieran su conversación.

—¿Tienes problemas con Con? —musitó Sabrina, agarrando a su amiga del brazo e inclinándose contra ella mientras abandonaban el salón.

—Ese hombre es un adulador.

Sabrina rio entre dientes.

—¿Y eso es malo?

—Sí, cuando no siente una sola palabra de lo que dice. Siempre tiene esa mirada, como si estuviera a punto de reírse de mí —hizo un gesto con la mano, intentando dejar aquel tema de lado—. Pero no quiero gastar saliva hablando de él. Estoy preocupada por ti. ¿Estás bien? Jamás habría imaginado que el señor Dearborn pudiera decir ese tipo de cosas sobre ti,

—Sospecho que para ti es más difícil que para mí, que no tenía ninguna opinión previa sobre él.

—Lo que sí es cierto es que era un buen amigo de tu padre. Los tres lo eran. Mi padre y ellos dos. Me parece increíble que haya sido capaz de traicionar la confianza de tu padre de esa manera.

—Estoy muy preocupada, Lilah.

—Los Moreland te protegerán —le aseguró Lilah al instante—. Al margen de lo que yo haya podido decir sobre Constantine, sé que es muy leal a su gemelo. De hecho, tengo la impresión de que toda la familia lo es. Y está claro que Alex está decidido a mantenerte alejada de las garras del señor Dearborn.

—Eso es lo que me preocupa. Si él es mi tutor, tiene derecho a exigir que me vaya con él. Y, por muy aristócratas que sean, los Moreland no pueden quebrantar la ley.

—No sé si a esta familia le importa mucho la legalidad.

—Probablemente, no. Pero no puedo permitir que les arresten por mi culpa. No puedo permitir que Alex tenga que decidir entre enfrentarse a mí o causarles un problema a sus padres.

—¿Pero qué puedes hacer para evitarlo? No estarás pensando en volver con los Dearborn, ¿verdad?

—No, no. No podría. No sé qué puedo hacer.

—Podrías venir a casa conmigo. A lo mejor el señor Dearborn se muestra más reacio a actuar en contra de mi tía y de mí, teniendo en cuenta la amistad que le une a mi padre.

—Tampoco quiero ponerte a ti en esa situación.

—¡Pero no puedes marcharte sola!

—Por supuesto que no —al ver la expresión de alarma de su amiga, Sabrina pensó que no era prudente contestar otra cosa.

Llegaron al final de la escalera, donde había una galería que daba a la calle. En la curva del ventanal había un confortable asiento. Sabrina se detuvo un instante, intentando ordenar sus pensamientos. De pronto, se tensó y se inclinó hacia delante, con la mirada fija en la ventana.

—Es extraño. Hay un hombre en la calle.

—¿Y por qué te parece extraño? —Lilah siguió el curso de la mirada de Sabrina.

—No está haciendo nada. Se limita a mirar la puerta de la casa. Si viniera a visitar a la familia, ya habría llamado a la puerta, ¿no te parece?

—Por su forma de vestir, no parece que vaya a entrar por la puerta principal —señaló Lilah—. Debe de ser un comerciante, o a lo mejor está esperando a alguna de las doncellas.

—Si estuviera esperando a una doncella, no estaría en la puerta principal. Estaría vigilando la puerta de la cocina, que está al final de esa calle lateral. Desde donde está, ni siquiera puede ver esa puerta...

—¿Qué quieres decir? ¿Que está esperando a alguien de la familia? —Lilah la miró y abrió los ojos como platos—. ¿Crees que está vigilando la casa? ¿Que está espiando a los Moreland?

—Creo que quiere ver quién entra y quién sale para poder decírselo al señor Dearborn.

—¿Le habrán contratado los Dearborn?

—No van a dedicarse a deambular ellos por las calles. Y no creo que hayan creído a Alex cuando les ha dicho que yo ya no estaba en la casa.

—¿Pretenderán llevarte con ellos si sales de casa? ¡Pero eso sería un secuestro! Seguro que es ilegal.

—¿Ah, sí? Es mi tutor. Me temo que la ley le apoyaría.

—Pero eso es terrible. E injusto —Lilah frunció el ceño—. No, es imposible que haya tenido tiempo de contratar a alguien. Solo han pasado unos minutos desde que se ha ido.

—A lo mejor... a lo mejor ha traído a ese hombre con él. A lo mejor pensaba que, si le veía aparecer, escaparía por otra puerta y ese hombre podría agarrarme. Y, como eso no ha ocurrido, le habrá pedido que se quede vigilando por si salgo de casa.

—No lo comprendo —dijo Lilah—. ¿Por qué tiene tanto interés el señor Dearborn en que vuelvas con él? ¿Y por qué habrá mentido diciendo que estás casada con Peter?

—A lo mejor no está fingiendo —Sabrina se sentó en el asiento de la ventana y tiró de su amiga para que se sentara a su lado—. ¿Y si de verdad estoy casada con Peter? —buscó en el bolsillo, sacó la sortija que llevaba con ella y la mostró en la palma de su mano—. Quería haberte preguntado antes por ella, pero, con tanto alboroto, me he olvidado. ¿La reconoces? ¿Me has visto llevar antes algo parecido?

Lilah tomó la sortija de la mano de Sabrina y la acercó a la luz que se filtraba por la ventana.

—No... —frunció el ceño y la giró entre sus dedos—. No recuerdo haberla visto nunca. Pero eso no demuestra nada.

—Parece una alianza matrimonial y supongo que debió de ser muy importante para mí. Es una de las pocas cosas que llevé conmigo.

—Sí, parece una alianza de matrimonio, pero no tiene por qué serlo. A lo mejor es un recuerdo, a lo mejor es la alianza de matrimonio de tu madre.

—¿Recuerdas si mi madre la llevaba?

—No, pero, la verdad, Sabrina, es que es imposible que recuerde las joyas de tu madre. Solo estuve de visita en tu casa en una ocasión, y fue hace años. Además, también podría ser de tu abuela.

—O podría ser lo más evidente, una alianza de matrimonio, y la llevo encima porque la llevaba puesta cuando me casé.

—Aun así, eso no demuestra que estés casada.

—Pero sería absurdo que Dearborn mintiera de forma tan descarada. En cuanto lo recuerde todo, me daré cuenta de que no es cierto.

—También era una descarada mentira decir que te habías vuelto loca. Cualquiera que te conozca sabe que no has sufrido ningún ataque de locura.

—Los Moreland no tenían por qué saberlo. Y el señor Dearborn no sabía que tú estabas aquí y nos habías hablado de mi pasado. Lo único que necesitaba era que le creyeran durante el tiempo suficiente como para agarrarme y llevarme a casa, donde podría encerrarme. Además, la boda con Peter puede ser parte del plan. No creo que dejara eso sin rematar.

—¿Y cuál es el plan?

—No lo sé, pero es evidente que requiere que el señor Dearborn tenga algún poder sobre mí. Presumo que quiere controlar mi dinero, y eso solo podrá hacerlo hasta dentro de dos semanas. La única manera de conservar ese poder sobre mí es casándome con su hijo. Nadie cuestionaría que mi marido y su padre manejaran mis propiedades.

—Pero eso no significa que ya hayas pasado por el altar. A lo mejor solo quiere estar contigo a solas para convencerte de que lo hagas. Para obligarte si es necesario.

—Sí, pero… —Sabrina tomó aire— ayer por la noche tuve un sueño. Es todo muy borroso. No quiero decir que ahora mismo lo vea borroso, sino que también fue una pesadilla vaga y confusa. Esa era parte de la razón por la que estaba tan asustada. Me sentía perdida y confundida. Estaba adormilada, acalorada y con náuseas. Y estaba con Peter, incluso me apoyaba en él.

—A mí me parece normal que hayas soñado con él después de verle.

—Sí, eso es lo que me he dicho esta mañana. Pero ha continuado inquietándome y, hace un rato, cuando estaba mirando a Peter a través de la celosía, he vuelto a sentirlo. Lo he visto todo otra vez. He experimentado esa sensación de calor y mareo. Ha sido como si estuviera recordando no el sueño, sino la verdadera escena. He recordado cosas que no aparecían en el sueño.

—¿Como cuáles? —Lilah frunció la frente con un gesto de preocupación.

—Había otro hombre allí.

—¿El señor Dearborn?

—No… creo que no. No consigo verle con claridad. ¡Ahora sí que debo de parecer una loca! En la escena era todo muy confuso, me sentía… como si tuviera fiebre. Lo veo todo como algo remoto y distorsionado, y como si algo estuviera mal. Me temo que no me estoy explicando muy bien.

—Te comprendo. Yo me he sentido así estando con fiebre, como si nada fuera real, como si estuvieras perdiendo y recuperando constantemente la consciencia. Incluso, sin estar enferma, tengo sueños en los que estoy mirando a una persona y no soy capaz de distinguir sus facciones.

—¡Exacto! —Sabrina dejó escapar un suspiro de alivio—. Así es. Sé que había un hombre con nosotros que hablaba y hablaba sin parar. No sé lo que estaba diciendo y, como tú has dicho, recuerdo solo pequeños fragmentos. Pero estaba delante de nosotros y... ¡Ay, Lilah! Llevaba un alzacuello.

Lilah se la quedó mirando de hito en hito.

—¿Quieres decir...?

—Como un reverendo —dijo Sabrina lisa y llanamente—. Sí, creo... Me temo que lo que estoy recordando es la ceremonia de una boda.

CAPÍTULO 19

—Son poco más de las doce de la mañana, pero creo que después de esta escena, es obligado tomar una copa —le dijo Con a su hermano mientras regresaban al salón de fumar.

—Estoy de acuerdo —Alex cruzó la habitación y le quitó el tapón a uno de los decantadores.

—¿Qué piensas hacer ahora? —preguntó Con.

—No lo sé. Tú eres el detective. Yo me dedico a dibujar planos.

—Pues a mí me parece que hasta el momento lo has hecho muy bien —Con sonrió de oreja a oreja mientras tomaba la copa que su hermano le tendía—. Lo has encarrilado todo en la dirección correcta. Yo voy a investigar la situación económica de los Dearborn. Quiero ver si han perdido una fortuna o han tenido problemas con el juego. Tampoco nos vendría mal saber a cuánto asciende la herencia de la señorita Blair y si Dearborn ha estado quitándole dinero durante todos estos años. Pero lo único que todo eso explicará es por qué tienen tanto interés en la señorita Blair. Y lo que necesitamos averiguar es si tu joven dama está o no casada con esa rata.

—Sabrina no es mi dama, pero, sí, tenemos que asegurarnos de que no está casada con él. Y, en el caso de que lo esté, averiguar la forma de acabar con esa situación.

—Eso no será fácil, querido hermano.

—Lo sé, pero no pienso permitir que regrese con ese individuo.

Con le miró en silencio durante unos segundos. Después, dijo con voz queda:

—Estás enamorado de ella, ¿verdad?

Alex se encogió de hombros.

—¿Enamorado? Apenas la conozco. De hecho, no la conozco en absoluto.

Con soltó un bufido burlón.

—No seas tonto. Tienes esa mirada de los Moreland enamorados. Estás como si acabaran de pegarte en la cabeza con un bate de críquet.

—No empieces a sermonearme otra vez con el amor a primera vista de los Moreland.

—Con todos los demás ha funcionado bastante bien. Yo no parezco tener esa capacidad, de la misma forma que no puedo predecir el futuro ni hacer nada de lo que tú haces —asomó a su rostro cierta tristeza, pero volvió a sonreír y continuó—: Estaría muy bien tener a Anna con nosotros. A lo mejor ella podría contarnos lo que le pasó a la señorita Blair.

—No creo que ella pueda saberlo, Con. Solo tiene visiones de acontecimientos que van a ocurrir.

—Pero supo que se habían producido aquellos asesinatos. Los sintió en el escenario del crimen, ¿recuerdas?

—Con demasiada claridad. Recuerdo que terminé vomitando.

—Sí, fue bastante desagradable.

—En cualquier caso, yo también soy capaz de sentir ese tipo de cosas y, sin embargo, eso no me ha ayudado mucho. Aunque he descubierto que puedo hacer más de lo que pensaba. He estado trabajando un poco desde que Sabrina llegó y estoy comenzando a ser bastante bueno a la hora de conseguir percepciones de una persona que ha estado relacionada con un objeto. Ahora soy capaz de detectar el género la mayor parte de las veces e incluso puedo distinguir de forma vaga si estoy percibiendo a la misma persona a partir de diferentes objetos. Cuanto más reciente es, mejor funciona.

—¿Puedes identificar a la persona?

—No sé quiénes son, no puedo describirles. Pero puedo reconocer si es la misma sensación que estaba vinculada a otro objeto.

—No sé por qué eres tú el que tiene esa destreza. A mí me sería de mucha utilidad. Aunque… —reflexionó Con—, lo mejor sería ser capaz de adivinar si alguien está mintiendo con la misma facilidad con la que sé que mientes cuando dices que no amas a la señorita Blair.

—Yo no he dicho que no la ame.

—No, te has limitado a evitar responder. Lo cual, debo añadir, es algo que haces fantásticamente bien.

—¡Maldición! Claro que la quiero. Y la cuidaré todo cuanto pueda. Y no habría nada en el mundo que me resultara más fácil que enamorarme de Sabrina.

—¿Entonces qué te detiene?

—¡No quiero enamorarme de ella! Podría ser un desastre. Ni siquiera sabe quién es.

—Ya lo sabe. Se lo dijo la señorita Holcutt. Y la señorita Holcutt siempre lo sabe todo.

Alex rio entre dientes.

—Eres muy duro con la señorita Holcutt. No es tan mala.

—No es mala en absoluto. Jamás. Y ese es el problema. Pero ahora estamos hablando de ti y de la señorita Blair. ¿Por qué te detiene tu falta de memoria? Con independencia de su pasado, ella es la mujer que conoces ahora. Me cuesta pensar que su falta de linaje pueda detenerte.

Alex esbozó una mueca.

—Por supuesto que no es eso. Y tampoco me preocupa conocerla desde hace tan poco tiempo. Confío en mi intuición, como tendemos a hacer todos nosotros. Sé que ahora está bien. ¿Pero qué ocurrirá cuando recuerde su pasado?

Quiero que recupere la memoria porque a ella le angustia no poder hacerlo. Quiero que pueda mirarme y decirme «sí, eres justo el hombre al que quiero». Pero, ¿y si no eso no ocurre? A lo mejor, cuando vuelva a ser ella misma, se convierte en una persona distinta.

—¿De verdad crees que podría cambiar tanto? —preguntó Con, arqueando la ceja con expresión escéptica.

—Tengo que considerar esa posibilidad. No, no me mires así. Estoy intentando ser pragmático. Hacer las cosas bien. Sería tremendamente injusto por mi parte aprovecharme de su vulnerabilidad. Seducirla sabiendo lo agradecida que me está, lo agradecida que nos está a todos nosotros, sabiendo que está tan necesitada de mi ayuda y que no es capaz de compararme con otros hombres que conoce.

—Conoce a Peter Dearborn y creo que estás en condiciones de decir que le gustas más que él.

—Puedes llegar a ser insoportable.

—Sí, ya me lo han dicho.

—La cuestión es, ¿qué pasaría si al final ese matrimonio que él reclama no es una mentira? Es posible que esté casada, y no creo que sea la clase de mujer capaz de romper los votos matrimoniales. Si después de que nosotros... si tras comprometerse conmigo descubriera que está casada, eso le causaría un gran dolor. Si me ama, pero siente que está obligada a estar con él, eso le produciría un terrible desgarro. O a lo mejor Peter está diciendo la verdad y ella le amaba. Es posible que su padre sea odioso, pero a lo mejor él no tuvo nada que ver con el matrimonio. O a lo mejor Sabrina estaba enamorada de otro hombre. Tiene veinte años y es muy bella. Es muy probable que haya otros hombres esperándola. O que se haya enamorado de alguno de ellos. Sea este quien sea, podría sentirse culpable por haberle sido infiel, o por hacerme sufrir al volver con él.

—Todo eso son especulaciones.

—En cualquier caso, no es una situación fácil.

—Piensas demasiado en la posibilidad de herir los sentimientos de los demás y en lo que los demás quieren o se merecen. ¿Y lo que quieres tú? ¿Y lo que tú te mereces?

—Estoy pensando en mí —protestó Alex—. ¿Es que no te das cuenta? ¿Cómo voy a entregarle mi corazón cuando sé que podría darse cuenta de que no me quiere? ¿Y qué pasará si mi amor no es correspondido?

Con le miró durante largos segundos y suspiró después.

—No lo sé —terminó su copa y la dejó a un lado—. En ese caso, se impone averiguar cuanto antes la verdad sobre ella, ¿no te parece? Voy a subir al piso de arriba a quitarme este ridículo disfraz. Ven conmigo y, en cuanto vuelva a parecer normal, decidiremos lo que vamos a hacer.

—Todo lo normal que puedes llegar a parecer —Alex le siguió hasta la puerta.

—¡Ja! Cualquier crítica sobre mi aspecto se le podría aplicar al tuyo —respondió Con.

Subieron al piso de arriba, intercambiando insultos de forma amigable. Al llegar al final de la escalera, oyeron voces femeninas saliendo del saloncito en el que su madre había instalado su estudio e intercambiaron una sonrisa.

—Parece que mamá ha secuestrado a las chicas —dijo Alex—. Supongo que al final Sabrina no ha ido a descansar a su habitación.

—Me bloqueo al pensar en mamá y la señorita Holcutt intercambiando ideas.

Giraron en aquella dirección y, al acercarse, oyeron a la duquesa hablando en un tono que no admitía discusión.

—... la hora de llevar a cabo acciones extremas. Las mujeres son capaces de decidir su propio destino.

—Por supuesto —respondió la señorita Holcutt en un tono frío y preciso—. Pero una mujer puede ser fuerte y conseguir sus objetivos sin necesidad de llevar a cabo acciones escandalosas y arriesgadas.

—Encadenarse a las verjas del ministerio no es una acción

arriesgada. Es solo un símbolo de la esclavitud a la que han estado sometidas las mujeres durante siglos. Más aún…

Los gemelos entraron en la habitación y Alex dijo:

—Cuidado, mamá, estás asustando a nuestras invitadas.

—¡Ja! Dudo que la señorita Holcutt vaya a asustarse y salir corriendo —los ojos de la duquesa chispeaban, estaba acalorada y era evidente que estaba pasándolo en grande.

Y, al parecer, si su acaloramiento y el brillo de sus ojos eran indicativo de algo, también la señorita Holcutt estaba disfrutando, aunque continuaba sentada con la misma remilgada corrección que cuando había estado en el piso de abajo, con las manos dobladas sobre el regazo. De Sabrina no había ni rastro.

—¿Dónde está Sa… la señorita Blair? —preguntó Alex, mirando a su alrededor.

—Echándose una siesta. Yo estaba saliendo de su dormitorio cuando me he encontrado con la duquesa —explicó Lilah,

—Sí, hemos tenido una conversación de lo más estimulante. No sabéis lo interesante que es poder mantener una conversación con alguien que mantiene un punto de vista opuesto al tuyo y de verdad es capaz de pensar.

—No lo dudo.

La duquesa se acercó a sus hijos y alargó los brazos para abrazar a Con.

—Antes no he tenido oportunidad de saludarte, cariño. ¿Cómo estás? ¿Y por qué llevas ese disfraz tan horrible? Supongo que estás trabajando en algún caso.

—Sí. En el de la Divina Congregación del Fin del Mundo. Creen que ellos, el grupo de los ochenta y un elegidos, serán transportados al cielo mientras el resto de los mortales nos hundimos en el fuego del infierno. Aunque no acierto imaginar a quién le apetecería pasar toda la eternidad con esas ochenta y un almas.

—¿Ochenta y una? Qué número tan peculiar —señaló la señorita Holcutt. Después, mostrándose un poquito avergonzada, añadió—: Por supuesto, todo eso son solo tonterías.

—Decidieron que el ochenta y uno era el número sagrado porque tres por tres es nueve y nueve por nueve es ochenta y uno, de modo que es la máxima expresión de la Trinidad. Personalmente, yo pensaba que la mejor manera de invocar a la Trinidad sería tres por tres por tres, pero sospecho que a su líder le interesan las posesiones mundanas de más de veintisiete personas.

—Bueno, espero que vayas a cambiarte, mi querido Constantine —dijo la duquesa, palmeándole el brazo—. Esos cuadros hacen daño a la vista.

Con sonrió de oreja a oreja.

—Ahora mismo voy a cambiarme. Después, saldré a investigar a los Dearborn. Alex, me parece que estaría bien que la señorita Blair y tú volvierais a la casa de Londres y le dierais otra oportunidad.

—¡No, no! ¡No pueden! —protestó Lilah, y los demás se volvieron sorprendidos hacia ella—. Lo que quiero decir es que, aunque, por supuesto que pueden ir, no es seguro que Sabrina abandone la casa mientras ese hombre continúe vigilándola.

—¿Qué? —Alex se tensó—. ¿Qué hombre? ¿De qué está hablando?

—El hombre que está en la calle de enfrente, vigilando la casa. O, por lo menos, estaba cuando Sabrina y yo hemos subido.

—A lo mejor deberías pedirle a la señorita Holcutt que trabajara en tu agencia, Con —propuso la duquesa en tono divertido.

—En realidad, fue Sabrina la que se fijó en él.

—¿Dónde está? —preguntó Alex—. Muéstrenoslo para que le veamos.

La señorita Holcutt salió de la habitación seguida por Con, por Alex y por la intrigada duquesa. Les condujo hasta la ventana mirador, con aquel mullido asiento.

—¡Oh, se ha ido! Estaba allí, al lado de la farola —señaló

hacia allí—. ¡No, un momento! Ahí está, un poco más allá de la manzana, al lado de ese carruaje.

Se inclinaron los tres para observar detenidamente a la figura que había al lado del carruaje.

—¿Está segura de que es él? —preguntó Con—. Está bastante lejos.

—A no ser que piense que puede haber dos hombres paseando por esta calle con ropa de trabajador y una gorra verde... —Lilah le miró arqueando una ceja.

—Sí, claro. No pretendía cuestionar su sentido de la vista —respondió Con—. No dejéis de vigilarlo, esperadme aquí. Vuelvo en un segundo —Con salió corriendo por el pasillo.

—¿Adónde va? —preguntó Lilah.

—Supongo que habrá ido a buscar su catalejo —respondió Alex, estudiando el carruaje.

Bajo ellos, pasó una doncella por delante de la casa, caminando en dirección contraria, y un taxi traqueteó en la carretera, pero Alex no se molestó en dirigirles una sola mirada.

—¿Reconoce el carruaje, señorita Holcutt? ¿Podría ser el de los Dearborn?

—No lo sé, pero supongo que no vienen a Londres tan a menudo como para tener aquí un carruaje, a no ser que haya sido así como han llegado a Londres.

—Seguramente lo habrán alquilado —Alex deseó que Con regresara pronto.

—Si es que están ellos en el carruaje.

—Creo que es muy improbable que todo esto no tenga alguna relación con ellos.

Con regresó con el catalejo en la mano.

—Tome —se lo tendió a Lilah—. Díganos si puede ver quién va en el carruaje.

—¿Yo? —Lilah alzó la mirada sorprendida.

—Sí. Les conoce mejor que cualquiera de nosotros. Será más fácil que reconozca a alguno de los Dearborn.

Lilah asintió y se llevó el artefacto al ojo. Cuando la ventana pareció abalanzarse sobre ella, retrocedió sobresaltada.

—Se ve todo muy cerca.

—Sí, es muy potente. Hacia allí —Con giró el catalejo hacia el carruaje con delicadeza—. Hay que moverlo muy despacio y después comenzará a ver.

—¡Ah! Ahí está. Sí, estoy segura, es el hombre que estaba enfrente de la casa. No puedo ver a nadie en el carruaje, solo un brazo en la ventana. El brazo de un hombre, pero el rostro está demasiado oscuro —observó en silencio.

Alex quería arrebatarle el catalejo y mirar él mismo, pero se contuvo. No estaba seguro de por qué se sentía tan inquieto. Aquel hombre no podía hacer nada, salvo permanecer dentro del coche.

—Ahora se está moviendo —anunció Lilah.

—¿Quién? ¿El carruaje?

—No, el hombre que está a su lado, el que está vigilando la casa. Se está alejando de aquí. Creo que se va.

—¿Y el hombre del carruaje?

Lilah sacudió la cabeza y se tensó.

—Ahora se está inclinando hacia delante y mirando hacia la casa —retrocedió de un salto y bajó el catalejo—. Lo siento, es que me parecía que estaba muy cerca. Sí, es el señor Dearborn. No sé si Peter está con él. Solo veo al hombre que está a este lado.

—A lo mejor va a ocuparse él de la vigilancia —sugirió Con—. Un hombre sin hacer nada al lado de una farola terminaría llamando la atención. Un carruaje le proporciona una mejor cobertura —miró a Alex—. ¿Alex? ¿Qué ocurre?

—¿A qué te refieres? —Alex hundió las manos en los bolsillos.

—Estás muy nervioso —respondió Con—. No dejas de mirar a tu alrededor.

—No lo sé. Supongo que Dearborn solo está vigilando la casa. Es solo que… tengo la sensación de que algo va mal.

—¿De que algo va mal? —Con miró a su hermano con los ojos entrecerrados.

—¡Alex! —la duquesa alargó la mano hacia el brazo de su hijo—. ¿Estás bien? ¿Es una de tus...? —se interrumpió, miró de reojo a Lilah y continuó—. ¿Estás sintiendo algo?

—No es nada, mamá —Alex sacudió la cabeza.

No le apetecía hablar de su peculiar capacidad delante de una persona como Lilah Holcutt.

—¿Tiene algo que ver con Sabrina? —preguntó Con angustiado—. ¿Estás sintiendo...?

—¡Buen Dios! —Alex se quedó paralizado. Sentía el pecho peculiarmente... vacío—. Tienes razón. Es Sabrina. Se ha ido.

CAPÍTULO 20

—¿Qué? —Lilah le miró boquiabierta.

Alex giró sobre sus talones y corrió hacia el dormitorio de Sabrina.

—¡Sabrina!

Los otros corrieron tras él y Lilah gritó:

—¡Un momento, no! Sabrina está durmiendo. ¡No pueden entrar sin permiso en su habitación!

—Y un infierno que no.

Alex empujó la puerta y vio, tal como esperaba, una cama perfectamente hecha. Comenzó a maldecir.

—¿Cómo sabía lo que ha… pasado? —Lilah miró confundida a su alrededor—. No lo comprendo.

—Alex puede… —Con se interrumpió y miró a Lilah—. Tiene una conexión especial con Sabrina.

—¿Qué quiere decir?

—Eso ahora importa —respondió Alex con brusquedad. La agarró del brazo—. ¿Dónde está?

Lilah le miró estupefacta.

—No lo sé. ¡Cómo voy a saberlo! ¡Yo creía que estaba durmiendo! —esbozó una mueca de dolor cuando Alex le apretó el brazo.

—Alex… —Con le agarró la muñeca—. Tranquilízate. Le estás haciendo daño.

—¡Oh! —sorprendido, Alex bajó la mirada hacia la mano—. Le suplico que me perdone, señorita Holcutt —le soltó el brazo, retrocedió y se llevó las manos a la cabeza, obligándose a pensar—. ¿Dónde pueden haberla llevado?

—No seas tonto —le dijo Con a Alex—. Probablemente haya ido a la....A la biblioteca. O a lo mejor Wellie se ha escapado y está persiguiéndole.

—¿Persiguiendo a Wellie? ¿Pero qué es todo esto? —Lilah se le quedó mirando fijamente.

—No, no está aquí. Está... No puedo... —Alex se sentía como si se estuviera ahogando.

—¡Por el amor de Dios! —la duquesa se acercó con paso enérgico al llamador y tiró varias veces de él—. Hagamos algo útil.

La actitud imperturbable de su madre tranquilizó a Alex y, aunque no le abandonó el pánico, fue capaz de dominarlo hasta hacerlo manejable. Tomó aire y su cerebro comenzó a funcionar otra vez.

Una doncella entró corriendo en la habitación y palideció al ver al grupo.

—¿Se... señor? —desvió la mirada hacia la duquesa—. ¿Señora?

—¿Dónde está? —ladró Alex.

La culpa que reflejaban los ojos de la doncella insinuaba que sabía algo. Alex tuvo la convicción de que así era cuando no contestó, tragó saliva y miró desesperada hacia Con.

—¿Te han sobornado para entrar a llevársela?

—¡No! —soltó una exclamación ahogada—. ¿Quién? Yo nunca... Yo no pretendía... No sabía que no debía hacerlo.

La chica terminó con un gemido y comenzó a llorar.

Alex blasfemó mientras luchaba contra la urgencia de agarrarla por los hombros y sacudirla. Con se acercó a la doncella y le dijo en un tono bajo y tranquilizador:

—Claro que no querías hacer nada que no debías, Milly. No estamos enfadados —la criada miró a Alex poco convencida, pero Con tomó su mano para captar su atención mientras le sonreía—.Tú solo tienes que contarnos lo que ha pasado.

—Ella me lo ha pedido. ¡No sabía que era tan malo!

—¿Sabrina? —Alex clavaba en ella la mirada—. ¿Qué te ha pedido Sabrina...?

Con fulminó a su hermano con la mirada y miró a la doncella.

—Cuéntanos, Milly, ¿qué te ha pedido la señorita Blair?

—Quería mi gorro y... uno de mis vestidos.

—¡La doncella! —Alex se enderezó—. ¡Maldita sea! Ni siquiera la he mirado.

—¿Qué? ¿Quién? —preguntaron Lilah y Con al unísono.

—Cuando estábamos vigilando el carruaje he visto a una doncella pasando por la calle —dijo la duquesa—. Me he fijado en la vestimenta, pero no le he prestado atención. Es terrible, ¡no me he fijado en ella porque iba vestida como una doncella! —frunció el ceño.

—Ya nos preocuparemos de tu conciencia social en otro momento, mamá —la cortó Alex secamente—. Ahora mismo, tenemos que conseguir que Sabrina vuelva. Milly, ¿te ha dicho algo más? ¿Adónde iba? ¿Por qué quería tu ropa?

La doncella negó con la cabeza.

—No señor.Y yo tampoco he hecho preguntas. Estamos en Broughton House...

—¿Donde pueden ocurrir las cosas más extrañas? —preguntó Con, sonriendo, y la chica sonrió agradecida—. ¿Estás segura de que eso es lo único que ha dicho la señorita Blair? ¿Nada más?

—Ha dicho «gracias, Milly».Y me ha dado esto —sacó una moneda de plata del bolsillo y se la tendió—. Supongo que tengo que devolverla.

—Quédate la moneda, Milly —le dijo Alex—. Te la ha dado ella.Y discúlpame por haber sido tan brusco contigo.

Alex se volvió hacia Lilah, que le miraba más asombrada incluso que la doncella.

—¿Le ha pedido disculpas a la doncella?

Con soltó una carcajada.

—Como bien ha señalado Milly, aquí suceden las cosas más extrañas, señorita Holcutt. En realidad, tenemos la extraña creencia de que los sirvientes son personas.

Las mejillas de Lilah enrojecieron.

—Yo no... No... Por supuesto. Pero su padre es un duque.

Con soltó una carcajada y la duquesa vio la oportunidad de comenzar a dar una lección sobre uno de sus temas favoritos, pero Alex les interrumpió a los dos.

—Con, cállate. Mamá, por favor, ahora no —miró intensamente a Lilah—. Señorita Holcutt, ¿Sabrina dijo algo, cualquier cosa, sobre si pensaba ir a algún lugar? ¿O mencionó algún lugar en concreto, aunque no insinuara que pensaba ir allí?

—¡No! Si lo supiera, se lo diría. Yo también estoy preocupada —Lilah vaciló—. ¿No supondrá...? ¿No creerá que ha vuelto a ocurrir?

—¿Se refiere a uno de esos episodios recurrentes de locura que sugirió el señor Dearborn? —la interrumpió Alex con desprecio—. Yo pensaba que era su amiga.

—¡Y lo soy! —los ojos de Lilah relampagueaban—. No me hable en ese tono, lord Moreland —Con, que acababa de abrir la boca, la cerró con una secreta sonrisa. Lilah continuó—: Ni estoy escondiendo a Sabrina ni sé dónde está. Más aún, tengo que señalar que es una mujer adulta y que tiene derecho a abandonar esta casa si así lo decide. Lo que estoy diciendo es que, quizá, haya recuperado de pronto la memoria. A lo mejor, al hacerlo, ha olvidado todo lo que ha ocurrido durante este periodo de tiempo. No sabemos lo que sucedió para hacerla olvidar, ni qué sucederá cuando recupere la memoria. ¿Quién puede decir que no podría ocurrir otra vez?

Alex respiró hondo.

—Tiene razón. Le pido mis disculpas, una vez más —pensó de nuevo en ello—. Si se ha descubierto de pronto en una casa extraña, es normal que haya querido huir. ¿Pero por qué molestarse en disfrazarse como una doncella? Creo que se ha disfrazado para no llamar la atención del hombre que estaba vigilando la casa. Lo que yo pienso es que se ha ido de aquí por culpa de los Dearborn. Estoy seguro de que ha tenido mucho cuidado de no decirle que se iba o a dónde iba. Sabrina es demasiado inteligente para hacer algo así.

—Y una experta en fugas —añadió la duquesa.

—Eso también. Pero a lo mejor podemos encontrar alguna pista. ¿Le importaría contarnos de que han estado hablando antes de que la dejara?

—Estaba muy preocupada por lo que pudiera ocurrirles a usted y a su familia por haberla acogido en su casa. Temía causarles problemas. No quería que tuvieran que elegir entre entregarla o causarle algún perjuicio a su familia.

—Tonterías. A mí también me lo dijo, pero yo pensaba que la había tranquilizado.

—Creo que Sabrina consideraba que estaba sobrevalorando la capacidad de su familia para hacer cuanto quisiera y evitar las posibles consecuencias.

Alex apretó los dientes en un gesto de frustración.

—¿Algo más?

—Ella estaba… Sentía el peso de la alianza de matrimonio. Tenía miedo de estar casada con Peter, aunque yo creo que estaba dándole demasiada importancia a un sueño.

—¿Soñó que estaba casada con él?

—No exactamente. A mí me parece algo demasiado impreciso, pero es evidente que alarmó a Sabrina. Quería solucionar ese asunto, quería saber la verdad.

Alex asintió y comenzó a dirigirse hacia la puerta. Con alargó la mano y le detuvo.

—Espera. ¿Adónde vas? ¿Sabes a dónde ha ido?

—No, pero creo que tengo una idea bastante precisa. En alguna ocasión, habló de volver al lugar en el que montó en el tren. Más que huyendo de los Dearborn, yo creo que lo que está intentando hacer es averiguar lo que pasó cuando todo esto empezó. Voy a ir a buscarla.

—Pero, ¿y el señor Dearborn? —señaló la duquesa—. Está esperando en ese carruaje. Te verá, te seguirá y le conducirás hasta Sabrina —se interrumpió y añadió—: Será mejor que te disfraces. Ponte ese traje tan horrible de Con.

—Espera. Tengo una idea mejor —a Con le brillaron los ojos—. Yo saldré por la puerta principal fingiendo ser tú. La señorita Holcutt puede venir conmigo.

—¿Yo? ¿Por qué? —preguntó Lilah mirándole con los ojos desorbitados.

—Tú fingirás ser la señorita Blair. Puedes ponerte un gorro para esconder el pelo. Recuerda que no saben que estás aquí, así que no tendrán ninguna razón para pensar que eres tú. Si ven a una mujer con Alex, pensarán que es Sabrina. De esa forma, les alejaremos de la casa y Alex podrá salir libremente.

—O, quizá, podría limitarme a salir por la puerta de atrás.

Alex vaciló un instante, considerando la idea. Su primer impulso era salir corriendo sin esperar, pero el plan de Con era bueno. Llevaría más tiempo del que a Alex le habría gustado, pero sería perfecto para así poder preparar un pequeño equipaje. Si no conseguía encontrar a Sabrina en Londres, iría tras ella. Si los Dearborn seguían el falso rastro dejado por Con, podría estar más tranquilo, sabiendo que los Dearborn no estaban persiguiéndola.

—¿Y adónde irás con la señorita Holcutt? —preguntó la duquesa.

Con se encogió de hombros.

Para sorpresa de todos, fue Lilah la que contestó.

—A mi casa. Es muy probable que vayan a buscarme porque fui testigo de lo que ocurrió en la fiesta. Puedo intentar alargar ese encuentro para retrasarles y darles a Sabrina y a Alex alguna ventaja. De hecho... —sonrió de oreja a oreja y le brillaron de pronto los ojos—, podría proporcionarles información falsa para despistarles. Por ejemplo, puedo dejar caer que va de camino a Francia y a lo mejor eso les lleva a Southampton.

—¡Muy atrevido por su parte, señorita Holcutt! —Con también sonrió—. Jamás la habría creído capaz de hacer algo así —miró a su hermano.

Alex asintió.

—Muy bien. Me parece excelente. Pero no quiero seguir perdiendo el tiempo, así que, saltaré por la tapia trasera en cuanto pueda. No creo que los Dearborn tengan a nadie vigilando.

—¿Y si hay alguien? —preguntó Con.

—Echaré antes un vistazo —le prometió Alex—. Mientras tanto, tú y la señorita Holcutt vais a tenerles durante algún tiempo entretenidos. Pero, aunque sería divertido enviarles a Southampton, la verdad es que no quiero que busquen a Sabrina por ninguna parte. Podrían decidir intentarlo en más de un lugar, sobre todo si sospechan que la señorita Holcutt no está de su parte. Yo preferiría que creyeran que la señorita Blair sigue aquí, sana y salva, y que lo único que tienen que hacer es ser pacientes para conseguir atraparla a la larga.

Con asintió.

—Podemos limitarnos a dar un paseo y volver a casa —frunció el ceño—. Aunque, si deciden acercarse a nosotros durante el paseo, descubrirán que no es la señorita Blair.

—Procurad ir por calles muy transitadas —les aconsejó Alex—. No creo que os ataquen si hay mucha gente delante.

—Iré contigo —anunció Emmeline—. Tendrán más reparos a la hora de abalanzarse sobre una duquesa. Por supuesto, llevaré mi paraguas por si acaso.

Con salió con intención de comenzar un cambio drástico en su aspecto y Lilah propuso:

—Si Sabrina ha dejado algo de ropa, podría ponérmela.

Lilah estaba participando de lleno en aquel plan. Al parecer, había superado el asombro inicial provocado por las peculiaridades de los Moreland.

—Probablemente, el señor Dearborn reconocerá el estilo, aunque no reconozca el vestido. A su esposa le encanta llevar a Sabrina con ropa de lo más recargada —abrió el armario de la habitación—. Perfecto.

—Sí, esa es la ropa que trajo Sabrina —corroboró Alex—. La odiaba.

—Y no me extraña —comentó la duquesa—. Ahora... Seguro que tengo algún sombrero que cubra la mayor parte de su rostro. Y con un par de zapatos planos parecerá más baja. Venga conmigo, querida, vamos a buscarlos.

Emmeline la agarró del brazo y comenzó a dirigirse hacia la puerta.

—Señorita Holcutt... —dijo Alex. Lilah se volvió hacia él con expresión interrogante—. Le suplico que me disculpe por mi anterior rudeza.

Lilah sonrió.

—No tiene por qué disculparse. Pero devuélvanos a Sabrina.

—Lo haré.

Mientras se dirigían hacia el pasillo, la duquesa le preguntó a Lilah:

—¿Cree que un velo resultaría sospechoso?

Alex sacudió la cabeza y musitó:

—Y le extraña que a Con le gusten tanto los disfraces.

No perdió ni un segundo: la señorita Holcutt no tardaría en regresar. Quería ver lo que podía percibir en aquella habitación con su especial habilidad. Deslizó la mano por la cómoda y por la mesilla de noche, tomó un libro que había al lado de la silla y lo alzó un momento. Todos aquellos objetos conjuraron sensaciones que le hablaron de Sabrina, pero nada más. Al final, agarró el pomo de la puerta. Tenía que ser el último objeto que había tocado y esperaba que hubiera dejado en él algún residuo.

Se quedó muy quieto, concentrado en la mano. La sensación de Sabrina era casi tangible. Y allí, por fin, consiguió percibir sus sentimientos. Había miedo, ímpetu, tristeza. Y, entreverada con aquellos sentimientos, dominaba la determinación. Estaba decidida a encontrar... algo. Aquella parte era la más imprecisa, pero Alex estaba cada vez más convencido de que Sabrina había ido en busca de aquello que la había empujado a escapar.

Ya no podía encontrar nada más: sería una pérdida de tiempo continuar allí. Tras pedirle a la doncella que preparara un pequeño equipaje para Sabrina —había visto la maleta encima del armario, lo que indicaba que se había ido sin nada—, corrió a su habitación, agarró su estuche de afeitado y algunos artículos que podría necesitar y los metió en una maleta de cuero. Añadió un fajo de billetes que sacó de su caja fuerte. Sería suficiente... siempre y cuando Sabrina se hubiera acordado de llevarse su dinero. Esperaba que llegara a Paddington sin ninguna incidencia, que ningún hombre decidiera aprovecharse de una mujer sola. ¿Sería capaz de encontrar las taquillas? ¿Y el tren que buscaba? Paddington era tan grande y allí era todo tan confuso...

¡Oh, Diablos! Se estaba comportando como un estúpido. Su madre le daría una bofetada por pensar que una mujer adulta no era capaz de hacer ese tipo de cosas. En realidad, no dudaba de que Sabrina pudiera hacer ese viaje. Había conseguido escapar de los Dearborn y llegar a Londres por su propio pie estando malherida. Era solo que... bueno, le habría gustado poder hacer todo eso por ella, ayudarla, apoyarla y asegurarse de que estuviera a salvo, y ahuyentar a cualquier tipo que anduviera por la estación y se atreviera a mirarla.

No pudo evitar sentir una punzada de dolor al pensar que no había confiado en su capacidad para protegerla, que había sentido la necesidad de huir. ¡Ni siquiera le había dicho que pensaba marcharse! Sabía que también aquel sentimiento era absurdo. Había evitado decírselo porque estaba preocupada por él, no porque no le importara.

Enfadado consigo mismo, cerró la maleta, salió de la habitación y agarró la bolsa de viaje que Milly había preparado para Sabrina. Bajó trotando las escaleras, salió al jardín y liberó parte de la energía reprimida corriendo hacia la zona más alejada de la propiedad. Había allí un enorme roble que se alzaba sobre la tapia, ofreciendo una perfecta ruta de escape para cualquiera que estuviera dispuesto a subir hasta una rama, sentarse sobre una tapia de piedra de dos metros y medio y descender hasta el otro lado, lo cual, por supuesto, Con y él habían estado encantados de hacer en más de una ocasión.

Pero hacía años que no se subía a un árbol y descubrió que era algo más difícil con dos maletas encima. Se encontró también con el problema de que la parte superior de la tapia no era tan ancha como le parecía años atrás. Pero la altura del árbol le permitió explorar la zona para ver si había alguien vigilando la parte de atrás de la propiedad. No vio a nadie, así que dejó caer las dos maletas hacia el otro lado, se colgó de una rama buscando un momento de equilibrio, se soltó y aterrizó de cuclillas en lo alto de la tapia. A continuación, fue caminando como si fuera un trapecista sobre la cuerda floja hasta el lugar en el que Con y él habían encontrado los mejores asideros para manos y pies a la hora de descender.

Los pequeños salientes de piedra continuaban allí, aunque también parecían haber encogido con los años. Bajó por ellos. Recogió las maletas, corrió hasta el final de la calle y se obligó a detener su carrera para no llamar la atención.

Dos manzanas más adelante, tuvo la suerte de encontrar un taxi y le llamó. Mientras el carruaje traqueteaba por la calle y cruzaba la intersección en la que se encontraba Broughton House, miró por la ventanilla. A una manzana de distancia, había dos mujeres y un hombre caminando y hablando. Un carruaje les seguía de cerca. Su madre, Dios la bendijera, llevaba un paraguas que apoyaba en el hombro como si fuera un rifle. Incluso en medio de su preocupación, Alex sonrió.

¡Pobre del que se atreviera agarrar a la señorita Holcutt estando allí la duquesa! Alex no había visto a su madre golpear a un intruso con el bate de críquet de Con en la cabeza cuando el primero había tirado a su hijo, que por entonces tenía diez años, al suelo. Él estaba demasiado ocupado corriendo a buscar ayuda. Pero podía imaginárselo. Su madre siempre había sido una especie de reina guerrera.

El tráfico era denso y Alex avanzaba despacio. Se movía inquieto en el asiento mientras se dirigían a Paddington a paso de tortuga. Y cuando tuvieron que detenerse por culpa de un accidente en el que se habían visto involucrados un carro lleno de barriles, un ómnibus y un carruaje arrastrado por un par de burros, abandonó el taxi. Bajó de un salto, le lanzó al chófer el dinero del trayecto y se dirigió hacia la estación de tren a grandes zancadas.

Fue directo hasta las taquillas, mirando en todo momento a su alrededor por si veía a Sabrina. En la taquilla había una cola que continuó tensando su paciencia, pero utilizó aquel tiempo para estirar bien el cuello y mirar a su alrededor. Sospechaba que cualquiera que le viera pensaría que estaba huyendo de Scotland Yard.

—El próximo tren a Newmarket sale a las dos cuarenta, señor —le dijo el taquillero cuando le preguntó—. Es dentro de tres minutos. En el andén número tres.

—Sí —Alex dejó unos billetes, agarró el billete de tren, giró bruscamente y agarró las maletas.

—¡Un momento, señor! ¿No quiere usted el cambio? —le gritó el taquillero, pero Alex ya se había alejado, caminando a toda velocidad.

Iba esquivando a los otros pasajeros, trotando cuando encontraba algún espacio abierto y a paso rápido en las zonas más congestionadas. Vio ante él el andén, el tren continuaba allí, con una nube de vapor saliendo de la locomotora. Después, con un ruido metálico y un movimiento brusco, comenzó a avanzar.

—¡No! ¡Esperen!

Alex comenzó a correr. Sería el colmo de la frustración perderlo estando tan cerca.

Las ruedas comenzaron a girar muy despacio, pero, poco a poco, fueron adquiriendo velocidad. Los pasajeros que esperaban en el andén se volvieron para mirarle. Un hombre le animó gritando «¡vamos!». Con el corazón saliéndosele del pecho y moviendo las piernas a toda velocidad, Alex fue acercándose hasta el final del tren. Solo unos metros más...

Se colocó las maletas en una sola mano y, aumentando todavía más la velocidad, alargó la otra mano hasta la barandilla metálica. La rozó con las yemas de los dedos. Se agarró a la barra y dio una última y desesperada zancada. Consiguió posar el pie en el peldaño y subió. Por un instante, permaneció en el borde mientras las ruedas giraban bajo él a una velocidad vertiginosa. Después, lanzó las maletas y su propio impulso le permitió aterrizar en la plataforma.

Se agarró a la barandilla, se apoyó contra ella e intentó recuperar la respiración. Lo había conseguido.

Ya solo esperaba que Sabrina hubiera montado en aquel tren.

Sabrina bajó corriendo por la escalera de servicio, llevando la bolsa en la que transportaba sus enseres. Le resultó muy fácil cruzar la cocina y salir por la puerta de atrás. Los sirvientes, acostumbrados a su extraña conducta, apenas la miraron. Al salir, se detuvo en el callejón que había tras la puerta, sorprendida de lo mucho que le dolía marcharse. Sabía que iba a ser duro, pero no esperaba sentirse como si estuvieran atornillándole el corazón. Por un instante, consideró la posibilidad de dar media vuelta y volver. De quedarse con Alex.

Pero tensó la espalda y comenzó a avanzar por el callejón. Estaba haciendo lo que debía, por intenso que fuera el dolor que le oprimía el pecho. Hasta que no supiera lo que había pasado, era una locura seguir con Alex. Peor que una locura, porque les estaba poniendo en peligro a él y a su familia.

Al salir a la calle principal, descubrió que el hombre que había estado vigilando el casa ya no estaba allí. Una rápida mirada hacia el otro lado le indicó que se había acercado a la siguiente manzana y permanecía junto a un carruaje. Estaba hablando con alguien. Rápidamente, bajó la cabeza y giró en dirección contraria.

La intuición la invitaba a correr. No había visto a nadie en el carruaje, pero tenía miedo de que fuera el señor Dearborn la persona a la que aquel hombre estaba informando. Sabrina había contado con que su disfraz engañara a aquel vigilante, pues nunca la había visto en persona y tendría que apoyarse en la descripción física o, como mucho, en alguna fotografía o dibujo de ella. Pero los Dearborn la conocían bien. Les resultaría mucho más fácil reconocerla si eran lo bastante astutos como para ver más allá del vestido y el gorro de una criada.

Pero si corría llamaría su atención, de modo que se obligó a caminar con paso enérgico, como si estuviera yendo a hacer un recado, pero no tan rápido como para que pudieran pensar que estaba huyendo. Mantenía la mirada fija en la acera y los hombros tensos e iba pendiente del sonido de unos pasos al correr o de las ruedas de un carruaje.

Pero no se acercó nadie. Dobló la esquina y miró de reojo a ambos lados de la calle. El carruaje permanecía en el mismo lugar y el hombre había desaparecido. Se detuvo en cuanto estuvo fuera de su vista, con las rodillas temblando, e intentó recuperar la respiración. La calle lateral estaba desierta, no se veía un taxi por ninguna parte, de modo que continuó caminando hasta encontrar una calle más transitada.

Intentó parar un taxi, pero pasaron dos por delante de ella sin detenerse siquiera y comprendió que su disfraz, aunque le había resultado muy útil para abandonar la casa sin llamar la atención, tenía el mismo efecto a la hora de conseguir un vehículo. Al verla vestida como una doncella, daban por sentado que no podría pagar. Así que continuó andando. No podía cambiarse de ropa hasta que llegara a la estación.

¿Cómo se las arreglaría una criada si necesitara ir hasta Paddington?

Ómnibus. Se había quedado muy intrigada al ver unos vehículos largos llenos de gente uno de aquellos días; había pensado que sería emocionante poder montar en uno de ellos. ¿Pero cómo saber en cuál tenía que montar para ir a Paddington?

Vio a un grupo de gente en una esquina. Era evidente que estaban esperando algo. Les estudió un momento. Había una joven de su edad, iba vestida con uno de aquellos vestidos tan prácticos como los que Megan llevaba y tenía aspecto de saber lo que estaba haciendo.

—Perdón, señorita —Sabrina se acercó a ella.

La mujer la miró sorprendida y reparó rápidamente en el atuendo de Sabrina.

—¿Se dirige a mí?

—Sí. Me preguntaba si es aquí donde se puede coger un ómnibus.

—Sí —respondió la mujer con frialdad, y volvió a mirar hacia la calle.

Sabrina sintió una oleada de resentimiento. A aquella mujer no le habría costado nada mostrar un mínimo de amabilidad hacia otra mujer trabajadora, con independencia de que Sabrina fuera vestida como alguien que estaba por debajo de ella en la escala social. Con intención de irritar a aquella mujer, y porque necesitaba saberlo, Sabrina dijo, hablando al hombro de su interlocutora:

—Me preguntaba en cuál se puede ir hasta Paddington Station.

—No tengo la menor idea —se limitó a decir la otra mujer, dirigiéndole una mirada de desprecio.

—Yo te lo enseñaré, cariño —se ofreció el hombre que estaba a su lado.

Sabrina alzó la mirada hacia él. Iba elegantemente vestido, con un alfiler de diamante reluciendo entre los pliegues de la corbata, y sonrió de una forma que a Sabrina le resultó demasiado atrevida.

—Ven conmigo y...

—Ya basta, señor —una mujer de más edad se interpuso entre ellos y miró al hombre con el ceño fruncido—. Sé lo que pretende, y, desde luego, no es ayudar a la chica.

—Gracias —musitó Sabrina.

—Acabas de venir del campo, ¿verdad? —la mujer sacudió la cabeza y suspiró—. Eres demasiado guapa para ir andando por ahí sola, y demasiado inocente —se volvió hacia el hombre que se había dirigido a Sabrina, pero este se había apartado y las estaba ignorando deliberadamente.

—Sí, llevo muy poco tiempo en Londres.

Sabrina sabía que su manera de hablar no correspondía a su disfraz, pero no podía hacer nada al respecto. Si intentaba imitar la manera de hablar de las criadas cometería algún error y eso resultaría más sospechoso incluso. De modo que bajó la voz y dijo en tono confidencial:

—Desde la muerte de mi padre, mi familia comenzó a pasarlo mal y he venido a Londres para intentar abrirme camino.

—Es terrible —la mujer sonrió compasiva y le palmeó el brazo—. Bueno, tienes que subirte en este ómnibus que está a punto de llegar —señaló hacia el vehículo que traqueteaba hacia ellas a una manzana de distancia—. Yo no voy en ese, si no, te lo enseñaría yo misma. Pero es muy fácil. Solo tienes que bajarte cuando veas la estación.

—Gracias —Sabrina le dirigió una sonrisa radiante.

—¡Ah, muchacha! —la mujer exhaló un suspiro, sacudiendo la cabeza—. Con una sonrisa como esa, seguro que vas a terminar teniendo problemas.

Sabrina se negó a dejar que aquel sombrío elogio la desalentara. No tenía la menor idea de cuánto dinero costaría el viaje en ómnibus. Buscó en el bolsillo y palpó con disimulo la bolsita en la que llevaba el dinero. Una doncella no podía sacar una bolsa llena de monedas. Tampoco quería pagar con una moneda de oro, que estaba segura sería excesiva, y como los soberanos y las coronas constituían la mayor parte de sus monedas, aquello iba a resultar un poco difícil. Estaba convencida de haber visto un chelín en el bolso, pero dudaba de que tuviera alguna moneda más pequeña. Seguramente un chelín no representaba ningún exceso para una doncella. El problema era que el soberano de oro y el chelín de plata apenas se diferenciaban por su tamaño y era muy complicado distinguirlos solo con el tacto.

Le produjo cierto alivio encontrar una moneda más pequeña, probablemente de tres o seis peniques, y la sacó. Desvió la mirada hacia la palma de su mano. Era una moneda de seis peniques que, pronto descubrió, era una cantidad lo bastante elevada como para valerle el ceño del conductor mientras buscaba entre las monedas de uno y tres peniques para darle el cambio.

Montar en ómnibus resultó ser una actividad tediosa y lenta. El vehículo se detenía a cada momento para que subieran y bajaran pasajeros y Sabrina se entretenía contemplando a la gente y a los coches que recorrían las calles. Iba atenta a la estación y por fin la vio a una manzana de distancia. Tiró de la cuerda, tal como había visto hacer a otros pasajeros, bajó del ómnibus cuando este se detuvo y hacia allí se dirigió.

Advertida por su experiencia anterior, se refugió en la intimidad del lavabo para poder ver la bolsa del dinero y sacar las monedas que iba a utilizar. Pensó en cambiarse de ropa, pero era un espacio demasiado incómodo y estrecho y, además, decidió, parecería menos extraño ver a una doncella comprando un billete para su señora que a una joven dama comprándose un billete ella misma.

Deseó tener idea de lo que podría costar y de la cantidad de dinero que debería llevar preparada. ¿Cómo era posible que supiera tan poco sobre el precio de las cosas? ¿Sería otro defecto de su memoria o la evidencia del escaso control que tenía sobre su propia vida? Había oído a la duquesa hablar largo y tendido sobre cómo se les impedía a las jóvenes damas aprender los aspectos más prácticos de la vida porque eran sus padres y maridos los que les conseguían cuanto necesitaban.

Recordaba dónde estaban las taquillas por el día que había ido con Alex a la estación, así que la encontró con facilidad. Después de un guiño de uno de los mozos del equipaje y una mirada lasciva de un hombre que iba vestido de una forma muy parecida a la que llevaba Con aquella mañana, decidió mantener la mirada gacha. Pero mientras hacía la cola, no pudo evitar mirar a su alrededor, buscando alguna señal de los Dearborn. O de Alex. No vio a nadie y, si la ausencia de los

Dearborn la tranquilizó, sintió un enorme peso en el corazón al pensar en Alex.

Era una tontería. No tenía ningún motivo para pensar que la había seguido. Había hecho todo lo posible para ocultar su huida. Seguramente, ni siquiera se había enterado de que no estaba durmiendo en su habitación. Y, cuando lo descubriera, tampoco sabría a dónde había ido. Además, ¿por qué iba a seguirla? Al fin y al cabo, no podría hacerla volver a Broughton House. Su ausencia les resolvería muchos problemas a los Dearborn. Él comprendería que era mejor así.

No había ningún motivo para que sintiera un peso tan grande en el corazón. Estaba haciendo lo que quería. Había sido ella la que había decidido alejarse de Broughton House para ahorrarle la dificultad de tener que esconderla de su tutor. Para protegerle del escándalo. Estaba haciendo lo que debía.

Pero deseaba que hacer lo que debía no doliera tanto.

Tras comprar un billete, se abrió camino hasta el andén. Observó el tren, los pasajeros iban subiendo poco a poco, los mozos de la estación empujaban con esfuerzo los carros hasta el vagón de equipaje. Miró por última vez a su alrededor y subió a bordo.

Su compartimento estaba al final del primer vagón de primera clase. Cerró la puerta, echó el pestillo y bajó las persianas de la ventanilla. Sacó el vestido que llevaba en la bolsa. Resultaría sospechoso que una doncella viajara sola en un compartimento de primera. El vestido estaba arrugado, al igual que el pequeño y sencillo tocado. Se vistió a toda velocidad, dejó el disfraz a un lado y se dejó caer en el almohadillado asiento.

Intentaba no pensar en Alex, pero, a pesar de todos sus esfuerzos, su mente vagaba hacia él. Pensó en la primera vez que le había visto, en la puerta de la agencia, esbelto, erguido, con aquellos ojos verdes fijos en ella. Volvió a experimentar la atracción, la pertinencia, la sensación de que le conocía. En el fondo de su mente apareció una imagen, pero se desvaneció. Intentó recuperarla, pero permanecía fuera de su alcance.

El tren dio un tirón bajo ella. Se estaban poniendo en marcha. Comenzaban a avanzar, ganando velocidad de forma gradual. Sabina pensó en subir la ventanilla para ver Londres, pero no quería verlo alejarse de ella. Afloraron las lágrimas y pestañeó para reprimirlas.

Oyó el sonido metálico de la puerta que conectaba los vagones, una llamada a la puerta y un murmullo de voces que iban avanzando hacia ella con más fuerza cada vez. El revisor debía de estar recogiendo los billetes. Cuando llamaron a la puerta de su compartimento, se levantó, quitó el pestillo y la abrió.

Descubrió en el pasillo a un hombre de aspecto acalorado y con el pelo revuelto.

—¡Alex!

Para sorpresa de Alex, Sabrina se arrojó a sus brazos. La estrechó contra él, posó la mejilla contra la suavidad de su pelo y dejó que la ansiedad fuera cediendo. Cuando por fin recordó que estaban en un lugar público, se metió en el compartimento, llevándola con él. Cerró la puerta e hizo que Sabrina se sentara.

—Gracias a Dios que estás en el tren —sonrió mientras le acariciaba el pelo—. He asustado a todos y a cada uno de los pasajeros del tren buscando tu compartimento.

No iba a contarle el miedo que había pasado pensando que había elegido la dirección contraria a la de Sabrina y la había perdido.

Ella rio y los ojos le brillaron de tal forma que Alex se sintió reconfortado.

—A lo mejor no les habrías asustado si no tuvieras el aspecto de un salvaje —dirigió una significativa mirada a su pelo.

—Sí, bueno, supongo que no tendría el aspecto de un salvaje si no hubiera tenido que correr para montar en el tren —se pasó la mano por el pelo y consiguió imponerle un poco de orden.

—¿De verdad has tenido que correr?

Alex asintió.

—El conductor ha pensado que era un loco —se interrumpió y añadió con sinceridad—: Hasta yo mismo lo he pensado.

—¿Pero por qué? ¿Cómo sabías que estaba aquí? ¿Cómo sabías siquiera que me había ido?

—No puedo explicarlo. Al principio no sabía lo que era... Me sentía inquieto. Pero estaba vigilando el carruaje de Dearborn y a su vigilante y supongo que lo achaqué a eso. Y, de pronto, me di cuenta de que la casa parecía... vacía —Alex se encogió de hombros—. Así que fui a buscarte e interrogué a la doncella a la que sobornaste.

—¡Yo no la he sobornado!

—Mejor, porque te ha delatado en cuanto le he preguntado por ti. Si yo fuera tú, la próxima vez elegiría a otra —inclinó la cabeza y se puso serio—. ¿De verdad pensabas que no iba a seguirte?

—Yo... —Sabrina se interrumpió—. No deberías haberlo hecho.

—¿Por qué no? —posó las manos en sus brazos y la miró a los ojos—. Dime, Sabrina, ¿de verdad preferirías que no lo hubiera hecho? ¿Quieres que deje de hacerlo ahora? ¿Prefieres estar sola?

—Por supuesto que no —replicó, apartándose de él.

—¿Por qué has decidido marcharte, Sabrina?

No pretendía preguntarlo, al menos de aquella manera tan precipitada y brusca, pero no pudo contenerse. Ella se volvió rápidamente y buscó su rostro con la mirada, pero él continuó:

—¿Por qué no me has avisado antes de irte? ¿Por qué has abandonado la casa como si estuvieras escapando de una prisión? ¿No eras feliz en nuestra casa?

—Claro que sí. Era feliz. Terriblemente feliz —las lágrimas brillaron en sus ojos—. He tenido que irme en secreto porque había un hombre vigilando la casa. Sabía que tenía que disfrazarme. ¿Qué otra cosa podía hacer?

Alex tuvo que endurecerse frente a sus lágrimas.

—Podías haberte quedado. ¿No confiabas en mi capacidad

para cuidar de ti? ¿Crees que soy demasiado débil como para mantener a raya a Niles Dearborn? ¿O temías que no quisiera protegerte cuando llegara el momento de hacerlo? ¿Que terminara entregándote a él a pesar de todo lo que te he dicho?

—¡No! —exclamó Sabrina—. Yo te confiaría mi vida. Pero ni siquiera tú puedes desafiar las leyes inglesas. No podía permitir que te sacrificaras y sacrificaras a tu familia. ¿Es que no lo entiendes?

—No —respondió él con rotundidad—. No lo entiendo. Lo único que tenemos que hacer es evitarlos durante las dos semanas que faltan para tu cumpleaños. A partir de entonces, Dearborn dejará de ser tu tutor. No tendrá ningún derecho a controlarte.

—¡Pero eso no tendrá ninguna importancia si estoy casada con su hijo!

—No lo estás. No hay ningún motivo para pensar...

—Claro que lo hay —respondió Sabrina con voz atragantada—. He recordado... he recordado algo. Esa es la razón por la que no podía decírtelo. No podía... —se le quebró la voz y tuvo que comenzar de nuevo—. No soportaba decírtelo... No me atrevía a pensar que pudiera ser cierto. Pero me temo que estoy casada con Peter.

—¿Por qué? La señorita Holcutt me dijo que habías soñado con Peter, pero no creo que eso baste para —se interrumpió con un dolor agudo en el pecho—. ¿Has recordado algo? ¿Has...? ¿Has recordado que le amabas?

—¡No! —le miró tan horrorizada que Alex se relajó—. Cuando le miro, lo único que siento es miedo y desagrado —se detuvo y frunció el ceño—. Pero, si estoy casada con él, hay un vínculo legal entre nosotros. No puedes protegerme, no puede protegerme nadie.

—Me importa un comino lo que diga la ley —los ojos de Alex relampaguearon—. No voy a entregarte a los Dearborn a no ser que tú quieras volver con ellos. Si es necesario, te sacaré del país, iremos allí donde no puedan encontrarte. Nos iremos a América.

Sabrina suavizó la mirada y alargó los brazos hacia él.

—Alex, eres muy bueno, pero no puedo pedirte una cosa así.

—No tienes por qué pedírmelo. Pero eso es lo que va a ocurrir. Puedo protegerte y lo haré, sea como sea.

Sabrina rompió a llorar, enterrando el rostro entre las manos.

—Sabrina, no llores.

La envolvió en sus brazos y la retuvo contra él mientras ella sollozaba. Le acarició la espalda intentando tranquilizarla, cubrió su pelo de besos y susurró palabras de consuelo. Cuando comenzaron a ceder las lágrimas, le dijo:

—De acuerdo, si no quieres que abandonemos el país, no lo haremos. Ya se me ocurrirá otra forma de protegerte.

Sabrina emitió un pequeño sonido, entre una risa y un sollozo, y dijo:

—No es eso. No me importa a dónde vayamos.

Se secó las lágrimas y alzó la mirada hacia él. Tenía los ojos tiernos y brillantes y las pestañas, unidas por la humedad de las lágrimas, parecían las puntas de una estrella. Era, pensó Alex, la mujer más bella que había visto nunca.

—Cuando estoy contigo —continuó Sabrina—, tengo la sensación de que todo es posible.

—Y lo es.

Sabrina sonrió y a Alex le costó comprender cómo era posible que una mirada pudiera atravesarle el pecho y, al mismo tiempo, inundarle de felicidad. Sabrina posó la mano en su mejilla y susurró su nombre.

Alex se había jurado que no iba a volver a adentrarse por aquellas aguas tan peligrosas, que no iba a volver a besarla, ni a acariciarla, ni a cortejarla. Pero, al verla, se evaporaron las buenas intenciones y tuvo que inclinarse para besarla. Ella soltó un gemido de placer, él la abrazó con más fuerza todavía y volvió a besarla una y otra vez.

Las cosas que le pasaban por la cabeza eran demasiado rudimentarias como para ser consideradas pensamientos, pero era intensamente consciente de lo solos que estaban en aquel compartimento pequeño y reservado, alejados de cualquier mirada. De lo fácil que sería tumbarla con él y desabrochar sus ropas.

Desbordaban su mente los recuerdos de aquella noche en la casa de Londres, de la sedosa piel de Sabrina bajo sus dedos, de la esponjosa curva de su seno, del pezón tenso y endurecido. Se sentó en el asiento y la colocó en su regazo sin dejar de abrazarla en ningún momento. Ella se acurrucó contra él con un suave gemido que le encendió la sangre. La besó en la mejilla y en el cuello mientras permitía que sus manos vagaran lentamente sobre ella, explorando colinas y planicies, hasta que ya no pudo soportar la barrera del vestido que se interponía entre sus caricias y su piel.

Con destreza, desabrochó los botones que decoraban el corpiño y deslizó la mano en el interior para tocarla a través de la delicada tela de la camisa. Pero tampoco tuvo suficiente con ello y tiró del lazo con el que se ataba. Entonces pudieron encontrar los dedos la piel desnuda, deslizarse por aquel satén de una suavidad suprema y curvarse para excitar y endurecer todavía más el pezón.

Descendió trazando un camino de besos por su pecho. Sus labios reemplazaron a sus atrevidos dedos y, cuando tomó el pezón con la boca, ella se arqueó contra él con un pequeño gemido, multiplicando el deseo de Alex. Este deslizó la mano por su pierna y le levantó las faldas. Ansiaba sentir también la piel desnuda, pero el calor de su cuerpo atravesando el fino algodón, la insinuación de lo que escondían aquellas prendas que velaban tentadoramente su caricia bastó para hacerle temblar. Cuando deslizó los dedos entre sus piernas y fue subiendo hasta encontrarla húmeda y caliente, apenas fue capaz de reprimirse y no romper la tela.

La acarició a través de la ropa, deleitándose en su forma de moverse contra él, en su manera de hundir los dedos en su pelo. Quería más, mucho más, y alzó la mano para intentar desabrochar con dedos torpes los botones de la falda, inoportunamente colocados en la parte de atrás.

Hasta que una llamada a la puerta atravesó la niebla de la pasión.

Alex alzó la cabeza y dejó escapar un juramento.

—El maldito revisor.

Sabrina se sentó a toda velocidad y recompuso su ropa mientras volvían a llamar a la puerta, con más rudeza en aquella ocasión. Alex se levantó de un salto, se estiró la ropa, se alisó el pelo y se acercó a la puerta. Solo Dios sabía qué aspecto tenía y lo que podía llegara a pensar el revisor.

—Su billete, señor.

El revisor miró con curiosidad por encima del hombro de Alex hacia el interior del compartimento.

—Sí, por supuesto. Eh...

Alex comenzó a buscar en los bolsillos, intentando recordar dónde había metido el maldito billete y, al mismo tiempo, haciendo cuanto podía para mantener la puerta semicerrada. La sangre continuaba corriendo como un río de fuego en su interior. ¿Cómo podía haber cambiado la situación en tan poco tiempo?

—Toma —Sabrina le puso un billete en la mano.

Alex se lo enseñó al revisor, que dijo:

—Esto es solo para una persona —entrecerró los ojos, mirándole con recelo.

Con inmenso alivio, Alex encontró su billete y se lo tendió.

—Tome.

—Este es de otro compartimento, señor.

—Sí, bueno, pero no estoy allí —fulminó con la mirada al revisor.

—Ya entiendo, señor.

Asomó a sus labios una sonrisa maliciosa.

—Buenos días —respondió Alex, cerró la puerta y echó el pestillo con firmeza.

Tomó aire y se volvió hacia Sabrina. Esta le miraba con los ojos brillantes y las manos apoyadas contra sus mejillas encendidas. Alex intentó pensar algo que decir.

—Yo, eh… te suplico que me perdones.

Ella comenzó a reír. El propio Alex sonrió, dejó escapar un largo suspiro y se apoyó contra la puerta.

—Lo siento, Sabrina. Por lo menos no te ha visto.

—Sospecho que intentará verme cuando salgamos —volvió a reír y se desplomó en el asiento—. Yo también lo siento. Has sido tú el que ha tenido que enfrentarse a él.

—Por ti, amor mío, me enfrentaría a cualquier cosa.

Sonrió, se cruzó de brazos y la miró. ¿Qué iba a hacer si Sabrina estaba casada? ¿Cómo iba a soportar perderla?

—Pero esto no puede continuar —Sabrina se puso seria—. Está mal, no sabemos si… Alex, tenemos que averiguar lo que ha pasado.

—Lo sé —era demasiado peligroso continuar sentado a su lado, así que decidió permanecer en la puerta—. Podrías haberme dicho que tenías miedo de estar casada, ¿sabes? Puedes contármelo todo.

—No quería que fuera cierto. Y pensé que, si podía averiguar que no era verdad, ni siquiera tendría que admitirlo.

—No estoy seguro de que sea cierto. Si estáis casados, ¿por qué no ha traído algún documento que lo demuestre? —se interrumpió—. No estoy quitándole importancia a tu sueño. Los Moreland tenemos tendencia a tener sueños premonitorios. De todas formas, si no es un verdadero recuerdo, ¿por qué piensas que puede ser verdad?

—Yo estaba al lado de un hombre, mareada y con ganas de vomitar. Había otro hombre enfrente de nosotros que no paraba de hablar. No recuerdo su rostro, pero llevaba un alzacuello de sacerdote. Creo… creo que yo asentí mientras él hablaba —se levantó y comenzó a caminar por el minúsculo compartimento—. A lo mejor, al ver a Peter, se activó el recuerdo.

—¿Era Peter el que estaba contigo?

Vaciló un instante.

—No estoy segura, pero creo que sí. No le vi en mi sueño, pero hoy, cuando le he visto en el salón, he vuelto a marearme y me han entrado ganas de vomitar. La sensación ha regresado.

—¿Recuerdas algo más de aquella escena?

Sabrina negó con la cabeza.

—No. Y no consigo verla con mucha claridad —se interrumpió un instante—. Bueno, hace un rato me ha venido algo a la cabeza, pero ha desparecido. Ha sido tan rápido que no he sido capaz de retenerlo. Después has aparecido tú y me he olvidado de todo —se sentó y cerró los ojos—. No creo que esté relacionado con el sueño. Creo… creo que es algo que tiene que ver con un chico.

—¿Con un chico?

—Sí. Un niño, en realidad. Yo… —suspiró y negó con la cabeza—. No me acuerdo. De todas formas, creo que tampoco iba a servirnos de gran ayuda.

—¿Crees que era Peter? Lilah dijo que os conocíais desde niños.

—Supongo —se encogió de hombros—. No sé nada sobre él. Ha sido solo… una sensación intensa, pero ni siquiera estoy segura de qué clase de sentimiento era.

—Nadie ha dicho nada sobre ningún niño.

—La sensación no ha tenido nada que ver con la del sueño. No creo que esté relacionada con él.

—Probablemente no —Alex se sentó—. ¿Cuál es el primer paso de tu plan?

—¿De mi plan?

—Sí, para averiguar lo que ha pasado. ¿Qué pretendías hacer cuando te has ido de Broughton House?

—¡Ah, sí! Eso. No sé si de verdad tengo un plan, aparte de ir a Baddesly Commons y ver si me resulta familiar. A lo mejor me vendieron allí el billete. Si vivía allí, la gente me reconocerá. A lo mejor incluso saben lo que me ha pasado —cuadró los hombros—. Quizá pueda ir a la iglesia y revisar los certificados de matrimonio.

Alex asintió, tan poco entusiasmado con la idea como la propia Sabrina.

—Si fue él el que nos casó, el vicario se acordará —se llevó la mano al estómago—. Tengo miedo, la verdad. Me da miedo lo que podamos llegar a averiguar.

—Lo sé —Alex le tomó la mano—. Pero lo haremos juntos.

—Sí —Sabrina le sonrió—. Así será mucho más fácil.

En la estación de Newbury no hubo nada que espoleara la memoria de Sabrina. Les llevó poco tiempo recorrerla. Cuando le preguntaron al taquillero si le había vendido un billete a Sabrina tres semanas atrás, este les miró con extrañeza, pero se limitó a decir que no lo recordaba.

—¿Y a un joven que se parece a ella? —preguntó Alex, lo que le valió una mirada más recelosa todavía del empleado—. Es su hermano —se precipitó a aclarar.

—No, ni tampoco a su padre ni a su madre.

Hicieron una rápida retirada y buscaron asiento fuera de la vista del empleado. Alex la miró y se echaron los dos a reír.

—No sé qué habrá pensado de nosotros —dijo Sabrina.

—Espero que no haya un manicomio cerca —respondió Alex—. Con un poco de suerte, el tren a Baddesly Commons llega antes de que haya decidido que somos sospechosos.

—Sé que ha estado mal que te haya arrastrado hasta aquí, pero me alegro mucho de que me hayas seguido.

Alex le dirigió una mirada risueña.

—Generalmente, a la hora de encontrar algo, dos siempre son mejor que uno.

—No, no lo digo solo porque vaya a contar con un par de ojos más, o porque el taquillero se haya expresado más libremente contigo de lo que lo haría con una mujer. Eres tú el que hace que todo sea mejor. Solo tú.

Alex no dijo nada, se limitó a mirarla en silencio durante largo rato y desvió después la mirada. Pero la expresión de sus ojos bastó para que a Sabrina le subiera la temperatura. Dobló las manos en el regazo con un gesto recatado y pensó en lo que había vivido en el tren cuando Alex la había tomado entre sus brazos. Suponía que debería sentirse culpable y pecadora o, por lo menos, estar avergonzada, pero la verdad era que todo le había parecido maravilloso, y lamentaba que el revisor hubiera llamado a su puerta.

Pensó en la noche que tenían por delante. Tendrían que pasarla en alguna posada. Estarían solos entre desconocidos. Lo único que podría separarlos sería su conciencia. Y la conciencia de Sabrina no se sentía muy fuerte aquella noche.

Anunciaron la salida del tren a Winchester, que pasaba por Baddesly Commons en su camino hacia el sur, y Sabrina apartó sus pensamientos de las irrelevantes e inapropiadas sendas por las que se había adentrado para ocuparse del asunto que tenían entre manos. Montaron en el tren y se sentaron en los dos extremos del compartimento, dejando la puerta abierta.

Sabrina apoyó la cabeza contra el respaldo y cerró los ojos. Estaba cansada y, por lo menos, estando dormida no pensaría en Alex. Pero aquella esperanza demostró ser vana porque pronto se descubrió soñando que corría a través de un número de puertas interminable, buscando algo con frenesí, y acababa frente a una ventana y con un hombre a su lado, un hombre que la agarraba por la cintura.

Aunque no podía verle, sabía que era Alex. Permanecía tan cerca de ella que sentía el calor de su cuerpo. Estaba susurrándole algo al oído, pero ella no le entendía porque en lo único en lo que podía pensar era en el deseo que palpitaba en su interior. Él la besaba en el cuello y abandonaba su cintura para deslizar la mano por su cuerpo. Sabrina sentía un creciente e insistente anhelo entre las piernas. Dejó escapar un gemido y el ruido la despertó.

Abrió los ojos de golpe. Sentía el calor y el cosquilleo por todo su cuerpo. ¿Habría gemido de verdad o solo lo había hecho en sueños? Miró hacia el otro extremo del banco, donde estaba Alex observándola, y vio la respuesta en sus ojos. Alex desvió rápidamente la mirada.

—Eh... voy a dar un paseo por el pasillo.

Estuvo fuera tanto tiempo que Sabrina pensó que debía haber recorrido todos y cada uno de los vagones del tren, y dos veces, pero agradeció quedarse a solas para recuperar la compostura.

Aun así, cuando Alex regresó, el ambiente continuaba cargado de tensión y Sabrina evitaba dirigirle a Alex más que alguna que otra mirada fugaz. De modo que agradeció que llegaran a Baddesly Commons y pudieran abandonar el tren.

La pequeña estación estaba desierta, excepto por la presencia de un hombre que estaba barriendo. Este se mostró encantado de darles la dirección de la posada que, al parecer, era la única de la localidad y estaba situada en la carretera principal, cerca de la estación.

Probablemente, decidió Sabrina, no había nada que no estuviera cerca de la estación, porque Baddesly Commons resultó consistir en solo unas cuantas tiendas situadas a lo largo de la carretera principal, todas ellas cerradas a aquella hora de la noche. No había nada en aquel lugar que le resultara familiar, algo que le decepcionó, pero no le sorprendió.

La carretera estaba a oscuras, pero el farol solitario de la posada era como un faro en medio de la noche. En cuanto entraron en el patio, salió un hombre de los establos.

—¿Puedo ayudarles...? —comenzó a decir, pero se interrumpió y les estudió con atención en medio de la escasa luz. Asomó a su rostro una enorme sonrisa y exclamó—. ¡Caramba! ¡Peo si es usted! ¡Bienvenida, señorita!

CAPÍTULO 23

Sabrina se tensó.

—¿Me conoce?

—¡Claro que sí, señorita! No es fácil olvidar a una joven montando al amanecer y ocupándose de su caballo. No se preocupe, su hermano y su padre llegaron después y se llevaron al caballo. De todas formas no era una montura lo bastante buena para usted, porque yo diría que está usted en muy buena forma.

—Eh… bueno… gracias —Sabrina no estaba segura de cómo responder a aquella locuaz respuesta.

No tuvo necesidad de hacerlo, porque él continuó:

—Espero que la encontraran, ¿eh? Porque parecían muy preocupados.

—Sí, ya hemos hablado con ellos —respondió Alex.

—Mejor. No está bien que una dama joven ande sola.

—No está sola —replicó Alex, intentando contenerse.

El hombre asintió prudentemente.

—Es lo que me imaginaba. Una fuga, ¿eh? Lo pensé en cuanto vi a su padre tan afectado.

Sabrina abrió los ojos como platos y comenzó a protestar, pero un golpecito de Alex en la espalda la detuvo.

—Exacto. Pero la señorita Mor… —Alex se interrumpió bruscamente antes de continuar—, la señorita Moore está ahora a salvo bajo la protección de su marido.

Con disimulo, Sabrina metió la mano en el bolsillo, agarró el anillo, se llevó las manos detrás de la espalda y se puso el anillo en la mano izquierda, sonriendo en todo momento de forma exagerada. Alex la agarró del brazo y la apartó de allí.

—¿Por qué has dicho eso? —susurró Sabrina mientras se acercaban a la puerta de la posada—. Ahora estamos en un buen lío.

—Pensaba decir que era tu hermano, pero los Dearborn me usurparon ese puesto. Decir que era otro de tus hermanos habría resultado extraño. Y no quería que nos convirtiéramos en blanco de habladurías.

—¿Y qué vamos a hacer esta noche? ¿Tendremos que compartir habitación?

—Pediré dos habitaciones.

—¿Para dos recién casados? ¡Sí, claro! Como si eso no diera que hablar.

Pero ocurrió que la posada era pequeña y solo tenía una habitación disponible. El dueño se disculpó profusamente por el hecho de que las mejores habitaciones ya estuvieran asignadas...

—Pero tenemos un comedor privado para la cena —añadió con una sonrisa radiante—. Y no hay un rosbif como el de mi Ellie, si tienen algo de apetito.

—Sí —Alex esbozó una tensa sonrisa—. Excelente.

El posadero agarró sus bolsas y les subió a una pequeña habitación situada bajo los aleros del tejado. El techo caía en un marcado ángulo hasta la pared, de manera que Alex solo podía permanecer de pie sin tener que inclinarse en la mitad de la habitación. Solo había una ventana, una silla, una pequeña cómoda y una cama que difícilmente podría ser descrita como para dos personas.

Sabrina miró a su alrededor, evitando fijar la mirada en Alex. El posadero pareció percibir la tensión y dijo con una esperanzada sonrisa:

—Es pequeña, lo sé, pero no encontrarán una habitación más limpia en esta zona. Y la cama es blanda como una nube.

—Sí, por supuesto, gracias —Alex instó al hombre a abandonar la habitación, cerró la puerta tras él y se volvió hacia Sabrina—. Lo siento en el alma.

—Tú no tienes la culpa. Seguro que nos las arreglaremos —mintió Sabrina.

—Yo dormiré en la silla.

Se volvieron ambos hacia la estrecha silla con el asiento de mimbre.

—Tiene que haber alguna otra solución.

—A lo mejor puedo dormir en ese salón privado que ha mencionado —se ofreció Alex a continuación.

—Entonces sí que daríamos que hablar.

—En ese caso, dormiré aquí en el suelo —al ver la mueca de Sabrina, añadió—: He dormido en peores lugares, créeme. La vez que me secuestró un grupo de los adoradores de la Diosa me encerraron en un lugar oscuro, con solo una ventana muy alta en una de las paredes, y la cama tenía un colchón de menos de dos centímetros de grosor.

De pronto, Sabrina sintió que no podía respirar. Se sentó en la silla. La cabeza le daba vueltas.

—¿Sabrina? ¿Qué te pasa? —Alex se aceró a ella, apoyó una rodilla en el suelo y le dio la mano—. ¿Qué ha pasado? Parece que hayas visto un fantasma.

—Y creo que lo he visto… Bueno, no un fantasma. He recordado algo, pero es imposible —se llevó la mano a la cabeza—. Soñé con eso en una ocasión.

—¿Con qué soñaste?

—Había un niño en una habitación muy estrecha, con una ventana alta en una pared. Fue hace mucho tiempo. Él era mayor que yo, pero estaba solo y asustado. Creo… creo que fue eso lo que recordé en el tren. Ese era el recuerdo que no fui capaz de retener.

—No lo comprendo.

—Yo tampoco, pero… el niño eras tú. Por eso tuve la sensación de que te conocía cuando te vi por primera vez.

—¿Pero cómo puedes haber soñado...? —Alex sacudió la cabeza—. No importa. Estoy acostumbrado a convivir con cosas que no tienen ninguna explicación. ¿Y qué ocurría en el sueño?

—Al principio, el niño estaba sentado, apoyado contra la pared y abrazado a sus rodillas. Estaba... estaba asustado, pero de pronto se levantaba con intención de mirar por la ventana. La ventana estaba muy alta, así que agarraba un taburete para subirse y mirar hacia fuera. ¿Qué pasa? —se interrumpió al ver el rostro de Alex tan pálido como el suyo.

—Nada, continúa —respondió él con voz ronca—. ¿Qué ocurrió después?

—Estoy intentando recordarlo. ¡Ah! Sé que sacaba algunas cosas del bolsillo y comenzaba a revisarlas. Tenía una navaja, unos guijarros o unas canicas, algo así, y un pedazo de cuerda.

—¡Dios santo!

Sabrina le miró muy seria.

—Fue eso lo que ocurrió, ¿verdad?

—Sí, sí. Estaba buscando una forma de escapar.

—Eso es lo único que puedo recordar. Debí de despertarme entonces. Pero quería ayudarte, quería encontrarte. Y cuando se lo dije a mi padre... ¡Alex! ¡Me acuerdo de mi padre! Recuerdo el olor del tabaco de pipa y a él abrazándome y diciéndome que no tuviera miedo.

Se le llenaron los ojos de lágrimas.

—Le quería —apretó la mano en un puño y se la llevó al pecho—. Siento lo mucho que le quería. ¡Oh, Alex!

Se arrojó a sus brazos y él se levantó con ella.

—Siento que tu padre haya muerto.

—No, no estoy llorando porque esté triste —retrocedió y se secó las lágrimas que empapaban sus mejillas—. Por supuesto, lamento que haya muerto y el saber que no voy a volver a verle, pero es maravilloso acordarme de él. Saber que tuve un padre y que soy capaz de sentir y de amar otra vez. Estaba empezando a pensar que no iba a volver a acordarme de mi vida. ¡Pero esto me da nuevas esperanzas! No me importa que sea una imagen fragmentada o un recuerdo borroso. He recuperado una parte de mí misma y eso es maravilloso.

—Desde luego —le sonrió—. Me alegro mucho de verte tan feliz —bajó la mirada hasta su boca y comenzó a inclinarse y a alzar las manos, pero se apartó bruscamente y se aclaró la garganta—. Me alegro mucho —repitió.

Sabrina decidió que aquel no era el momento para decirle lo mucho que la reconfortaba pensar que aquel recuerdo estaba relacionado con él, así que se limitó a asentir.

—Bueno —se pasó el pañuelo por última vez por la mejilla—, creo que debería asearme un poco antes de la cena.

—Sí, por supuesto. Yo... eh... voy a ver el comedor. Baja cuando estés lista.

La carne asada de la mujer del posadero estaba tan deliciosa como este había prometido, pero Sabrina descubrió que apenas tenía hambre. Lo probó todo sonriendo y le aseguró a la mujer que la comida era excelente, pero, tras dar unos cuantos bocados, apartó el plato y continuó bebiendo su copa de vino. Quizá fueran la emoción y el miedo, o los nervios provocados por aquella huida precipitada del Londres, los que la tenían tan tensa e insegura.

O quizá fuera Alex. Sentada a solas con él, alejada del resto del mundo, no podía evitar pensar en lo que la esperaba aquella noche en la habitación. Después de la pasión que se había desatado aquella tarde en el tren, ¿cómo no iban a ceder a sus deseos en una habitación tan diminuta? Además, ¿quería hacerlo?

Alex estaba tan callado como ella. ¿Estarían transitando sus pensamientos por la misma senda? Miró sus manos mientras cortaba la carne y no pudo evitar pensar que aquellas manos, que aquellos dedos tan expresivos, habían recorrido su cuerpo unas horas antes.

Sabrina se aclaró la garganta.

—Bueno, por lo menos ahora ya sabemos que no soy de Baddesly Commons.

—El mozo podrá decirnos a dónde se llevaron tu caballo. Tenemos que estar cerca.

Sabrina asintió. No estaba segura de si aquello la complacía o la asustaba. Con independencia de cuál hubiera sido su pasado, sabía que jamás había sido tan feliz como durante las últimas semanas. ¿Cómo iba a ser feliz si Alex no formaba parte de su vida?

Se hizo otro incómodo silencio. Sabrina buscó algo que decir.

—¿Cómo conseguiste salir de casa esta mañana sin que se dieran cuenta? —frunció el ceño—. Porque no te vieron, ¿verdad?

—No. A quien vieron fue a mi madre, a ti y a mí dando un paseo.

—¿Qué?

Alex sonrió.

—Yo escapé por la tapia trasera, donde no había nadie vigilando. Mientras tanto, Con se quitó su disfraz, lo que le supuso el gran sacrificio de afeitarse el bigote para parecerse a mí, y salieron a dar un paseo. Es muy probable que les siguieran porque la señorita Holcutt se puso uno de tus vestidos y un sombrero enorme. La duquesa decidió acompañarles para asegurarse de que no se atrevieran a atacarles en plena calle, aunque yo creo que lo que no quería era perderse la diversión.

—¿Lilah? —se le salían los ojos de las órbitas—. ¿Lilah fingió ser yo?

—Sí, a mí también me sorprende.

—No me acuerdo de ella, así que no puedo estar segura, pero no me parece la clase de persona a la que le guste disfrazarse para engañar a unos perseguidores.

—Sí, es muy… correcta. Sin embargo, creo que estaba furiosa. Se ofreció incluso a ir a su casa, cambiarse de ropa y decirle a los Dearborn, cuando fueran a buscarte, que habías ido hasta Southampton para marcharte en barco. Aunque yo creo que el sacrificio más grande para ella habrá sido el pasar más de veinte minutos con mi hermano.

—No parece que se caigan muy bien —corroboró Sabrina.

—No. Y es extraño porque, en general, Con es mucho más sociable que yo y las mujeres se mueren por llamar su atención.

—No lo dudo. Es un hombre muy atractivo.

En los ojos de Alex apareció un brillo de diversión.

—Caramba, Sabrina, vas a conseguir que me sonroje.

Sabrina, al ser consciente del involuntario cumplido que acababa de hacerle, sintió un revelador calor en sus propias mejillas, pero dijo muy seca:

—Sería absurdo negar algo que es obvio para todo el mundo. Incluido tú.

—Lo siento. No pretendía provocarte —alargó la mano para tomar la de Sabrina.

—No te disculpes. Me gusta que me provoques —contestó con sinceridad.

Y abrió los ojos como platos al ser consciente del doble significado de sus palabras. Alex se quedó muy callado. De pronto, la familiaridad con la que se habían tratado durante los últimos minutos desapareció. La piel de Alex ardía al rozar la mano de Sabrina y hasta el aire que había entre ellos parecía vibrar. De la cabeza de Sabrina desapareció cualquier pensamiento.

Alex movió la mano sobre la suya, acariciándola con la suavidad de una pluma. Sabrina sintió aquel ligero roce en todo su cuerpo. La sensualidad de aquella tierna caricia le llegó al corazón.

—A mí también me gusta —respondió él con voz ronca.

Aunque Sabrina no se movió, todo en ella clamaba por él. Contempló la boca flexible de Alex. Sus ojos ardiendo y clavados en los suyos. Con un suave gemido de frustración, Alex apartó la mano y se levantó.

—No, no puedo. No lo haré.

Metió las manos en los bolsillos y miró hacia la puerta.

—No tienes por qué preocuparte.

—No estoy preocupada.

Alex continuó, ignorando sus palabras.

—Seguro que estás cansada. Iré a dar un paseo para despejar la cabeza. Así tendrás tiempo de... tiempo de cambiarte y todo eso. Seguramente, para cuando regrese ya estarás dormida, así que, buenas noches.

Y, tras hacer una reverencia puntillosamente correcta, abandonó la habitación. Sabrina permaneció sentada durante largo rato, pensando en él. Hablaba en serio cuando le había dicho que no se preocupara. Ella sabía que Alex haría cuanto fuera necesario para proteger su honor, incluso de él mismo. La cuestión era si Sabrina quería que lo hiciera.

Tomó la copa de vino, bebió el resto del vino y pensó en la noche que tenían por delante. Podía hacer lo que Alex había dicho: lavarse, ponerse el camisón y acostarse antes de que llegara. Podía, incluso, dormirse o, al menos, fingir que estaba dormida, y de aquella forma la situación sería menos tensa.

O podía hacer algo muy distinto.

Salió del comedor, absorta en sus pensamientos. Estuvo pensando en Alex y en el poco tiempo que había pasado desde que se conocían. Pensó en lo que le deparaba el futuro, en las posibilidades más realistas, en el dolor y en el desgarro que bailaban ante ella como un espejismo. Era difícil, reflexionó, concebir un futuro cuando sabía tan poco de su pasado. Su vida, desde hacía tres semanas, se reducía al aquí y al ahora.

Lo más inteligente, lo más razonable, era comportarse con prudencia, ir avanzando a tientas, como una persona atravesando la oscuridad. ¿Cómo saber lo que sentiría, quién iba a ser un día después, una semana después, cuando recuperara la memoria? Pero, por otra parte, ¿tenía que sacrificar su felicidad en el altar de un futuro incierto?

Pensó en el recuerdo de su padre que había recuperado

aquella tarde. No había sabido que era él porque le hubiera reconocido físicamente. Sencillamente, había sabido que era su padre. Lo sabía su alma, lo sabía su espíritu. Le había reconocido su corazón, no sus ojos, y tampoco su mente. Había sido el sentimiento lo que había vuelto a ella, la emoción. Eso era lo que de verdad importaba, ¿no?

Sabrina subió trotando las escaleras, con pasos cada vez más rápidos y seguros. Se desprendió de la ropa, la dobló con cuidado y la dejó a un lado. No sabía durante cuánto tiempo tendría que llevarla y solo tenía otro vestido. Se lavó lo mejor que pudo con la palangana y el jabón y se puso el camisón que se había llevado.

Se pasó las manos por la pechera y suspiró, deseando haber tenido algo más bonito. Pero el camisón que Alex le había metido en su bolsa era igual de sencillo y austero. Sonrió al ver que también le había metido una bata. Desde luego, Alex estaba pendiente de cada detalle. Se puso la bata, se cepilló el pelo y se sentó a esperar.

Le pareció que pasaba una eternidad hasta que oyó los pasos de Alex en el pasillo. Se levantó entonces mirando hacia la puerta y con el corazón palpitante. Alex se deslizó en el interior de la habitación, se volvió y la vio frente a él.

—¡Sabrina! ¿Qué haces levantada? Yo pensaba que estarías…

Desvió la mirada hacia la cama, con la colcha abierta, invitando a acostarse y añadió por fin:

—…dormida —retrocedió un paso, buscando el picaporte de la puerta—. Volveré a bajar y…

—No, espera —Sabrina se interrumpió avergonzada. ¿Por qué no habría pensado antes en ello? ¿Por qué no habría ensayado lo que quería decir?—. Yo… no quería dormirme. Quería verte.

Dio un paso adelante. Alex, que estaba ya pegado a la puerta, no pudo retroceder.

—¡Ah! Ya entiendo —bajó la mirada hacia el escote en uve del camisón que asomaba entre las solapas de la bata y alzó después la mirada—. Por supuesto. Pero es posible que este no sea un buen momento para hablar. Mañana por la mañana, quizá —buscó el pomo de la puerta.

—No, no puede ser mañana. Tiene que ser hoy.

—Muy bien —se detuvo con la mano en la puerta, dispuesto a marcharse—. ¿Qué quieres?

—A ti —contestó Sabrina.

Se quitó la bata y la dejó caer al suelo.

CAPÍTULO 24

Alex se la quedó mirando de hito en hito. Abría y cerraba la boca, pero no era capaz de articular palabra. Al final, consiguió decir con voz ronca:

—Sabrina, no sabes lo que estás pidiendo.

—Perdona —le miró arqueando una ceja—, pero lo sé perfectamente. No soy una niña.

—No, claro que no, no pretendía decir eso.

Bajó la mirada hacia ella. Sabrina sabía que, incluso con aquella luz tan tenue, podía distinguir las curvas de su cuerpo y el oscuro círculo de los pezones. Se sonrojó. Si Alex la rechazaba, no sabía cómo iba a atreverse a mirarle otra vez.

Alex tensó la mano en el picaporte y continuó hablando.

—Lo que quería decir es que no puedo… Si te beso, si te acaricio, querré todavía más. Es más fácil no empezar.

—Pero yo también quiero más.

—Sabrina… —prolongó su nombre con un gemido—. No puedo.

Soltó el picaporte y dio media vuelta al tiempo que se mesaba el cabello con una mano.

—Lo siento —farfulló Sabrina.

No era así como lo había imaginado. En su mente, todo fluía sin ningún incidente. Él la vería preparada para acostarse, esperándole, y sabría lo que pretendía. La abrazaría.

Bajó la mirada hacia la bata que había dejado en el suelo, preguntándose cómo podría recogerla con un movimiento elegante para volver a ponérsela.

—A lo mejor he dado demasiadas cosas por sentadas. Pensaba que tú también me deseabas.

—¡Claro que te deseo! —insistió Alex, elevando la voz.

Se interrumpió para tomar aire, intentando tranquilizarse.

—A veces creo que voy a enloquecer de deseo, ¿Eres consciente de lo mucho que pienso en ti? ¿De la cantidad de veces que me recuerdo besándote y abrazándote? Pero sería el peor de los canallas si me acostara contigo esta noche. Es posible que, cuando recuperes la memoria, no sientas lo mismo. Por lo que sabemos, es posible incluso que ni siquiera te acuerdes de mí o de lo que ha pasado esta noche. ¿Y si estamos equivocados? ¿Y si amas a ese hombre? Te arrepentirías de esta noche y me maldecirías por haberme aprovechado de mí. Y lo último que quiero es que me desprecies.

Sabrina le miró en silencio durante largo rato y después dijo con suavidad:

—Jamás te despreciaré —se acercó a él—. Llevo toda la noche pensando en esto. Me preocupaba lo que podría pasar si recuperara la memoria y descubriera que estoy casada. Pero me he dado cuenta de que nada de eso importa. Esto es lo que quiero.

—Pero…

—Shh —posó los dedos en sus labios—. Escúchame. El pasado no importa. Y tampoco importan las leyes. Si mañana me despierto y no te reconozco, no pasará nada. Sé que estás aquí —se llevó la mano al corazón—. No recuerdo nada de mi vida, pero sé que soñé contigo. Te quiero a ti. Eso es lo que quiero. Me depare lo que me depare el futuro, no me arrepentiré de esta noche.

La mirada de Alex se oscureció. Cuando pronunció su nombre, Sabrina lo sintió como una caricia.

—Sabrina —enmarcó su rostro con las manos y le acarició

con los pulgares las mejillas—. Eres tan hermosa... —se inclinó y presiono sus labios—. Cuando estoy cerca de ti, no puedo pensar en nada más.

Volvió a besarla. En aquella ocasión, fue un beso más prolongado.

Las palmas de las manos de Alex contra las mejillas de Sabrina parecieron arder mientras se adentraba con ella en la habitación. Sin interrumpir el beso, deslizó las manos por sus brazos, encendiendo cada una de sus terminales nerviosas. Sabrina le devolvió el beso con entusiasmo, queriendo saber, queriendo sentir, y él respondió posando las manos en su cintura y estrechándola contra él. Sintió su cuerpo, tan duro y tan diferente al suyo, presionando contra ella.

Alex volvió a besarla una y otra vez: los labios, las mejillas, el cuello. Movía la boca sobre su piel como un hombre durante mucho tiempo hambriento. Ella se deleitaba en las sensaciones que fluían en su cuerpo, dispuesta a disfrutar de cada uno de aquellos momentos tan sensuales, pero deseando llegar al anhelado destino. En lo más profundo de ella, el calor crecía y palpitaba. Ansiaba deshacerse de la ropa, sentir las manos de Alex en su cuerpo. Su piel bajo las yemas de los dedos.

Era obvio que el deseo de Alex igualaba al suyo, porque se desprendió de la chaqueta y la tiró a un lado. A la chaqueta le siguieron la corbata y el alfiler. Los dedos de Sabrina volaron hasta los botones del chaleco. Cuando terminó, se encontró con la fila de botones de la camisa. ¿Por qué llevarían los hombres tantas prendas de ropa?, se preguntó. Lo del chaleco le pareció excesivo, sobre todo, dada la complicación añadida del reloj de bolsillo, con cadena incluida.

Pero, cuando terminó de desabrocharle la camisa, detuvo el movimiento de sus dedos, hechizada por la visión de su pecho desnudo, delgado y musculoso. Abrió la camisa, exponiendo su desnudez, y posó las manos sobre el pecho. La respiración de Alex se aceleró, pero no dijo nada, se limitó a observarla con los labios entreabiertos y los ojos ardiendo mientras ella se tomaba su tiempo para explorarle.

Los faldones de la camisa estaban todavía metidos en el pantalón y Sabrina tiró de ellos para sacarlos. Quedaba otro botón, y también los gemelos de los puños, pero Alex esperó paciente, sin moverse, excepto para tomar aire cuando Sabrina deslizó las yemas de los dedos por la delicada piel de su estómago. Ella le dirigió una mirada interrogante, pero al no ver más que fuego en sus ojos, dejó que sus dedos continuaran vagando, acariciándole en lentos círculos y deleitándose sobre su piel.

Se permitió después alzar la mano para rodear cada uno de los masculinos pezones y sintió que los suyos se erguían en respuesta. Supo que también Alex los había visto endurecerse y presionar la delicada tela del camisón porque le vio tragar saliva y desviar los ojos hacia sus senos.

Con un movimiento lánguido, Alex alzó la mano y los rozó con los nudillos, acariciando los sensibles pezones a través de la tela. A continuación, tomó los senos con sendas manos y clavó la mirada en sus propios pulgares acariciando en círculos los tensos pezones. Sabrina notó un calor húmedo entre las piernas y comenzó a sentir un anhelo que iba creciendo con cada caricia de los pulgares. Y en el instante en el que Alex la besó, tomando su boca al tiempo que le acariciaba los senos, el deseo estalló en su interior, estremeciéndola.

Las manos de Alex abandonaron sus senos, pero antes de que ella pudiera expresar su descontento, volaron a su vientre y a su espalda. Alex recorrió su columna vertebral con las yemas de los dedos. Al llegar al final, curvó las manos sobre sus nalgas, la hizo ponerse de puntillas y la presionó contra su pelvis. Sabrina sintió cada centímetro de él palpitando contra ella y el latido que notaba entre las piernas se hizo más punzante.

Con un brazo alrededor de su cintura para estrecharla contra él, Alex deslizó la otra mano entre sus piernas, provocando una exclamación de sorpresa. Alzó la cabeza y sonrió mirándola a los ojos mientras sus dedos continuaban acariciando la sensible hendidura.

—¿Me estoy excediendo? —susurró—. ¿Quieres que me aparte? —comenzó a retroceder vacilante.

—No —Sabrina apoyó la cabeza en su pecho—. Adelante.

Sintió entonces la risa de Alex contra su oído.

—A lo mejor debería hacer las dos cosas.

Comenzó a acariciarla hacia atrás y hacia delante a un ritmo ligero, hasta que a ella le resultó casi imposible no retorcerse contra él y cerrar las piernas sobre aquellos dedos exploradores.

—¿Alex?

—¿Um? —estaba ocupado con el lóbulo de su oreja y aquel ataque doble estaba provocando un auténtico frenesí en los sentidos de Sabrina.

—Creo que… quiero más.

—Ah, ¿sí? —había una ligera satisfacción en su tono que a Sabrina le resultó excitante—. ¿Esto, quizá?

La soltó para tomar el camisón entre sus manos y subirlo hasta dejar al descubierto la piel de sus muslos. Hundió las manos bajo la tela y continuó con el mismo patrón de caricias sobre su piel desnuda y en el fuego líquido de su deseo.

—¿O prefieres esto? —alzó la mano hasta el estómago y bajó después hasta la parte frontal de sus piernas.

Sabrina dejó escapar un suave gemido. Cada movimiento de la mano de Alex la excitaba más.

—O, no, mejor esto —agarró el camisón y se lo quitó, desnudándola por completo.

Sus ojos resplandecían mientras la recorría de pies a cabeza con una hambrienta mirada.

—Sí —susurró Alex—. Definitivamente, es mucho mejor.

Le acarició los senos, el vientre, la espalda y las piernas. Tomó su boca y le dio un profundo beso mientras volvía a acariciarla entre las piernas, deslizando la mano contra ella y avivando el fuego de la pasión de tal manera que Sabrina creyó estar a punto de deshacerse en miles de pedacitos.

Con un gemido, Alex se separó de ella, la levantó en brazos, la llevó hasta la cama y la dejó sobre el colchón. Se desprendió a la máxima velocidad del resto de su ropa. Sabrina apenas tuvo tiempo de desviar una mirada maravillada hacia su cuerpo desnudo antes de tenerle a su lado, haciéndola olvidarse de cualquier otra cosa.

Ella se movía contra Alex sin saber con precisión lo que quería, pero sabiendo que lo necesitaba con desesperación. Sus sentidos habían adquirido una sensibilidad extrema, su piel era consciente hasta del leve roce del aire, sus oídos se llenaban del jadeo de su respiración y su cuerpo vibraba con el torrente de su propia sangre recorriendo las venas.

Le acarició los hombros y la espalda. Hundió los dedos en su pelo tupido, urgiéndole en silencio. Al final, cuando comenzaba a sentir su propio cuerpo en llamas y el temblor en la piel, Alex se colocó entre sus piernas. Presionó con su abultado miembro en el centro de su cuerpo. Ella contuvo la respiración mientras él iba penetrándola muy despacio, pero sin detenerse. Sintió una punzada de dolor que la sorprendió y la hizo tensarse, pero, al instante siguiente, Alex se estaba deslizando en lo más profundo de ella, llenándola de tal manera que Sabrina jadeó y le clavó los dedos en la espalda.

Él se detuvo para mirarla con la respiración agitada y jadeante y el rostro en tensión. Sabrina sonrió y se arqueó contra él, volviendo a apremiarle en silencio. Con una sonrisa lenta y sensual, Alex comenzó a moverse dentro de ella.

Sabrina jamás había conocido nada parecido, no había sido capaz de anticiparlo, ni siquiera había soñado con algo así. Estaba segura. Los movimientos de Alex eran una tortura exquisita, un lento hechizo de calor y placer. Alex se movía con embestidas lentas y profundas que iban elevando el deseo cada vez más, amainaban de pronto y volvían a llevarla de nuevo al límite.

La envolvía un extraño, salvaje y excitante placer que la arrastraba como una gran marea y terminó explotando en lo más profundo de ella, haciéndola rodar por continuas olas de placer. Gritó sorprendida y encantada y, durante largo rato, no fue consciente de nada que no fuera la oscura belleza que la envolvía.

Alzó la mirada hacia Alex, deliciosamente agotada, sintiéndose tan maleable como la cera. Vio que su rostro continuaba tenso por el deseo, que los ojos le ardían y tenía la piel empapada en sudor. Comprendió entonces que aquello no había terminado, que algo más la aguardaba. Alex reanudó sus movimientos, dejando caer la cabeza mientras presionaba con las caderas. Sus embestidas eran cada vez más rápidas, más intensas. Para su sorpresa, Sabrina advirtió que su cuerpo volvía a despertarse. Los sonidos, la imagen y el contacto con Alex volvieron a excitarla, lanzándola a nuevas alturas.

Pero en aquella ocasión sabía lo que la esperaba y corrió a su encuentro, acariciando el cuerpo duro y musculoso de Alex y moviéndose en una rítmica respuesta. El fuego estalló dentro de ella y, cuando el éxtasis volvió a arrastrarla, Alex se dejó llevar con ella, estremeciéndose con su propia liberación y derrumbándose al final en sus acogedores brazos.

A la mañana siguiente, a Sabrina la despertaron los besos de Alex en la espalda. Sonrió para sí y se volvió para rodearle el cuello con los brazos, acercarle a ella y darle un largo y lento beso en la boca.

—Mira, eso sí que es un beso en condiciones —le dijo ella cuando se separó.

—Desde luego.

Alex se tumbó de lado, apoyándose sobre un codo, y le sonrió. Mientras hablaba, fue deslizando los dedos por su piel, trazando un lento y serpenteante camino.

—Por lo menos ahora podemos estar seguros de una cosa: incluso en el caso de que estuvieras casada, no se había consumado el matrimonio.

Sabrina se sonrojó al oírle y Alex se inclinó para darle un beso en el hueco del cuello.

—Me encanta ver cómo te sonrojas.

—Supongo entonces que estarás encantado —respondió ella cortante—, porque me haces sonrojarme muchas veces.

Alex se echó a reír y preguntó:

—¿Qué vamos a hacer esta mañana? ¿Quieres que sigamos a tu caballo hasta su establo original? A mí me parece la forma más lógica de continuar con la búsqueda.

—Um —Sabrina deslizó la mano por su brazo y su hombro—. Pero antes podríamos pedir el desayuno.

—Sí, eso también. O, a lo mejor, podemos quedarnos un rato más en la cama —propuso, bajando las manos por su cuerpo mientras volvía a acariciarla.

Cuando Alex por fin alzó la cabeza, Sabrina contestó con voz temblorosa:

—Me parece una muy buena idea.

Aquella mañana, hicieron el amor con movimientos lentos y delicados, explorando sus cuerpos y deseos. Se besaron, acariciaron y susurraron dejando que el deseo creciera hasta llegar a otro cataclismo de sensualidad tan intenso, tan dulce y tan potente que provocó las lágrimas de Sabrina.

Después, mientras permanecía tumbada y abrazada a Alex, supo que, con independencia de lo que hubiera ocurrido en el pasado, su futuro estaba al lado de aquel hombre. Sabía que no podía pedirle que se uniera a una mujer sin pasado. No debería retenerle más allá de aquel momento. Pero, para ella, el vínculo que habían forjado duraría toda una vida.

La mañana transcurrió lentamente. Se levantaron, se vistieron y desayunaron sin prisas, demasiado absortos el uno en el otro como para preocuparse de su misión. Alex le preguntó al mozo de cuadras por el lugar al que habían devuelto el caballo de Sabrina. El hombre le miró con curiosidad, pero no preguntó por qué «el señor Moore» no le pedía aquella información a su esposa, y se limitó a decirle el nombre del lugar.

Alquilaron una calesa de un solo caballo, el único vehículo disponible del establo. Era lenta, pero el tiempo era lo bastante agradable como para disfrutar de un carruaje abierto. Además, poder pasar aquellas horas juntos, transitando por una carretera campestre tenía su encanto.

Se dirigieron hacia el oeste por un camino angosto, evidentemente, un camino con muy poco tráfico y, a las pocas horas, llegaron a Cumbrey. Resultó ser un pueblo más pequeño incluso que Baddesly Commons, sin embargo, como la carretera principal, con la que se cruzaba el camino, formaba parte de la transitada ruta hasta Winchester, podía presumir de tener más de una posada.

—The Blind Ox, ha dicho el mozo —recordó Alex mientras giraban a la izquierda y rodaban por una carretera más ancha—. No creo que sea difícil encontrarla, teniendo un nombre tan poco atractivo.

Habían llegado ya casi al límite del pueblo y Sabrina estaba empezando a pensar que se habían equivocado de camino cuando clavó la mirada en un antiguo edificio con el inconfundible entramado en blanco y negro del estilo Tudor. Estaba combada por algunas zonas, confirmando así que llevaba en aquel lugar desde los tiempos de la reina Isabel.

Sabrina se tensó. Se le revolvió el estómago, y tuvo la repentina sensación de que la cabeza se le iba a partir en dos.

—¡Espera! ¡Para!

Alex se detuvo y se volvió hacia ella.

—¿Qué ocurre? ¿Has visto alguna señal?

—¡Es ahí! —dijo Sabrina. Su voz era apenas un susurro, pero el tono era intenso—. Es de ahí de donde escapé.

—¡Sabrina! —Alex abrió los ojos como platos y buscó su mano—. ¿Lo recuerdas?

Sabrina no contestó. Se limitó a apretarle la mano con fuerza. Los recuerdos fluían a su mente, casi la ahogaban. Bajó de la calesa y Alex lo hizo tras ella. En vez de dirigirse hacia la puerta principal de la posada, comenzó a rodearla.

—Los establos —señaló hacia a la izquierda—. Fue allí donde conseguí el caballo. No sé de quién era… Sé que lo que hice es terrible, pero no me quedó más remedio. Tuve que salir lo más rápido posible.

—Por supuesto.

Llegaron hasta la parte de atrás de la posada. Allí, Sabrina señaló hacia una prolongación de la misma con forma de cobertizo y con un tejado ligeramente inclinado que había sido construido en la parte de atrás.

—Aterricé ahí —alzó la mirada hacia la ventana que había arriba—. Estaba en esa habitación y salté por la ventana —se llevó los dedos a la sien—. Yo… todavía lo veo todo un poco confuso. Me subí a la ventana y recuerdo que me caí… ¡Sí! Él estaba intentando meterme y se inclinó hacia afuera. Yo intenté alejarme y terminamos cayendo los dos —se estremeció y tenía el semblante pálido.

—Sabrina, no tienes por qué pensar en eso ahora —Alex

arrugó la frente con un gesto de preocupación—. Vamos a sentarnos. Tienes que beber algo y descansar un poco.

—No, estoy bien.

La verdad era que se sentía extraña y más que ligeramente mareada, pero todo fluía dentro de ella como una ola imparable que arrastrara cuanto tenía ante sí.

Agarró a Alex de la mano, corrió hacia la puerta de atrás, sobresaltando a la cocinera y a la criada encargada de fregar los platos, y accedieron a un pasillo. Sabrina corrió hacia las escaleras que había al final del mismo.

—¿Adónde vas? ¿A la habitación que has señalado? —preguntó Alex.

—¡Sí, sí! —Sabrina se detuvo de golpe al final de la escalera y miró vacilante a su alrededor—. No estoy segura, no recuerdo su aspecto —alzó la mirada hacia el techo, que pareció moverse ante sus ojos—. Me acuerdo de la lámpara.

—A juzgar por lo que me has indicado, debería estar por ahí —señaló Alex—. Creo —en aquel momento cruzó el pasillo una sirvienta llevando un balde—. Perdón, señorita... ¿Podría indicarnos qué habitación da directamente al tejado de la prolongación de la cocina?

La sirvienta le miró con recelo, pero en cuanto le puso unos cuantos peniques en la mano, dijo, señalándola:

—Es esa de ahí, la habitación Bombay.

—¿Bombay? —Alex arqueó una ceja y la joven sonrió.

—Sí, señor. El señor Hudspeth es un hombre que tiene su importancia. Y por lo menos en esa habitación hay un baúl de la india. La habitación San Petersburgo es tan rusa como mi tía Sally.

—¿Está cerrada? Nos gustaría entrar a echar un vistazo.

La chica se encogió de hombros.

—No, acabo de limpiarla.

Antes de que la chica hubiera terminado, Sabrina ya se estaba dirigiendo hacia la puerta. La abrió, pero se detuvo en el dintel, paralizada por las náuseas. Retrocedió medio paso y chocó con Alex. Reconfortada por su fuerza y por el calor de su cuerpo, consiguió entrar en el dormitorio.

—Fue aquí —musitó, recorriendo la habitación con la mirada—. Es todo tan vago… Estaba mareada y no comprendía nada, pero sabía… sabía que Peter me había traicionado—se interrumpió, sintiendo aquella punzada de dolor y pérdida.

—¿Te traicionó? ¿En qué sentido?

—Eh… no estoy segura. Solo recuerdo que lo sentía con mucha fuerza. Me desperté en esa cama —frunció el ceño—. No recuerdo cómo llegué aquí ni cómo me acosté. Estaba sola y muy confundida. No sabía dónde estaba ni por qué. No entendía lo que había pasado.

—Relájate. No intentes forzar la memoria. Cuéntame solo lo que recuerdes.

Ella asintió y tomó aire.

—Yo… me levanté. Bueno, en realidad, fui rodando hasta salir de la cama. Me sentía tambaleante, y muy distante, como si estuviera viendo a otra persona. Nada me parecía real.

Alex asintió sombrío.

—Creo que te drogaron.

—Sí, ahora que pienso en ello, supongo que sí. Cuando llegué a la puerta, descubrí que me habían encerrado —Alex soltó un juramento, pero ella lo ignoró—. Teníamos aquí las maletas y agarré la mía. Iba a salir por la ventana, pero, en algún momento, se me ocurrió disfrazarme. No tenía tiempo para cambiarme y, la verdad sea dicha, tampoco estoy segura de que tuviera la cabeza lo bastante despejada como para hacerlo. Así que abrí su maleta y me llevé parte de su ropa. También tenía una bolsa con dinero. La robé pensando que iba a necesitarlo y la metí entre mis cosas. Tuve que sacar algún vestido para que cupiera su ropa. Guardé hasta los zapatos. La gorra no, la gorra me la llevé del establo. La verdad es que robé bastantes cosas.

—Y tenías motivos para hacerlo. ¿Qué hiciste después?

—Oí a Peter en la puerta e intenté saltar por la ventana, pero él me agarró del brazo y nos peleamos. Yo le mordí y le di patadas y él me abofeteó —miró a Alex y dijo con ligereza—: No pongas esa cara de asesino. No creo que los moratones fueran culpa suya, debí de hacérmelos al caer.

—Y eso también es culpa suya. En cuanto regresemos, pienso tener una conversación muy seria con Peter Dearborn.

—¿Una conversación?

—Algo más que una conversación —admitió—. Pero continúa, ¿cómo conseguiste escapar?

—Creo que a él mismo le sorprendió haberme abofeteado. Agarré la jarra de agua y le pegué con ella. Me subí entonces a la ventana. Imagínate, quería bajar por el tubo del desagüe. Pero él se asomó a la ventana y me agarró. Yo no podía soltarme, continué tirando y, al final, Peter se cayó. Se había asomado demasiado, pero no me soltaba, por eso terminó cayendo conmigo.

Sabrina se asomó a la ventana y miró hacia abajo.

—Supongo que caí al tejado y rodé hasta el suelo desde allí. No recuerdo nada de eso.

—Vamos al piso de abajo —sugirió Alex, tomando a Sabrina del brazo y girando con ella hacia la puerta—. Deberías sentarte, descansar un poco y beber algo. Necesitas unos minutos para acostumbrarte a todo esto.

Sabrina asintió. Las náuseas y el dolor de cabeza estaban remitiendo, pero continuaba nerviosa e insegura por dentro. Fueron al piso de abajo, donde Alex pidió un salón privado y una jarra de sidra. Sabrina no tardó en encontrarse acomodada en una confortable silla al lado de la ventana. Alex acercó otra silla y buscó su mano. Ella le miró, esbozó una débil sonrisa y le apretó la mano.

—Estoy bien, de verdad.

—Hace un momento estabas terriblemente pálida.

—No me voy a desmayar, te lo prometo. Pero es todo tan raro —frunció el ceño y se frotó las sienes—. Apenas soy capaz de recordar nada de lo que ocurrió antes de que me despertara en esa habitación. Lo único que recuerdo es como un sueño, pero nada más sólido, solo la sensación de estar mareada, casi dormida, mientras permanecía al lado de Peter... en donde quiera que estuviera. Y a ese hombre que me hablaba todo el rato. Hacía mucho calor. Y yo apenas podía respirar.

—Seguro que te drogó. Estoy deseando ponerle las manos encima.

—Pues yo espero no tener que volver a verle —respondió Sabrina tajante.

—¿Y recuerdas lo que ocurrió antes de todo eso?

—Estaba en mi habitación, en casa.

—¿En casa? ¿Recuerdas dónde vivías? —el rostro de Alex se iluminó.

—Sí. Bueno, en realidad, no es mi casa. Es la casa de los Dearborn. Está en Wiltshire.

—¡Eso es maravilloso! Conseguiremos un mapa, localizaremos la casa y encontraremos la manera de llegar hasta allí. Eso nos proporcionará los límites razonables dentro de los que pudo haberse celebrado la boda.

—¡Señora Jones! —atronó una alegre voz desde la puerta—. Señora Jones, ¡cuánto me alegro de volver a verla!

La voz correspondía a un hombre tan grande como la propia voz sugería. Tenía un cuerpo enorme y redondo coronado por un rostro igualmente ancho y redondo.

—¡Dios santo, otro nombre! —susurró Sabrina—. No me extraña que no pudiera recordar el mío.

Alex se volvió y se levantó y el otro hombre se detuvo bruscamente.

—Yo... le suplico que me perdone, señor, pensaba...

Miró de nuevo a Sabrina y volvió a faltarle la voz. Su expresión mostraba un desconcierto cada vez mayor.

—Soy el hermano de la dama —se precipitó a aclarar Alex—. El señor Moore.

—¡Ah, ya entiendo, señor! —contestó el posadero, aunque era evidente que no entendía nada. Se inclinó ante Alex—. Me llamo Hudspeth y soy el propietario de esta posada. El señor y la señora Jones nos honraron con su compañía varias semanas atrás —se volvió hacia Sabrina y continuó—. Me complace verla de nuevo por aquí, señora. Sobre todo después de su precipitada salida. Me asusté al enterarme de que se había puesto tan enferma.

—Sí, fue todo muy rápido —corroboró Alex sin ningún entusiasmo.

—Sabía que algo andaba mal —dijo el posadero, incapaz de reprimir la curiosidad que reflejaba su voz—. En cuanto entraron, le dije a mi esposa, la señora Hudspeth, que esa pobre muchacha parecía estar muerta —alarmado, añadió—: No muerta de verdad, por supuesto. Pero estaba muy pálida y alicaída. El señor Jones casi tuvo que subirla en brazos. Por eso no me sorprendió cuando su padre me dijo que había tenido que llevarla al médico.

—Siento... haberme llevado el caballo —se disculpó Sabrina.

—¡Bah! —respondió él, quitándome importancia—. Qué más da. Cuando surge una emergencia como esa, un caballo es mucho más rápido que un carruaje. Y, por supuesto, el padre del señor Jones tuvo la amabilidad de recompensarme y de enviar el animal de regreso en cuanto se reunió con ustedes.

—¿Recuerda cuándo llegaron el señor y la señora Jones? ¿Y sabe de dónde venían?

El posadero se le quedó mirando fijamente.

—Sí, era bastante tarde, señor, pero supongo que usted...

—Me temo que la señora Jones apenas recuerda nada de lo ocurrido aquella noche. Estaba muy enferma, ya ve... Tuvo mucha fiebre.

—Sí, sí, por supuesto.

—¿Venían de la iglesia o de algún otro pueblo? —y se precipitó a añadir—: Ha perdido algo importante y estamos intentando recuperarlo. Son unos pendientes de mucho valor.

—¡Aquí no los perdió! —protestó el hombre—. Si me hubiera encontrado unos pendientes de tanto valor, se lo habría dicho nada más verla.

—¡No, no! No estamos insinuando que usted tenga nada que ver con la pérdida. Creemos que los perdió a lo largo del camino y estamos intentando reproducirlo.

Hudspeth frunció el ceño. A su rostro asomó una expresión de sospecha.

—Pero supongo que el señor Jones se lo podrá decir.

—Me temo que él también sucumbió a la enfermedad —contestó Alex—. Está postrado a causa de unas fiebres tropicales. Y también su padre. Pero a lo mejor alguno de ellos mencionó cuál había sido su última parada.

—No, nada de nada. No dijeron una sola palabra. Pero es posible que su chófer les dijera algo a los muchachos de los establos.

—Sí, por supuesto, gracias. Terminaremos la bebida y emprenderemos de nuevo el camino. Siento haberle molestado.

Alex le tendió una moneda de plata y el semblante del posadero se aclaró. Al parecer, todos sus recelos disminuyeron a la vista de la moneda.

—Sí, señor. Estaré encantado de ofrecerle nuestra ayuda siempre que la necesite.

El señor Hudspeth hizo una reverencia y abandonó el salón. Alex le siguió y cerró la puerta tras él.

—¿Fiebres tropicales? —preguntó Sabrina, con la risa bailándole en los ojos—. Eres increíble, Alex.

—Ha sido lo primero que se me ha pasado por la cabeza. Por la información que él tiene, los Dearborn podrían haberse pasado todo un año en Birmania —sonrió de oreja a oreja—. Pero sospecho que deberíamos irnos antes de que tenga tiempo de empezar a preguntarse por qué andas recorriendo el campo en busca de un pendiente perdido cuando tienes a tu marido en cama y con una fiebre terrible.

Dejaron los vasos de sidra en la mesa y se dirigieron hacia el establo en el que, descubrieron, uno de los mozos había atendido a su caballo. Alex le dio una generosa propina antes de preguntarle por el carruaje que había llegado a la posada tres semanas atrás. Los mozos estuvieron deliberando durante un buen rato entre ellos antes de llamar al encargado del establo.

—¿El señor Jones? No, no recuerdo ese nombre.

—Llegaron hace tres semanas a última hora de la noche —le recordó Alex.

—¡Ah, sí! Ahora me acuerdo. Era un carruaje alquilado, sí. Los caballos estaban agotados y el cochero estaba muy disgustado con ellos. No con los caballos, sino con la gente que le había contratado.

—¿Y eso por qué?

—Decía que con las prisas que le estaban metiendo iban a destrozarle los caballos. Querían llegar a Winchester, ya ve, pero él les dijo que tendrían que ir a pie, porque no pensaba seguir forzando a los caballos.

—¿Se dirigían hacia Winchester?

—Sí. Por lo menos eso es lo que dijeron.

—¿Sabe dónde habían estado antes? ¿Es posible que pararan en alguna iglesia por el camino?

—¿En una iglesia? —el encargado le miró sin entender—. Qué va, no dijo nada de que hubieran parado en una iglesia. Venían de Andover.

—De Andover, ¿eh? Muchas gracias —Alex le puso media corona en la mano—. ¿Y recuerda algo más del carruaje o de esa gente? ¿El chófer comentó algo sobre quiénes eran?

El hombre se guardó la moneda en el bolsillo y pareció concentrarse en recordarlo.

—Bueno, había una mujer dormida en el carruaje. El hombre tuvo que llevarla en brazos a la posada. O a lo mejor estaba enferma —se encogió de hombros—. Eso es todo lo que recuerdo, señor.

—Me ha servido de gran ayuda —le aseguró Alex.

Montaron en la calesa y Alex tomó las riendas. Pero antes de comenzar a moverse, se volvió para mirar a Sabrina.

—¿Adónde vamos ahora? —preguntó ella—. ¿Crees que deberíamos acercarnos a la iglesia del pueblo?

—No, al parecer, solo se detuvieron aquí por la insistencia del conductor. Creo que deberíamos dirigirnos hacia Andover. Por lo menos ahora tenemos un destino. Supongo que allí podremos averiguar algo más —se interrumpió y añadió pensativo—: Aun así, sigo pensando que la escena que recuerdas puede haber tenido lugar en alguna iglesia a lo largo del camino.

—¿Y vamos a parar en todas las iglesias que hay desde aquí hasta Andover? Porque eso podría llevarnos muchas horas... días incluso.

Alex sonrió de oreja a oreja.

—En ese caso, será mejor que empecemos cuanto antes.

CAPÍTULO 26

Se detuvieron en el siguiente pueblo, que estaba a solo unos kilómetros de distancia. La iglesia estaba en la carretera principal. Era un pequeño edificio de piedra gris con un modesto chapitel. El único rasgo destacable era que la fachada de la iglesia no estaba de cara a la carretera, sino de lado respecto a ella. La casa del vicario, de similar diseño, estaba detrás de la iglesia y fue hacia allí adonde se dirigieron Alex y Sabrina.

Les abrió la puerta una mujer sonriente con hoyuelos en las mejillas que parecía encantada de recibir compañía. Les condujo hasta el despacho del vicario. Alex advirtió que este no estaba tan complacido con la visita como el ama de llaves. También quedó muy claro que no reconoció a Sabrina.

Aun así, Alex le preguntó por las últimas bodas que se habían celebrado en la iglesia, justificándose en aquella ocasión con la fuga de una prima ficticia.

—Jovencito, no tengo la costumbre de casar a los desconocidos que pasan por aquí —replicó el vicario con un gesto de desaprobación—. No me gusta esa práctica de oficiar matrimonios con una licencia especial y puedo asegurarle que no lo he hecho ni una sola vez en todo el año. De hecho, no he celebrado ninguna boda, ni siquiera habiendo leído los bandos, desde hace un mes. St. Edward es una parroquia muy pequeña.

—¿Sabe si hay otras iglesias en la zona a las que hayan podido ir? ¿Conoce a algún sacerdote que no sea tan reacio a ofrecer una licencia especial... o a casar a desconocidos? —preguntó Alex, probando una nueva táctica.

—Yo diría que no —respondió el sacerdote horrorizado—. Supongo que, para algo así, habrán ido a Escocia.

Tras darle las gracias al clérigo, Alex y Sabrina se marcharon. Alex bajó la mirada hacia ella mientras se dirigían hacia su vehículo y advirtió la palidez de su rostro.

—¿Sabes? Mientras veníamos hacia aquí he visto una posada. Creo que deberíamos pasar allí la noche.

—¿No crees que deberíamos continuar y acercarnos hasta el próximo pueblo? —preguntó Sabrina.

—Lo que creo es que deberías descansar.

—Estoy bien —respondió ella con cabezonería.

—En ese caso, también a mí me vendría bien descansar —Alex sonrió con cansancio—. Y, por supuesto, también a nuestro caballo. Además, creo que será mejor que nos organicemos en vez de continuar buscando al azar. Tenemos que mirar un mapa y averiguar la ruta que hiciste, como ya dijimos. También agradecería el poder comer algo. Ya han pasado muchas horas desde el desayuno.

—Tienes razón —Sabrina se frotó las sienes—. A lo mejor la comida me ayuda a pensar mejor.

Alex giró la calesa y volvieron a la pequeña posada por la que habían pasado de camino al pueblo. Era un edificio pintoresco y pequeño, contaba con pocas habitaciones y no tenía taberna, pero era muy tranquilo. Ellos serían los únicos huéspedes y Alex descubrió encantado que junto al dormitorio había una pequeña sala de estar en la que podrían cenar y hablar de sus planes en privado.

Sabrina se dirigió al dormitorio para refrescarse y, para cuando salió, ya habían servido el té y los bizcochos. Se había soltado el pelo y a Alex se le tensaron los abdominales al ver aquellos rizos negros meciéndose alrededor de su rostro. No pudo evitar pensar en lo cerca que estaba el dormitorio y en la noche que tenían por delante.

—¡Ah! —Sabrina suspiró aliviada mientras se dejaba caer en una de las butacas—. ¡Qué maravilla! Espero que no te importe. Tenía que soltarme el pelo. Me estaba doliendo mucho la cabeza.

Alex esbozó una débil sonrisa.

—¿Importarme? No, me encanta tu pelo suelto.

Se colocó tras ella, posó los dedos en sus sienes y frotó con delicadeza. Ella dejó escapar otro suspiro de placer y el deseo de Alex se hizo más intenso. Hundió los dedos en su tupido pelo para acariciarle el cuero cabelludo, diciéndose que solo pretendía aliviarle el dolor de cabeza. Nada más, por muy excitado que estuviera.

Sabrina apoyó la cabeza contra él, como si le pesara tanto que no pudiera sostenerle el cuello. Él deslizó las manos por sus hombros e intentó aliviar también allí la tensión. Sabía que tenía que detenerse antes de que no fuera capaz de pensar en nada que no fuera llevarla a la cama, pero todavía no era capaz de separarse de ella.

—¿Cómo te encuentras? Tienes mejor color.

—Ya no estoy mareada ni tengo náuseas. Y creo que el dolor de cabeza está desapareciendo. Pero me siento un poco... a la deriva.

—¿A la deriva? ¿Por qué? —la preocupación que le causaron sus palabras le hizo bajar las manos y sentarse a su lado—. No lo entiendo.

—Yo tampoco estoy segura de entenderlo —hizo un mohín de desprecio hacia sí misma y alargó la mano hacia el té—. Cuando fui a tu oficina, estaba desesperada por saber quién era y poder tranquilizarme. Pero ahora que lo recuerdo todo, me siento incluso más extraña —comenzaron a brotar las palabras de su boca como si, una vez había empezado, ya no pudiera parar—. Es como si fuera dos personas diferentes. Cuando vi la posada, no solo recordé mi nombre y las cosas que me sucedieron, sino que volví a ser yo otra vez. La persona que era antes, con mis antiguos sentimientos, mis esperanzas y mis creencias —le miró con expresión interrogante.

—Lo comprendo. Y yo diría que es normal.

Mantuvo la expresión serena, intentando no mostrar los tentáculos de la ansiedad que comenzaban a desplegarse en su interior. ¿Habrían sido fundados sus temores? ¿Habría desaparecido lo que sentía por él una vez había recuperado la memoria?

—Pero también sigo siendo la persona que he sido durante estas últimas semanas. Y, en este momento, esas dos personas están intentando fundirse en una sola —le miró con expresión de pesar—. Debes de pensar que estoy loca.

—No, no, en absoluto —se interrumpió un momento y dijo después con mucha cautela—: Y ahora que has vuelto a ser tú misma... ¿han cambiado tus sentimientos? ¿Ha cambiado lo que sentiste anoche?

Sabrina le miró sorprendida.

—¿Lo que siento por ti? ¿Lo que hay entre nosotros? No, no —posó la mano en su brazo—. Sigo pensando todo lo que dije ayer por la noche. Eso no ha cambiado.

Todo en él pareció relajarse. Sonrió, le tomó la mano y se la llevó a los labios para besarla.

—Lo que siento es más... Bueno, es como si antes fuera una niña y de pronto me hubiera convertido en una mujer, pero sin que haya habido un cambio gradual, sin haber ido creciendo poco a poco. Es como si fuera esa niña y, al mismo tiempo, la Sabrina en la que me he convertido durante estas últimas semanas.

—¿Y hay tantas diferencias entre las dos?

—Lilah tenía razón, yo era muy reservada. Tras la muerte de mi padre, mi madre y yo pasamos mucho tiempo en el campo. Ella sabía que a mí no me gustaba mucho hacer vida social, que prefería quedarme en casa leyendo. Mi madre era muy protectora conmigo. Supongo que muchos dirían que me mimaba. Después, murió también ella y me fui a vivir a casa de los Dearborn. Y estaba encantada de estar allí refugiada, lejos del mundo. No quería hacer mi presentación en sociedad. No quería ir a Londres. Era muy cobarde.

—¿Cobarde? Golpear a una persona en la cabeza y escapar por una ventana no parece algo propio de una persona cobarde.

Ella sonrió, quitándose importancia.

—En aquel momento estaba frenética. Cuando pienso en ello, me sorprende haber sido capaz de hacer todas esas cosas. Durante toda mi vida, me he limitado a hacer lo que todo el mundo quería. He sido obediente y siempre he evitado molestar a los demás. Mira mi ropa, por ejemplo. No me gustan mis vestidos, tienen demasiadas puntillas y volantes. Pero me los ponía porque la señora Dearborn quería. No soportaba la idea de decepcionarla, porque era una mujer muy generosa y ella deseaba que me gustaran. Era muy buena conmigo, todos eran muy buenos conmigo —se interrumpió—. O, por lo menos, eso pensaba yo.

—Estoy seguro de que te querían —contestó Alex al instante, deseando borrar la tristeza de sus ojos—. ¿Cómo no iban a quererte? Pero al final les pudo la codicia y, al parecer, optaron por la solución más fácil, que era retenerte a ti y a tu dinero.

—Supongo que sí —le dirigió una sonrisa fugaz que no alcanzó sus ojos—. En cualquier caso, esa era yo: una persona tímida, asustada y estudiosa. Pero ahora, cuando miro hacia atrás, pienso que era absurdo ponerme unos vestidos que en realidad no me gustaban. ¿Por qué me daba tanto miedo molestar a los demás? ¿Por qué permitía que otros decidieran por mí? Ahora no lo haría o, por lo menos, eso creo. ¿Pero cómo puedo saberlo? ¿Cómo puedo estar segura de la clase de persona que soy?

—Sabrina, por dentro sigues siendo la misma persona. No hay dos Sabrinas. Solo existe la mujer valiente y decidida que conozco. Eras muy joven, es normal que una persona joven sea insegura. A las damas las educan para ser dulces, complacientes e inseguras. Es natural que estuvieras agradecida a las personas que te habían acogido. Pero, cuando tuviste que enfrentarte a una situación complicada, respondiste. Cuando averiguaste que los Dearborn no eran como tú creías, no te derrumbaste. Por supuesto, pasaste miedo, pero ¿quién no lo pasaría en tu situación? Y te sobrepusiste al miedo. Tomaste las riendas de tu vida. Y todo eso lo hiciste antes de perder la memoria, no después. No has cambiado. Sencillamente, te has dado cuenta de quién eres.

Las lágrimas brillaron en los ojos de Sabrina y, por un instante, Alex temió haberle hecho daño, pero advirtió que también estaba sonriendo.

Ella se inclinó hacia delante y le dio un tierno beso.

—Gracias.

Alex le enmarcó el rostro entre las manos y prolongó aquel beso. Retrocedió después con desgana y prestó atención a la mesa.

—Ahora, supongo que será mejor que comamos antes de que me olvide de todo lo demás.

Alex sintió la risa de Sabrina como un dedo que fuera deslizándose por su pecho. Aquello le hizo ansiar terminar cuanto antes con el té.

Sin embargo, antes de que hubieran acabado, llegó una doncella con el mapa que Alex le había pedido y, a pesar de lo mucho que habría preferido pasar el resto de la noche con Sabrina en la cama, cedió a la presión del deber. Echó a un lado los restos de la merienda, extendió el mapa enrollado sobre la mesa y sujetó las cuatro esquinas con el azucarero, la jarrita para la leche y dos platos de té.

—Y ahora dime, ¿dónde está la casa que tienen los Dearborn en Wiltshire?

—Está al norte de Salisbury, cerca de Clemstock, aunque no sé si saldrá en el mapa. Es bastante pequeño. ¡Ah, ahí! —señaló con el dedo un puntito en el mapa—. No está lejos de Lower Dunford.

Alex arqueó una ceja.

—Hay muchas iglesias desde aquí hasta allí. Me gustaría saber por qué... —se volvió hacia ella—. Sabrina, ya sé que es muy doloroso para ti, pero, ¿podrías recordar algo sobre aquel día que pueda ayudarnos a recordar lo que ocurrió aquella noche? ¿Cuál es tu último recuerdo antes de despertarte en la posada?

—El momento en el que el señor Dearborn me encerró en mi habitación.

—¡Te encerró en tu dormitorio! —Alex arqueó las cejas con un gesto iracundo—. ¿Lo hacía con frecuencia? ¿Te...? ¿Te pegaba?

—No. Jamás me hizo ningún daño. Y no me había encerrado ni amenazado nunca. Siempre fue muy complaciente conmigo, paternal incluso. Y tampoco tenía necesidad de hacerlo, le bastaba con manipularme. Al hacer todo lo que hacía por mí, yo me sentía obligada a corresponder. Dependía de ellos. Hasta la señora Dearborn, al comprarme esos vestidos de niña... era como si todos intentaran que me sintiera joven e ingenua. Es posible que fuera reservada, pero ahora veo cómo alentaban esa cualidad en mí. Podrían haberme llevado a Londres, no tenía por qué hacer una presentación en sociedad o ninguna visita. Podía haber ido a obras de teatro, a museos, a galerías. A bibliotecas —le brillaron los ojos—. A todos esos lugares a los que me has llevado tú.

—Pero no te animaron a visitarlos.

—Todo lo contrario. Cuando Peter y su padre viajaban a Londres, nunca sugerían que les acompañara. Yo solo viajaba a Somerset, a mi casa, cuando el señor Dearborn iba a comprobar si estaban cuidando adecuadamente la propiedad. Y no siempre me llevaban con ellos. Se daba por sentado que tenía que quedarme con la madre de Peter en casa, viendo siempre a la misma gente y haciendo las mismas cosas.

—Y tú estabas aburrida.

—Sí. Por mucho que me gustaran los libros, también me apetecía hacer otras cosas. A medida que he ido creciendo, he ido siendo menos reservada. Las cartas que Lilah me enviaba contándome todo lo que hacía… las fiestas, los vestidos, la gente, la ópera… Todo me parecía alegre y divertido. Tenía ganas de ir a visitarla. De hecho, me habría gustado ir a vivir a Carmoor. Pero el señor y la señora Dearborn me desanimaron. Cada vez que quería aceptar una de las invitaciones de Lilah, me recordaban lo mucho que me disgustaban las multitudes y las reuniones sociales y las pocas ganas que había tenido siempre de ir a Londres. El señor Dearborn decía que tenía miedo de que terminara arrepintiéndome y pidiéndole que fuera a buscarme nada más llegar. Yo también tenía miedo de que tuviera razón, de no ser capaz de soportarlo y terminar haciendo el ridículo por haber insistido en ir.

—Así que renunciaste y no fuiste.

Ella asintió.

—Sabía que la señora Dearborn se disgustaría y se pondría muy nerviosa, y ella siempre había sido muy amable conmigo. No le gustaba Londres, pero insistía en acompañarme si yo quería ir. Decía que una joven dama no podía viajar sola y, que, de todas formas, yo no sabría qué hacer o a dónde ir. Eso habría significado convertirme en una carga para ella, algo que yo odiaba, cuando ella había sido tan buena conmigo. Creía que todos ellos estaban preocupados por mí, que querían lo mejor para mí. En un par de ocasiones, insistí, porque tenía muchas ganas de ver a Lilah, de hacer algo diferente, y el señor Dearborn estuvo de acuerdo. Pero al final, siempre pasaba algo. Surgía alguna crisis en mi propiedad y, por supuesto, él tenía que ir a solucionarla. Y era impensable que yo viajara a Londres sin un acompañante. O hacía demasiado frío, o demasiado calor, y decían que teníamos que esperar a que mejorara el tiempo. O la señora Dearborn se ponía enferma y terminábamos retrasando el viaje hasta que, al final, la idea terminaba languideciendo. Ahora entiendo que ponían dificultades a propósito. Querían retenerme allí.

—Donde Dearborn podía controlarte. Te mantenía alejada de tu amiga, impedía que hicieras nuevos conocidos, reforzaba todos tus miedos y preocupaciones, mostrándote las terribles consecuencias de que te fueras de allí. Se aprovechó de tu amabilidad y tu aprecio hacia la señora Dearborn.

—¡Qué estúpida he sido! —dijo Sabrina con amargura—. Jamás cuestioné nada de lo que hacía. Ni siquiera le pedí que me dejara ver la cantidad de dinero que mi padre me había dejado. Jamás hice nada yo sola.

—No has sido ninguna estúpida. Eras joven, habías perdido a tus padres. Él era tu tutor, un amigo de tu padre al que conocías de toda la vida. Era lógico que confiaras en él, que dependieras de él. Y, en cuanto intentabas dar algún paso para independizarte, lo frustraban. Supongo que su principal preocupación era que pudieras conocer a alguien, te enamoraras y no te casaras con tu hijo.

—Él siempre tuvo la esperanza de que Peter y yo nos casáramos. Y también la señora Dearborn. Ella me hablaba de lo maravilloso que sería, me decía que era como una hija para ella y que, cuando Peter y yo nos casáramos, sería su hija de verdad. Me contaba historias románticas sobre otras parejas que se habían conocido durante toda su vida y, poco a poco, habían ido enamorándose o, de pronto, descubrían que estaban enamorados. Me temo que yo no decía nada para disuadirla. No quería herir sus sentimientos. Pero sabía que jamás me casaría con Peter. Él era... como un hermano, o como un primo muy cercano. Parte de mi familia. Nunca tuve ganas de casarme con él.

—¿Y Peter? ¿Él te lo propuso alguna vez?

—Se mostraba muy atento conmigo cuando estaba en casa. Hablábamos mucho. Alguna que otra vez pareció a punto de hacerme una propuesta, pero yo conseguí eludir el tema antes de que el daño estuviera hecho. Él nunca… —miró a Alex de reojo— nunca me dijo las cosas que me has dicho tú. Ni hizo las cosas que has hecho. Pero a lo mejor era solo por caballerosidad.

—Me alegro de que haya sido tan caballeroso. Aunque también muy estúpido —estaba deseando levantarla de la silla y besarla, pero se obligó a concentrarse en el tema que les ocupaba—. Estoy seguro de que Dearborn estaba preocupado porque se acercaba tu cumpleaños. Tú podías irte a tu propiedad y ya no tendría ningún recurso legal para retenerte.

—Sí, cada vez hablaba más de mi posible matrimonio con Peter. Pasó de sugerirlo y de explicar lo beneficioso y lo fácil que sería a intentar convencerme de que me casara. Discutimos por eso en un par de ocasiones. Esa era otra de las razones por las que yo tenía tantas ganas de aceptar la invitación de Lilah y visitarla. Necesitaba alejarme de ellos. Era sofocante, claustrofóbico, estar allí. Me sentía culpable por querer marcharme después de lo que habían hecho por mí. Pero, en el fondo, anhelaba alejarme de ellos, vivir mi propia vida. Ser libre e independiente. Quería ver cosas, hacer cosas. Tomar decisiones por mí misma. Comprarme la ropa que me apeteciera.

—¡Cómo no ibas a quererlo!

—Así que, aquella tarde, le dije al señor Dearborn que Lilah me había invitado y yo quería ir. Sacó los argumentos habituales y, cuando comprendió que no podía convencerme de que no fuera, me sugirió retrasar la visita. Quería que pensara si de verdad quería hacerlo. Le dije que no quería esperar. Discutimos como nunca lo habíamos hecho y al final me dijo que no podía ir. Que no me dejaría. Yo estaba furiosa y le advertí que no podría detenerme, que me iría de todas formas. Él respondió que era mi tutor y podía negarme el permiso. Que sabía lo que era mejor para mí y tenía un deber, una responsabilidad. Después, como si estuviera ofreciéndome un trato, dijo que podría ir a Londres con Peter cuando nos casáramos.

—Y tú dejaste claro que no ibas a casarte con Peter.

—Sí. Nunca había sido tan brusca, pero estaba muy enfadada. Le dije que iba a dejarle en cuanto cumpliera veintiún años y que me iría a Londres si así lo decidía. Tuvimos una amarga discusión y, en un momento determinado, él agarró la carta de Lilah y la rompió. Por eso solo conservaba un pedazo. Arrugó el resto y la tiró a la chimenea. Al final, terminó diciéndome que era una estúpida y una mimada y que me fuera a mi habitación a pensar en cómo me había comportado.

—Como si tuvieras diez años.

—Sí. Estaba tan indignada que subí a mi habitación y cerré la puerta de un portazo. Estaba dispuesta a hacer las maletas y marcharme. Y, de pronto, ¡oí girar la llave en la cerradura!

—¿Y qué hiciste?

—Estaba decidida a marcharme. Preparé una maleta. Sabía que tendría que esperar a que todo el mundo se hubiera acostado antes de fugarme. Pensaba bajar desde mi habitación, tenía un balcón y al final un enrejado para las rosas. De pequeña era muy ágil trepando. Pensaba ponerme los guantes de montar para protegerme de las espinas y bajar por el enrejado, agarrar mi caballo, marcharme y coger un tren a Londres. La doncella me llevó la cena y me la comí. El pan lo envolví y lo metí en la maleta por si lo necesitaba más adelante. Después me senté a esperar a que todo el mundo se acostara. Y empezó a entrarme sueño.

—Te había puesto algo en la comida.

—Eso creo.

—¿Le oíste decir algo sobre Andover? ¿O sobre Winchester?

—No, aquella tarde no. Supongo que los mencionó en algún momento en el pasado, pero de manera muy general. No sé por qué me llevaría allí. De hecho, ¿qué sentido tenía sacarme de allí?

—A lo mejor pensó que el vicario del pueblo iba a negarse a participar en algo tan vergonzoso.

—Es verdad. Y es posible que la señora Dearborn también se opusiera. Yo creo que me apreciaba y disfrutaba de mi compañía. Además, los sirvientes podrían haberlo contado. Se habría sabido en todo el pueblo.

—¿Recuerdas algo del viaje?

—Tengo el vago recuerdo de estar en un coche —se interrumpió para pensarlo—. En realidad, no me acuerdo del carruaje, pero sí del movimiento, y de que me desperté una vez. Había dejado de moverse. Oí voces fuera y vi luces —sacudió la cabeza—. Es lo único que recuerdo. Me temo que no va a servirnos de mucha ayuda.

—A lo mejor lo recuerdas más adelante. Tampoco te acordabas de nada de esto al principio. Intenta relajarte y no intentes forzarte, deja que tu mente fluya.

Sabrina cerró los ojos. Al cabo de un momento, dijo con suavidad:

—Me caí.

—¿Desde la ventana?

—No, no me refiero a ese tipo de caída —continuó con los ojos cerrados—. Me tambaleé y estuve a punto de caerme. Alguien me agarró del brazo. Me sentía débil y mareada, todo me daba vueltas. Recuerdo que alguien me sacudió, y es posible que dijera algo. El hombre que no dejaba de hablar llevaba un alzacuello. Es… puedo ver su rostro, pero de forma muy vaga. Me sonrió y tuve la sensación de que iba a ponerme a vomitar delante de él —abrió los ojos y se encogió de hombros—. Eso es todo.

—Muy bien —Alex le tomó la mano—. No te preocupes. Ya has recordado muchas cosas. ¿Y reconocerías al hombre de alzacuello?

—No estoy segura. Posiblemente. Pero… era incapaz de fijar la mirada. Eso es lo que más me asusta de esos recuerdos. No era capaz de mirar las cosas. No podía concentrarme. No podía despertarme. ¡Ay, Alex! —Sabrina se levantó de un salto y comenzó a caminar, abrazándose a sí misma—. Creo que me casé con él. ¡Seguramente aquello fue una boda!

—No, eso no es un verdadero matrimonio. Es evidente que se hizo sin tu consentimiento. Estabas drogada, no estabas en condiciones de tomar una decisión. Eso lo convierte en un fraude, en una extorsión —la agarró de los brazos y clavó su mirada intensa en su rostro—. Sabrina, escúchame, no te preocupes. Te juro por lo que más quiero que no voy a permitir que vuelvas con él. No serás su esposa, aunque para ello tengas que enviudar.

CAPÍTULO 28

Sabrina se le quedó mirando fijamente.

—¡Alex, no! No puedes hacer eso.

—Puedo y lo haré. No hay nada que no esté dispuesto a hacer para protegerte de ese canalla.

Sabrina suponía que una declaración como aquella no debía resultar reconfortante, pero lo fue. Enmarcó el rostro de Alex con las manos.

—No, no permitiré que lleves esa carga sobre ti. No permitiré que te arriesgues a morir en la horca por mí. Pero gracias —brillaron en sus ojos las lágrimas, amenazando con desbordarse—. Gracias por ofrecérmelo.

Se puso de puntillas y le besó. Las palabras de amor inundaron su garganta, pero murieron sin ser dichas cuando Alex profundizó su beso. Atrapada en la maravilla de la boca de Alex sobre la suya, de sus manos deslizándose por su cuerpo, ella renunció a las preocupaciones y al miedo, se olvidó del dolor. En aquel momento Alex era lo único que existía. No había más mundo que sus brazos.

Cuando al final él alzó la cabeza, Sabrina se apartó. Alex tensó los brazos un instante y luego la soltó. Ella le tomó la mano.

—Ven —se volvió y le miró por encima del hombro con una seductora sonrisa—. Creo que ya es hora de ir a la cama, ¿no te parece?

Estaban a solo unos metros de la cama, pero el trayecto hasta allí les llevó un largo rato porque se interrumpieron para besarse, acariciarse e ir desnudándose y arrojando las prendas a los lados. Para cuando llegaron a la cama, estaban desnudos y ardiendo de tal forma que era imposible sentir frío. Sabrina recorrió con una mirada de admiración el cuerpo esbelto de Alex. Toda la vergüenza anterior había desaparecido. Posó las manos en su pecho y las deslizó con movimientos suaves por su piel, trazando el contorno de sus músculos, las elevaciones de sus costillas...

Le besó, rodeando con la lengua los duros pezones, como había hecho él con ella la noche anterior, y sus manos continuaron vagando, acariciándole el trasero y la espalda, deslizándose por sus muslos. Cada sonido de Alex, cada movimiento, cada destello de calor de su piel, multiplicaba su propio placer. Sentía la pasión surgiendo en él e intensificando la suya.

Le amaba, pensó, aunque no se atrevió a decirlo. Todavía no. Aquel no era el momento.

Alex la levantó en brazos, la tumbó en la cama y se tumbó a su lado. Acarició su cuerpo con la misma dedicación que Sabrina había entregado al suyo y, mientras deslizaba sus manos y sus labios sobre ella, el calor creció en el interior de Sabrina de tal manera que pensaba que ya no podía ser más intenso, que ya no podía sentir nada más. Pero cada una de las caricias de Alex la empujaba un poco más allá.

Después, y por fin, Alex se colocó entre sus piernas y la penetró con lenta intensidad. Sabrina le envolvió y comenzó a moverse junte a él, entregándose a aquella tormenta de placer. Alex llenaba sus sentidos, su mente, su ser y, cuando por fin alcanzó la cumbre y estalló el placer, se estremeció y le sintió estremecerse y volar con ella en aquel dulce éxtasis.

Alex se despertó en una habitación a oscuras con la única luz de un débil rayo de sol filtrándose por la ventana. Incluso en medio del sueño, reconoció el lugar, el momento y el miedo glacial. Intentó negarlo y enterrar la cabeza para alejarlo, pero no podía moverse, no podía pensar. Estaba atrapado en aquel miedo indefinido.

—¡Alex, Alex!

Abrió los ojos bruscamente. Sabrina estaba inclinada sobre él, sacudiéndole el hombro. Él se la quedó mirando sin entender, perdido entre dos mundos.

—¡Sabrina! Lo siento —se sentó y se frotó la cara—. ¿Te he despertado?

—Estabas soñando. Me he despertado y estabas dando vueltas en la cama y hablando dormido.

Alex podía sentir el sudor que cubría su piel y el calor de su cuerpo. ¿Por qué le habría traicionado su cuerpo, enviándole aquel sueño en un momento como aquel? Sabrina era la última persona que quería que fuera testigo de su debilidad.

—Sí, he tenido una pesadilla.

—¿Sobre qué?

—No ha sido nada, de verdad. Ya sabes lo absurdos que son algunos sueños. Pero ya ha terminado.

Sabrina frunció el ceño con preocupación.

—A mí no me ha parecido que no fuera nada —se interrumpió para mirarle y, como él no contestó, dejó escapar un suspiro y se tumbó de espaldas—. Muy bien, si no quieres contármelo…

El frío de su tono igualaba el provocado por el aire al rozar la piel de él empapada en sudor.

—No es que no quiera contártelo —respondió Alex al instante. Se interrumpió después, buscando una excusa razonable, porque la verdad era que Sabrina tenía razón—. Maldita sea —musitó.

—Yo te conté mi pesadilla —señaló Sabrina.

—Sí, pero…

—¿Pero qué?

—No es lo mismo.

—¿Por qué? —se volvió de nuevo hacia él, batió las pestañas y dijo con voz melosa—: ¿Porque tú eres un hombre grande y fuerte y yo solo una mujercita?

—¡No! —respondió con un gemido, y se pasó la mano por el pelo—. ¡Que el diablo me lleve! Es evidente que has pasado demasiado tiempo al lado de mi madre. Es porque no quiero que veas... eso.

—¿Que vea qué?

—Mi miedo. Ese miedo por nada. Mi... debilidad.

—Alex —se acurrucó contra él, apoyó la cabeza en su pecho y le abrazó. Alex tuvo que reconocer que aquello le hizo sentirse inexplicablemente mejor—. Tener una pesadilla no es una señal de debilidad. Todo el mundo tiene pesadillas. Puedo garantizarte que hasta Aquiles tenía pesadillas.

—Sí, bueno, ¿quién no tendría pesadillas si le meten en el río Estigia siendo un recién nacido? —rio y aquel sonido, la vibración de su risa en su pecho, de alguna manera, consiguió mejorarlo todo. Suspiró—. Es una pesadilla recurrente. La tengo desde hace años. Estoy en una habitación a oscuras, solo, sabiendo que estoy encerrado. Soy incapaz de salir.

—Es como lo que te ocurrió hace años. Cuando yo te vi en sueños.

Él asintió mientras le acariciaba el brazo.

—Sí. Empezaron después de aquel episodio.

—Es comprensible.

—En el caso de un niño, sí, pero no en el de un hombre adulto. Ya no soy una criatura. Y no sueño con que vea mi vida amenazada, o que me persigue una criatura monstruosa, o caigo por un edificio. Se supone, que, a estas alturas, ya tendría que haberlo superado. Y pensaba que así era, pero, durante este último año, la pesadilla ha vuelto.

—A veces, lo invisible, lo desconocido, asusta mucho más que las cosas que se pueden ver.

Al cabo de un momento, Alex dijo con voz queda:

—Nunca he sido tan valiente como Con.

—¿Tan valiente o tan imprudente?

Alex soltó una carcajada.

—Es evidente que no has tardado mucho en conocer a mi hermano.

—Es algo bastante obvio. A un hombre más cabal no se le ocurriría vestirse como un charlatán de feria, ni siquiera para disfrazarse.

—Tiene un extraño sentido del humor —corroboró Alex. Sonrió—. Me temo que es algo que comparto con él… Al menos hasta el punto de reírme con las cosas que hace.

Sabrina se alzó para mirarle y le rodeó el pecho con los brazos.

—No debe de ser fácil ser un gemelo. Pasar toda la vida comparándose con otro. Sospecho que tú tienes cualidades que Constantine también desearía.

—A él le encantaría tener una habilidad tan peculiar como la mía —admitió Alex—. Solo Dios sabe por qué.

—No es ningún delito ser distinto a tu hermano en algunos aspectos.

—Pero resulta extraño. Siempre hemos sido muy parecidos. Nos comportábamos de la misma forma, pensábamos lo mismo… Con era como otra parte de mi ser.

—¿Y ya no lo es? ¿Ya no puedes saber lo que está pensando? ¿O lo que está haciendo?

—La mayor parte de las veces lo sé. Me basta con mirarle para saber si está considerando la posibilidad de hacer alguna travesura —se interrumpió un instante y añadió—: O si está triste, algo que no ocurre muy a menudo. Es muy fácil interpretarle.

—Para ti. No para todo el mundo —Sabrina se inclinó para besarle—. No tienes por qué ser como Con. Ni tan siquiera tienes que ser valiente. Menos aún cuando no estás despierto —volvió a besarle—. Ni delante de mí. A pesar del poco tiempo que ha pasado desde que nos conocemos, me conoces mejor que nadie. Y yo te conozco a ti. No tienes por qué ser otra cosa que tú mismo —le pasó la mano por el pecho y se inclinó para besarle en el mismo lugar en el que le había acariciado.

—Eres una mujer muy persuasiva —dijo Alex, envolviéndola en sus brazos y rodando hasta colocarla debajo de él—. Y conozco un remedio excelente para las pesadillas.

Ella sonrió.

—¿Ah, sí? ¿Y cuál es?

—Este —se inclinó para devorar su boca y al instante dejaron de pensar en el miedo.

A la mañana siguiente, Alex se despertó en una cama vacía. El estómago se le cerró y se sentó de un salto, apartando las sábanas. Pero entonces oyó la voz de Sabrina en la habitación de al lado, seguida por el tintineo de platos. Volvió a tumbarse con los brazos detrás de la cabeza y se permitió flotar durante unos minutos en aquel ambiente de domesticidad.

Pero la llamada del deber, por no hablar del hambre, le sacó de la cama para lavarse, afeitarse y vestirse. Cuando entró en la otra habitación minutos después, encontró a Sabrina junto a la ventana, mirando hacia la calle y tarareando una canción. Teniendo en cuenta que el día era gris y lloviznoso, Alex sospechó que no era la escena que contemplaba lo que la hacía estar tan contenta. Se volvió hacia él y su rostro se iluminó, caldeándole de la forma más gratificante imaginable.

—Les he pedido que nos trajeran el desayuno.

Sabrina se inclinó y se puso de puntillas para rozar sus labios. Alex prolongó el beso.

—No sé si tengo hambre —le dijo en voz baja.

Sabrina le apartó, riendo ruborizada, y le dio la mano para acercarle a la mesa.

—Yo sí, ¿quieres té?

Le sirvió una taza mientras Alex comenzaba a servirse la comida en el plato. Se sentaron para desayunar y estuvieron conversando mientras lo hacían.

—¿Vamos a ir al próximo pueblo de la carretera a Andover para visitar la iglesia?

Alex se encogió de hombros.

—Supongo que esa supuesta boda tuvo lugar en Andover, puesto que allí tenían más de un clérigo para elegir, pero no sé si podemos permitirnos el lujo de dejar de visitarla. La verdad sea dicha, no entiendo cómo puede haber habido ningún sacerdote que haya estado dispuesto a casarte, con licencia especial o sin ella, teniendo en cuenta el estado en el que te encontrabas. Tenían que sujetarte para mantenerte en pie y no creo que fueras capaz de dar respuestas claras.

Ella asintió.

—Tenía que ser un clérigo muy deshonesto.

—Sí, yo creo que tuvo que haber mucho dinero de por medio, en el caso de que fuera un hombre sobornable. O quizá se trató de un chantaje. O de ambas cosas. He estado pensando. Esa es la razón por la que tomaron una ruta tan peculiar. Mira —trazó un camino en un mapa invisible sobre la mesa—. Empezaron aquí, después subieron hasta Andover y desde allí fueron al sudeste.

—¿El conductor no dijo que iban hacia Winchester?

Alex asintió.

—También he estado pensando en eso. ¿Los Dearborn tienen alguna conexión con Winchester?

—No, que yo sepa. Pero es evidente que hay muchas cosas que no sé sobre ellos.

—No puedo evitar advertir que debajo de Winchester está Southampton.

Sabrina abrió los ojos como platos.

—¿Crees que pensaban montarme en un barco?

—Tiene sentido, desde una perspectiva muy retorcida. Ya hemos dado por sentado que te sacaron de casa para que nadie supiera lo que estaba pasando. ¿Pero dónde iban a ir después? Si regresabais a casa, al final, recuperarías la consciencia y le contarías a todo el mundo lo ocurrido. Si viajabais a otra localidad de Inglaterra, corrían el peligro de que te despertaras y pidieras ayuda, o de que te escaparas, como hiciste al final. Pero, si te montaban en un barco, podían mantenerte encerrada y drogada con la excusa de que estabas mareada. Y, en el caso de que te despertaras, estarías en medio del Canal, o cruzando el mar, y no tendrías maneras de escapar.

—Hasta que llegáramos a puerto, donde estaría sola en un país extranjero, entre desconocidos, sin conocer su lengua. Eso me habría puesto en una situación de gran desventaja.

—Exacto.

—Pero no podrían haberme mantenido allí eternamente. En algún momento habría vuelto. La gente se habría preguntado dónde estaba.

—Es cierto. Pero el señor Dearborn ya habría vuelto a casa y habría contado que habíais celebrado una boda relámpago y habíais ido a Europa de luna de miel. Podrías haber pasado allí semanas, un mes, sin que nadie pensara en ello. Y, para cuando hubierais regresado... —Alex había conseguido mantener un tono sereno y razonable hasta entonces, pero en aquel momento no pudo disimular la rabia—. Para entonces, no podrías negar su versión sin dañar tu reputación hasta tal punto que no habría forma de reparación. Tendrías que revelar que habías estado un año viviendo con un hombre. Podrías incluso... —se aclaró la garganta— llevar un hijo suyo en tu vientre.

Sabrina palideció.

—¿Crees que me habría forzado?

Alex posó la mano en su brazo.

—Teniendo en cuenta lo que hizo, no sé por qué iba a detenerse. Pero, incluso en el caso de que hubiera tenido la suficiente decencia como para no hacerlo, todo el mundo pensaría lo contrario. Si le hubieras dejado, si le hubieras contado a la gente lo ocurrido, habrías sido víctima de un terrible escándalo. Supongo que esperaban que renunciaras a confesar al ser consciente de cuáles eran tus circunstancias. Que lo aceptaras. Al fin y al cabo, hasta entonces habías sido muy complaciente con ellos. Y Peter y tú sentíais cierto afecto el uno por el otro.

—No hasta ese punto —replicó ella con vehemencia—. Pero, sí, entiendo que creyeran que era demasiado débil como para organizar un escándalo. Pero si pretendían llevarme a Southampton, o a Winchester, ¿por qué no fuimos directamente? Estábamos mucho más cerca.

—Exacto. Andover está tan apartado del camino que solo se me ocurre pensar que lo hicieron porque conocían a algún sacerdote en el que podían confiar. Uno al que podían pagar o chantajear.

Sabrina se reclinó en la silla.

—Tiene sentido. Por desgracia, no sé a quién conocían en Andover.

—Es probable que un vicario de moral más que cuestionable no sea alguien que se presente a una joven dama.

—Tampoco podemos estar seguros de que la ceremonia tuviera lugar en Andover —reflexionó Sabrina—. Pueden haber tomado esta carretera para ir a cualquier otro pueblo entre donde estamos y Andover. Esta es una carretera importante.

—Sí, tienes razón. No podemos limitarnos a ir a Andover. Tendremos que parar de vez en cuando.

Pasaron la mañana buscando a su elusivo clérigo, pero con muy poco éxito. A primera hora de la tarde, se detuvieron en la tercera iglesia. El pastor era un hombre jovial y dispuesto a ayudar y, si le parecieron extrañas sus preguntas, no evidenció ni la sorpresa ni los recelos que los dos primeros habían mostrado.

—Déjenme ver, déjenme ver —musitó, balanceándose sobre sus pies—. Hace tres semanas. ¿Ese fue el fin de semana de las fiestas? No, eso fue la semana anterior. ¡Ah, ya me acuerdo! Me tomé unos días después de las fiestas para recuperarme… pueden llegar a ser agotadoras, ¿saben? Durante aquella semana fuimos a Andover al teatro. No recuerdo si es la fecha exacta que ha mencionado. Vimos una obra maravillosa, una comedia. Yo siempre las prefiero al drama, ¿ustedes no?

—¿Pero alguien…? —comenzó a decir Alex, pero el sacerdote había dado media vuelta y estaba rebuscando en su escritorio.

—Creo que tengo el programa del teatro. Quizá venga allí la fecha. Aquí está —con aire triunfal, sacó un folleto y dio media vuelta para enseñárselo—. Hum, no, parece que no viene la fecha —lo hojeó y suspiró—. Es una lástima.

—¡Espere!

Sabrina le quitó el programa de las manos y pasó un par de páginas.

—¿Sabrina? ¿Qué ocurre?

Alex se acercó a ella, alarmado por la repentina palidez de su rostro.

Ella señaló la página en la que aparecían los retratos del reparto.

—Es este hombre. Es él. Ese es el sacerdote.

CAPÍTULO 29

—¡Oh, no, querida! —respondió el sacerdote con amabilidad—. Ese hombre es un actor, no un clérigo. Estaba en la obra que vimos. Aunque no creo que fuera el vicario. El vicario era un hombre más bajo.

—¡Un actor! —exclamó Alex, agarró el panfleto de las temblorosas manos de Sabrina y examinó el dibujo—. Por supuesto, ¿por qué no se me habrá ocurrido? —soltó un juramento.

—¡Señor! —le recriminó el vicario—. Piense el lugar en el que se encuentra. Y hay una dama delante.

—¡Oh, sí! Lo siento.

—Lo siento en el alma —se disculpó Sabrina con una temblorosa sonrisa. Tenía el estómago helado y le palpitaba el corazón—. Nosotros... eh, lo que quería decir es que he visto a ese hombre en una obra de teatro.

—¿Conoce entonces la compañía? —el vicario sonrió complacido.

—No, yo... fue en otra parte.

—¿Dónde está este lugar? —Alex se volvió hacia el reverendo, dándole golpecitos al folleto con el dedo—. Este teatro, ¿está en Andover?

—Claro, está en el centro de la ciudad, muy próximo al antiguo mercado. ¿Pero por qué...?

—Gracias —le interrumpió Alex.

La expresión de su rostro era tan fiera que el pastor dejó de preguntar y retrocedió un paso.

—Ha sido de gran ayuda —le aseguró Sabrina al pastor mientras Alex salía disparado de la habitación.

Tras ella, oyó farfullar al pastor:

—¡Pero, señor! ¡Espere! ¡Mi programa!

Una vez fuera, Sabrina se volvió hacia Alex con los ojos resplandecientes.

—Eso significa que fue una farsa, ¿verdad? No era un pastor. Solo era un actor que fingía serlo.

—Sí, tiene todo el sentido del mundo. Cuando Dearborn te encerró en tu habitación, tuvieron que actuar rápido. No había tiempo para conseguir una licencia especial y supongo que resulta difícil encontrar a un clérigo deshonesto que esté dispuesto a oficiar una ceremonia como aquella. Es mucho más fácil conseguir un actor que represente el papel a cambio de dinero. Probablemente, hasta es posible que tuviera un traje de religioso entre el vestuario de la compañía.

—Peter, o quizá el señor Dearborn, debían conocerle y saber que estaría dispuesto a hacer algo así. Por eso se desviaron a Andover.

Alex asintió y tomó sus manos entre las suyas.

—Lo importante, Sabrina, es que eres libre. No estás casada con nadie.

—¡Oh, Alex! —Sabrina se arrojó a sus brazos y Alex, riendo, comenzó a girar con ella—. ¡Cuánto me alegro! ¡Es maravilloso! ¡Qué alivio!

—Y ahora —dijo Alex, dejándola de nuevo en el suelo y con seria determinación—, solo tenemos que encontrar a ese maldito actor.

Alex azuzó al caballo para que fuera a paso rápido, lamentándose de que no fuera capaz de ir a mayor velocidad. Cuando se acercaron a Andover, se incrementó el tráfico, pero consiguió sortearlo con habilidad. Una vez en el centro de la ciudad, les resultó fácil localizar el teatro.

Las puertas estaban cerradas, pero Alex las aporreó como un loco hasta que, al final, un hombre las abrió y asomó la cabeza irritado.

—¿Qué demonios quiere? El teatro está cerrado en este momento. La obra es dentro de dos horas. No hay nadie aquí, solo yo, y estoy intentando hacer mi trabajo.

—Lo que quiero es ver a este hombre —le mostró el programa del teatro y clavó el dedo en el retrato del actor.

—¿A Farfield? —preguntó el hombre.

—¿Ese es su nombre?

—Al menos es el nombre que yo sé —replicó su interlocutor—. Anderson Fairfield.

—¿Dónde está?

—En sus habitaciones, supongo —señaló hacia el final de la calle—. Tres bloques más abajo, último piso.

El hombre parecía encantado de entregar a Farfield, pero aun así, Alex le recompensó con una moneda. Se dirigieron después hacia el final de la calle. Cuando llegaron al edificio, Alex se volvió hacia Sabrina.

—Quiero verle a solas.

—¡Alex! No voy a permanecer sin hacer nada mientras tú te haces cargo de la situación.

—No, no es eso. He estado pensando en la manera de hacerlo. No quiero que te reconozca antes de que le haya interrogado. Lo que quiero es que esperes en el descansillo y pases después.

Ella le siguió por las escaleras y permaneció en el sombrío pasillo mientras Alex llamaba imperioso a la puerta. Cuando esta se abrió y apareció el actor, Sabrina tuvo que hacer el esfuerzo de su vida para no soltar una exclamación. Ya estaba segura de que aquel era el hombre que buscaban, pero verle en persona hizo que se estremeciera.

Alex dio un paso hacia el interior, forzando al actor a retroceder. Sabrina se acercó con sigilo para poder oír la conversación a través de la puerta entreabierta.

—Un momento, ¿quién es usted? —protestó Fairfield débilmente—. ¿Qué hace invadiendo mi casa?

—Me han dicho que usted es el hombre al que hay que ver cuando uno necesita cierto trabajo.

—Quizá —la voz del actor mostró recelo y entusiasmo al mismo tiempo—. ¿Qué es lo que quiere?

—Peter Dearborn me ha contado que, recientemente, ofició un matrimonio falso para él. Hay una mujer que insiste de manera obstinada en ver una alianza en su dedo.

Alex hablaba con voz fría y sugerente. Sabrina pensó que tenía el talento de su hermano para el engaño hasta un punto del que él no era consciente.

—Eso podría arreglarse —el tono de Fairfield se tornó más amable.

—Lo quiero todo completo, como hizo con Dearborn.

—No habrá ningún problema. Tengo hasta el alzacuello. Pero tendrá que ser antes de la función, por supuesto.

—Por supuesto. Se sabe toda la ceremonia, ¿verdad? La ofició para Peter y para la chica la última vez, ¿no es cierto? Esta chica es muy astuta. Sería capaz de notar cualquier desliz.

—No se preocupe. No cometeré ningún fallo.

—Peter la drogó.

—Sí. Por lo visto, ella se oponía. Pero, si en este caso ella está dispuesta, no es necesario…

En ese instante, se oyó el impacto de un puño contra un rostro, seguido por un estruendo.

—¡Miserable bastardo!

Sabrina corrió al interior y vio a Fairfield en el suelo, con Alex cerniéndose sobre él. Alex alargó la mano para agarrarle de la camisa y levantarle.

—¡Usted le ayudó! —le retorció el cuello de la camisa y tiró de él, levantando al actor hasta ponerle de puntillas—. Ya habría sido bastante malo que hubiera permanecido sin hacer nada mientras él intentaba arruinarle la vida a una joven, pero, no contento con eso, participó en ello de forma activa. Es usted escoria. Lo peor de lo peor.

—Alex, le estás ahogando —le advirtió Sabrina.

—Mejor —contestó, pero le soltó.

Fairfield retrocedió tambaleándose.

—¿Qué...? ¿Por qué...? —posó sus aterrados ojos sobre Sabrina—. ¡Usted!

Retrocedió hasta que la pared le impidió seguir haciéndolo, mirando alternativamente a Sabrina y a Alex.

—Yo no... Yo no hice nada. Jamás la toqué.

—Creo que con el fraude fue suficiente. Fue un colaborador del delito que Peter cometió.

—No puede... —Fairfield miró frenético a Sabrina—. Señorita, no puede permitir que... tendrá que testificar, lo sabe. Saldrá todo a la luz. Y el escándalo arruinará su vida.

Alex dejó escapar un pesado suspiro.

—Sí, tiene razón. Supongo que tendré entonces que decir que esto se ha debido a que me ha robado el reloj.

—¿Qué? ¡Yo jamás he hecho una cosa así!

—Um. ¿Y a quién piensa que creerán, a usted o al hijo de un duque? —Alex le agarró del brazo con fuerza y comenzó a caminar hacia la puerta—. Vamos, Fairfield. Me temo que esta noche no va a poder actuar porque la va a pasar en la cárcel.

—¡No! ¡Espere! ¿Qué quiere? Haré todo lo que usted quiera.

—Sí, como si pudiera creer en usted —pero Alex se detuvo y le estudió atentamente—. Aunque... si estuviera dispuesto a escribir una confesión detallando la repugnante farsa de los Dearborn y su participación en ella...

—¡Sí! Lo haré. Lo contaré todo. Y durante el tiempo que pasamos juntos en Eton, él...

—¿Estuvieron juntos en Eton?

—Sí —se encogió de hombros—. Eso fue, supongo que no hace falta decirlo, antes de que mis padres me desheredaran.

Muy bien, déjeme ir a por una hoja de papel y lo escribiré todo.

Un buen rato después, mientras firmaba la confesión y le entregaba a Alex su declaración, Fairfield parecía mucho más apagado. Le preguntó taciturno.

—¿Qué piensa hacer con eso?

—Pienso guardármelo. Considérelo como una fianza que le obligará a comportarse correctamente en el futuro. Pienso informarme sobre usted de vez en cuando. Y, si vuelve a engañar a alguien, me enteraré.

—No puede utilizar mi confesión sin implicar a los Dearborn.

—Tiene razón. Y, si yo estuviera en su lugar, tendría más miedo de lo que pudieran llegar a hacer ellos —dijo Alex en tono pensativo. El otro hombre le miró alarmado—. De hecho, quizá debería considerar la posibilidad de trasladarse a un clima más soleado.

Alex dobló el papel y se lo guardó en el bolsillo. Después, le ofreció el brazo a Sabrina. Mientras bajaban juntos las escaleras, ella le preguntó:

—¿De verdad crees que esto impedirá que vuelva a hacer algo parecido?

—Sospecho que sí. Por supuesto, imagino que continuará cometiendo pequeños delitos de una u otra clase. Pero no es un hombre valiente y es lo bastante listo como para saber que, si le descubren haciendo algo de esta naturaleza, el documento le garantizará una larga condena. Si no abandona el país, le pediré a Tom que le vigile, solo para recordárselo.

—Yo… supongo que ya hemos resuelto el misterio —dijo Sabrina con cierta inseguridad mientras avanzaban por la calle para dirigirse a su vehículo.

Acababa de comprender desolada que debía poner fin al tiempo que estaba compartiendo con Alex.

—Sí, y ahora eres una mujer libre —dijo Alex—. Lo único que tenemos que hacer es mantenerte a salvo de los Dearborn durante algún tiempo, hasta que no tengan ningún poder legal sobre ti. Y pienso utilizar esto —se palmeó el pecho a la altura del bolsillo en el que guardaba la confesión de Fairfield— para asegurarme de que no piensa volver a utilizar ese truco cuando hayas alcanzado la mayoría de edad. Podrás ir donde quieras.

Sabrina alzó la mirada hacia Alex, intentando sopesar si aquella perspectiva le desazonaba tanto como a ella. La verdad era que no tenía ninguna gana de abandonar Broughton House o, mejor dicho, de dejar a Alex.

—Yo… Eso es maravilloso —dijo con una falta de entusiasmo evidente.

¿Ya había terminado todo? ¿Tendría que volver a su propiedad? Por mucho que hubiera amado siempre su hogar, la perspectiva le parecía deprimente. Durante las últimas semanas, había estado concentrada en averiguar su pasado. Y no había pensado en el futuro.

—¿Qué haremos ahora? —preguntó.

—Volveremos en tren a Londres —respondió él—. Tendré que hacer que devuelvan el caballo y la calesa a The Blind Ox —la miró con calor—. Aunque creo que, teniendo en cuenta todas nuestras aventuras, nos merecemos un poco de descanso. Podemos dejar lo del tren para mañana —entrelazó los dedos con los suyos— y pasar aquí la noche.

—Me parece una idea maravillosa —Sabrina sonrió.

Cuando a la mañana siguiente regresaron a Broughton House, fueron recibidos por gritos de alegría.

—¡Alex! ¡Sabrina! —les saludó su madre—. ¿Cómo habéis vuelto tan pronto? Pensábamos que estaríais fuera una semana por lo menos.

Para sorpresa de Alex, Lilah Holcutt salió de la habitación del sultán detrás de la duquesa y corrió hacia ellos.

—¡Sabrina! ¿Estás bien? ¿Qué habéis averiguado?

—Sí, contádnoslo. Voy a pedir que nos sirvan el té —la duquesa les hizo pasar a todos delante de ella.

Alex comenzó a contar una muy censurada aventura y tuvo que empezar de nuevo cuando Con se sumó a ellos unos minutos después. Como era de esperar, Lilah se mostró horrorizada y furiosa ante las acciones de los Dearborn. La duquesa estaba dispuesta a emprender una cruzada contra ellos.

—Pienso hacerlo, mamá, no te preocupes —le aseguró Alex con una sonrisa. Le dirigió a Con una breve mirada y este se limitó a asentir de una manera apenas perceptible—. Si me perdonas, voy a dejar a Sabrina en tus capaces manos. Con y yo tenemos algo de lo que hablar.

Los dos hermanos se dirigieron hacia el cuarto de estar, donde, tras recibir una entusiasta y ruidosa bienvenida por parte de Wellington, se instalaron después de servirse una copa.

—Me ha sorprendido ver aquí a la señorita Holcutt —comenzó a decir Alex.

Con soltó un bufido burlón.

—La duquesa y ella se han hecho grandes amigas.

—¿Mamá y la señorita Holcutt? Yo pensaba que el otro día se habían estado tirando los trastos a la cabeza.

—Sí, pero, por lo visto, disfrutaron. Lilah se quedó aquí el día que os escapasteis. Mamá decidió que, si Lilah salía sin disfrazar, los Dearborn podrían descubrir que había suplantado a la señorita Blair y deducir que ya no estaba aquí. Yo pensé que la señorita Holcutt iba a mostrarse horrorizada ante esa perspectiva, pero, para mi sorpresa, aceptó quedarse. Estoy empezando a pensar que pretende quedarse a vivir aquí.

—Solo han sido tres días.

—A mí me han parecido un mes. Pero he conseguido evitar su presencia la mayor parte de las veces quedándome en el piso de arriba de la agencia.

Alex soltó una carcajada.

—Jamás pensé que podrías llegar a tener miedo a una mujer.

—¿Estás de broma? La que me da miedo es mamá —Con sonrió de oreja a oreja—. Sinceramente, lo que me da miedo es terminar diciéndole una grosería a la señorita Holcutt y tener que oír después a mamá.

—¿Pero los Dearborn no han renunciado a vigilar al casa? No he visto a nadie por los alrededores.

—No, pero ahora son más listos y han puesto a su hombre en el parquecito que hay al final de la calle.

—¿Tan lejos? Me parece una ubicación poco fiable.

—Usa un catalejo —apuró el resto de su copa—. Y ahora dime lo que no has querido decir delante de mamá.

—En realidad, ya he contado casi todo.

Alex no estaba seguro de si quería contar lo que había ocurrido entre Sabrina y él. Advirtió, con cierta sorpresa, que era la primera vez que le ocultaba algo a su hermano.

—Pero he evitado algunos detalles sobre el plan de los Dearborn. Creo que Peter pretendía violar a Sabrina en algún momento. Es posible que solo quisiera contar con el escándalo para que ella aceptara ese matrimonio. Pero un embarazo lo habría cimentado.

—Pero el matrimonio no era legal. No tendría ningún derecho a quedarse con su fortuna.

—Al cabo de algún tiempo, cuando ella se resignara a ese matrimonio y quisiera evitar un mayor escándalo, sospecho que le habría dicho que había habido algún problema en la ceremonia y que debían volver a casarse, y lo haría de verdad en esa segunda ocasión.

—Un auténtico canalla.

—Lo es —corroboró Alex—. Pero lo que quiero saber es qué has descubierto mientras yo he estado fuera.

Con esbozó una sonrisa traviesa.

—Por una parte, nuestros amigos los Dearborn son personas de costumbres caras. El hijo pasa mucho tiempo en Londres. Sale con Cartwell y su grupo.

—En ese caso, necesitará mucho dinero.

—Exacto. El padre de Niles Dearborn ganó una buena cantidad de dinero gracias a una inversión en un proyecto en la India. Era una aventura arriesgada, pero encontraron rubís y recuperó diez veces más de lo invertido, lo que dotó de una muy buena situación a la familia. Dearborn heredó el amor de su padre por los proyectos arriesgados, pero no tuvo tanta suerte con ellos. Ha perdido mucho dinero a lo largo de los años y es una familia acostumbrada al lujo. Yo diría que necesitan desesperadamente la herencia de la señorita Blair que, por cierto, es considerable.

—¿Es rica?

—No tan rica como antes de que Dearborn se hiciera cargo de ella.

—Los Dearborn han estado robándole su dinero —dedujo Alex sombrío.

—Al principio no. El padre de Sabrina tenía su dinero en fondos muy sólidos, nada espectacular, pero estables y seguros. Sin embargo, Dearborn decidió invertir el dinero de Sabrina en la clase de proyectos a los que está acostumbrado y perdió alrededor de un cuarto de su herencia. También se ha reembolsado dinero justificándolo con diferentes gastos, cantidades que parecen exageradamente altas para una joven que vive recluida en el campo. Son cifras cuestionables, pero los que me han llamado la atención han sido estos dos últimos años. Ha habido una reducción constante en los fondos y la razón no está clara. A mí me parece que tiene toda la pinta de un desfalco. Tengo que investigar más para descubrir cómo lo ha conseguido.

—Hazlo. Quiero tener una causa firme contra él. No solo quiero la confesión de Fairfield, necesito también pruebas de sus actividades ilícitas como tutor.

—¿Pretendes denunciarle? Eso supondría un escándalo para la señorita Blair.

Alex suspiró.

—Lo sé. Mi intención es utilizarlo como una forma de

presión contra él. Dejarle claro que, si intenta hacer daño a Sabrina en cualquier sentido o incluso acercarse a ella, le denunciaré. Creo que el saber que está en juego su reputación será suficiente para mantenerle a raya —frunció el ceño—. Pero si le ha robado tanto dinero, Sabrina debería tener la oportunidad de recuperar al menos parte de él.

—Es posible que prefiera permanecer en silencio y perder ese dinero a revelar lo ocurrido. Al fin y al cabo, tampoco podemos decir que esté sin un solo penique. La señorita Blair tiene una propiedad importante en Somerset y la casa de Londres, la cual, debería añadir, Dearborn pretendía vender. En cuestión de dinero en efectivo e inversiones monetarias, ahora mismo yo diría que le queda la mitad. De todas formas, cuando te cases con ella no necesitará el dinero.

—¡Casarme con ella! —Alex clavó la mirada en su gemelo—. ¿Quién ha dicho nada de casarse con ella?

Con abrió los ojos con fingida inocencia.

—¿No piensas casarte? Yo pensaba que pretendías hacer de ella una mujer decente.

CAPÍTULO 30

Alex se levantó de un salto. El rubor teñía sus pómulos.

—¡Y un infierno! No hables así. ¿Cómo demonios...? —se interrumpió de golpe al ver una enorme sonrisa en el rostro de su hermano.

—¿Lo sé? —dijo Con, terminando la frase por él—. No lo sabía, hasta que has saltado como si te hubiera dado una puñalada.

—¡Maldita sea! Con, no puedes contar algo así.

—Por el amor de Dios, jamás le diría nada a nadie, solo a ti. No soy un idiota, ni un maleducado, por mucho que lo diga la señorita Holcutt —frunció el ceño—. Espero que no pienses que no puedes confiar en mí.

—No, claro que no —Alex suspiró y se reclinó en su asiento—. Lo siento. Confío plenamente en ti. Es solo que... si se supiera, si los demás sospecharan algo, arruinaría su reputación. ¿Por qué has sospechado que nosotros...? ¿He dicho algo? ¿He hecho algo?

—No. Pero es una suposición razonable cuando un caballero ha pasado varios días de excursión por el campo con una dama, y sin carabina. Sobre todo cuando es evidente que está loco por ella y ella está loca por él.

—Yo no estoy... —Alex se enfrentó a la mirada firme de su hermano y suspiró—. Sí, claro que estoy enamorado de ella. No hay nada que desee más que casarme con ella.

—¿A qué viene entonces tanta timidez?

—No es una cuestión de timidez, pero no puedo aprovecharme de Sabrina.

—No entiendo por qué proponerle matrimonio a una joven es aprovecharse de ella.

—Es muy joven e ingenua.

—Sabrina tiene casi veintiún años. La mayoría de las jóvenes llevan ya tres años haciendo vida social a esa edad. Tú solo le llevas cuatro años. No puede decirse que seas un asaltacunas.

—Pero ella no ha hecho vida social durante tres años. Ha llevado una vida tranquila y recluida. No tiene ninguna experiencia en las artes del flirteo y, mucho menos, en el amor.

—A mí me parece que es una mujer que sabe lo que quiere. He visto cómo te mira. Está tan enamorada de ti como tú de ella.

—Yo creo que es demasiado pronto, que puede estar confundiendo la gratitud con el amor. Estaba en una situación desesperada y yo la he ayudado. ¿Pero qué ocurrirá si de pronto se da cuenta de que eso no es amor?

—¿Crees que es tan voluble?

—Lo que creo es que yo no debería aprovecharme de la situación. Lo que tengo que hacer es retirarme y dejarle tiempo para asumir todo lo ocurrido. Últimamente, su vida ha sido demasiado caótica como para que pueda tomar decisiones de una forma razonable. Necesita descansar. Debería tener libertad para ir a fiestas, bailar y flirtear.

—Sí, claro. Por tu forma de fruncir el ceño, es evidente que es eso lo que quieres.

—No es cuestión de lo que quiero. Debemos hacer lo mejor para Sabrina.

—¿Le has dicho ya a tu joven dama que vas a terminar con ella?

—¡No es eso en absoluto! —los ojos de Alex relampagueaban—. Maldita sea, Con, sabes a lo que me refiero.

—Sí. Sé que te estás dispuesto a arrancarte el corazón porque quieres ser justo y honorable. Y que eres más propenso a pecar por generosidad que por egoísmo. Pero si tanto te preocupa hacer las cosas bien con la señorita Blair, ¿por qué te has acostado con ella?

—No debería haberlo hecho —Alex se mesó los cabellos—. Lo sé. Es solo que… no pude evitarlo.

—¿Y por qué crees que vas a poder evitarlo en el futuro?

Alex miró angustiado a su hermano.

—No lo sé, pero debería.

Con elevó los ojos al cielo.

—¡Por el amor de Dios, Alex! Me vas a acabar matando —se levantó y dejó el vaso en la mesa—. Haz algo por mí, ¿quieres? Antes de suicidarte en el altar del deber y el honor, deberías considerar la posibilidad de preguntarle a la señorita Blair si de verdad quiere que te sacrifiques por ella.

Y salió a grandes zancadas de la habitación, dejando a Alex mirándole desconcertado.

Días después, Sabrina estaba sentada en la biblioteca, leyendo, cuando Phipps anunció la llegada de la señorita Holcutt.

—¡Lilah! —Sabrina dejó el libro a un lado y se levantó para saludar a su amiga—. Pasa, siéntate. ¿O prefieres ir a la habitación del sultán?

—No, esta habitación es adorable. Y la del sultán es demasiado… roja.

Sabrina soltó una risita.

—Es verdad. Pero me gusta. Y encaja con la personalidad de la duquesa, ¿verdad?

—Desde luego.

—Excúsenme, señoras —ambas se volvieron al oír aquella voz y vieron a Con levantándose de una de las butacas de la biblioteca.

—¡Oh, no le había visto! —exclamó Lilah.

—Por supuesto que no —Con inclinó la cabeza con educación—. Buenos días, señorita Holcutt. Tengo algunos asuntos de los que ocuparme. Sabrina.

Las dos mujeres lo observaron marcharse y Lilah se volvió hacia Sabrina.

—Vaya, se ha marchado en cuanto me ha visto aparecer.

—Estoy segura de que no se ha ido por ti —le aseguró Sabrina.

—¿No? —Lilah arqueó una ceja con expresión escéptica—. También estuvo evitándome durante los tres días que estuve aquí. Creo que me considera una mojigata.

—Estoy segura de que no se ha ido porque no le caigas bien. Estaba aquí porque Alex tenía que ir a la oficina a terminar los planos para un cliente y no le gusta dejarme sola, aunque no sé qué cree que puede ocurrir. Dudo mucho que los Dearborn vayan a entrar por la fuerza en casa.

—No quiere correr riesgos. A mí me parece estupendo.

—Después de haber pasado tres días encerrada en casa, a mí ya no me lo parece tanto.

Lilah soltó una carcajada.

—¿Estás muy aburrida? Porque, si no recuerdo mal, te encantaba sentarte a leer en la biblioteca.

Sabrina sonrió un poco avergonzada.

—Sí, es cierto. Y no, no ha estado tan mal. Es solo que el tiempo pasa muy despacio.

—¿Crees que estarás a salvo después de tu cumpleaños? No quiero alarmarte, pero, aunque el señor Dearborn no tenga ya ningún control sobre tu propiedad, podría intentar secuestrarte y obligarte a casarte con Peter.

—Me parece muy poco probable. Supongo que sabe que no podrá persuadirme. Desde luego, jamás probaría ninguna bebida y comida que me ofreciera. Además, ahora ya hay personas que lo saben, tú y los Moreland. Y ellos son una familia formidable.

—Sí, ya lo he visto —Lilah sonrió—. Yo pondría a la duquesa a enfrentarse a cualquiera y no tengo ninguna duda de que Alex y los demás acudirían de inmediato a tu rescate.

—Alex cree que puede utilizar la confesión del actor para mantener a los Dearborn a raya. Está investigando lo que hizo con mi propiedad.

—¿Cree que han utilizado indebidamente tus fondos? —Lilah abrió los ojos como platos.

—Sí. Eso es lo que ha estado investigando Con. Chantajeó a uno de los empleados que llevan los asuntos del señor Dearborn para que le permitiera revisar la contabilidad.

—¿De verdad? Yo pensaba que solo se dedicaba a investigar cosas raras.

—No, creo que hace mucho más que eso.

—¿Y Alex pretende chantajear al señor Dearborn?

—Bueno, sí... supongo que eso es lo que pretende. Dice que yo seré... —Sabrina advirtió un pequeño quebranto en su voz e intentó sofocarlo—. Dice que seré libre de ir a donde quiera. Que podré hacer todo lo que quiera sin ningún miedo.

Lilah estudió su rostro e inclinó la cabeza hacia un lado.

—Pero no parece que la idea te entusiasme.

—Por supuesto, me hará muy feliz no tener que preocuparme por el señor Dearborn. Y disfrutaré pudiendo tomar decisiones por mí misma... —suspiró—. Pero no quiero abandonar Broughton House.

—¿Broughton House o a Alex Moreland? —preguntó Lilah con astucia.

—¿Es tan evidente?

—Se te ilumina la cara cuando hablas de él.

—¿De verdad? —Sabrina se llevó las manos a las mejillas—. He llegado a tenerle... mucho afecto durante las últimas semanas. ¡Ay, Dios mío! ¿Por qué estoy intentando disimular? Estoy enamorada de él, Lilah.

Su amiga sonrió.

—Pero supongo que eso es bueno. También he visto su cara y me atrevería a jurar que él siente lo mismo por ti.

—Yo también lo pensaba —admitió Sabrina—. Pero, desde que hemos vuelto, todo ha cambiado.

—¿En qué sentido?

No podía decirle a una mujer tan recta como Lilah que Alex no había vuelto a su dormitorio desde que habían vuelto, y que los besos y las caricias habían desaparecido.

—No hablamos mucho, y no estamos juntos tan a menudo. A veces... a veces incluso percibo cierta incomodidad en él.

—Es natural, ¿no crees? Cuando estabas de viaje con él... —las mejillas de Lilah adquirieron un leve rubor—. Lo que quiero decir es que, por supuesto, estoy segura de que no ocurrió nada que no debiera entre vosotros, pero estabais solos. Aquí, con tanta familia a vuestro alrededor, es lógico que la situación sea menos cómoda.

—Sí.

Lilah no era consciente de hasta qué punto tenía razón. Sería una imprudencia que Alex fuera a visitarla a su lecho, e incluso que la besara. En aquella casa, podía aparecer cualquiera en cualquier momento.

—Y no es extraño que le hayas visto menos. Está intentando descubrir información sobre el señor Dearborn.

—Tienes razón —Sabrina se interrumpió y dijo después rápidamente, como si no pudiera contenerse—. Pero en ningún momento me ha dicho lo que siente por mí.

—A lo mejor no quiere precipitarse —razonó Lilah—. Todavía no ha sido tu cumpleaños. Y un compromiso tan rápido podría dar motivo a los rumores —Sabrina arqueó la ceja ante aquella afirmación y Lilah rio—. Sí, de acuerdo, a los Moreland no les importan mucho los rumores. Pero a lo mejor está preocupado por ti y no quiere que se vea afectada tu reputación.

—Supongo.

—O quizá quiere ir más despacio. No hace mucho que os conocéis. A lo mejor no quiere correr demasiado, por decirlo de alguna manera. O podría no estar seguro de lo que sientes por él.

—No, no creo que sea ese el problema.

Una sonrisa nostálgica acarició sus labios al pensar en su entusiasta respuesta.

—He oído decir que los hombres a veces se muestran reacios a la hora de admitir que quieren a una mujer.

—Pero ni siquiera me ha dicho que me echará de menos cuando me vaya. Ni ha sugerido que me quede, ni... ni nada.

Lilah comenzó a decir algo, pero se interrumpió cuando entró un mayordomo en la habitación.

—Le ruego que me disculpe, señorita Blair. Acaba de llegar este mensaje para usted.

—¿De Alex? —Sabrina alargó la mano hacia el sobre con expresión radiante.

—El chico que lo ha traído no ha dicho nada, pero yo me atrevería a decir que no es la letra del señor.

Sabrina bajó la mirada hacia el nombre que aparecía en el sobre y se le cayó el alma a los pies.

—Sí, ya veo —contestó sombría.

—¿Sabrina? ¿Qué pasa? —Lilah comenzó a avanzar preocupada hacia ella.

—Es la letra del señor Dearborn —Sabrina se levantó.

—¿Estás segura?

—Sí. La he visto muchas veces.

—No abras esa carta —dijo Sabrina rápidamente—. Vamos a buscar a Con.

Se volvió hacia la puerta.

—Perdóneme, señorita Holcutt —la interrumpió Phipps educadamente—, pero el señor Constantine ha salido de casa hace un rato.

—¡Oh! —se volvió hacia Sabrina—. Deberíamos ir a buscarle.

—No —Sabrina consiguió una pobre imitación de una sonrisa—. Es absurdo que una carta me alarme tanto. Gracias, Phipps —asintió con gesto de desolación para despedir al mayordomo y después respiró hondo y abrió el sobre. Contenía una nota doblada y un pequeño objeto—. No. ¡Dios mío, no!

—¿Qué es?

Sabrina no contestó. Abrió la nota y la leyó a toda veloci-dad. Se sintió como si hubiera desaparecido el oxígeno de la habitación.

—Tengo que irme.

—No. Espera. No puedes marcharte. No puedes ponerte en manos de Dearborn.

—Tengo que hacerlo —con dedos temblorosos, buscó en el interior del sobre y sacó un gemelo de oro—. Tienen a Alex.

CAPÍTULO 31

—¡Qué! —Lilah clavó la mirada en Sabrina y ella respondió tendiéndole la nota a su amiga y dirigiéndose hacia la puerta. Lilah corrió tras ella—. Sabrina, espera. ¿Cómo puedes estar segura de que es cierto? —tomó el pedazo de papel—. Dice que tiene a Alex y te aconseja que te reúnas con ellos, y fíjate en cómo evita decir que piden un rescate. Pero no sabes si es verdad. Es posible que Alex esté perfectamente bien. Deberíamos ver si podemos encontrarle antes de que te precipites a actuar.

—No está bien. Este gemelo es suyo —Sabrina se lo enseñó en la palma de la mano—. ¿Lo ves? Tiene la letra A. Me contó que se los había regalado Con, como una especie de broma, diciendo que así no tendría que prestarle los suyos.

La amenaza de las lágrimas enronquecía su voz.

—A lo mejor lo perdió, los Dearborn lo recogieron y...
—Lilah se interrumpió al ver la mirada de desprecio de Sabrina—. Sí, lo sé que es un argumento muy débil. Pero no es imposible.

—Alex está en una situación complicada, Lilah —respondió Sabrina con vehemencia—. Lo sé. Lo presiento —se llevó un dedo al pecho—. Lo siento aquí.

—¿Lo sientes? Sabrina, no estás siendo razonable.

—No es algo racional —insistió Sabrina—, pero es cierto.

Hay una parte dentro de mí que… que le pertenece a Alex, que me conecta con él. No lo comprendo y, evidentemente, no puedo explicarlo. Pero Alex siempre está ahí y, cuando he leído esa nota, he intentado evocar el sentimiento. Y sé que ocurre algo malo. Es una sensación confusa y, de alguna manera, estremecedora. Casi dolorosa.

—No entiendo nada de lo que me estás diciendo.

—Lo sé. La verdad es que yo tampoco. Pero estoy segura de algo: Alex me necesita.

Sabrina pasó por delante de Lilah y se alejó corriendo por el pasillo. Durante un instante, Lilah se la quedó mirando fijamente. Después, salió corriendo tras ella.

—¡Sabrina, espera! —la agarró del brazo y la obligó a detenerse—. No tengo la más remota idea de a lo que te refieres, pero hay algo que sí sé: ¡van a obligarte a casarte con Peter! Y tú no puedes casarte con él.

—Si tengo que hacerlo para salvar a Alex, lo haré.

Sabrina sintió que una serena determinación se apoderaba de ella. Y debió de reflejarse en su rostro, porque Lilah cedió.

—Si insistes en ir, por lo menos déjame acompañarte.

—En la nota dice que debo ir sola. No puedo arriesgar la vida de Alex desobedeciendo las órdenes de Dearborn.

Dio media vuelta y caminó a grandes zancadas hasta la puerta de la entrada, seguida por Lilah. Uno de los sirvientes le abrió la puerta, mirándola con expresión interrogante.

—Señorita, sus guantes, su gorro…

—Eso ahora no importa.

—¡Por el amor de Dios! —exclamó Lilah—. Llévate por lo menos una sombrilla.

Agarró una de las que había al lado de la puerta y se la tendió.

Por primera vez, cruzó el rostro de Sabrina una débil sonrisa.

—Muy bien. A lo mejor tengo que darle un golpe en la cabeza a alguien con ella.

Cruzó la puerta principal y recorrió la calle hasta llegar al carruaje que la estaba esperando al final.

Corría. Corría y corría, como había hecho en otro tiempo sobre los tejados de los edificios, seguido por sus captores. Pero en aquella ocasión no había tejados sobre los que volar, corría sobre los adoquines de unas calles estrechas y tortuosas. Y lo hacía, no en pos de la libertad, sino en busca de algo más importante. Era lo más importante del mundo para él y, si fracasaba, si perdía, todo llegaría a su fin. Le dolía la cabeza y tenía la boca tan seca que parecía de algodón. Sentía cómo iba decayendo. Estaba sudando, pero tenía frío en todo el cuerpo. Se tambaleó. Pronto le agarrarían.

No podía fallar. No podía.

Alex se despertó de golpe. En la realidad también estaba helado, advirtió, y tenía un dolor de cabeza infernal. Se sentó y el mundo se inclinó de forma alarmante. Se aferró a los laterales de la cama, apretó los dientes y esperó. Al cabo de unos minutos, el mareo cesó.

¿Dónde demonios estaba? Aquella no era su habitación. Jamás había visto aquel lugar. Miró a su alrededor, teniendo cuidado de no mover la cabeza a demasiada velocidad para evitar que regresara el vértigo. Era una habitación pequeña y oscura, la única luz procedía de una ventana alta. Se le revolvió el estómago.

Era la habitación con la que soñaba. No era la habitación en la que había estado cautivo siendo niño. Era una habitación tan diminuta como una caja, húmeda y fría, con paredes de piedra que los años habían cubierto de mugre. Estaba encerrado. Le atravesó un terror conocido. Pero, en aquella ocasión, tenía un motivo.

Sabrina estaba en peligro. La habían atrapado o estaban a punto de hacerlo. El miedo le paralizó y, por un instante, el pasado y el presente se fundieron. El hielo que de niño había congelado su pecho volvía a emerger en el hombre. La oscuridad se cerraba a su alrededor.

Pero no había cedido al miedo entonces y tampoco iba a hacerlo en aquel momento. Podía escapar, encontraría la manera de hacerlo. Siempre había sido capaz de superar los obstáculos a los que se había enfrentado. Era absurdo temer no poder hacerlo. Se levantó.

Se tambaleó un poco, pero abrió las piernas y esperó a que cesara el mareo. Se llevó la mano a la nuca, donde estaba localizado aquel dolor palpitante. El dolor se hizo insoportable y notó una sustancia pegajosa en el pelo. Sangre.

La niebla de su mente estaba comenzando a levantar. ¿Qué demonios había pasado? Cerró los ojos, intentando recordar. Estaba trabajando en la oficina. Había oído un ruido y había salido al pasillo. Allí había encontrado a un golfillo delgado y mugriento que le había pedido ayuda. Alex se había acercado a él, había sentido que le estallaba la cabeza y ya no recordaba nada más.

¡Por el amor del cielo, qué estúpido había sido! Debería haber imaginado que era una trampa. Debían de haberle dado un golpe en la cabeza y se le habían llevado. Aquello debía haber sucedido al mediodía, porque recordaba que estaba comenzando a tener hambre. Y, teniendo en cuenta que estaba mucho más hambriento, debía de haber pasado bastante tiempo desde entonces. Pero no podía llevar muchas horas inconsciente. Todavía entraba luz por la ventana.

Así que era por la tarde. Y donde quiera que estuviera no podía estar lejos de la oficina. Sería difícil trasladar a un hombre inconsciente, y mucho menos tan distinguido, aunque le hubieran envuelto en algo para esconderle. A lo mejor le habían metido en un coche, pero, en Londres, incluso un traslado en coche habría sido lento por culpa del tráfico. Para evitar que se despertara en medio del tráfico, debían de haberle escondido en un lugar cercano.

En fin… nada de ello iba a servirle de ayuda. Se volvió y

estudió las condiciones de aquella prisión. Había una puerta baja y robusta en la pared de enfrente con una ranura en la parte superior de no más de cuatro o cinco centímetros. Seguramente era una mirilla para poder vigilar al prisionero.

No había nada más en la habitación, aparte de la cama y de una bandeja que habían dejado delante de la puerta. Se acercó. Sobre la madera, llena de muescas y arañazos, había un vaso de agua, un cuenco con una especie de sopa y una rodaja de basto pan negro. Le rugió el estómago al ver la comida y se le secó la boca. Pero pensó en la droga que le habían dado a Sabrina con la sopa. Y no se atrevió a probar bocado.

Estaba en un sótano: aquella habitación desprendía la humedad de los lugares bajo tierra y podía ver las ruedas de los carros girando delante de la ventana. Pensó en la manera de subir hasta allí, pero la ventana era demasiado pequeña para salir por ella. Romperla y gritar en busca de ayuda podría ser una opción.

A lo mejor, la solución más fácil era la mejor. Se acercó a la puerta y comenzó a aporrearla y a gritar. Estaba comenzando a preguntarse si no habría nadie fuera cuando oyó un ruido de pasos firmes acercándose por el pasillo. Se inclinó y miró a través de la estrecha mirilla. No podía ver nada más que una pared de piedra a escasa distancia.

Los pasos cesaron y Alex se puso a aporrear la puerta y a gritar otra vez, ganándose un estruendoso grito.

—¡Silencio!

Su guardián se acercó y Alex por fin pudo verle el rostro.

—Déjeme salir, por favor —y pronunció entonces unas palabras que su alma igualitaria jamás habría imaginado oírle pronunciar—: ¿Acaso no sabe quién soy?

—Sí, claro que sé quién eres —respondió el guardián con un marcado acento escocés—. Un asesino y un ladrón. Un despreciable inglés.

Maravilloso. Su carcelero era un escocés que odiaba a los ingleses.

—Le prometo que jamás he asesinado ni robado. Y mi familia no posee nada en Escocia.

—¡Ja! No me voy a dejar a engañar. Sé que eres pariente del Carnicero de Cumberland.

—¿Quién? —Alex se devanó los sesos. Era evidente que debía haber estudiado mejor la historia de Escocia—. ¡Ah! ¡Cumberland! ¿Se refiere a lord Cumberland? No tengo ningún parentesco con él. Se lo aseguro. Ni una gota de sangre real.

—Qué otra cosa me vas a decir, ¿no?

—Mire, puedo pagarle mucho más que ellos.

—¡Bah! Ya me dijeron que lo intentaría. Pero no va a conseguir engañarme. Y tampoco le van a funcionar sus brujerías.

—¿Mis brujerías?

—También me hablaron de tu familia. A mí no me gusta la magia.

—¿Y no se le ha ocurrido pensar que a lo mejor le están engañando?

—No. Y ahora cierra el pico. No te vas a librar de mí.

Alex soltó un suspiro y golpeó la puerta, imaginando sus manos alrededor del cuello de aquel tipo. Tardó varios minutos en desfogar la rabia y recuperar la razón. Era obvio que no tenía ninguna posibilidad de ser liberado.

Pensó y descartó varias estrategias para intentar introducir un objeto a través de la mirilla y así abrir la puerta desde el otro lado. Se sentó en el jergón, apoyó los codos en las rodillas y enterró la cabeza entre las manos. Hundió los dedos en el pelo y se presionó el cuero cabelludo, como si pudiera así forzar a su cabeza a encontrar una solución.

No podía ceder a la desesperación. Tenía que volver con Sabrina. La había dejado en casa, sana y salva, pero no sabía lo que podía haber pasado desde entonces. Si Con y el resto habían tenido noticia de su secuestro, habrían salido a buscarle, dejando a Sabrina sola e indefensa ante cualquier ataque.

O la propia Sabrina podía haber salido de casa para ir en

su busca. Sería una tontería por su parte, pero sabía hasta qué punto dejaba que el corazón dominara a su cerebro.

No tenía la menor duda de que era un perfecto miserable por ello, pero no pudo evitar sentir cierto consuelo al pensar que podría llegar a quererle tanto.

Deseó en vano llevar algo más útil en los bolsillos que dinero. Como las herramientas para abrir cerraduras. ¿Cómo iba a salir de allí? Había tenido la suerte de nacer con dinero, estatus y fortaleza física, pero nada de eso podía ayudarle. Deseó ser capaz de hacer algunas de las brujerías que el carcelero imaginaba.

Por supuesto, contaba con un talento especial. También le parecía inútil en aquella situación, pero le permitía conectar con Sabrina. Se concentró en ella, pero apenas sentía los retazos de la sensación que ella le transmitía. No sintió la perturbación que imaginaba que percibiría si le hubiera ocurrido algo, y aquella era una buena noticia.

Pensó en la forma en la que Con y él se comunicaban sin hacer ningún esfuerzo, percibiendo lo que el otro pensaba o sentía. Quizá fuera posible hacer lo mismo con Sabrina. Sintiéndose un poco ridículo, cerró los ojos y se concentró en ella. La imaginó, le pidió que no se moviera, que no fuera a buscarle, que permaneciera a salvo. No percibió nada.

A lo mejor el misterioso vínculo que le unía a ella no era tan fuerte como el que había forjado a lo largo de su vida con su hermano. O a lo mejor no era lo bastante estable o, y aquello era algo sobre lo que debía reflexionar, quizá el vínculo solo existiera por su parte. De modo que buscó mentalmente a Con, pensó en él y le pidió que cuidara a Sabrina, que no le permitiera cometer el error de ir a buscarle. Pero no sintió nada, solo aquella firme y serena sensación que le indicaba que Con estaba vivo y no tenía ninguna clase de problema.

Se le ocurrió entonces que aquel tipo de comunicación a través del pensamiento quizá no fuera posible a no ser que estuviera con Con. Nunca había intentado enviar a su hermano un mensaje estando separados. De hecho, al pensar en ello, se dio cuenta de que, en realidad, nunca había intentado transmitir sus pensamientos a Con. Él sabía lo que Con pensaba y viceversa, así de sencillo. A lo mejor era algo que no podía forzarse. O que funcionaba en un solo sentido: podía recibir, pero no devolver. ¿Por qué no lo habrían analizado con más detenimiento? Se habían limitado a aceptarlo, al igual que aceptaban el color de sus ojos o la forma de su nariz.

En cualquier caso, era inútil arrepentirse de lo que no habían hecho. Pensó en otro de sus talentos, en su capacidad para sentir a través de un objeto. ¿Pero de qué le iba a servir tocar aquellas paredes y sentir la rabia, la desesperación de otros que habían estado encerrados antes que él? Como mucho, serviría para reavivar los mismos sentimientos dentro de sí, cuando acababa de someterlos. Lo último que quería era que volvieran a rebelarse dentro de él y terminaran devorándole.

Cerró los ojos, intentando a abrirse a otras ideas, pero lo único que apareció fue el recuerdo del momento en el que Con, Anna, que era la esposa de Theo, y él habían encontrado un cadáver. Había sido mucho tiempo atrás, antes de que hubieran empezado las pesadillas. Se recordó en un puente, con la mirada clavada en el agua del río que se revolvía y saltaba sobre un lecho de rocas. Recordó a Anna dando media vuelta y abandonando el puente para adentrarse en un camino de tierra. De pronto, se había detenido y había palidecido. Con y él habían salido corriendo hacia ella. Alex le había agarrado el brazo a Anna, temiendo que fuera a desmayarse.

Le había atravesado entonces el sentimiento más terrible que había experimentado jamás, una oleada de furia, odio y sed de sangre que había estado a punto de derrumbarle. Había dejado caer el brazo de Anna y el sentimiento había desaparecido, aunque había permanecido su huella en el ambiente. Había sentido una llamada y, aunque había intentado ignorarla, había sido demasiado fuerte. Había vuelto la cabeza y había mirado.

Anna caminaba hacia el cadáver y Con y él la habían seguido. Alex luchando contra aquellos sentimientos que intentaban abrirse paso en su interior. Pero había sido imposible vencerlos. Le empapaba una furia asesina, un colérico y perturbado deleite que se fundía de forma espeluznante con el dolor y el terror de la persona asesinada. La visión de la sangre y la cabeza destrozada había sido terrible, pero había sido el flujo de sentimientos que le invadían lo que le había revuelto el estómago.

Aquella había sido la primera vez que Alex había experimentado una de sus visiones y había sido una experiencia aterradora. Ni siquiera había tocado el cadáver, pero le había invadido el horror. Jamás le había hablado de ello a nadie. De hecho, ni siquiera lo había reconocido ante sí mismo. Solo recordaba el cadáver sanguinolento, había ignorado todo lo demás. Y, cuando pensaba en el momento en el que se había revelado su don, siempre lo había relacionado con un viaje que había hecho con Kyria y Rafe.

Pero, en aquel momento, se abrió paso el recuerdo completo. Volvió a sentir aquella cruda y desnuda emoción, el terrible temor a perderse en ella, a que terminara superándole. Se estremeció, pálido y frío como el hielo. Aquello era lo que había temido.

La conciencia de ello le golpeó como un puñetazo. Había sido la fuerza de su talento, las posibilidades que se abrían ante él, lo que le había perseguido en sueños entonces y lo que seguía persiguiéndole. Cuando su poder había madurado, había conseguido controlarlo, disciplinarlo, marcar las distancias. No era extraño, por tanto, que los sueños hubieran vuelto a empezar cuando Sabrina había llegado a su vida. Ella había penetrado sus defensas, el vínculo que lo unía a ella había ensanchado el estrecho canal que le había permitido a su talento. Sabrina había despertado un poder durmiente y su fuerza volvía a cernirse sobre él, amenazando con destrozar su cuidadosamente forjada capacidad de control.

Pero ya no era un niño acosado por una fuerza desconocida. Era un hombre experimentado y capaz de dominar su poder. Podía aceptar el pleno alcance de su capacidad sin sentirse abrumado por ella. Podía utilizarla.

Y lo haría para salvar a Sabrina sin importarle lo que pudiera pasarle.

Alex se levantó y comenzó a caminar hacia la puerta.

A Sabrina le temblaban las piernas mientras salía del carruaje y se acercaba a la puerta, pero consiguió controlar su expresión. Si quería ayudar a Alex, tenía que mostrarse tranquila y sin miedo. Golpeó con fuerza el llamador de bronce.

Abrió la puerta un sirviente y, cuando entró, el señor Dearborn corrió hacia ella con una empalagosa sonrisa.

—Sabrina, querida mía. Cuánto me alegro de que hayas venido.

—No tenía otra opción —respondió ella con dureza.

¿De verdad creía aquel hombre que era tan estúpida como para creerse su actuación?

Dearborn ignoró aquel comentario.

—Ven al salón, querida —se dirigió al sirviente—. Puedes marcharte, Wilson.

Alargó el brazo para agarrar a Sabrina, pero esta se apartó con brusquedad y él señaló entonces hacia la puerta del salón.

—Por aquí, querida.

Sabrina entró en la habitación que le había indicado y Dearborn cerró la puerta tras ellos. Peter permanecía junto a la repisa de la chimenea, lo que la hizo recordar la escena de la que había sido secreto testigo en casa de los Moreland. Los Dearborn no sabían que había oído todo lo que habían dicho.

Ni tampoco que había recuperado la memoria. Quizá pudiera utilizar ambas cosas a su favor.

Peter avanzó para saludarla, pero ella le fulminó con una mirada que le hizo detenerse.

—¿Quieres un poco de té, Sabrina? —preguntó Dearborn.

—Esta no es una visita social. ¿Dónde está Alex?

—Me temo que no tengo la costumbre de seguir a los Moreland, querida.

—Deje de llamarme así —Sabrina intentó relajar la mandíbula y continuó—. Señor Dearborn, no he venido aquí para andarme con juegos. Usted me ha enviado esto —sacó el gemelo que llevaba en el bolsillo y se lo tendió—. La insinuación es clara. Están reteniendo a Alex a cambio de un rescate. Quiero verle.

—Caramba, Sabrina, no hace falta ponerse tan melodramática. Lo único que quiero es que vuelvas con nosotros. Que ocupes el lugar que te corresponde como esposa de Peter. Estoy segura de que recuperarás la memoria en cuanto vuelvas a casa.

—No tiene ninguna necesidad de fingir afecto por mí. Ya he tenido suficiente farsa durante estos años.

—Mi que... Sabrina —dijo Dearborn en tono de reproche—. No ha habido fingimiento a alguno. Te he querido como a una hija. Y también Peter te quiere. Es posible que no recuerdes cómo era tu vida con nosotros, pero eras muy feliz. No dejes que los Moreland te envenenen con falsas historias. Peter y tú os enamorasteis y os casasteis.

—He recuperado la memoria.

Se hizo un silencio mortal en cuanto dijo aquellas palabras. Al cabo de unos segundos, Dearborn volvió a intervenir.

—Ah, ya entiendo —y continuó su actuación—. En ese caso, recordarás lo feliz que eras con nosotros. Lo mucho que te quiere la señora Dearborn. Todo lo que hemos hecho por ti. Te acogimos cuando murieron tus padres. Tú nos quieres, Sabrina. Se me rompió el corazón al perderte. Y la pobre Regina estaba destrozada.

—Si has recuperado la memoria, habrás recordado la ceremonia de nuestra boda —dijo Peter en tono persuasivo—. El momento en el que pronunciaste los votos.

—¡Pronuncié los votos delante de un actor! —gritó Sabrina.

Peter palideció.

—Has...

—Sí, hablado con tu amigo Anderson Fairfield, si es que es ese su verdadero nombre. Dios mío, Peter, jamás imaginé que fueras tan miserable.

—¡Y no lo soy! Maldita sea, Sabrina, no entiendo lo que te ocurre. Siempre hemos estado muy unidos. Te he tratado siempre como a una reina.

—¿Eso sería antes o después de que me encerraras en Bedlam? —cuando ambos la miraron desconcertados, continuó—. Sí, lo recuerdo todo. Sé a qué clase de personas me estoy enfrentando. Sé que me han estado robando dinero durante años y que la intención era seguir controlando mi dinero casándome con Peter. Pero ni en mil años podrá convencerme nadie de que haga algo así.

—¿Estás preparada para despedirte de cualquier esperanza de volver a ver a Alex Moreland? —la expresión de Dearborn era dura, su voz severa, habían desaparecido todas las muestras de compasión y cariño—. Te casarás con Peter. Conseguiremos una licencia especial, iremos ante un sacerdote y pronunciarás los votos.

—No lo haré.

—Muy bien, en ese caso —Dearborn dio media vuelta.

Sabrina controló con mano férrea sus sentimientos.

—¿Cree que puede matar a Alex sin un justo castigo?

—No, no le mataremos. Lo único que tenemos que hacer es no volver.

Un frío helado la atravesó y Sabrina supo que se había reflejado en su rostro al ver el triunfo relampagueando en los ojos de Dearborn. Apartó de su mente la imagen de Alex encerrado y muriendo un poco cada día. Y todo por su culpa.

Odió oír el temblor de su voz cuando contestó:

—Es el hijo de un duque. Caerá sobre usted todo el peso de la ley.

—¿Por qué? —Dearborn abrió los ojos con expresión de inocencia—. Nosotros no sabemos nada sobre Alex Moreland, ni sobre lo que le ha ocurrido. ¿Por qué deberíamos saberlo? Apenas le conocemos. La única que nos acusa de haberle asesinado es una pobre chica que durante años ha sido propensa a los ataques de miedo y a la melancolía —y continuó en tono más persuasivo—: Vamos, Sabrina, pronuncia los votos. Haremos cuanto podamos para localizar a Moreland, si es que eso te tranquiliza.

—No pienso hacer nada hasta que Alex esté liberado.

—Eso está fuera de toda discusión —le espetó Dearborn—. No lo haré hasta que no estemos seguros de lo que vas a hacer. Cásate con Peter inmediatamente si no quieres que Alex Moreland desaparezca para siempre —se interrumpió y arqueó las cejas—. Dime, Sabrina, ¿qué piensas hacer? Porque su futuro está en tus manos.

Alex se acuclilló al lado de la bandeja y retiró el vaso y el cuenco. Apartando todo pensamiento de su mente, se aferró a la bandeja con las dos manos y se abrió a todo tipo de percepciones.

Pudo sentir la presencia de su captor. Se concentró y fluyeron dentro de él la amargura, la obstinación y el miedo. Y, sí, junto a la hostilidad y la desconfianza había un fuerte temor. Parecía absurdo que aquel hombre tuviera tanto miedo, de modo que se hundió más profundamente, adentrándose en aquellas sensaciones como no lo había hecho nunca. Y allí, en el más profundo interior, estaban los cimientos sobre los que se asentaba el miedo: la superstición. Una superstición irracional, de aquellas que hacen creer en casas encantadas.

Brujería, había dicho su carcelero. Dearborn había convencido a aquel hombre de que él era capaz de hacer brujerías. Al ver aquel enorme estanque de ignorancia y miedo en el interior de su carcelero, Alex se dijo que no iba a ser difícil. Dejó la bandeja y comenzó a caminar, pensando. Tenía que haber alguna manera de utilizar aquella información.

En un par de ocasiones a lo largo de su vida, Alex se había preguntado si su habilidad funcionaría en ambos sentidos. Había tenido algunas experiencias sin demasiada importancia. Como cuando estaba leyendo un libro de Theo, pensando en el hambre que tenía, pero en lo poco que le apetecía despegarse del libro y, al cabo de unos minutos, Theo había llamado a la puerta preguntándole por qué no había bajado a tomar el té. En otra ocasión, le había pedido a uno de sus tutores que le permitiera saltarse la última hora de estudio y, después se había preguntado si el hecho de haber estado sosteniendo en la mano el lápiz de su tutor le habría ayudado a convencer a aquel hombre.

Había descartado ambas como ideas absurdas e imposibles. Pero, ¿y si de verdad fuera capaz de influir en la mente de otro hombre o remover sus sentimientos utilizando aquel don? Y si lo era, ¿no sería más fácil hacer vacilar a una mente gobernada por la superstición? Alex estaba lo suficientemente desesperado como para intentar cualquier cosa.

Volvió a agarrar la bandeja con ambas manos y se concentró. Cuando notó el hormigueo de la presencia de aquel hombre, el destilar de sus sentimientos en su conciencia, volvió a dirigir sus pensamientos a ese canal, hacia el flujo de la corriente. Fue difícil y extraño y sentía la presión creciendo dentro de él. De pronto, sus pensamientos se mezclaron con los de aquel hombre. Presionó con toda su fuerza de voluntad al escocés, urgiéndole a acercarse. Pudo sentir su resistencia y, después, cómo iba disminuyendo a medida que se abría camino el miedo.

Alex se imaginó a sí mismo tumbado y enfermo y en el

suelo. ¿Quién sería culpado de la muerte de un miembro de la nobleza si Alex moría? Desde luego, Dearborn no. Sería aquel escocés el que iría a prisión. Al patíbulo. Sintió la alteración en los sentimientos de aquel hombre, su repentina incomodidad, y presionó para generar un fuerte resentimiento hacia Dearborn por haberle puesto en aquella situación.

Pero, aun así, el hombre vacilaba. Su mente giraba en círculos. Alex redobló sus esfuerzos. Infundió a sus pensamientos la amenaza de la magia. Alentó y alimentó la creencia del carcelero de que era un brujo. Intentó hacerle creer que podía atravesar paredes gracias a su talento, desvanecerse en el aire y abandonar la celda.

Oyó ruido de pasos al final del pasillo y se levantó de un salto. El hombre se detuvo. Maldiciéndose a sí mismo por haber perdido la conexión por culpa de la emoción, Alex agarró de nuevo la bandeja y volvió a activar su talento. Redoblando el miedo, urgió al otro hombre a mirar la celda para asegurarse de que Alex todavía estaba allí y no había muerto.

Sin soltar la bandeja, se pegó contra la pared de la puerta, fuera del campo de visión de la mirilla. Oyó los pasos del carcelero en el pasillo y supo el momento en el que se detuvo al llegar a la puerta. Por fin estaba allí.

—¡Eh, tú! —gritó el guardián con una voz aguda que no se correspondía con la bravuconería de sus formas—. ¡Quiero verte, Moreland!

Golpeó la pared con el puño y permaneció allí, esperando y respirando con fuerza.

«Abre la puerta», le urgió Alex, «abre la puerta para ver si se ha esfumado». La llave giró en la cerradura y la puerta se abrió. El escocés asomó la cabeza y miró con recelo a su alrededor. Alex, que le esperaba con las manos en alto, le estampó la bandeja en la cara. El otro hombre retrocedió trastabillando, soltó un aullido y se llevó las manos a la nariz sanguinolenta.

Alex avanzó y volvió a golpearle con la bandeja, dándole con tanta fuerza en uno de los laterales que la bandeja se partió. El carcelero chocó contra la pared, rebotó y cayó de rodillas. Se tambaleó y terminó desmayado en el suelo.

Alex sorteó su cuerpo, salió y cerró la puerta tras él. La llave todavía estaba en la cerradura, así que la giró y corrió después hasta las escaleras que había al final del pasillo. Estaba alerta por si aparecía alguien de alguna otra habitación o por si le estaban esperando al final de la escalera. Pero nadie le obstruyó el paso. Salió a un almacén lleno de cajas apiladas y fue corriendo entre los pasillos que conformaban hasta que llegó a la puerta y salió a la calle.

Se detuvo un momento para orientarse y corrió a toda velocidad hacia Sabrina.

CAPÍTULO 33

Las palabras de Dearborn atravesaron a Sabrina como un cuchillo. Pensó en Alex, prisionero en alguna parte, abandonado hasta morir. Todo era culpa suya. Sofocó el sollozo que amenazaba con escapar y miró a Dearborn. Él esperó, tranquilo y expectante. Estaba seguro de que terminaría derrumbándose. Dearborn sabía que, enfrentada a su enfado, influenciada por su manipulación, por el sentimiento de culpa y por la deuda que había contraído con ellos, cedería.

Sabrina irguió la espalda.

—En ese caso, supongo que no podemos seguir discutiendo.

Él soltó un sonido burlón.

—Pretendes engañarme. No vas a marcharte.

Era verdad, por supuesto, pero tenía que conseguir que la creyera. No tenía ninguna esperanza de salvar a Alex si no sabía dónde estaba.

—¿No?

Sabrina arqueó una ceja con un gesto de desdén y se dirigió hacia la puerta.

Peter se interpuso entre ella y la puerta cerrada que conducía al pasillo, bloqueándole el paso. Sabrina se detuvo.

Tras ella, Dearborn le advirtió con voz ronca:

—No seas tonta. No vas a salir de aquí.

Sabrina tensó la mano alrededor de la sombrilla. A lo mejor iba a tener que utilizarla como arma. Se volvió hacia Dearborn.

—¿Pretende secuestrarme a mí también? ¿Y a cuántos más? Lilah sabe dónde estoy. Y conoce su plan. Por cierto, estoy segura de que a estas alturas todos los Moreland están al tanto. No tardarán en llamar a la puerta. ¿Pretende secuestrar a todos ellos?

Como si lo tuviera todo planeado, comenzaron a aporrear la puerta principal. Dearborn volvió la cabeza en aquella dirección, su expresión de desconcierto fue casi cómica. Se oyeron unas voces amortiguadas y después un nítido:

—¡Apártese de mi camino! —seguido por el ruido de algo al romperse.

—En serio, Con —la voz de Lilah llegó hasta ellos—, ¿hacía falta golpearle con el jarrón?

—Sí.

La voz de Con se parecía tanto a la de Alex que a Sabrina se le desgarró el corazón. Se abrieron las dobles puertas del salón.

Peter se había girado sorprendido al oír ruido en la entrada. Con le agarró por las solapas, le apartó y se dirigió hacia Dearborn. Este retrocedió asustado, golpeándose contra la mesa y cayendo al suelo. Con tiró de él hasta obligarle a levantarse y le sacudió.

—¿Dónde está? ¿Dónde demonios está mi hermano?

—Con, si sigues sacudiéndole así, no puede hablar contigo.

Lilah entró en la habitación detrás de Con y corrió a abrazar a Sabrina.

Tom Quick fue el último en aparecer, se acercó a Con y le tiró del brazo.

—Cuidado, señor. Va a ahogar ese hombre.

Con dejó caer las manos.

—No sabes cuánto me gustaría hacerlo. Y lo haré como no me diga ahora mismo dónde está Alex.

Dearborn retrocedió, se alisó la chaqueta e intentó recuperar parte de su maltrecha dignidad.

—Está usted loco. No tengo la menor idea de lo que está diciendo.

—Creo que puedo persuadirle para que se le ocurra alguna idea al respecto —Con cerró el puño.

—Señor Dearborn, por el amor de Dios —Sabrina se unió a ellos—. ¿Es que se ha vuelto loco? ¿Cómo cree que va a secuestrar al hijo de un duque sin que ello tenga consecuencias? Si quiere conservar alguna esperanza de salvarse, díganos dónde está Alex.

—¿Qué diablos te pasa, Sabrina? —le reprochó Dearborn frustrado—. Peter te está ofreciendo su apellido. Esa es tu única oportunidad de salvar tu reputación. Ningún hombre decente se casaría contigo ahora. Es evidente que has estado viajando con Moreland sin compañía alguna.

—Yo fui con ellos —replicó Lilah.

Dearborn la fulminó con la mirada.

—Tenía una opinión mejor de ti, Lilah. Todos sabemos que eso no es verdad. Estuviste en Broughton House fingiendo ser Sabrina mientras ella estaba con su amante. Lo comprendimos en cuanto les vimos regresar a los dos el otro día.

Mostrando su desprecio por ella, giró para dirigirse a Sabrina.

—Y no es la primera vez que estás a solas con un hombre. Peter y tú compartisteis el dormitorio aquella noche.

—¿Cómo se atreve a sacarlo a la luz? —gritó Sabrina.

—Eso da igual —volvió a intervenir Lilah—. Nadie lo sabe.

—¡Ah! Pero lo sabrán —le advirtió Dearborn—. Tu reputación está destrozada, Sabrina. Tendrás que casarte con Peter.

—No lo haré.

—No tienes otra opción. Si crees que tu apreciado Alex se casará contigo, estás muy equivocada. Es evidente que no estás mal como entretenimiento, pero el hijo de un duque buscará a una mujer de más altura como esposa, créeme.

—Y ahí, Dearborn, es donde se equivoca.

Todo el mundo en la habitación se volvió y vio a Alex en el marco de la puerta, apoyado tranquilamente contra el marco, con los brazos cruzados. Se insinuaba una sonrisa en sus labios, pero era tan fría como su mirada.

—¡Usted! ¡Usted está...! —farfulló Dearborn.

—¿Qué? —Alex arqueó una ceja—. ¿De verdad creía que podía retenerme allí?

—¡Alex! ¡Oh, Alex!

Sabrina salió de su parálisis momentánea, corrió hacia él y le rodeó la cintura con los brazos mientras él la abrazaba.

Con le dirigió una enorme sonrisa a su gemelo.

—¿Por qué has tardado tanto?

—Lo siento, me he retrasado un poco —Alex le devolvió una sonrisa idéntica—. Espero no haberte causado ningún inconveniente.

—En absoluto —respondió Con animado—. Solo estaba a punto de tener una conversación con este tipo —miró a Dearborn con desprecio—. Me has ahorrado un par de arañazos en los nudillos. ¿Qué te parece? ¿Nos lo llevamos Tom y yo a la cárcel?

—¡A la cárcel! —Dearborn estaba estupefacto.

—¿Qué pensaba que iba a pasarle? —Alex dejó a Sabrina a un lado y caminó amenazador hacia él—. Ha abusado de la confianza que el padre de Sabrina depositó en usted y ha estado estafándola durante años. Me ha secuestrado. Y, peor todavía, secuestró y drogó a mi futura esposa. Usted y su hijo urdieron una estrategia para engañarla, haciéndola pensar que estaba casada con él. El animal de su hijo la golpeó y la obligó a huir para escapar de los dos. La verdad es que no quiero meterle en la cárcel. Lo que quiero es matarle.

La rabia contorsionaba el rostro de Dearborn. De pronto, se abalanzó sobre Alex. Este se enfrentó a su ataque y parecía, pensó Sabrina estupefacta, complacido. Alzó el brazo para bloquear un golpe de Dearborn y le dio un puñetazo en el estómago. Cuando Dearborn se dobló sobre sí mismo, sin aire en los pulmones, Alex lanzó un gancho que aterrizó en su barbilla y Dearborn cayó al suelo.

—¡Basta! ¡No! ¡Es un hombre mayor! —gritó Peter, corriendo hacia él.

Se arrodilló al lado de su padre y le incorporó mientras Dearborn hacía esfuerzos para respirar.

Alex bajó la mirada y la clavó en Peter, con los ojos relampagueando.

—Escúchame. Y hazlo con atención. Tengo pruebas de todos los delitos que he enumerado. No solo cuento con mi testimonio o el de Sabrina. Tengo pruebas escritas de todas las veces que Dearborn ha malversado los fondos de Sabrina. Y tu amigo Fairfield firmó una confesión.

—¿Qué? —Peter le miró boquiabierto.

Alex esbozó una sonrisa ante su alarma.

—Nada me proporcionaría más placer que meteros a tu padre y a ti en prisión y dejar que os pudrierais dentro. Pero por Sabrina, por la amistad de su padre con Dearborn y por el cariño que profesa a tu madre, y porque no quiero que ningún escándalo roce el buen nombre de Sabrina, no presentaré cargos… de momento.

Peter le miró con resentimiento.

—¿Qué quiere decir «de momento»? ¿La intención es hacernos sufrir, temiendo que llegue el momento en el que una denuncia se convierta en nuestra ruina?

—No, esa sería vuestra manera de actuar. No, no voy a revelar nada de esto siempre y cuando se cumplan mis condiciones. Llévate a tu padre a la casa que tenéis en el campo y manteneos alejados de mí y de los míos. No contéis nada de lo ocurrido y no volváis a acercaros a Sabrina ni a intentar poneros en contacto con ella. ¿Está claro?

Peter asintió, apretando la mandíbula.

—Entendido.

—Eso espero. Porque, si tengo noticia de cualquier escándalo relacionado con mi esposa, si oigo el menor rumor sobre Sabrina, si alguna vez vuelves si quiera a dirigirle la palabra, te buscaré y acabarás peor que si se hubiera desatado sobre ti toda la cólera divina. Arruinaré tu reputación y tú y tu padre pasaréis el resto de vuestras vidas en prisión.

Alex le sostuvo la mirada hasta que Peter bajó los ojos. Se levantó entonces y se volvió hacia los demás:

—Creo que aquí ya hemos terminado.

Durante el trayecto de regreso a la casa, Alex les obsequió con la historia de su captura y aprisionamiento y, como estaba Lilah, puso mucho cuidado en mencionar su peculiar habilidad. Con frunció el ceño ligeramente y dijo:

—Muy bien, pero no entiendo cómo has conseguido que abriera la puerta.

—Fingiendo que estaba enfermo —Alex le dirigió a su hermano una significativa mirada.

—¡Ah! Ya entiendo.

—¿Y vosotros? —preguntó Alex, intentando desviar la conversación de un tema tan delicado—. ¿Cómo habéis aparecido por allí?

—Sabrina se había ido corriendo a casa de los Dearborn para salvarte —comenzó a explicar Lilah.

—Esta mañana he recibido una carta de ellos —le aclaró Sabrina—. Era solo una nota con uno de tus gemelos —se lo tendió.

—Me preguntaba a dónde habría ido a parar —Alex tomó el gemelo y posó su cálida mirada en la de Sabrina—. Así que estabas dispuesta a sacrificarte para que me soltaran.

—Bueno, tenía la esperanza de encontrar la manera de descubrir dónde estabas antes de tener que llegar tan lejos.

—Era muy peligroso. Siento que estuvieras tan preocupada.

—Ya ves, Alex consigue escapar de cualquier lugar en el que lo encierren —Con sonrió a su hermano—. Por lo menos esta vez no has tenido que saltar por los tejados.

—No, y lo agradezco. Ya no estoy tan ágil como a los diez años.

—¿Pero cómo es que habéis ido todos a buscarme? —le preguntó Sabrina a Lilah.

—¿Creías que iba a dejar que te arrojaras tú sola al fuego? He enviado una nota a la oficina de Con diciéndole a dónde iba y después me he preparado para ir a buscarte. Y, justo cuando estaba saliendo, ha aparecido Con, gritando que le había pasado algo a Alex.

—He tenido uno de esos presentimientos entre gemelos —miró a Alex—. Ya sabes de lo que te estoy hablando.

—Lo sé. Esperaba que lo tuvieras.

—Estaba en una reunión con el agente de Dearborn, haciéndole confesar que había habido pagos ilegales y, de pronto, lo he sentido. Me he levantado de un salto y me he marchado. Estoy seguro de que ahora piensa que estoy loco de remate.

Lilah continuó el relato.

—Yo le he dicho a Con dónde estaba Sabrina y hemos venido en una calesa. Tom ha recibido mi nota y, como Con no estaba en la oficina, ha decidido venir él. Ha aparecido justo cuando Con estaba discutiendo con el sirviente de la puerta —se volvió hacia Con—. Sigo pensando que podrías haber entrado sin recurrir a la violencia.

—Pero no habría sido tan satisfactorio —replicó Con.

Sabrina se anticipó a una posible discusión diciendo:

—Ya hemos llegado. ¡Eh, mirad! Megan y Theo están parando a una calesa —y añadió—: Um, Theo lleva una pistola.

Alex asomó la cabeza por la ventanilla para detener a la pareja.

—¡No es necesario! Ya estamos aquí.

—¿Cómo sabían adónde tenían que ir? —preguntó Lilah, mirándoles asombrada.

—Se lo habrá dicho Phipps —contestó Con sin darle importancia—. En esta casa no ocurre nada sin que Phipps no se entere.

Les llevó algún tiempo explicar todo lo que había ocurrido a los miembros de la familia que se habían reunido en la casa.

Alex dejó que fuera Con el que describiera la escena final y salió del salón, llevándose a Sabrina con él. La condujo por el pasillo hasta la habitación en la que Lilah y ella habían estado escuchando la conversación de los Dearborn. Y allí hizo lo que había estado deseando hacer desde el momento en el que había entrado en la casa de los Dearborn. La estrechó contra él, la besó y después la retuvo con fuerza entre sus brazos.

—Me he asustado mucho cuando he vuelto a casa y Phipps me ha contado a dónde habías ido. Esperaba que Con pudiera alcanzarte a tiempo, pero tenía un miedo mortal a que terminaras haciendo algo horrible para salvarme —la apartó y la miró con firmeza—. No vuelvas a hacerlo. Prométemelo. Con tiene razón, soy como un gato. Siempre encuentro la manera de escapar.

Sabrina rio, pero él pudo percibir las lágrimas que empañaban su voz.

—No puedo prometerte una cosa así —tensó los brazos a su alrededor, suspiró y dijo—: ¡Ay, Alex! Qué complicado es todo esto. Pero quiero que sepas que no quiero que te sientas obligado por haber anunciado que vas a casarte conmigo.

Alex se quedó frío por dentro y dejó caer los brazos.

—Por supuesto. Lo siento, no pretendía obligarte.

Ella asintió, retrocedió y se secó una lágrima.

Alex se obligó entonces a continuar.

—Yo… ya sé que eres joven y que sería absurdo que te comprometieras. Necesitas tiempo para analizar tus sentimientos. Para divertirte, salir con otros hombres y… —no se le ocurría nada más.

—¿Salir con otros hombres? ¿Por qué voy a querer salir con otros hombres?

—Bueno, ya sabes, porque ahora tienes esa opción. Puedes decidir libremente lo que quieres hacer. Ya no estás sometida a la presión de los Dearborn. Y también puedes distanciarte de la emoción y el nerviosismo de este momento —esbozo una frágil sonrisa, aunque le dolía el corazón al soltarla—. Pero tengo que advertirte, Sabrina, que no pienso renunciar. Voy a cortejarte y a conquistar tu corazón.

Sabrina se le quedó mirando fijamente.

—¿A conquistar mi corazón? ¿Pero de qué estás hablando? Eso ya lo has conseguido.

Alex la miró desconcertado.

—Pero si acabas de decir que no querías casarte conmigo por el mero hecho de que le haya dicho a Dearborn que pensaba hacerlo.

—¡Claro que no quiero que te cases conmigo por haber dicho eso! —respondió Sabrina, poniendo los brazos en jarras—. ¿Qué mujer iba a querer que se casaran con ella por esa razón? No quiero... no quiero hacer valer tu sentido del deber y la responsabilidad para atraparte en un matrimonio que tú no deseas.

—¡Que no lo deseo! Sabrina...

Sabrina le interrumpió para seguir hablando ella.

—Soy consciente de que no quieres casarte conmigo. Ni mi apellido ni mi linaje responden a las expectativas del hijo de un duque y, aunque hayas amenazado a los Dearborn para que no revelen nada de lo que ha ocurrido, no sería sorprendente que llegara a filtrarse alguna información. Son muchas las personas que nos han visto juntos... piensa en todos aquellos que fueron testigos en la fiesta de la escena con los Dearborn. Por no hablar de sirvientes, posaderos y... —movió las manos con un vago gesto de inclusión.

—Sabrina, para —Alex le agarró las manos y la obligó a interrumpirse—. Escúchame. Nada de eso me importa. Y estoy seguro de que lo sabes. Soy un Moreland. No he sido nunca un hombre convencional ni lo seré. No me importan ni tu apellido ni tu linaje, y dudo mucho que puedas provocar un escándalo mayor en mi familia de los que ya hemos provocado.

—Pero has dicho...

—He dicho que no quería obligarte, ni maniobrar para que te cases conmigo porque yo lo haya dicho ni por ningún otro motivo. No soy yo el que tiene que tomar una decisión. Eres tú. A mí no me queda otra opción: te quiero.

Sabrina se quedó completamente inmóvil, mirándole sorprendida.

—¿Qué?

—Te amo —la miró con extrañeza—, pero supongo que ya lo sabes.

—Nunca me lo has dicho. Decías que sería libre para marcharme, ¡y ni siquiera decías que lamentarías que me fuera!

—No podía aprovecharme de ti, atarte a mí cuando estabas atrapada por tantas emociones. Me estabas muy agradecida.

—¡No! Bueno, sí, claro que te estoy agradecida por toda tu ayuda, ¡pero no estoy enamorada de ti por eso!

A Alex comenzó a acelerársele el corazón al oír sus palabras y tuvo que hacer un gran esfuerzo para conservar la fría lógica.

—Eres joven, no tienes ninguna experiencia del mundo. No sabes…

—Si me vas a decir que no sé lo que quiero, voy a empezar a gritar —Sabrina se separó de él—. No me importa que vaya a cumplir veintiún años la semana que viene. No me importa haber llevado una vida tan tranquila. Sé perfectamente lo que quiero. ¡Y te quiero a ti! —se cruzó de brazos y le fulminó con la mirada.

Alex comenzó a reír a carcajadas y la atrajo hacia él.

—Creo que los dos estamos siendo bastante tontos.

Sabrina se resistió un momento e intentó conservar su dura mirada, pero al final renunció, se echó a reír y se acurrucó en sus brazos.

—Nunca me lo habías dicho.

—Y tú tampoco —replicó él.

—¿Cómo iba a confesarte mis sentimientos sin saber que eran correspondidos?

—En ese caso, deja que te aclare algunas cosas —dijo Alex con determinación—. Te amo. Te amo desde el momento en que te vi. Jamás he sentido por una mujer lo que siento por ti. Sin ti, jamás volvería a sentirme completo.

—¡Oh, Alex! —Sabrina tomó sus manos y le miró con los ojos rebosantes de amor—. ¿No te das cuenta? Tú y yo estamos unidos. Cuando te fuiste, seguías estando aquí —se llevó la mano al corazón—. Siempre estarás aquí. Y me niego a esperar varios años para guardar las apariencias. Es posible que tú no quieras presionarme, pero yo no soy tan delicada. Alexander Moreland, ¿quieres casarte conmigo?

—Has hablado como una auténtica Moreland —riendo, Alex la levantó en brazos y comenzó a girar en círculos, presa de una enorme alegría—. Claro que me casaré contigo.

La dejó en el suelo y la miró a los ojos.

—Te quiero más de lo que puedo expresar con palabras... aunque te aseguro que pienso decirlas todas.

—Yo también te quiero.

—Bueno, en ese caso... —apareció un brillo travieso en su mirada—, creo que ya es hora de que dejemos de hablar, ¿no te parece?